KB211114

유협전기

유협전기

지은이   직하인
펴낸이   탁연상

초판 1쇄   2010년 11월 11일

펴낸 곳   도서출판 두드림
등록번호   제138호
우편번호   121-840
주소   서울시 마포구 서교동 469-9 석우빌딩 3층
전화   0505-707-0050
팩스   0505-707-0051
메일   dodream@dodream.net

ISBN 978-89-92524-36-0   03810

유협전기

직하인 지음

두드림

차 례

서장序章 1　　　은유지회隱儒之會

커다란 태양이 서쪽으로 저물고 있다. 평야에서 지는 해는 산에서 더욱더 커 보이게 마련이다. 넓은 평야 가득히 넘실대는 수수 줄기에 깃드는 석양빛은 훨씬 붉게 느껴지는 법이다.

산동의 중부 평야는 비록 기름진 옥토라 할 수 없지만, 한없이 펼쳐진 수수밭은 해질 무렵에 가장 그 생명력을 뽐내는 듯하였다. 높은 산이라고는 찾아볼 수 없는 이 드넓은 평야에도 꽤 높은 지역이 자리 잡고 있어서 이곳에서는 산이라 불리고 있었다.

박산博山.

이 박산 제일 높은 곳에서 한 노인이 언제부터인지 지는 해를 바라보고 있었다. 단정히 넘긴 은발銀髮 위에 깔끔한 사방평정건四方平頂巾을 쓰고 나이를 짐작하기 어려울 만큼 늙은 얼굴에는 세 갈래로 흰 수염을 늘어뜨린 채로 몸에는 비록 낡았지만 단정하게 도포를 걸친 모습이었다. 화려한 문양이나 장식도 없이 검박한 차림이었지만 꼿꼿하게 허리를 세우고 뒷짐을 진 채 석양을 바라보는 자태에서는 고고한 기품이 흘러나오고 있었다.

"산은 높지 않고 물은 깊지 않아도 너른 수수밭 기르기 충분한데
　헛되이 욕심내어 헤매며 천지의 마음을 찾았도다.

7

태산에 오르지 않아도, 도리어 내가 그 안에 있게 될 터인데."

山不高, 水不深, 足以培育高粱田.

空欲而迷, 徒覓天地心.

不登泰山, 猶以爲吾在其中矣.

노인의 입에서 노래 한 구절이 흘러나왔다. 눈앞에 펼쳐진 석양의 정경이 꽤 맘에 드는 듯 하염없이 바라보던 중에 자연스레 나온 감상이리라. 석양을 바라보며 노래를 읊조리는 노인의 모습은 마치 신선 같았다.

　노인의 노랫소리가 채 끝나기도 전에 낭랑한 웃음소리가 대답처럼 들려왔다.

　"하하하, 웬일로 민가民歌를 읊으십니까?"

　웃음소리와 함께 한 중년인이 산 위에 모습을 드러내었다. 흑삼을 걸친 남자는 짙은 눈썹과 부리부리한 눈에 뚜렷한 이목구비를 가진 사내다운 얼굴을 하고 있었는데 그에 어울리는 짧은 수염이 더욱 남성미를 드러내고 있었다. 다만, 그 눈이 우울하게 혼탁한 것이 바람결에 힘없이 휘날리는 장삼의 왼쪽 소매와 어울려 어딘가 어두운 그늘을 만들고 있었다. 그러나 온몸에 흐르는 장중한 기운과 위엄은 결코 범상한 인물이라고 볼 수 없었다.

　중년인은 산 위에 오르자 노인을 향해 오른손을 높이 들어 정중하게 장읍長揖의 예를 취했다.

　"오랜만에 뵙습니다. 사형師兄!"

　중년인을 마주하던 노인의 귀밑까지 드리운 흰 눈썹이 꿈틀하고 움직였다.

　"아니, 사제師弟, 자네 왼팔이……."

　중년인이 쓸쓸한 미소를 머금었다. 그는 힘없이 휘날리던 왼쪽 소매를 허리춤에 끼워 넣으며 아무렇지 않은 듯 말했다.

　"공부자孔夫子께서도 속수束脩 이상이라야 가르치셨다는데, 그동안의 공부는 왼팔이 대가代價였던 모양입니다."

　과연 중년인은 외팔이어서 오른손만으로 예를 취했던 모양이다.

어이없는 듯 노인의 수염 속에 가려진 입에서 헛웃음이 흘러나왔다.

"허. 혜가慧可(소림사의 선승. 구도를 위해 자신의 팔을 잘라 입설정立雪亭에서 공양했음)의 단비斷臂야 정진구도精進求道를 위함이라지만, 사제의 훼신毁身은 무엇을 위함이던고?"

중년인이 문득 멀리 떨어지는 마지막 석양에 눈길을 돌리며 입을 열었다.

"제가 어찌 고승高僧의 입설지지立雪之志에 비기겠습니까? 그저 오래전에 의義 아닌 일에 휘말려 남의 비방을 듣지 않고자 했을 뿐입니다."

노인의 흰 눈썹이 다시 꿈틀했다.

중년인은 화제를 돌리려는 듯 얼른 말을 이었다.

"그보다 사형을 오래 찾아뵙지 못한 주제에 또 이곳으로 모시게 되어 죄송하옵니다."

노인은 중년인의 마음을 헤아렸던지 자신도 같이 석양을 바라보며 조용히 말하였다.

"우리 사이에 무슨 겸양이 필요한가? 오히려 이곳에서 해 지는 모습을 보게 해준 사제에게 고맙다고 해야겠네. 박산의 일몰이 태산泰山의 일출에 뒤지지 않게 아름답다는 것을 일깨워 주었으니. 허허."

이제 해는 거의 저물어 지평선 위로 마지막 붉은빛을 번지게 하고 있었다. 그 빛을 바라보는 두 사형제의 얼굴에도 똑같은 홍조가 반사되었다. 잠시 말없이 일몰을 감상하던 중년인이 혼잣말처럼 중얼거렸다.

"저는 태산보다, 천불산千佛山보다 이 박산이 더 좋답니다. 다른 곳에서는 산 취급도 받지 못할 이 작은 구릉이……"

노인도 사라져가는 빛에 시선을 고정한 채 입을 열었다.

"사제는 어려서부터 높은 산보다 넓은 땅을 좋아했으니 고산高山의 덕혜德惠와 광야曠野의 은택恩澤을 구분하는 것도 결국은 소인의 편협한 마음인 것을……"

마지막 석양은 찬란하게 아름답지만, 순식간에 사라진다. 지평선에는 그저 붉은빛이 띠처럼 둘려 있을 뿐이었지만 잔광殘光은 넓은 평야에서 서서히 물러나고 있었다. 두 사형제는 아무 말도 없이 조용히 평야를 바라볼 뿐이었다.

어둠이 내려오자 노인이 아쉬운 듯 혀를 찼다.

"쯧쯧. 한순간의 아름다움이라지만 너무 짧구면. 석양에 흔들리는 제로齊魯(산동 지역) 땅의 수수밭을 조금 더 보여주어도 좋을 텐데."

노인의 말이 나오자마자 중년인의 우울한 눈이 순간 번쩍하고 빛을 발했다.

"보셨습니까? 근래에 보기 드물게 작황이 좋아서 올해 수수농사는 잘된 듯싶습니다만."

노인이 문득 빙긋 웃으며 중년인을 짓궂게 쳐다보았다.

"사십 년 전인가? 우리 둘이 형수현衡水縣의 작은 마을 객잔에서 백건아白乾兒를 함께 기울였던 것이."

"예, 기억납니다. 제가 공부를 마치고 세상에 나가는 것을 축하해주신 자리였죠."

"흠. 그때 그곳의 술맛은 정말 진묘했었지. 좋은 수수에 맑은 물, 그리고 사람의 정성이 어울리면 흔한 백건아도 신품神品이 되는 법이야."

두 사람의 대화는 얼핏 이해하기 어려웠다. 사십 년 전이라니? 중년인은 이제 갓 마흔이 되었을 정도로 밖에 보이지 않는데.

중년인이 고개를 가볍게 흔들었다.

"그처럼 훌륭한 술은 그 이후로도 다신 맛보지 못한 것 같습니다. 세상은 어지럽고 사람 살기 어려우니 좋은 수수와 맑은 물도 다 소용이 없나 봅니다."

노인은 잠시 회상에 잠긴 듯 말이 없더니 가만히 고개를 끄덕였다.

"사제가 이곳으로 나를 부르기에 무슨 일인가 했더니만 박산에서 수수밭을 보여주려 했던 것이구면."

노인의 말에 중년인은 움찔하는 것 같았다. 중년인의 입가에 다시 쓴웃음이 맺혀갔다.

"사형의 눈을 어찌 속이겠습니까? 그저 사형을 뵙고 올리려는 말씀이 이곳 정경에 어울릴 듯하여 억지로 어리광을 부린 것이니 용서하십시오."

중년인은 말을 마치고는 정중하게 머리를 조아려 고두叩頭의 예를 올렸다. 그는 노인을 대단히 존경하는 사람이었다. 이 세상의 무엇도 그를 굽히게 할 수 없을 정도로 고오高傲한 성품을 가진 중년인이었지만 노인 앞에서는 훈장 선생님을 처음 뵌, 서당에 갓 입학한 동자와 다를 바가 없었다.

노인이 급히 손을 내저었다.

"아니, 이게 무슨 짓인가? 어서 일어나게! 이 늙은 사형에게 이리도 좋은 광경을 보여주어 큰 깨우침의 자리가 되었거늘, 용서가 무슨 말인가? 차라리 상을 주어야지."

중년인의 얼굴에 따스한 미소가 떠올랐다.

"사형의 슬하를 떠난 지가 40년이 넘었건만 지금도 상을 주신다는 말에는 가슴이 뛰는군요. 하하."

노인도 중년인의 얼굴을 그윽하게 들여다보며 웃음을 흘려내었다.

"허허허. 사제에게 줄 상이라도 계속 장만해 놓아야지 체면이 서지 않겠는가?"

노인은 진실로 군자라 편애하는 바가 없는 사람이었지만 이 세상 누구보다도 하나뿐인 이 사제를 사랑하는 사람이었다.

중년인이 크게 고개를 저어대며 웃음을 터뜨렸다.

"하하하. 이번에는 제가 사형을 모셨으니 제게 먼저 대접할 기회를 주셔야겠습니다."

중년인은 오른손을 크게 휘저어 반원을 그려대었다. 해가 막 지고 달이 떠오르기 전이라 사방은 아주 캄캄해져 있었다. 그러나 그가 휘저은 반원은 마치 공중에 그림이라도 그린 듯 어둠 속에서도 선명하게 궤적을 드러내었다. 공간이 그의 동작에 따라 일렁이는 것처럼 보였다.

팍.

갑자기 중년인 뒤의 작은 관목 숲 앞에 두 개의 등롱이 환하게 나타났다.

등롱이 매달린 추녀 아래에는 넓은 바위 위로 작은 주안상이 차려져 있는 것이 눈에 들어왔다.

중년인이 공손하게 노인 앞을 물러서며 입을 열었다.

"오면서 산아래 마을에서 간단한 주안상을 마련케 하였습니다. 박주산채薄酒山菜지만 사형을 모시고 달 구경은 될 듯합니다."

조금 전까지 아무것도 없던 곳에 작은 산정山亭이 생겨난 것이다. 무슨 요술이라도 부린 셈인데 노인은 전혀 놀라지 않았다. 오히려 입가에 흐뭇한 웃음이 떠오르는데, 천천히 턱수염을 쓰다듬으며 껄껄 웃기 시작하는 것이었다.

"허허허. 도道에 근본을 두니 통변通變이 자재自在로다. 사제의 조화지권造化之圈은 이미 경지에 이르렀구나!"

노인은 이해하기 어려운 말을 하며 천천히 주안상으로 걸음을 옮겼다. 중년인이 작은 목소리로 대답했다.

"부끄러운 조충소기雕蟲小技(벌레나 깎는 보잘 것 없는 기술)일 뿐입니다."

중년인은 말을 마치자 한층 겸손한 모습으로 노인을 뒤따라 걷기 시작했다. 이제 달이 뜨려는지 하늘이 천천히 어둠을 걷고 맑은 빛을 띄우기 시작했다. 산정의 등롱이 두 사형제를 반기듯이 가볍게 흔들거렸다.

서장序章 2   사문사무斯文斯武

"초반황과醋拌黃瓜, 초두아炒豆芽, 두부상豆腐箱이라⋯⋯. 비록 시골 마을의 산채라도 삼재제전三才齊全(세 가지가 어울려 다 갖추어 짐)하니 화주火酒 한 병이 꼭 필요하겠구나."

주안상 위에는 으깨어진 생 오이, 볶은 콩대와 찐 두부가 술안주로 올라와 있었다. 노인이 술안주를 둘러보며 중얼거리는 소리에 중년인이 얼른 작은 자기 병을 들어 올렸다.

"그러지 않아도 좋은 술을 한 병 구하려 했습니다만, 요새 명주名酒라 하는 것들이 전부 성색聲色에만 치중한 것들이라 사형의 구미를 더럽힐까 저어하여 차라리 인근의 토주土酒로 장만하였습니다."

중년인은 송구한 듯 말을 마치자 조심스럽게 노인의 잔을 채우고 이어 자신의 잔에도 술을 따랐다. 노인은 잔에 채워진 술을 잠시 바라보더니 고개를 들어 크게 웃으셧었나.

"허허허. 사제의 마음씀은 참으로 세심하구나."

그러더니 문득 웃음을 멈추고 중년인을 향해 얼굴을 가까이 대며 재미있다는 목소리로 말을 이었다.

"그래도 삼재가 운전運轉하는데 일원一元이 동력이 될 터인데, 어찌 가까운 곳에서 덕을 보지 쏟가?"

찰랑.

노인의 말소리와 함께 두 사람의 술잔에 담긴 술이 저절로 흔들리며 벽록색으로 변하고 기이한 주향酒香이 은근하게 퍼지기 시작했다.

노인이 술잔을 들어 중년인에게 권했다.

"자, 이제 달님이 떠오르기 전에 회친주會親酒를 먼저 하세."

무엇인지 모를 변화의 기미를 느끼면서도 아무 내색 없이 중년인도 얼른 술잔을 눈썹 높이까지 올려 예를 표하고 입에 털어 넣었다. 술잔을 입에서 떼면서 중년인이 감탄한 표정으로 긴 숨을 내쉬며 말했다.

"후유. 향기는 은은한데 기운은 곧고도 바르니 독하면서도 기운을 북돋는군요. 보이불상補而不傷하는 명주입니다. 무슨 술인지요?"

자신이 준비한 화주라고 하였는데 이는 무슨 질문인가? 그러나 노인은 중년인의 찬사에 만족한 듯 수염을 쓰다듬으며 당연하다는 듯이 대답했다.

"가까운 곳에 무행자武行者(수호지에 나오는 무송武松)가 호랑이를 잡을 때 마셨던 경양강景陽崗의 화주가 있지 않던가? 순정순正함이 부족하기에 제남濟南 순정舜井의 우물물로 빚어보았다네. 입에 맞는가?"

마치 노인이 가져온 술을 설명하는 것 같지 않은가. 중년인은 노인의 말에다 비운 자신의 잔을 다시 한 번 쳐다보고는 바닥에 내려놓았다.

"사형은 여전히 저를 놀래게 하시는군요. 선계仙界에 오르신 것이야 진작 알았습니다만 경위經緯를 뜻에 따라 직조하시다니요."

노인이 깜짝 놀란 듯이 두 눈을 크게 떴다. 길게 드리워진 하얀 눈썹 두 개가 치켜 올라가는 모습이 꽤 기묘한 모양으로 보였다.

"예끼, 이 사람아. 이 늙은 사형을 벌써 선적仙籍에 올릴 셈인가? 아직 정정한 나이란 말일세."

근엄하고 고고한 기품만 보이던 노사형의 장난스러운 모습에 중년인은 웃음을 참을 수 없었다.

"하하하. 무궁대도無窮大道를 이루신 사형께 제가 어찌 감히…… 하하하."

길게 이어지는 중년인의 웃음소리에 이끌린 듯 둥실 달이 떠오르기 시작했다. 달은 떠오르고 넓은 평야의 야트막한 산 위, 작은 산정 위에 앉아 술잔을 나누는 두 사형제의 모습은 그대로 자연스러운 한 폭의 도화선경桃花仙境을 그린 것 같았다.

밤은 차츰 깊어가는데 사형제의 담소 소리는 멀리 들리는 봄 우레처럼 조용히 천지를 울리고 있었다.

한참 수작酬酌을 나누던 노인이 문득 두부 한 점을 집으며 물었다.

"마음을 정했는가?"

자신의 잔에 술을 따르던 중년인의 손이 그대로 공중에서 멈추었다.

"네."

노인이 고개를 끄덕이며 다시 물었다.

"길은 찾았는가?"

중년인의 멈추었던 손이 다시 움직이며 잔에 술을 따르기 시작했다.

"네."

탁.

노인이 젓가락을 소리 나게 내려놓으며 자세를 바로잡고 중년인을 바라보았다.

"늙은 사형에게 말해줄 수 있겠는가?"

중년인도 손에 든 술병을 조용히 바닥에 내려놓으며 단정하게 자세를 바로 하였다.

"세상이 외도로 기우니世傾外道 재앙은 구제하기 어렵습니다水火難救. 시운이 이와 같다면時運如此 천명은 대체 어디에 있는 것입니까天命何在? 잉어가 물을 거슬러 올라감은逆水鯉躍 용이 되길 바라기 때문이듯爲求化龍 버림받아 간직함이舍而藏之 어찌 베풀어 쓰임만 같겠습니까豈若施用?"

중년인은 마치 한참을 기다렸던 것처럼 거침없이 말을 토해내었다. 노인의 흰 눈썹이 잠시 바르르 떠는 것처럼 보이더니 짧은 한숨을 내쉬었다.

"후. 도는 사람 가운데 있으니 쓰이면 나아가 행하고用而行之, 세상에서 버려지면 잘 간직하는 것藏而藏之이 또한 인세와 함께 생존하는 묘리임을 사제도 잘 알 텐데, 어찌해서 굳이 억지로 써서 행하고자 하는고?"

중년인의 흐릿했던 두 눈이 형형이 빛나기 시작했다.

"대동大同에서 소강小康으로 변했을 때는 도를 회복할 기미가 있었기 때문입니다. 그러나 이제 말류末流에 접어드는데 바로 만회하지 않는다면 어느 때에야 사람의 도가 하늘의 도와 합일되겠습니까? 시의時宜에 맞추어 조화調和를 이루려 해도 패악悖惡이 횡행하니 권형權衡의 저울추를 맞추기는커녕 저울대가 부러질 지경입니다."

노인은 묵연히 중년인의 말을 듣고만 있었다.

중년인이 흘깃 자신의 앞에 놓인 술잔을 쳐다보았다.

"남송南宋의 양산호한梁山好漢들이 비록 녹림의 두건을 쓰긴 했지만, 하늘을 대신해 도를 행하는 체천행도替天行道의 의기義氣가 있었으니 성인이 내리신 가르침과 크게 다름이 없습니다. 문과 무가 둘이 아니라 하나이듯이 제가 배운 사문斯文이 장차 추락하려 하니 이제 사무斯武를 써서 행하는 것이 억지가 되겠습니까?"(斯文은 유가의 도를 말함. 그에 대응하여 斯武라 하여 유가에도 무가 필요하다는 주장)

노인의 왼쪽 눈썹이 슬며시 올라가며 손바닥으로 무릎을 쳤다.

탁.

"호오. 사문사무斯文斯武라? 기특한 말이로고."

노인의 감탄에 중년인의 얼굴에 갑자기 부끄러운 빛이 떠올랐다.

"치기稚氣어린 불경한 말씀을 드려 죄송합니다."

노인이 굳이 그와 토론하기를 피하여 자신의 말재주로 화제를 돌리려 한다는 것을 잘 알고 있었기 때문에 그의 마음은 더욱 가라앉았다. 더하여 존경하는 사형 앞에서 너무나 예의 없이 떠들었다는 생각이 떠올라 중년인의 가슴이 왠지 답답해졌다.

노인은 크게 고개를 저으며 중년인에게 다정하게 말을 건넸다.

"아니야. 사죄할 일이 무엇인가? 사제의 영기英氣는 더욱 장해서 오히려 내가 배우는 바가 적지 않거늘."

"또 그런 송구스런 말씀을……."

노인은 잠시 중년인의 얼굴을 물끄러미 쳐다보더니 조용히 입을 열었다.

"사제는 어릴 적부터 민생民生의 고단함을 자기 일처럼 아파했고 협기俠氣가 대단했지. 선성대도先聖大道가 문무文武에 한결같음을 밝힌 것도 자네가 여덟 살이 되던 해였던 것으로 기억하네. 용사행장用舍行藏의 낡아빠진 논쟁이 무슨 쓸모가 있겠는가? 왕도王道가 폐폐廢廢한 지가 이미 오래되었으니."

중년인의 형형하던 눈빛이 다시 가라앉으며 우울한 기색이 떠올랐다. 노인은 자신의 술잔을 천천히 비우고는 말을 이어가기 시작했다.

"예전부터 공부자孔夫子의 제자 중에 안회顔回나 자하子夏보다는 자공子貢과 자로子路를 더 좋아하던 사제였는데…… 세상에 발을 딛고 살아가는 자로서 세상에 참여하여 바른길을 제시하는 것도 해야 할 직분! 우형愚兄은 사제가 이를 위해 모든 것을 바치고 있다는 것을 잘 알고 있다네."

노인의 시선이 중년인의 없어진 왼쪽 팔에 모아졌다.

"조민위락助民爲樂이라, 백성 돕기를 즐거움으로 여겼으니…… 사제가 은밀히 이름과 형상을 숨기고 수많은 협행俠行을 이루었음은 듣지 않아도 익히 알 수 있는 일. 그것을 위해 몸이 상해도 천지에 부끄러움이 없으니 무엇이 두렵고 아쉽겠는가? 형세를 정돈하여 잠시 숨을 돌리게 했던 자공이나, 의로운 일에는 용감히 행하였던 자로도 모두 우리 유문儒門의 모범이 되는 훌륭한 인물들이지."

중년인은 조용히 귀를 기울이고 있다가 노인이 잠시 숨을 돌리자 술병을 들어 노인의 잔에 술을 채웠다. 노인은 이번에는 단숨에 술을 들이켜고 잔을 내려놓았다. 왠지 쓸쓸한 기색이 노인의 얼굴에 떠올랐다.

"어쩐지 와룡臥龍을 떠나보내야 하는 수경선생水鏡先生이 된 듯 하이."

노인의 탄식 같은 말이 떨어지자 외팔이 중년인은 자세를 고쳐 그 자리에 부복하여 엎드렸다. 땅을 짚은 하나뿐인 오른손이 서글프게 떠는 듯이 보였다.

중년인의 숙인 고개 밑에서 나지막하게 말소리가 흘러나왔다.

"제가 멋대로 정한 길로 떠나도록 허락하시겠습니까?"

이 말을 노인에게 하기 위해서 얼마나 오랫동안 고민하였던가! 세상에서 가장 존경하고 사랑하는 사형의 뜻을 저버리고 다른 길을 가기 위해 마음을 다잡고 이를 악물었던 많은 세월이 있었지만, 막상 이제 말을 꺼내기는 정말로 두려웠다.

노인이 길게 탄식하며 가볍게 오른손을 들어 올렸다. 중년인의 엎드렸던 몸이 저절로 바로 세워졌다.

"선사先師께서 자네를 이 우형의 사제로 받으신 지 어언 70년. 그동안 자네가 이처럼 유약한 모습을 보이기는 처음인 듯하여 이 늙은 사형의 마음이 자못 불편하다네. 그런 속례는 그만두게나. 결코, 허락을 구하고 받을 일이 아닌 게야."

노인과 중년인의 얼굴에 똑같이 말로 표현하기 어려운 감개가 떠오르며 조용한 정적이 흘렀다. 다정함이 넘치던 산정이 문득 고요하게 애수에 잠겨 드는 것처럼 보였다.

두 사람이 입을 다물자 세상천지가 다시 잠드는 듯 그러나 속없는 달빛이 눈치 없게도 두 사람의 무릎으로 은근하게 기어오르기 시작했다. 두 사람의 눈길이 동시에 동쪽에서 두둥실 떠오르는 보름달에 옮겨졌다. 한참을 쳐다보던 노인이 떼기 싫은 입을 열었다.

"어느 길로 가려는가?"

중년인도 보름달에 시선을 고정한 채 대답했다. 나지막하지만 굴강한 의지를 띤 정명한 목소리였다.

"천하의 모든 마魔, 사邪, 요妖, 괴怪, 귀鬼를 소멸할 안배를 하고자 합니다."

노인이 짐작했다는 듯이 가볍게 고개를 끄덕였다.

천하의 모든 마魔, 사邪, 요妖, 괴怪, 귀鬼를 소멸할 안배!

중년인은 너무도 엄청난 말을 하고 있었다. 그럼에도, 노인은 태연히 그 말을 받아주는 것이 아닌가. 노인의 이마 주름이 깊게 패 들었다.

"왕도가 폐하였다고 패도覇道에서 방편을 구해야만 하다니…… 너무나 안타까운 일이지만 사제가 그리 정하였다면 그 또한 순역順逆의 흐름 가운데 자리할 걸세. 석재惜哉!"

노인은 아쉬운 한탄을 흘리며 자리에서 일어섰다. 중년인도 얼른 자리를 털고 일어났다.

"송구할 따름입니다."

표정이나 모습은 그대로였지만 중년인의 마음속 격동은 대단한 것인지 사죄하는 말이 쉰 듯 억눌린 목소리로 흘러나왔다. 물끄러미 중년인을 바라보던 노인이 흐트러진 매무시를 단정히 하면서 산정을 벗어났다. 중년인이 차마 어쩔 수 없다는 듯이 고개를 가볍게 저으며 노인의 뒷모습을 바라보았다.

서너 걸음을 걷던 노인이 문득 걸음을 멈추고 돌아선 채로 말을 건넸다.

"내가 조금 전에 상을 준다 하지 않았던가?"

중년인은 너무도 의외의 말에 선뜻 대답하지 못했다.

"네……?"

노인이 천천히 돌아서며 품에서 작은 물건을 꺼내어 들었다.

"간직하고 또 간직하여 세상을 위한 후대의 몫을 지키고, 사람의 인의와 품성을 되살리는 것이 유문儒門의 막중한 책임이지. 그러나 사제의 의기에 이 늙은 사형이 조금이라도 보탬이 되어야 하는 것도 사람 된 성정性情의 도리라네. 자, 받게!"

노인은 작은 물건을 중년인에게 선네주었다. 그러나 중년인은 너무나 예상하지도 못했던 상황이라 노인의 말을 되새겨 듣느라 손을 내밀어 그 물건을 받을 생각도 하지 못했다.

툭.

그 물건은 중년인의 발치에 떨어졌다. 얼마나 오래 묵은 지 알 수 없지만, 푸른빛이 은은히 비치는 열쇠였다. 열쇠 몸통에는 정교하게 호랑이가 새겨져 있는 것이 독특해 보였다. 땅에 떨어져 있는 열쇠를 살펴보던 중년인의 눈이 더는 커질 수 없을 만큼 치 뜨여졌다. 의식하지도 못하고 저절로 입이 벌어지며 신음 같은 한 마디가 터져 나왔다.

"호, 호반금궤지시虎班金匱之匙!"

노인이 빙긋 웃으며 손짓을 했다.

"어서 거두게나. 자네가 가는 길에 작으나마 힘이 될 수 있을 거야."

중년인이 그 자리에 얼어붙은 듯 서 있다가 번쩍 고개를 들었다. 얼마나 놀랐는지 얼굴빛이 퍼렇게 변할 정도였다.

"사형! 이것은 문외불출門外不出의……."

노인이 아무렇지도 않다는 듯이 수염을 한 번 쓰다듬고는 뒷짐을 지며 돌아서 가기 시작했다. 조금 전에 석양을 구경하던 박산의 제일 높은 곳을 향하는 노인의 뒷모습에서 상쾌한 말소리가 흘러나왔다.

"간직함은 쓸 곳을 준비함에 불과한데 이제 쓰일 곳이 생겼으니 세상에 돌려주는 것뿐임을. 이제 이 늙은 우형은 동쪽으로 예의지방禮儀之邦에 놀러 갈 생각이니 사제와는 다시 만나기를 기약하기 어렵겠구먼. 항상 삼가고 보중하게나."

노인의 고개가 살짝 움직였다. 고개를 돌리려나 싶었는데 그저 노인의 특이하게 기다란 흰 눈썹과 옆얼굴이 슬쩍 보일 뿐이었다. 노인의 수염에 가려진 입술이 무어라도 말하려는 듯 들썩였지만 끝내 아무 말소리도 흘러나오지 않았다.

쉬잇.

노인의 뒷짐 진 뒷모습이 문득 아지랑이처럼 아련해지는가 싶더니 그 자리에서 연기처럼 사라져 버렸다. 마치 허깨비인 냥 그 자리에서 종적이 사라져버린 것이다.

멍청히 서 있던 중년인이 허물어지듯 그 자리에 주저앉았다. 떨리는 오른손으로 조금 전에 호반금궤지시라고 소리쳤던 호랑이 조각의 열쇠를 천천히 집어 들었다. 그의 위엄이 넘치고 강인한 얼굴이 마치 구겨지듯이 찌푸려졌다. 시꺼먼 눈썹 밑의 봉황같이 부리부리한 눈이 시뻘겋게 충혈되어갔다.

그는 절대로 눈물을 흘리는 사람이 아니었다. 열 살이 넘은 후로는 눈물을 보인 적이 없었던 그였다. 이루 표현할 수 없는 고통과 괴로움, 슬픔과 마주한 순간에도 눈물을 보인 적은 없었다. 그러나 그처럼 강철 같은 의지와 세상을 뒤덮는 기우를 지닌 중년인도 지금 이 순간만은 어린아이로 돌아가고 싶었다. 마침내 참지 못하고 눈가로 눈물이 한 방울 떨어지려 했다.

그러나 중년인은 그렇게 자신을 나약하게 풀어버리기에는 너무나 강인한 사람이었다. 머리를 흔들어 감정을 털어내고는 다시 근엄한 얼굴로 돌아가 버리는 모습은 어쩐지 더욱 아쉽게 보이기까지 하였다. 조금 전에 노인이 연기처럼 사라져버린 곳에 눈길을 둔 채 중년인이 자신에게 속삭이듯 작은 말소리를 내었다.

"사문의 은혜아 사형의 시랑을 저버리지 않는 길은 오직 성무聖武……."

뒷부분은 너무나 작은 목소리라 흐려지고 말았다.

달은 어느새 하늘 가운데까지 이르려 하고 있었다. 비록 석양 때만은 못해도 박산에서 내려다보이는 광활한 평야에 가득 넘치는 수수밭이 눈에 띄었다. 바람이 한 줄기 수수밭을 어루만지며 흐르고 있었다.

제1장　　　　　독수심미獨秀尋迷

호남성湖南省의 한 벽지.

땅. 땅.

쇠를 두드리는 소리가 대장간 밖까지 경쾌하게 울려 퍼졌다.

치익.

뜨거운 쇠를 물에 던져 넣으며 노인은 들고 있던 망치를 잠시 내려놓고 문 밖을 내다보았다. 한 소년이 커다란 나뭇짐을 막 마당에 부리고 있는 모습이 눈에 들어왔다. 노인은 다루던 쇠를 흘낏 쳐다보고는 허리춤에서 작은 곰방대를 꺼내어 담배를 재우면서 마당으로 발을 옮겼다.

"소호小浩! 또 나무를 해왔구나."

소년이 나무토막들을 한쪽으로 풀어 내리면서 노인을 향해 씩 웃어 보였다. 나이는 열일곱 정도, 굵은 눈썹에 우뚝한 코, 일자로 다부지게 다문 입이 아주 호낭하게 생긴 얼굴이었다. 좀 마른 듯한 몸매지만 짧은 소매 밑으로 드러나는 팔은 꼬아놓은 채찍처럼 근육질이라 꽤 단단해 보였다.

"노야老爺, 여전히 사람을 쓰지 않고 혼자 지내시네요. 그러실 줄 알고 오랜 만에 나무라도 한 짐 해온 걸요."

노인이 담배를 한 모금 빨면서 히죽 웃었다.

"이 어르신이 어디 아무나 데리고 일을 할 수 있겠냐? 소호 너 같은 놈 아

23

니면 혼자 하는 게 훨씬 낫다."

이제 초가을로 접어드는 계절이 되었지만, 아직도 낮에는 늦더위가 있는 편이라 나뭇짐을 부리는 소년의 등판은 땀으로 흠뻑 젖어 짧은 옷이 달라붙어 있었다. 조趙 노인이라 불리는 대장장이 노인의 눈에 소년의 젖은 등판이 들어왔다.

"그리고 보니 탈상脫喪을 한 모양이구나. 한동안 보지 못했는데 벌써 그렇게 시간이 흘렀나……."

조 노인은 혼잣말로 중얼거리다가 소년에게 너무 무심했다는 생각이 스치면서 오래전 일을 떠올렸다.

소년의 이름은 이심호李心浩. 십여 년 전에 병든 아버지 손을 잡고 이곳으로 온 아이였다. 그의 아버지 이건명李建明은 청수한 모습의 선비였지만 듣기에 여러 번 과거에 낙방하여 세상에 실망하고 외아들인 이심호를 데리고 이 외진 고을로 숨어든 사람이었다.

'비록 깊은 병을 가진 낙방수재이긴 해도 대단한 학식에 골기骨氣가 있는 사람이었지.'

조 노인의 머리에 소년의 아버지 이건명의 청수하면서 그늘진 병든 모습이 그려졌다.

과묵하면서도 온화한 이건명은 산자락에서 화전을 일구면서 소년과 함께 조용한 생활을 보내며 누구와도 내왕하지 않으려 했다. 평생 글공부만 했던 사람이 곤궁한 시골생활을 일구어가는 것은 보통 일이 아니어서 필요한 물건이 한둘이 아니었고, 그래서 그처럼 남과 어울리지 않는 사람도 필요한 농기구나 물건을 구하기 위해서는 대장간으로 조 노인을 찾아오곤 해야만 했다. 마을에서 그래도 이건명과 얼굴을 익히고 말이라도 나눈 사람이라면 바로 조 노인뿐이었다. 그러다가 오 년 전에 결국 심해진 증세로 자리에 눕게 되니, 어린 이심호는 그 약값이라도 벌겠다고 조 노인을 찾아와 대장간에서 일하기를 청했던 것이다.

'겨우 열두 살짜리 꼬마가 대장간 일을 하겠다고 왔을 때는 참 어이가 없

었는데…….'

　조 노인이 곰방대를 물며 근육으로 뭉쳐진 이심호의 팔뚝을 흘깃 쳐다보았다. 어린 이심호는 그 당시에도 저렇게 나뭇짐을 부리면서 조 노인의 대장간 일을 돕기 시작했었던 것이다. 그 아버지를 닮아 참으로 침착하고 의젓한 꼬마여서 힘든 대장간 일에도 불평 한마디 없이 묵묵히 고된 일을 배워나갔다.

　'사실 내 밑에서 일한다는 것이 그리 쉬운 것은 아니었을 텐데, 흘흘.'

　조 노인이 문득 짓궂은 얼굴을 지었다. 조 노인도 이 마을 봉화촌逢化村에서는 성질이 괴팍하기로 소문난 사람이라서 마을 사람들이 모두 경원시하는 편이었고, 그래서 마을에서 제일 밖에 대장간을 만들어 사는 사람이었다. 물건을 파는 데에는 별로 관심도 없는 듯 내키지 않으면 대장간을 닫기도 하고 맘에 들면 돈도 받지 않고 농기구나 식도 등을 주기도 하여 꽤 기인奇人 취급을 받는 편이라, 그가 이심호를 대장간의 일꾼으로 받았을 때에는 마을 사람들이 희한한 일이라고 수군거리기까지 하였던 것이다.

　몇 년을 앓던 이건명은 결국 세상을 떠났고, 이심호는 꼬박 3년을 상을 치르느라 대장간을 떠나게 되었지만, 가끔 이렇게 나뭇짐이라고 해오면서 조 노인에게 감사를 표하는 것을 잊지 않는 것이었다.

　'선비의 자식이라 그 마음가짐이 다른 것인가…….'

　회상에 잠겼던 조 노인이 피우던 곰방대에서 재를 탁탁 털어내며 이심호를 불렀다.

　"소호, 나무는 그만 놔두고 나 좀 보자."

　이심호기 이깨춤으로 땀을 닦으면서 의아하게 쳐나보았다.

　"아직 조금 더 정리해야 하는데, 무슨 분부라도 있으십니까?"

　조 노인은 대답도 없이 대장간 안으로 들어가 풀무 옆에 자리를 잡았다. 그의 괴팍한 성격을 잘 아는 이심호인지라 얼른 조 노인 앞으로 가서 풀무 옆의 장작을 끌어다 앉았다.

　조 노인이 물끄러미 이심호의 얼굴을 들여다보다가 헛기침을 몇 번 해대었다. 하기 어려운 말을 꺼내려는가?

"어험. 그래. 이제 탈상도 했으니 어떻게 할 작정인지 생각은 해봤느냐?"

이심호의 선이 굵으면서도 다부진 얼굴이 잠시 흔들거렸다. 앙상하게 변해버린 아버지의 손이 자신의 손을 아프게 잡으며 당부했던 것. 아버지가 돌아가시고 혼자서 상을 치르면서 삼 년간 생각했던 것. 삼 년간 그의 뇌리를 떠나지 않던 아버지의 마지막 당부가 다시 머릿속을 휘저어댔다.

"심호야. 문文과 무武는 결코 다르지 않고 함께 해야만 하는 것이다. 진정한 군자君子는 문질文質이 모두 빈빈彬彬해야 하는 법이거늘…… 이 아비는 평생 이를 이루려 했지만 아무도 이를 알아주지 못해 결국 불우한 생을 마감해야 했다. 드러난 듯 보이는 문의 심의深意는 그 비밀을 나 스스로 궁구할 수 있었다만, 숨겨져 있는 무의 극의極意는 표의表意에만 머물 수밖에 없음이 한이 되는구나. 가르침대로 이곳까지 왔건만 인연이 닿지 않아 찾을 수가 없으니 호반虎班의 유자儒者는 결국 꿈이었던가……. 쿨럭, 쿨럭."

"심호야. 잊지 마라. 이 아비의 비원悲願을. 도를 행하는 유사儒士는 그 뜻이 세상을 구제함에 있으니 결코 입으로 떠드는 썩은 선비가 되지 말고 실사구시實事求是하는 진인眞人이 되어야 한다. 사문지장추斯文之將墜 이무극지以武克之…… 이 아홉 자의 뜻을 항상 가슴에 새겨두어야 한다."

아버지의 유언을 생각하면서 의식하지 못하는 사이에 이심호의 두 주먹이 굳게 쥐어졌다.

'유가의 도가 장차 추락하려 하니, 무로써 이를 이겨내리라……'

아버지의 마지막 부탁대로 아홉 자의 뜻이 저절로 다시 되뇌어졌다. 불현듯 주먹을 쥔 손을 깨달은 이심호는 몸에 힘을 빼면서 입을 열었다. 아직 조노인의 물음에 대답하지 않은 것이다.

"오래전에 아버님께서 이곳으로 오신 까닭은 무언가를 찾으시려는 데에 이유가 있었답니다. 그러나 제가 너무 어리고 아버님 몸에 병이 있으시니 할 수 없이 마을 구석에서 삶을 영위하면서 저를 가르치시는 데에 더 신경을 쓰셨던 것입니다. 이제 상을 벗었으니 아버님 뜻을 좇아 그 무언가를 찾아보려 합니다."

조 노인의 얼굴이 뭔가 기대가 깨진 듯 잔뜩 찌푸려졌다.

"에잉. 내 이럴 줄 진즉 알고 있었어…… 쩝."

이심호가 의아하게 쳐다보자 쓰게 입맛을 다신 조 노인이 할 수 없다는 듯이 입을 열었다.

"뭘 그리 놀라느냐? 그래도 이곳에서 네 선친과 얘기라도 제대로 나누어본 사람은 이 어르신밖에 더 있느냐? 네 선친이 무엇 때문에 이 마을에 온지는 내가 제일 잘 알지."

조 노인이 오래전 기억을 더듬고자 허공으로 시선을 고정했다.

"처음에 네 선친은 우리 마을에 들어서자 오래된 옛 전설이나 마을이름의 유래 등을 꼼꼼히 묻고 다녔단다. 그리고는 마을에 고천대孤天臺라는 곳이 있는지 찾았지. 여기처럼 쇠락한 시골 마을에 무슨 그런 누대가 있을 리가 있나? 더구나 네 선친이 이 마을에 왔을 때에는 옛일을 기억할 노친네들도 다 세상을 떠났고 그나마 나 정도가 마을 얘기를 알고 있었으니 도통 도움이 될리가 없었지."

이심호가 잠깐 생각해보니 조 노인이 지금 예순이 조금 넘었으니 당시에는 갓 쉰이 되었을 텐데 시골 마을의 장로라고 할 노인들이 없었다니 아버지가 겪었을 난감한 심정이 저절로 이해가 되었다.

조 노인이 힐끗 이심호를 보고는 말을 이어갔다.

"그저 우리 마을 이름이 봉화촌이 된 옛날이야기를 전해주었을 뿐인데 네 선친은 이곳에 눌러앉게 되었단다. 그 후로도 틈만 나면 그 고천대라는 곳을 찾아보았던 모양인데, 결국은 몸만 상하게 되어서……."

이심호도 잘 알고 있는, 마을에 전승 되는 옛날이야기였다.

아주 옛날, 이 마을이 다른 이름을 가지고 있었을 때 이곳에는 세상을 뒤엎을 만큼 거대한 신神이 자리 잡고 있었다. 이 신은 성격이 제멋대로라서 그 기분에 따라 주변에 벼락을 때리기도 하고 지진을 일으키기도 해서 사람들의 근심 걱정이 이만저만이 아니었는데, 어느 날 지나가던 성인聖人을 만나 자기 잘못을 깨닫고 크게 개심하여 때맞추어 비를 내리거나 역병을 막아주는 선신善神이 되었다는 전설이었다. 그런 일로 인해서 마을의 이름도 이를 기념하여 성인을 만나逢 좋은 신으로 변하였다化는 봉화촌逢化村이 되었다는 것이다. 어느 마을에나 있을 법한 흔한 전설이었다.

조 노인은 이건명의 병세로 얘기가 흘러가자 얼른 말을 돌려 이어갔다.

"하여간에 그 고천대에 관한 작은 실마리라도 찾으려고 부단히 노력했음은 내가 잘 알고 있지. 안타깝게도 전혀 도움이 될 것이 없었으니…… 그 이유가 무엇인지는 내 알 바 아니겠다만 그곳을 찾는 것이 네 선친의 소원이었으니 소호 네가 그 뜻을 이어가려는 마음도 당연하다고 할 수밖에. 그저 내가 생각하기에…… 어험."

조 노인은 이심호를 보며 헛기침을 한 번 했다.

"있지도 않은 곳을 찾아다니는 것보다야 나랑 같이 대장간을 꾸려나가는 게 너한테는 더 좋지 않을까 하는, 뭐 그런 생각이 들어서 말이다…… 험, 험."

꽤 쑥스러운지 말끝이 잔기침으로 흐려지고 있었다. 이심호의 다부진 얼굴에 엷은 웃음이 흘러갔다.

"노야가 저를 아끼시는 마음이야 정말 감사할 뿐이지만……."

말을 하며 이심호는 허리춤에 매단 주머니에서 유지로 싼 물건을 꺼내 들었다.

"사실 이 물건을 발견하시기 전에는 아버님께서도 고천대의 존재에 의문을 가지셨던 것 같습니다. 병상에 누우시기 전에 이것을 찾아내셔서 더 무리하셨던 것이고. 저도 시묘侍墓하는 틈틈이 궁리해 본 덕분에 어느 정도 가야 할 길을 정하게 되었습니다."

이심호가 꺼내 놓은 유지에 싼 물건을 풀자 납작하고 길쭉한 금속판이 나타났다. 오래된 물건으로 보였지만 녹을 닦아내고 기름칠을 한 듯 반들반들하게 윤이 나는 금속판 위에는 자잘하게 글자가 새겨져 있었다. 조 노인이 유심히 들여다보다가 궁금함을 참지 못하고 물어보았다.

"패牌도 아니고 철선鐵扇 조각도 아닌데, 이게 대체 무엇이냐?"

이심호가 금속판을 세로로 세워 보이며 답했다.

"금속으로 만든 묘지명墓誌銘의 한 조각입니다."

묘지명이란 죽은 사람을 기리기 위해 그 사람의 생애와 업적을 기록하여 무덤에 같이 묻는 글을 말한다. 일반적으로 돌에다 새겨서 묻는 것이지만 드물게 금이나 쇠에다 새겨서 넣기도 하는 것이다.

조 노인의 눈이 휘둥그레졌다.

"엥? 묘지명이라면 무덤 안에 넣는 것인데, 그럼……?"

이심호가 조 노인의 말뜻을 헤아리고 쓴웃음을 지었다.

"설마 선친께서 무덤을 파헤치셨겠습니까? 노야, 혹시 사오 년 전에 촌장댁에 혼사婚事가 있어서 선친께서 혼례를 주지하셨던 것을 기억하십니까?"

조 노인이 당연하다는 듯이 고개를 끄덕였다.

"어. 촌장 왕가 놈이 아들이 돈 좀 벌어왔다고 잘난 척하느라 제법 그럴듯하게 격식을 갖춘답시고 네 선친을 초청해서 아들놈 혼례를 치렀던 것 말이냐? 그거야 마을 사람들이 오랜만에 잔치라고 실컷 퍼마셔 댄 일이라 나도 잘 기억하지."

"그때 우연히 촌장댁에서 아주 오래된 향지鄕誌를 찾아내셨습니다. 한 백 년 전쯤 마을에서 있었던 일을 기록해 두었던 것이었지요. 그 기록에 따르면 봉화촌의 촌장은 원래 진씨陳氏 집안이었는데 절손絕孫이 되는 바람에 지금의 왕씨 집안으로 바뀌게 되었더군요. 진씨 집안은 과거에 아주 번성했던 시절이 있어서 그 시대의 진장자陳長者라는 덕 있는 분을 기리기 위해 공덕비도 세우고 분묘도 싱내하게 만들있있는데, 질손이 된 이후로는 돌보는 사람도 없어져 결국은 도굴을 몇 번이나 당해서 완전히 폐묘廢墓가 되어 여우 굴로 변해버렸다는 것도 쓰여 있었지요."

"호오."

조 노인이 눈을 둥그렇게 뜨고 감탄을 터뜨렸다.

"선친께서는 혹시 그 진씨 집안의 남겨진 흔적에서 고천대의 단서를 찾을 수 있지 않을까 생각하셨습니다. 그래서 그 여우 굴로 변했다는 폐묘의 흔적을 찾아보셨지요. 그리고 그곳에서 이 묘지명의 한 조각을 발견하셨던 것입니다. 어딘지 아시겠어요?"

"엥?"

이심호가 미소 지은 얼굴로 조 노인의 대답도 기다리지 않고 바로 말을 이어갔다.

"바로 저희 집 뒤에 화전을 일구던 산기슭이었답니다."

"허!"

조 노인은 자신도 모르게 한숨을 쉬었다. 기묘한 인연이었다. 마을 구석구석을 헤매더니 결국은 자신이 살던 집 뒤에서 희미하나마 작은 단서를 얻게 되다니.

"그런데 그 묘지명의 조각에서 고천대와 관계있는 기록이 있었더냐?"

조 노인은 가장 궁금한 사실을 성급하게 물어보았다. 이심호가 조금 아쉬운 표정으로 말을 받았다.

"네. 비록 조각 글이긴 하지만 그 진장자라는 분이 선신善神의 가르침에 따라 덕을 베풀어 주위의 칭송을 받았다는 내용과 함께 선신이 고천孤天의 오만한 이름을 다시 쓰지 못하게 했다는 내용이 새겨져 있었습니다. 마을의 전설과 들어맞는 얘기에 고천이라는 이름도 나오는 것이지요. 다만, 진장자가 선신을 만난 장소는 앞부분에 나올 것인데 그 부분이 유실되어 그저 이 산속이라는 것밖에는 알 수가 없다는 것이 문제지요."

이심호가 창문 밖으로 마을 뒤편에 병풍처럼 둘러 있는 거대한 산 그림자로 눈길을 돌렸다. 조 노인이 또 한숨을 내쉬었다.

"휴, 아무래도 네 선친이 찾던 고천대라는 곳이 정말 있기는 있는 모양이구나. 게다가 전설로만 알았던 선신의 이름 하고도 관련이 있는 듯하고. 하지만, 그곳에 무엇이 있다고 그렇게 찾으려 하는지 모르겠단 말이야. 너희 선친 같은 선비가 그런 옛날 전설에 관심을 두는 것도 영 어울려 보이지 않고."

조 노인이 슬쩍 이심호를 쳐다보았다.

"몇 번 네 선친한테 물어봐도 대답해주지 않던데, 그 고천대를 찾는 이유가 뭐냐?"

이심호의 다부진 얼굴에 흐르던 미소가 좀 더 진해졌다.

"그저 유가儒家의 한 사람으로 세상에 잊힌 역사의 한 부분을 복원하려는 것뿐이지요."

입을 꼭 다문 다부진 얼굴에서의 미소란, 굵은 눈썹이 내려앉으며 눈이 따듯한 빛을 보이는 것이었다. 그 얼굴을 바라보던 조 노인이 혀를 찼다.

"에잉! 저 웃음이랑 대답은 제 아버지를 꼭 빼닮았구먼. 하여간⋯⋯. 그건 그렇다 쳐도 이 산속이라니. 소호 너 지금 형산衡山을 말하는 거냐?"

조 노인이 별안간 말도 안 된다는 듯이 소리를 꽥 질러댔다.

형산.

세상을 떠받드는 오악五岳 중의 남악南岳.

물이 맑고 숲이 푸르며 축융봉祝融峰을 필두로 하는 일흔두 개의 기이한 산봉이 연이어져 있는 준엄하고도 깊은 산세로 남악독수南岳獨秀로까지 불리는 거대한 산이다.

"형산이 얼마나 높고 깊은지 몰라서 하는 소리냐? 그냥 이 산속이라고 형산을 헤매겠다는 것이 말이나 되는 얘기냐고?"

조 노인은 기가 차서 발까지 굴러가며 소리를 질렀다. 그도 그럴 것이 이 형산이란 곳이 보통 큰 산이 아닌데다가 그 형세조차 매우 신비스러워 본고장 사람이라도 함부로 깊이 들어가지 못하는 곳이기 때문이다. 오죽하면 오악을 평가할 때 '항산恒山은 걷는 모습 같고, 태산泰山은 반석처럼 앉아 있는 것 같고, 화산華山은 거대하고 웅장하게 서 있는 것 같고, 숭산嵩山은 누워 잠자는 것 같고, 오직 형산衡山만이 날아가는 것 같다'라고 하여 그 비천飛天의 아슬아슬함을 논하였겠는가.

이심호의 얼굴에 그려졌던 미소가 사라지며 다시 본래의 다부진 면목이 드러났다.

"아버님께서 평생을 찾으셨던 일인데 제가 포기할 수 있겠습니까? 산이 높고 깊다고 해도 언젠가는 모두 찾아볼 수 있겠죠. 우공愚公의 산을 옮기는 의지만 있다면."

원래 이심호는 그 아버지 이건명의 훈도로 의젓하고 점잖은 편이었지만 뜻밖에 단호한 면을 가지고 있어서 한번 결심하면 절대 돌이키지 않는 굳은 의지의 소유자였다. 이심호의 부러지는 듯한 말투에 조 노인의 기세가 푹 수그러들었다.

"어이구, 저놈의 고집. 네 어렸을 때부터 한번 마음먹으면 꼭 해내는 녀석이었으니…… 그놈의 묘지명 조각은 어디서 튀어나와서……."

말끝을 흐리며 이심호의 손안에 든 묘지명 조각을 보던 조 노인의 눈이 갑자기 반짝였다.

"그런데 그 조각판이 좀 특이하구나. 이리 좀 내봐라."

이심호가 손에 들었던 묘지명의 조각을 조 노인에게 건네주었다. 조 노인이 그 금속판을 손에 들고 전문가답게 꼼꼼히 쳐다보고 문지르며 두들겨보기까지 하는 것이었다.

"흠, 흠, 특이한데?"

이심호가 아무 말 없이 조 노인을 바라보았다. 한참을 금속판을 만져대던 조 노인이 갑자기 자리에서 벌떡 일어섰다.

"혹시……??"

조 노인은 금속판을 쥔 채로 그대로 대장간 안의 내실로 뛰어들어갔다. 기인이라고 알려진 조 노인이었지만 이처럼 돌발적인 행동은 처음이라 이심호는 어안이 벙벙해졌다.

우당탕.

게다가 내실에서는 뭔가를 뒤엎는 듯한 소리까지 나는 것이 아닌가. 순간 문이 벌컥 열리며 조 노인의 커다란 웃음소리가 터져 나왔다.

"푸하하하하. 찾았다, 찾았어!"

이심호는 어찌 된 영문인지 몰라 엉거주춤하니 자리에서 일어섰다. 조 노인이 손에 누렇게 색이 바랜 낡은 종이 한 장을 들고 이심호에게 달려왔다.

"소호, 이걸 봐라!"

얼떨결에 손에 받아 쥔 낡은 종이를 보던 이심호의 얼굴색이 확 변하였다.

"이건……? 묘지명 전체의 탁본???"

이심호의 입에서 신음 같은 소리가 흘러나왔다. 놀랍게도 낡은 종이에는 이심호가 가져온 조각 금속판의 전체 원형을 뜬 탁본이 새겨져 있었던 것이었다. 조 노인이 묘지명 조각을 흔들며 흥분한 목소리로 말했다.

"소호, 이 묘지명은 교반화금법攪拌和金法으로 만들어진 거라고!"

이심호가 믿어지지 않는 얼굴로 말을 받았다.

"그렇다면 이 묘지명은 바로…… 세상에 이럴 수가!"

조 노인도 흥분으로 붉어진 얼굴을 끄덕이며 같은 말을 되뇌었다.

"그래, 세상에 이럴 수가……."

무뚝뚝하고 괴팍한 성격의 조 노인이었지만 쇠를 다루는 솜씨만은 이 시골 마을에 어울리지 않는 사람이었다. 평소에는 시골 마을에서 쓰이는 농기구 정도나 만들고 있었지만, 때로는 특이한 쇠를 만들어 두드리곤 했는데 그것을 신기하게 생각한 이심호가 조심스럽게 물어본 적이 있었다. 어리지만 의젓하고 다부져서 기특하게 생각하는 이심호인지라 조 노인도 숨김없이 알려주었다.

"소호, 우리 집안 선조 중에는 대단한 기술을 가진 분이 계셨단다. 그분은 한때 군부軍府의 병기장兵器匠으로 계셨었지. 그 선조께서는 여러 가지 쇠를 섞어서 일반 오금五金(금은동철연)을 뛰어넘는 특이한 금속을 만들어내시곤 했지. 강하고 단단해서 전설이 곤오昆吾와 같은 철, 부드럽고 연해서 잠사蠶絲처럼 옷으로도 만들 수 있는 금속…… 그분이 꿈꾸던 것은 다루기 쉬우면서도 영원히 훼손되지 않는 새로운 쇠를 만들어내는 것이었단다. 안타깝게도 그분이 전하신 비결이 병란 중에 훼손되는 바람에 우리 집안은 이런 시골의 대장간 신세로 몰락하고 말았지만, 만약 사라진 교반화금법만 복원할 수 있다면 우리 집안의 오금결五金訣은 다시 완전해질 수 있을 텐데……."

그렇게 말하면서 가슴 아파하던 조 노인의 표정은 마을 사람 누구도 알지 못하는 그의 숨겨진 모습이었다.

망연히 옛 생각을 떠올리면서 탁본을 바라보는 이심호의 귓가에 아버지 이건명이 자주 일러주던 목소리가 들려오는 듯했다.

'어느 집안, 누구라도 역사의 생명이 숨 쉬고 있는 법. 오직 뜻있는 자만이 그 가치를 발견하여 세상에 베풀 수 있는 것이다.'

"아버지……"

이심호의 입에서 새어나오는 소리에 조 노인도 흥분 속에서 문득 정신을 차렸다.

"그래. 네 선친의 한결같은 의지가 결국은 이런 행운을 가져다주었구나. 이 금속 조각이 교반화금법으로 만들어진 것을 알고는 선조의 행적을 되살려보니 옛날에 어느 부호의 묘지명을 화금으로 제작해주고 그 탁본을 해놓으신 기록이 있었다는 것이 기억나더구나. 설마 그 부호가 바로 진장자였을 줄이야……. 세상에 이렇게 기이한 일이 나한테 일어날 줄은 정말 몰랐다."

잠시 고개를 저으며 감탄하던 조 노인이 급히 이심호가 들고 있는 탁본을 가리켰다.

"소호, 우선 그 탁본을 살펴봐라, 정말 고천대를 찾을 수 있는지."

이심호도 조 노인의 말에 따라 급히 탁본을 훑어보았다. 그의 눈이 별처럼 반짝였다.

"축융봉 부근의 지형을 묘사한 글이 있습니다. 이 정도면 충분한 표지가 될 듯합니다."

막막했던 앞길에 한 줄기 광명이 비쳐드는 것인가. 이심호의 다부진 얼굴은 환하게 빛이 나는 것처럼 보였다. 조 노인이 웃음을 흘리며 이심호의 근육뿐인 어깨를 두드렸다.

"세상에는 어려운 일이 없는데, 그저 뜻있는 사람이 없을까 걱정이라는 옛 말처럼 네 의지가 금석과 같다면 그 고천대는 반드시 찾게 될 거야. 그래, 그렇고말고."

이심호가 어깨를 두드리는 조 노인의 얼굴을 쳐다보다가 천천히 그 자리에 무릎을 꿇었다.

"노야의 은덕으로 선친의 소망을 이루게 되었으니 이를 어찌 보답해야 할지……."

이심호의 머리가 수그러지며 바로 대례를 올리는 것이었다.

"허어~."

조 노인이 깜짝 놀라 얼른 이심호의 양어깨를 잡았다. 그가 알기로 이심호나 그 아버지 이건명은 모두 예의가 바른 사람이었지만 기질이 강건하여 함부로 남에게 머리를 조아리는 적이 없었다.

"무슨 말이냐? 나야말로 선조의 기법을 되찾을 수 있게 되었는데, 감사를 하려면 마땅히 내가 해야 하거늘……."

조 노인이 얼른 이심호를 일으켜 세우며 어색하게 말을 이어갔다.

"그저 이 묘지명 조각은 나한테 줄 수 있겠지?"

이심호의 얼굴에 다시 미소가 지어졌다.

"당연한 말씀입니다. 저한테는 이 완전한 탁본이 있으니 그 조각은 노야께 드려야죠."

조 노인의 얼굴이 활짝 펴지며 웃음을 터뜨렸다.

"하하하, 이 조각이면 분명히 오금결을 완벽하게 복원할 수 있을 것이다. 너희 집안과 우리 집안의 소원이 함께 이루어질 수 있게 되다니, 이야말로 양전기미兩全其美한 일이 아니냐?"

이심호도 오랜만에 조 노인을 따라 웃을 수 있었다. 조 노인이 웃음을 밈추며 다시 입을 열었다.

"그래, 언제 출발할 셈이냐?"

이심호의 얼굴에 굳은 결의가 드러났다.

"이제 갈 곳을 알았으니 하루라도 빨리 가 볼 생각입니다."

이심호의 마음을 이해하는 조 노인이 고개를 끄덕였다.

"그래, 축융봉 부근이라고 해도 워낙 넓고 깊은 곳이니 서둘러야 하겠지. 얼마나 시간이 걸릴지는 모르겠다만, 갔다 오거든 반드시 이 어르신을 찾아 와야 한다. 복원된 오금결五金訣에는 네 몫도 있다는 걸 잊지 말고."

이심호가 창밖으로 그림자처럼 보이는 거대한 형산을 바라보며 답했다.

"네. 반드시 찾아 돌아오겠습니다."

말랐지만 단단한 이심호의 등을 툭툭 치며 조 노인이 감개에 젖은 목소리로 말했다.

"축융봉 부근은 험준하고 기이한 형산 심처라 단단히 채비해야 할 것이다. 물론 네 선친의 영령이 가호할 것이다만, 조심해서 다녀와야 한다."

아버지의 평생 심원이 담긴 일이 이제 해결될 실마리를 보이는 것이다. 이심호의 마음은 흥분과 감상으로 복잡하게 뒤섞이고 있었지만, 반드시 찾고 말겠다는 결의는 더욱 다져지고 있었다.

이심호와 조 노인은 모두 창밖으로 보이는 형산에 시선을 보냈다. 형산은 그 거대한 모습으로 묵묵히 작은 대장간을 내려다보고 있을 뿐이었다.

그러나 이심호와 조 노인 모두 생각지도 못했다.

두 사람이 다시 만나기까지 아주 오랜 시간이 걸리게 될 줄은.

제2장   남악문진南岳問津

이제 막 늦은 오후로 접어들 시간이건만 숲으로 울창한 깊은 산중은 벌써 그늘이 어둠으로 바뀌려 하고 있었다. 이심호가 어깨에 둘러멘 행낭을 내려놓으며 잠시 숨을 돌렸다.

"후유~, 정말로 어디가 어딘지 모를 정도구나."

이심호가 행장을 꾸리고 형산으로 들어온 지 벌써 닷새. 일단 형산 제일봉인 축융봉 근처까지 와서 깊은 산 속으로 접어들기는 했지만, 그 이후로는 거의 길을 찾지 못하고 헤매고 있는 형편이었다. 어려서 형산 기슭에서 아버지를 좇아 돌아다니기도 하였고 몸이 조금 커진 후에는 나무를 한다고 자주 올라오기는 했지만 축융봉 부근은 처음 와보는 곳이었다.

형산은 예로부터 신기한 전설이나 영험한 기록이 산재한 곳이라 산 곳곳에 불사佛寺와 도관道觀이 많은 편이고, 특히 이 축융봉은 남천문南天門이니 관일대觀日臺와 같은 명소가 있어 유람객들도 자주 오가는 곳이었다. 하지만, 지금 이심호가 있는 곳은 축융봉 동남단의 거대한 수목림으로 뒤덮인 깊은 계곡이라 사람의 흔적은 찾아볼 수 없었다.

이심호가 늦은 점심을 건량 조각으로 때우며 사방을 빽빽이 메운 나무숲을 둘러보며 생각에 잠겨 들었다.

"묘지명 탁본에 따르면 분명히 이 방향의 계곡을 말하는 것인데……."

이미 머릿속에 새겨둔 묘지명 탁본의 고천대에 관한 기록이 저절로 떠올랐다.

염제고손炎帝顧巽, 천한은회天漢隱晦, 신정불기이회神精不期而會, 우주구정지학禹鑄九鼎之壑. 과덕회괴寡德懷愧, 하대불부앙시下臺不復仰視. 회이훼지悔以毁之, 매이유진埋而遺珍, 기희익세보민幾希益世保民, 소거개호귀명야所居改號歸命也.

"염제고손이니 화신 축융이 손방巽方(동남쪽)을 돌아보고, 천한은회에 신정불기이회는 은하수가 어두워도 그 정화는 약속하지 않아도 모이게 된다는 말이니 형산의 정기가 쌓이는 곳이요, 우주구정지학이라 했으니 우왕禹王이 구정을 주조한 계곡을 말하는 것이고…… 덕이 부족한 자가 부끄러움을 품고 대에서 내려 다시는 우러러보지를 못했다니 그 누대의 이름은 분명히 고천대일 것이다. 회이훼지, 매이유진, 기희익세보민, 소거개호귀명야라 했으니 후회하여 누대를 허물고, 파묻어 없앰에 세상 사람들에게 도움이 될 만한 보배들은 남겨주었고, 사는 곳 이름을 바꾸어 귀명이라 하였으니 그곳의 이름은 귀명곡歸命谷 정도일 텐데…… 지금까지 둘러본 어디에서도 귀명곡이라는 이름을 들어본 적이 없다니 어떻게 된 노릇인지 모르겠군."

입안에서 침으로 부드러워진 건량을 삼키면서 이심호는 다시 고개를 갸웃거렸다.

"특히 치수治水를 칭송하는 대우비大禹碑가 있기는 하지만 이 근처에서 구정을 주조했다는 얘기는 처음 듣는 내용이고, 게다가 귀명은 흔히 진리에 귀의한다고 해서 불가佛家에서 많이 쓰이는 말인데 이 부근은 작은 석불이나 암자도 찾을 수 없는 곳이며, 그렇다고 천한이나 은한銀漢처럼 은하수를 나타내는 지명도 없고."

이심호는 물통의 물을 한 모금 마시고 행낭을 다시 어깨에 메었다.

"백칠십 년이나 숨겨진 비밀은 역시 쉽게 풀어지지 않는 법인가? 그러나……."

다시 걸음을 옮기는 이심호의 얼굴에 신비한 미소가 맺혀갔다.

"나 이심호를 만난 이상, 이제 고천대를 찾는 것은 그저 시간문제일 뿐이다."

미소를 띤 이심호의 얼굴이 자연스럽게 하늘을 향하였다.

'그렇지 않습니까? 당신의 아들은 보통 고집쟁이가 아니니까요.'

숲에 가려져 어두워지는 손바닥만 한 하늘에 이건명의 얼굴이 마주 웃음 지으며 내려다보는 것 같았다.

보름이 지났다. 축융봉 동남단의 대수림을 헤맨 지 이십일째. 여전히 아무런 실마리를 잡지 못한 이심호는 약간 초조해지는 자신을 느끼며 이미 캄캄해진 숲 속에서 불을 피우기 시작했다.

탁, 탁.

화섭자에서 쌓아놓은 작은 나뭇단으로 불을 옮기고는 뒤로 주저앉은 이심호가 문득 픽하고 혼자 웃음을 웃었다.

"겨우 이십 일 정도 지났는데 이렇게 마음이 흔들리다니, 다 나 자신을 잃고 평소 공부를 게을리 한 탓이다."

자조적인 웃음을 터뜨리고는 얼른 자세를 바로 하고 단정히 자리에 앉은 이심호는 천천히 눈을 감기 시작했다.

'불편불역不偏不易, 중위정도中爲正道, 용위정리庸爲定理. 시이일리始以一理, 화위만사化爲萬事, 장지어밀藏之於密, 미기육합彌其六合. 군자계신君子戒愼, 수유불리須臾不離. 이치향도以治向道, 도종본성道從本性, 성명일심性命一心, 견이정지堅而定之.'

속으로 되뇌는 구결에 따라 이심호의 호흡이 조용히 가라앉으며 초조했던 마음이 사라지면서 차분하면서도 맑은 느낌이 온몸에 가득 차기 시작했다. 이것은 이심호가 아주 어렸을 때부터 아버지 이건명이 따라 읽히며 가르쳐 준 구결이었다. 이건명은 이를 '견정공부堅定工夫'라고 하면서 언제나 마음속에 새기어 항시 외우기를 당부했었다.

이심호가 나중에 글을 배우면서 이 견정공부가 『중용中庸』의 글귀와 유사한 것을 발견하고 이건명에게 물어보자, 이건명이 가만히 웃으며 "세상에 전해진 『중용』은 그저 『예기禮記』에서 일부분을 발췌한 것일 뿐, 이 구결은 원전에 새겨진 우리 유문儒門의 전수심법傳授心法이니 함부로 발설해서는 아니 된다"라고 나직하면서도 엄격한 말투로 알려주었던 것이다.

아버지를 극진히 존경했던 이심호는 그 이후로는 눈을 떠서 잠이 들 때까지는 항상 이 구결을 외우려고 했는데, 열 살이 지난 이후로는 거의 무의식적으로 외우고 다니는 습관이 붙어버렸다. 이심호는 스스로 느끼지 못했지만 이 구결 덕분에 언제나 청정淸淨하고 정명正明한 기운을 품게 되어서 성격도 차분하면서 장중하게 변하고, 심지어는 몸까지도 살이 별로 없으면서 근육이 붙는 특이한 형태로 바뀌었던 것이다. 이심호가 나이답지 않게 진중한 것이나 마른 체구임에도 힘든 일을 무리 없이 해내는 것은 다 까닭이 있었던 일이었다.

그러던 이심호가 대수림 안으로 들어오면서 고천대를 찾게 된다는 생각에 정신없이 다니느라 평소 잊지 않던 견정공부까지 까맣게 잊어버리고서 생소한 초조감을 느끼게 되었으니 자신을 비웃은 것도 당연한 일이었다.

타닥, 타닥.

이심호의 앞에 놓인 작은 모닥불이 마른 가지 태우는 소리를 내었다. 눈을 뜬 이심호에게서는 조금 전의 초조하던 모습은 씻은 듯이 사라지고 다시 차분하고도 단정한 기운만이 감돌고 있었다.

"박불급대迫不及待라, 급하면 어찌할 줄 모른다더니 내 어찌 배운 바를 모두 잊고 허망하게 시간만 낭비했을까? 돌아가신 아버님께서 아셨다면 크게 꾸지람을 들을 일이야."

혼잣말하면서 모닥불 주위의 잔 나뭇가지를 쓸어 모으던 이심호는 문득 기이한 영감을 느꼈다.

이 대수림은 정말 울창하고 빽빽하게 나무가 자란 곳이라 해가 들지 않는 곳이 태반이었고, 어둠도 일찍 찾아와서 해가 있어 사물이 분간되는 시간에만 걸을 수가 있는 곳이었다. 게다가 형산은 지형상 구름과 안개가 자주 끼는 곳이니 이심호는 달빛에라도 의지해서 산속을 돌아다닐 생각을 아예 포기하고 노숙 준비를 서둘러야만 했던 것이다.

형산에는 예로부터 맹수가 드물다고 하지만 그것도 사람이 다니는 길에 한하는 얘기이고, 심산절곡에 무슨 흉물이 있을지 모르는 일이니 불을 피워 방비하는 것도 세심한 준비가 필요한 일이라 이 때문에 노숙할 자리를 찾는 것도 항상 신경 써야 했다. 이리저리 대수림을 돌아다니면서도 틈틈이 노숙할 만한 장소를 찾아 기억하고, 어둠이 시작될 즈음에는 서둘러 다시 노숙할 곳으로 돌아와 불 피울 준비를 하는 것이 하루 중의 중요한 일이 되어가고 있었다.

그런데 오늘 견정공부를 다시 시작하자 어쩐지 칠흑 같은 숲 안이 은은하게 보이는 것이 아닌가?

"이상한데……?"

은은하게 형태를 보이는 숲을 쳐다보던 이심호가 모닥불을 내려다보며 가만히 고개를 저었다.

"이 불빛이 비친 것이라면 그동안 내가 느끼지 못했을 리가 없어."

잠시 숲과 모닥불을 번갈아 바라보던 이심호가 문득 모닥불 위에 흙을 끼얹기 시작했다. 손과 발로 흙을 뿌려대자 작은 모닥불은 금세 꺼지고 주위는 금방 어둠으로 변해버렸다.

어둠 속에 가만히 앉아 있던 이심호가 다시 천천히 주위를 둘러보았다. 불이 꺼지고 손끝도 알아보기 어려운 어둠으로 변할 것 같던 숲 속이 은은하게 그 자태를 드러내는 것이 눈에 들어왔다. 견정공부 덕에 지금 이심호의 뇌리는 거울처럼 맑은 상태였다.

'견정공부로 정심을 회복했다고 하지만, 그렇다고 오늘만 유독 이렇게 어둠이 눈에 익을 리는 없다. 생각해보자. 오늘은 온종일 운무雲霧가 심했고, 절기로는 백로白露에서 추분秋分으로 넘어가는 때여서 낮과 밤의 기온 차이가 크다. 양화陽火가 순해지고 수기水氣가 자리를 찾아 토목土木이 모두 금金으로 결실 맺는 때이니 음률양조陰律陽調가 되어야 하는데, 가만, 오늘이 열여섯 달이니 음陰이 과하여 달빛이 양기陽氣를 머금게 되니까……'

속으로 궁리하던 이심호가 문득 손바닥을 마주치며 입을 열었다.

"그렇구나! 수목이 결실을 위해 품은 수분이 넘쳐 겉으로 넘치게 되니 양금陽金의 기운을 뿜어 스스로 자태를 드러내는 형국이로구나."

과연 그의 말대로 커다란 나무들의 표피에 잔잔히 반짝이는 느낌이 있어서 캄캄한 암흑 속에서 그 형상이 보이는 것이었다.

이심호의 아버지 이건명은 대단한 재지의 소유자로 원래 대대로 거유巨儒를 배출한 사대부 집안의 둘째 아들로 태어났다. 어려서부터 천재 소리를 들으며 장래 한림翰林의 거벽巨擘이 될 기대를 한몸에 지니고 세상의 모든 학문을 섭렵하면서 자라난 사람이었다. 우연한 인연으로 자신의 인생에 색다른 결정을 하면서 집을 떠나 천하를 유랑하게 되었지만 그를 아는 모든 이들은 장차 그가 유림의 대종사大宗師가 될 것을 의심하지 않았던 것이다.

그가 집을 떠나 세상을 떠돌면서 배움은 더욱 깊어져 그의 머리에 담긴 것은 천하를 담을 정도가 되었다. 그러던 그가 이심호가 태어난 이후로 아들의 교육에 온 힘을 기울였다. 자신의 평생 비원을 해결해 줄 유일한 인물로 아들인 이심호를 택했으니 그는 자신을 뛰어넘는 인물을 만들어 내려 했던 것이고, 그 교육은 엄하면서도 자상하기 이를 데 없었다.

그 때문에 이심호는 열 살이 되던 해에 십만 자의 경서를 외워야 했고, 천하에 산재한 모든 학문의 기초를 쉼 없이 닦아야만 했다. 유불선儒佛仙 삼 가의 경전뿐 아니라 음양오행陰陽五行, 기문진도奇門陣圖에 이르는 온갖 방문지학傍門之學까지 이건명은 자신이 평생을 걸려 배운 모든 것을 아들인 이심호에게 심어주려 했던 것이다. 이심호의 천부적인 재지와 견정공부를 통해 얻은 남다른 지혜에 이건명의 훌륭한 가르침이 더해지자 그 성취는 세상의 기준을 훨씬 뛰어넘게 되었다.

이 어둠 속에서 천시天時와 지리地理를 더듬어 현상을 도출해내는 것은 정말 열일곱 살의 소년이 해낼 수 없는 일이었다. 이심호는 배우기만 했던 지식을 활용했다는 것에 작은 기쁨을 느끼며 문득 방외지학方外之學을 강설하던 아버지의 목소리를 떠올렸다.

"배우기만 하거나 생각하기만 한다면 병폐가 생긴다고 하신 공자님 말씀은 배우고 궁리하는 것을 실용에서 쓰라고 강조하신 것이다. 사물의 기미機微를 잘 살펴 그 전체의 변화를 궁구하다 보면 모든 것이 정경正經한 도리에서 벗어나지 않음을 발견할 것이니, 방외方外의 선경仙境이라도 사람 눈에 비친다면 어찌 혼란스럽게 할 수 있겠느냐?"

이심호는 자신도 모르게 고개를 끄덕이고 있었다.
"아버님의 가르침은 추호도 진리에서 벗어난 적이 없다. 이러한 특이한 현상이 어찌 이유 없이 생기겠는가!"
이심호는 어둠 속에서 등 뒤에 마치 선친 이건명이 지켜보는 듯한 안온함을 느끼며 숲의 기이한 현상을 자세히 살피기 시작했다. 과연 그 기이한 현상은 이심호를 둘러싼 모든 숲에서 일어나는 것이 아니라 이심호의 좌측에 자리한 거대한 소나무 군락에서만 나타나는 것이었다.
"녹나무나 등나무, 은행나무와 달리 소나무 숲에만 양금의 현상이 일어나는 것은 결코 자연스러운 일이 아니다."
왼쪽에 길게 펼쳐진 소나무 숲은 은은히 자태를 빛내며 마치 이심호를 유혹하는 것 같았다. 이심호가 앉았던 자리에서 일어나며 행낭을 다시 묶어 어깨에 둘러메었다.
"그동안 돌아다녀 보니 이 대수림에서 소나무만은 동서로 길게 군락을 이루어 자라는 것 같던데, 지금 이 현상을 하늘 위에서 봤다면 대수림이란 어두운 하늘에 은하수가 은은하게 펼쳐진 것으로 보일 것이다."
소나무 숲이 우거진 방향으로 걸음을 옮기는 이심호의 눈빛이 마치 별처럼 빛나고, 중얼거리는 혼잣말은 점차 확신이 넘치고 있었다.

"귀명歸命은 또한 귀명歸明이니 빛에 다시 돌아간다는 뜻. 양금의 빛이 끝나는 곳이 바로 내가 찾던 곳이 틀림없다!"

이심호의 발걸음이 거침없이 힘차게 내딛어지고 있었다. 단지 한 조각 묘지명의 글귀에 의지하여 깊은 형산의 대수림을 헤매는 이심호에게는 작은 조짐이라도 결코 놓칠 수 없는, 아니 반드시 의미가 있어야만 하는 단서인 것이다.

소나무 숲을 따라 걸은 지, 세 시진. 시간은 자시를 넘어 축시로 접어들고 있었다.

깊은 밤에 캄캄한 숲을 길도 없이 걷는다는 것은 보통 어려운 일이 아니다. 더구나 양금의 빛을 보기 위해서는 불을 밝힐 수도 없어서 그저 어둠 속을 걸어야만 하는 것이다. 울창한 소나무 숲에서 진행을 가로막는 뿌리와 가지를 피하면서 그저 은은히 보이는 형태를 쫓는다는 것은 마치 시커먼 구멍 속으로 빨려 들어가는 느낌이었다.

천성이 담대하고 진중하다고 해도 이제 열일곱 살의 소년이 가기에는 힘겹고 두려운 길인지라, 이심호도 자꾸 치밀어 오르는 불안감을 누르기 위해서라도 쉬지 않고 견정공부의 구결을 되뇌며 끊임없이 걸음을 옮기고 있었다. 한 번도 쉬지 않고 계속 전진을 거듭한지라 이심호의 온몸은 땀으로 젖어들고 호흡도 몹시 가파르게 변하고 있었다. 더구나 앞으로 갈수록 지형이 차츰 위로 올라가는 것이어서 이심호는 더욱 힘이 드는 것을 느꼈다.

'헉, 헉. 이건 기묘하군. 탁본의 글귀에 따르면 고천대는 계곡에 있어야 하는데 어째서 지세가 점차 가파르게 올라가는 것인가?'

무엇인지 잘못된 것이 아닐까 하는 의혹이 아까의 자신감을 갉아먹어 가면서 이심호는 힘이 쭉 빠지는 것 같았다. 그러나 오랫동안 다져진 그의 의지는 결코 중도에 포기를 용납하지 않아서 뭉클거리며 솟아오르는 의혹 속에서도 한 걸음 한 걸음 소나무 숲의 끝을 향해 걸음을 멈추지 않았다.

아무리 거대한 숲이라도 끝은 있는 법. 마침내 이심호는 소나무 숲이 끝나고 다른 숲으로 이어지는 경계에 펼쳐진 작은 잡목군이 있는 곳으로 나올 수 있었다. 이곳은 꽤 키가 작은 나무들이 뒤엉켜 자라는 곳이라 달빛이 들어와 아주 환하게 경물이 보이는 곳이었다.

"헉, 헉. 이곳에서 양금의 빛은 사라지는데……???"

지칠 대로 지친 이심호의 입에서 의혹을 참을 수 없는 목소리가 힘들게 흘러나왔다. 세 시진 동안이나 소나무 밀림을 뚫고 온 그의 몰골은 차마 쳐다볼 수 없을 정도였다. 머리를 묶었던 끈은 어디로 사라졌는지 봉두난발이 되었고, 몸에 단단히 받쳐 입었던 감색 경장은 가지에 찢겨 걸레처럼 변했으며, 발은 흙투성이에 얼굴과 몸 이곳저곳은 적지 않은 상처에서 옅게 피가 배어 나와 마치 미친 사람 같았다.

이곳에서는 보름을 지난 열여섯 날의 달이 오랜만에 위세를 부리듯이 거침없이 달빛을 뿌려대고 있어서 희미한 양금의 기운은 아예 느낄 수조차 없었다. 양금의 빛을 반짝이던 소나무 숲이 끝난 곳은 그저 다른 숲으로 내려가기 전의 좁은 언덕 꼭대기에 불과할 뿐이었다.

이심호는 어이가 없기도 하고 허탈한 마음에 주저앉을 뻔하다가 얼른 고개를 흔들며 자신을 추슬렀다. 걸어오면서 쉬지 않고 외웠던 견정공부 덕에 포기하려는 생각이 저절로 진정된 것이다.

"생각과 다르다고 경물에 현혹되면 안 된다. 양금의 기운이 나를 인도했으니 그에 합당한 이치를 찾아야 해."

이심호는 크게 심호흡을 하며 주위를 자세히 둘러보기 시작했다.

언덕을 경계로 이심호의 뒤쪽은 조금 전에 걸어온 소나무 숲이었고 앞은 다시 내리막을 이루면서 거대한 은행나무들이 자라는 숲이었는데, 이심호가 서 있는 곳은 조그마한 공터처럼 그저 작은 나무들이 마구 엉켜 자라서 뚜렷한 경계지역을 만들고 있었다. 앞에 펼쳐진 은행나무 숲도 소나무 숲과 다를 바 없이 빽빽하게 자란 나무들로 덮여 있어서 캄캄한 어둠에 잠겨 얼마나 깊은지 짐작도 가지 않았다. 오직 이 경계가 되는 작은 언덕만 달빛에 노출되어 환한 것도 신기한 일이었다.

이심호가 주위를 살피던 시선을 하늘 쪽으로 옮겨갔다. 이 작은 언덕 주위로는 오랜 수령의 거대한 나무들이 쭉쭉 하늘로 뻗어 있어서 달빛이 원통처럼 내리비치고 있는 것이었다. 이심호의 머릿속에 담긴 수많은 지식이 어울리는 이치를 찾고자 또다시 분주히 움직이기 시작했다.

"이곳은 구릉의 정점이라 낮과 밤으로 일화월정日華月精을 받기 좋은 곳이니 상식적으로는 이곳에서 거목군이 시작되어야 옳다. 그러나 상반되게 키 작은 잡목밖에 자라지 않고, 더구나 주위의 거목 숲에 포위되어 높은 지역임에도 마치 우물과 같은 형상이 되어버렸으니…… 그리고 오직 이곳에서만 하늘이 보인다는 것은, 고천孤天!"

생각 끝에 저절로 답을 얻게 된 이심호가 천천히 자세를 낮추며 뒤엉킨 잡목군을 헤치기 시작했다.

"이 언덕에 나무가 크게 자라지 못하는 것은 결코 자연스러운 것이 아니다. 그렇다면 인위적으로 만들었다는 것인데, 분명히 그 연유가……"

잡목들은 뜻밖에 뿌리가 약해서 이심호의 손에 의해 쉽게 뽑혀 나가며 바닥을 드러냈다. 바닥을 쓸어가던 이심호의 손바닥에 무언가가 만져졌다. 급하게 흙을 치워가던 이심호가 문득 손을 멈추고 바닥을 응시했다.

얇게 덮인 흙 속에 널찍한 철판이 박혀 있고, 그 철판 위에는 가운뎃손가락 크기만 한 쇠막대 네 개가 동서남북으로 아무렇게나 자리하고 있는 것이 아닌가. 철판 가운데에는 무슨 의미인지 '연둔개連遁蓋'라고 세 글자까지 새겨진 것이었다.

이심호의 두 눈이 크게 뜨여졌다.

"이것은 기관機關!"

철판과 쇠막대는 무엇으로 만들었는지 오래전의 물건임에도 전혀 손상이 없이 달빛 아래 어두운 빛을 품고 있었다. 철판과 쇠막대를 조심스럽게 더듬으면서 이심호의 머릿속이 빠르게 움직이기 시작했다.

'기문지학奇門之學은 진도陣圖에 기초를 둔 것이라 허실虛實이 상전相轉하며 설치자의 의도를 표현한다. 그러나 결국은 문門과 관關을 차려놓고 궁宮과 성城으로 쓰는 것이 원리. 궁성의 편액을 보면 주인이 누구인지 알 것이며, 주인이 드러나면 관문을 개방할 방법도 자연히 생기는 법.'

속으로 이전에 배운 기문진도의 원리를 되새기며 이심호의 눈이 '연둔개'라는 세 글자에 머물렀다.

"연둔개…… 숨은 곳을 연결하는 덮개라, 특이한 지형과 오직 이곳에서만 하늘을 볼 수 있으니 이것이 이 궁성의 편액이라면 주인은 바로……."

이심호가 서슴없이 손을 뻗어 네 개의 쇠막대를 움직여 서로 끝 부분이 엇갈리도록 하였다. 격자처럼 만들어진 형상은 바로,

"우물#이다!"

순간 어디선가 으르릉하는 작은 소리가 울려왔다.

키긱. 쿵!

뭔가가 어긋나는 소리와 함께 갑자기 이심호가 서 있는 지반이 통째로 함몰되어 밑으로 꺼져버렸다.

"으아악!"

어떤 변화가 있을지 기다리다가 예상치도 못하게 돌연히 밑으로 떨어지자 이심호는 저절로 비명을 질렀다. 철판이 박혀 있던 땅덩어리가 이심호를 위에 실은 채 그대로 추락하고 있는 것이다. 함몰되는 언덕 꼭대기 좌우로 흙과 나무뿌리들이 구멍을 메우며 쏟아져 내렸다.

"으아아아아……."

함몰된 구멍이 메워지면서 이심호의 비명이 아득하게 멀어져갔다.

철판 위에 엎드린 자세로 지반과 함께 추락하던 이심호가 고개를 세차게 흔들며 정신을 차렸다. 떨어져 내리는 감각과 귀 옆을 스치는 바람 소리로 분명히 추락하고 있다는 것은 알겠는데, 조금 전까지 머리 위로 같이 쏟아져 내리던 흙덩이와 나무뿌리들이 사라져버린 것이다.

'그러고 보니 추락 속도도 아까보다는 많이 줄었고 수직이 아니라 비스듬하게 경사를 따라 미끄러지는 것 같잖아!'

과연 그랬다. 이심호를 위에 태운 채 철판이 박힌 암석 지반은 마치 활주라도 하듯이 경사진 구멍을 상당히 안정적으로 낙하하고 있었던 것이다. 시커먼 어둠 속에서 지하의 구멍을 따라 떨어져 내리고 있으니, 보통 무서운 일이 아니었지만 이런 기이한 현상을 느끼자 이심호는 오히려 마음이 안정되는 것을 느끼게 되었다.

'이 추락도 역시 기관의 안배라면……'

이심호의 마음이 오히려 기대로 설레기 시작했다. 지반의 추락 속도는 더욱 느려지고 이제는 거의 횡으로 미끄러지는 듯하였다. 고개를 든 이심호의 눈에 갑자기 구멍 끝의 빛이 나타났다.

풍덩!

지반이 이심호를 실은 채로 구멍 끝을 빠져나와 물속으로 빠졌다. 돌연히 차가운 물에 잠긴 이심호는 깜짝 놀랐지만, 얼른 자맥질로 물 위로 떠올랐다.

"푸하."

이심호의 눈에 빛을 뿌리는 반구형의 천장이 들어왔다. 비록 햇빛같이 환한 빛은 아니었지만, 천장 전체가 부드러운 빛을 뿌리고 있어서 사물을 보는 데에는 전혀 지장이 없었다. 오랫동안 어둠에 있었던 이심호의 눈은 오히려 쉽게 적응할 수 있었다.

물 위에서 이심호는 우선 주위를 이리저리 살펴보았다. 좌측에는 자신이 떨어져 내린 듯한 커다란 구멍이 벽에 뚫려 있어서 그 구멍으로 물줄기가 흘러내리고 있었고, 자신은 그 물줄기로 이루어진 작은 지심호地心湖 속에 있다는 것을 깨닫게 되었다.

"저 물줄기를 타고 떨어졌기에 큰 충격 없이 이곳으로 미끄러지듯 들어올 수 있었던 것이군."

이심호가 저절로 감탄의 목소리를 내었다.

이곳은 커다란 지하공간이었다. 반구형의 천장으로 덮인 사방 벽에는 크고 작은 구멍들이 뚫려 있어서 작은 물줄기들이 그곳을 통해 흘러내리고, 그 물이 모여 바다 중앙에는 지심호를 형성한 곳이었다.

우측을 바라보던 이심호의 눈빛이 마치 별처럼 빛났다. 오른쪽에는 물줄기가 나오는 구멍은 없고 오직 하나의 커다란 동굴이 입을 벌리고 있는데, 그 동굴 위에 전자篆字로 네 글자가 선명하게 새겨져 있는 것이었다. 노려보듯이 그 글자를 쳐다보면서 이심호의 다부지게 다문 입이 천천히 그 글자를 읽어내었다.

"귀歸, 명命, 동洞, 부府!"

이건명으로 하여금 한림翰林의 대관大官을 버리게 하고, 유문儒門의 종사宗師를 포기하게 했던 비원悲願. 수십 년을 아들과 천하를 방랑하며 찾고자 했던 소망. 그것이 지금 이심호의 눈앞에 나타난 것이다.

사형, 이게 인배가 발동합니다.

제3장　　　고천귀명孤天歸命

지심호를 헤엄쳐 나온 이심호는 옷을 말릴 생각도 없이 귀명동부 앞에 섰다. 흥분해서 안으로 뛰어들어갈 것 같았지만, 동부 앞에 서자 오히려 마음이 차분해졌다.

'우물을 이용해 지하수맥과 연결하고, 오는 자가 다치지 않도록 우물의 덮개인 지반에 실어서 지중호로 맞이하는 마음 씀은 이곳의 주인 되는 분이 인의仁義하신 덕분이다.'

지난 행로를 더듬어 본 이심호는 비록 젖은 몸이지만 자세를 바로 하고 동부에 읍했다.

"산동山東 청하淸河 이가의 후손인 이심호는 삼가 선인의 유적을 참배하고자 합니다. 편안하게 맞아주신 배려에 우선 감사드립니다."

그는 유가의 후손이었다. 언제 어디서나 지켜야 할 도리는 잊지 않는 것이 그의 본성이었다.

이심호는 예를 마치고 동부 안으로 천천히 발걸음을 옮겼다. 귀명동부라는 글자 외에는 아무런 표기나 문양도 없고, 별다른 인공도 가하지 않은 동부의 안은 어둡지 않고 은은한 환한 빛을 내고 있었다. 잠시 동굴 복도를 바라보던 이심호가 가볍게 고개를 끄덕였다.

"무엇인지 모르겠지만, 이 지하 동굴의 천장과 같은 소재로 이루어져 스스로 빛을 내는구나."

복도는 그리 길지 않았고 곧 작은 석실이 나타났다. 작은 석실은 팔각형으로 다듬어져 있었고 바닥에는 태극 문양이 새겨져 있었다. 복도와 마주한 곳은 바닥을 두 단 높여 계단처럼 만들어서 작은 향로가 하나 놓여 있었고, 그 향로 위의 벽에는 한 인물의 모습이 부조로 새겨져 있었다. 막 석실로 접어들면서 그 부조를 바라보던 이심호가 급히 숨을 들이쉬었다.

"흡."

단순한 인물의 부조에서 엄청난 위세가 쏟아지고 있었던 것이다. 어깨까지 길게 자란 머리카락을 자연스럽게 풀어헤치고 고풍스러운 도포를 입고 뒷짐을 진 채로 하늘을 오연히 바라보는 중년인. 비단 실로 수놓은 금단화錦端靴를 신고 구름을 밟고 서 있는 조각은 마치 살아 있는 것처럼 생생한 느낌이 들었고, 그 모습에서는 신神을 대하는 듯한 경외감까지 느껴지는 것이었다.

"보통 위세가 아니다. 보는 사람을 압박하는 기세가 절로 드러나는 모습이다."

이심호는 그 조각의 인물이 바로 이 동부의 주인임을 짐작하고 벽을 대하고 자리에 엎드려 대례를 올렸다.

"소생 이심호가 삼가 동부의 주인을 뵙습니다. 선인의 거처에 허락 없이 들어옴을 용서하십시오."

이심호가 절을 마치고 고개를 드니 조각 밑의 향로가 갑자기 연기를 뿜기 시작하는 것이 아닌가.

"?"

퍽.

조그마한 향로는 마치 폭발이라도 할 듯이 하얀 연기를 끊임없이 뿜어내어 석실 안은 금방 몽롱한 연기로 가득 차 버렸다. 하얀 연기가 빠르게 석실 안을 채워서 금세 사방을 분간하기 어려울 정도였는데, 어쩐 일인지 흩어지지도 않고 공간을 채운 채 고정되는 것 같았다.

돌연한 변화에 자리에 앉은 채 두리번거리는 이심호의 눈에 문득 연기 속에서 사람의 그림자가 나타나는 것이 보였다. 그 그림자는 연기를 헤치며 천천히 이심호에게 다가오기 시작했다. 몽롱한 연기 속에서 다가오는 그의 발에 신겨진 금단화가 눈에 띄었다.

'설마……?'

이심호가 믿지 못할 상상을 머릿속에 떠올리는데 위엄 있는 목소리가 귀에 들어왔다.

"젊은 선비는 놀라지 마시오. 이 몽롱향연권朦朧香煙圈은 그저 노부가 젊은 선비에게 직접 뜻을 전하기 위한 작은 방편에 불과할 뿐이니, 허황한 눈속임이 어찌 군자의 정심을 어지럽히리오."

말을 꺼낸 인물은 놀랍게도 벽에 부조로 새겨져 있던, 그 신과 같은 위엄을 지닌 중년인이었다. 중년인의 위엄 있는 얼굴은 친근한 미소로 이심호를 바라보고 있었다. 잠시 중년인의 미소를 마주 대하던 이심호가 천천히 자리에서 일어나며 가볍게 고개를 끄덕였다.

"이렇게 뵌 모습에서는 위세보다 자애로운 기운을 느끼게 되니, 이것이 비록 환술幻術에 불과하다지만 그 경지는 제가 짐작할 수도 없군요."

이심호는 눈앞의 이 중년인이 실체가 아님을 짐작하였지만 산 사람을 대하듯이 말을 건네었다. 이심호의 대답이 무척 마음에 들었는지 중년인의 미소가 흡족한 웃음으로 변해갔다.

"하하하, 젊은 선비의 정심법定心法은 이미 나이를 초월하였구려. 벽에서 나오기 전에는 예상보다 어린 분이 오셔서 노부를 유령으로 알고 놀라면 어떡하나 하고 은근히 걱정도 했다오."

중년인의 눈길이 차분히 이심호의 전신을 훑었다.

"직접 보니 청심정명淸心正明이 자리를 잡아 송기학골松肌鶴骨까지 발전되었으니 노부가 약속받은 대로라 오랜 기다림이 다 즐거움으로 자리하는구려. 하하."

웃음을 멈춘 중년인이 두 손을 들어 가볍게 예를 차렸다.

"젊은 선비가 동부 앞과 이곳에서 이미 예를 차렸으니 노부도 답례하고 통성명은 해야 무례하다는 욕을 면하겠소. 노부의 이름은 서자릉徐子凌이라 하며 호는 귀명산인歸命散人이라 하는데, 아주 옛날에는 부끄러운 노릇이지만 광망하게 고천진군孤天眞君이라 불렸다오."

이심호의 눈이 번쩍 빛났다.

'고천……'

중년인, 귀명산인이 가볍게 손을 내저어 이심호가 꺼내려는 말을 막았다.

"젊은 선비가 하고 싶은 얘기도 적지 않을 터이지만, 이 몽롱향연권으로 노부가 직접 말을 전하는 데 한계가 있는지라 우선은 참으시고 노부의 전하는 말을 들어주시오."

이심호의 다부진 얼굴이 침착하게 가라앉으며 가볍게 고개를 끄덕였다.

"네. 하교下敎하시지요."

귀명산인이 이심호의 대답에 다시 만족한 웃음을 지으며 잘 정리된 턱수염을 쓰다듬었다.

"노부는 본래 대대로 황로지술黃老之術을 익힌 집안의 후예로……"

귀명산인 서자릉은 본래 고대의 단도지학丹道之學을 가학家學으로 하는 집안의 후예였다. 오랜 세월 집안에 대대로 전해지는 가르침은 춘추전국시대를 거치면서 변하기 시작하여 차츰 수선修仙의 비결이 담긴 신선가神仙家의 학문과 오행가五行家의 음양술수陰陽術數가 첨가되었고, 거기에 방사方士의 연단煉丹과 야금술冶金術까지 섞여 들어가 대단히 방잡厖雜하고 기고奇古한 학문이되어버렸다. 서자릉은 천하의 기재라 집안의 학문을 모조리 완성했을 뿐 아니라 강호에 유전流轉되는 온갖 좌도지학左道之學까지 수습하여 이를 스스로체계화시켜 신화경神化境에 이르기까지 수련해 낸 인물이었다.

"그 당시에 천하를 주유하다 자리를 잡은 곳이 바로 이 계곡이라오. 이 계곡은 형산 칠십이 봉의 신양神陽과 지심地心의 수정水精이 모이는 곳이라 천하에 드문 복지福地였지요. 노부는 이곳에서 그동안의 배움을 무武의 외형으로 만들어내면서 차츰 외도에 빠져들게 되었소."

천재가 지닌 재능으로 세상의 모든 기고한 이치를 무학으로 재창조했으니 이는 천하에 유래를 찾을 수 없는 독보적인 위력을 갖게 되었다. 천하의 모든 기운을 찾아 부리는 서자릉의 무공은 이미 무학의 경지를 벗어난 신력神力과 마력魔力의 경지였으니 세상에는 이를 감당할 상대가 없었던 것이다. 이처럼 되자 서자릉의 마음속에는 야망과 교만이 싹트기 시작했고, 세력을 모아 세상을 노릴 욕심이 생기기 시작하였다.

"참으로 부끄러운 노릇이지만, 그 당시에 노부는 천하를 다시 나눌 셈으로 계곡에서 구정九鼎을 주조하여 진보珍寶로 채우고, 높은 누대를 세워 하늘 아래 홀로 군림하고자 고천대孤天臺라고 이름 지었다오. 나 스스로 인간임을 잊고 신으로 세상에 군림하려 하였으니 몸이 성하다 해도 노부의 정신은 이미 주화입마走火入魔와 다를 바 없었고, 한갓 헛된 욕망 때문에 세상에 끼친 피해는 이루 말할 수 없을 정도였소."

비록 담담한 말투였지만 서자릉의 형상에서는 처연한 기색이 완연히 드러났다. 차분히 과거의 얘기를 건네주던 서자릉의 모습이 차츰 변하기 시작했다.

"노부는 고천대에서 예순이 되던 날, 마침내 세상을 어지럽힐 행동을 시작하려 했소. 바로 그날 아침 새소리를 들으며 잠에서 깨지 못했다면 노부의 죄업은 영영 구제받지 못했을지도 모르지."

서자릉의 중년인 같은 모습이 은발과 기다란 흰 수염이 자란 노인의 형상으로 바뀌었고 걸치고 있던 옷차림도 어느새 화려한 융의絨衣로 변해 있었다.

"그날 아침 고천대로 노부를 찾아온 이는 왼팔이 없는 독비獨臂의 중년 유사였소. 온몸에서 청고淸高한 수기秀氣를 발하며 정기가 늠연한 모습의……. 그의 앞에 선 나는 마치 황금을 마주한 도금 칠한 가짜 같은 느낌을 받았다오. 허허."

　자신의 잘못을 스스로 얘기하고, 과거의 자신을 담백하게 깎아내리는 것은 보통 수양으로 가능한 것이 아니다. 서자릉은 과거의 얘기를 하면서 전혀 과장하거나 꾸며대지 않았고, 오히려 편안하게 술회하고 있었다. 결코, 일부러 겸손을 가장하는 것이 아니었다.

　"그분은 바다와 같은 지혜와 산과 같은 위엄을 지니고 있어서 나는 절로 위축될 수밖에 없었소. 그분은 차분히 천지의 도리와 생명의 이치를 알려주며 내 잘못을 깨우쳐 주었지만 고천진군이란 허울에 집착했던 노부는 끝내 그분에게 무력을 사용했소. 그러나 노부의 자랑하던 힘은 그분에게는 닿지도 않았으니 마침내 노부는 굴복할 수밖에 없었다오."

　서자릉의 형상에서 다정한 기운이 펼쳐지면서 그의 옷차림이 다시 평범한 백색 장포로 변해갔다.

　"그분은 굴욕감과 부끄러움에 떠는 노부를 일으켜 세우고는 사람이 세상에 태어난 가치를 가르쳐 주었소. 그 후로 십여 일을 노부와 함께하며 그분의 배움을 아낌없이 노부에게 전해주셨으니, 노부 평생에 그처럼 노부를 아끼고 믿어준 사람은 오직 그분뿐이었소. 노부는 이에 나이와 과거를 모두 버리고 그분을 스승으로 모시고 여생을 보내려고 결심했다오."

　서자릉에게는 그 순간이 마치 어제 일어난 것처럼 또렷하게 기억되었다.

　외팔의 중년인은 고졸한 미소를 지으며 천천히 고개를 저었다.

　"진군眞君, 당신과 나는 지기知己의 만남이거늘 어찌 나를 스승으로 올릴 수 있겠소. 하물며 진군의 학문이 정도로 돌아섬에 장래의 성취는 나를 능가할 것인데."

　"선생, 선생께서 저를 이끌어 주시지 않는다면 저는 장차 무엇을 할 수 있겠습니까? 누대를 허물고 계곡을 메우고 나서는 그저 세상을 등진 채로 제 죄업을 참회하는 여생밖에는 남은 것이 없습니다."

　외팔의 중년인이 물끄러미 서자릉을 보다가 오른손으로 서자릉의 손을 가만히 잡았다.

"진군의 삶을 어찌 그리 깎아내리시오? 하늘이 진군에게 재주를 내리고 다시 정도로 이끌었으니 반드시 쓰임이 있을 것은 진군도 짐작하는바. 진군이 굳이 나를 버리지 않겠다면 내 한 가지 부탁을 들어주오."

서자릉이 두 손으로 외팔 중년인의 손을 맞잡으며 격동의 목소리로 말했다.

"선생이 제게 필요한 것이 있으시다면, 이 서자릉 여생을 바쳐서라도 완수할 것입니다."

외팔 중년인과 서자릉이 마주 잡은 손 위로 표현하지 못할 따스한 정감이 흘렀다.

뿌연 연기 속에서 실체처럼 움직이며 옛날이야기를 들려주던 서자릉의 형상이 한 걸음 다가오며 이심호의 얼굴을 가만히 들여다보았다.

"그분, 은공恩公이 노부에게 당부한 것은 다름 아니라 젊은 선비, 귀공貴公을 맞이할 준비를 하라는 것이었다오."

"네?"

이심호는 옛이야기에 귀 기울이다가 갑자기 화제가 자신에게 돌아오자 깜짝 놀라지 않을 수 없었다.

"은공이 세상에 뿌려놓은 호반유자虎班儒者의 인연을 따라, 노부가 세상에 단 하나 남겨놓은 고천귀명孤天歸命의 단서를 얻어 이곳으로 오는 사람. 그 사람이야말로 바로 노부가 기다리는 신유神儒의 후예. 노부는 귀공을 만나는 이 순간을 위해 괴기의 모든 힘을 시용해서 귀공을 위한 인배를 준비했소."

서자릉의 형상이 다시 처음에 보였던 신위가 넘치는 중년인의 모습으로 돌아갔다.

"귀공은 우연을 통한 인연이라 생각하지 마시오. 사람의 의지가 한결같으면 하늘이 중대한 책임을 맡기는 법. 귀공이 세상을 위해 해야만 할 일이 있으니 과거의 안배가 자연히 귀공에게 돌아가게 되는 것일 뿐이오."

이심호의 입이 한일자로 굳게 다물어지면서 평소의 다부진 모습이 나타났다.

'과연 아버님의 말씀대로 고천대의 비밀은 구세救世의 신무神武에 있었구나.'

이심호는 두 손을 맞잡고 결연한 자세로 고개를 숙였다.

"선친의 유지를 받들어 산인散人을 뵙게 된 것이 이미 정해진 일이었음을 이제 알게 되었습니다. 어찌 선인들이 미리 베푸신 마음을 저버릴 수 있겠습니까? 저 심호, 산인의 인도에 감사드리며 가르침을 따르겠습니다."

서자릉의 신령스러운 형상이 통쾌한 웃음을 터뜨렸다.

"하하하하, 노부가 무슨 감사를 받을 일이겠소? 고천의 죄업이 귀공으로 말미암아 씻길 것이니 이 서자릉의 삶이 절대 무가치하지 않게 될 터인데! 하하하……."

웃음을 그친 서자릉이 이심호를 바라보며 말을 이었다.

"귀공에게 노부의 배움이 전해지는 것은 크나큰 기쁨이나 귀공은 노부를 스승으로 여기지 마오. 귀공의 맥은 이미 노부가 마음에서 스승으로 모신 은공에게 닿아 있으니 내 어찌 귀공에게 스승으로 행세할 수 있겠소? 이제 머리를 들고 노부를 따라오시오."

이심호가 허리를 펴면서 대답했다.

"산인의 명에 따르겠습니다."

서자릉의 형상이 석실을 둘러보며 오른손을 들어 연기 속을 가리켰다.

"노부가 설계한 이 귀명동부는 본래 고천대를 고친 것이라오……."

고천대는 서자릉이 천하를 제패하기 위한 기반으로 축조한 것이어서 서자릉이 평생을 거쳐 습득한 기진이물奇珍異物과 보전비급寶典秘笈들을 간직하고 있는 곳일 뿐 아니라 평소의 생활과 연공수행練功修行에도 가장 적합하게 만들어진 곳이었다. 서자릉은 고천대를 허물어 석실로 고치면서 중앙의 광장 역할을 하는 석실과 연결된 네 개의 방을 만들었는데, 각각 양심실養心室,

제선관齊仙關, 연무당鍊武堂, 장진고藏珍庫라는 이름이 붙어 있었다.

서자릉이 간략한 설명을 하며 손짓을 하자 몽롱한 연기가 흩어지면서 팔각형 석실의 좌우로 각각 두 개의 동혈洞穴이 나타났다.

"은공이 이곳을 떠나기 전에 노부에게 장차 귀명동부에 이를 사람이 유문의 정심법定心法을 몸에 구현한 소년일 것이라 약속했고, 노부는 이에 맞추어 노부의 유학을 대략 천일千日에 완성할 수 있도록 베풀어 놓았소. 하지만, 성취란 자신에게 달렸으니 귀공은 천일이라는 시간에 굳이 얽매일 필요는 없소. 공부가 이루어지면 자연히 다음 길이 열리는 것은 예로부터의 진리니까."

네 개의 석실이 차례로 열리는 것을 보면서 이심호가 공손하게 대답했다.

"심호는 결코 조급하지도 자만하지도 않을 것입니다. 과불급過不及은 동일한 금기인데 제가 어떻게 태만할 수 있겠습니까?"

서자릉의 천일연공이라는 말은 이심호에게는 아무런 문제도 되지 않았다. 아버지 이건명의 평생과 자신이 지금까지 살아온 열일곱 해를 생각하면 천일이라는 시간은 결코 길다고 할 수 없었다. 더구나 견정심법이 자리한 이심호에게는 초조함이나 다급함 같은 불편한 감정은 능히 극복할 수 있는 것일 뿐이었다.

석실 안을 가득 메웠던 연기가 눈에 뜨이게 줄어들고 있었다. 서자릉의 신기 넘치는 모습이 이심호의 눈에 얼핏 흔들리는 것처럼 보였다. 서자릉이 혀를 짧게 차며 말했다.

"헛. 어느새 시간이 이렇게 흘러버렸나? 노부가 쓸데없는 과거 얘기에 너무 시간을 넝비했나 보오. 네 개의 석실은 귀공이 스스로 둘러보면 그 용도를 능히 짐작하실 것이니 따로 더 말할 필요는 없을 것이오. 다만, 제선관을 먼저 통과하지 않으면 노부의 안배가 이루어지지 않을 것이니 귀공은 이를 잊지 마시오. 제선관은 이제 열려서 주인을 받으면 다음에 열릴 때까지 단 한 번만 사용할 수 있는 방이라, 귀공이 제선관을 통과하면 그 기능을 상실하게 될 것이오. 귀공은 반드시 제선관을 먼저 들기를 바라오."

이심호가 좌측의 첫 번째 석실을 눈여겨보았다.

"명심하여 행하겠습니다."

석실 안의 연기가 좀 더 흐려지고 있었다.

"귀공에게 알려 드릴 것은 따로 적어놓았으니 이제 마지막 말을 해야겠소. 사실은 본래 글로써 모든 얘기를 전하려 하였으나 세상을 떠나기 전에 문득 일어난 한 조각 망념妄念이 이런 귀신놀음을 하게 만들었으니 귀공은 노부의 속된 행사를 탓하지 마오."

서자릉의 형상도 연기가 흐려짐에 따라 서서히 희미해져 가고 있었다. 서자릉이 이심호의 눈을 들여다보듯 대하며 빠르게 말을 이어갔다. 마치 친자식을 대하듯 몹시 다정한 말투였다.

"은공이 노부에게 이와 같은 부탁을 한 이유를 대략 짐작하지만, 귀공에게 알려 드릴 필요는 없겠지요. 귀공에게 닿은 은공의 안배 속에서 귀공은 스스로 깨닫게 될 것이니 굳이 지금 그 까닭을 밝힐 필요는 없소이다."

"다만, 귀공은 잊지 마오. 전세의 안배가 무엇을 지향하든 귀공의 삶은 귀공 자신이 결정한다는 것을. 홀로 세상을 버리고 독부獨夫가 되어 본성을 상실했던 노부의 예를 보시오. 사람과 어울려 더 좋은 세상을 만들어가는 생명의 본질과 가치를 상실하는 순간 외도는 득세하게 되는 것이라오. 내가 신을 부린다고 여길 때가 바로 신이 나를 부리는 때가 될 것이요, 내가 마를 제압한다고 자랑할 때가 마가 나를 조종하는 순간인 것을. 언제라도 사람이 스스로에게서 말미암아 하늘의 뜻을 행하는 존재임을 잊어서는 아니 되오."

서자릉의 얼굴에 형언할 수 없는 안타까움과 아쉬움이 드러났다. 이심호는 서자릉의 말을 들으며 차츰 알 것 같은 기분이 들었다. 어쩐지 서자릉은 이심호에게서 자신의 모습을 보는 것 같았다. 자상하게 당부하는 서자릉의 흐려지는 모습 속에서 이심호는 아버지 이건명의 얼굴을 겹쳐서 보고 있었다.

"귀공에게 하늘의 거대한 힘이 이어질 것을 예견하고, 오히려 안타까워하는 노부를 양해하시오. 작은 지혜는 작은 일을 풀기 위해 나오듯이, 거대한 힘은 거대한 난관을 뚫는 데 필요한 법. 은공 같은 현철賢哲이 역리逆理임을 알면서도 인력을 초월한 천지의 기운을 하나로 모으는 것은 유례 없는 난세의 도래를 어떻게든 막아보려는 일편고심一片苦心에 의한 것임을 노부도 잘 알지만, 귀공의 시간은 귀공에게 부여된 하늘의 행사이니 치治와 난亂도 마침내는 순역順逆의 고른 흐름에 따른다는 믿음을 잃지만 않는다면 무엇이 또 두렵고 어려울 것이오? 문과 무가 원래 둘이 아니니 호랑이와 학의 무늬로 반열班列을 나누었던 것도 잠시의 편의일 뿐이 아니겠소? 원래 하나이던 것을 나누어 구분하고, 다시 하나로 하려는 소이所以를 궁구한다면, 노부의 귀명동부가 고천의 힘을 귀공에게 전하는 까닭도 자명해질 것이오."

서자릉이 말을 마쳤다. 석실 안의 연기는 거의 흩어져버리고 서자릉의 신령스러운 형상도 이제는 투명하게 희미해져 있었다. 온몸을 떨어대며 연기를 토해내던 조각 밑의 작은 향로도 이제는 꺼진 채로 조용히 자리하고 있었다. 몽롱향연권이 소멸하고 있는 것이다.

서자릉이 사라지는 형상 속에서 조용히 미소를 지었다.

"늙은이의 노파심은 이렇게까지 구질구질하게 잔소리를 늘어놓게 한다오. 이제 귀공에게 모든 것을 맡기고 떠날 시간이 되었소."

이심호의 가슴이 무엇인지 형언할 수 없는 감정으로 회오리쳤다.

잘못을 깨닫고 고칠 수 있다면 그보다 착한 일이 없다知過能改, 善莫大焉고 했다. 그저 선친을 따라 배우고 살아오며 글 속에서만 세상을 이해했던 이심호에게 있어 서자릉의 당부는 하나하나가 가슴에 닿는 진실로 자리하고 있었다. 비록 짧은 시간 동안, 한갓 환술에 의지한 허령虛靈과의 만남이었지만 이심호는 커다란 깨달음을 얻고 있었다.

이심호가 자세를 바로 하고 오른손을 둥글게 말고 왼손바다으로 감싸면서, 사라지는 서자릉의 형상에게 고개를 숙였다. 그것은 그가 이전에는 한 번도 해보지 않았던 포권抱拳의 예법이었다.

"산인의 당부, 각골명심하겠습니다. 편안한 떠남이 되시길……."

희미한 서자릉의 형상이 탄복한 듯 크게 고개를 끄덕이더니 커다란 웃음소리를 내었다.

"허허허. 모든 것은 조화調和 속에서 자리를 찾는 때가 올 것이니 성명性命의 진체를 깨달을 때 함께 바른 이치로 복귀하게 될 것이 또한 즐거운 기대로 남는구나. 그때가 되면 고천의 과오도 귀명의 정도를 위한 자리를 얻을 터이니, 진리의 저울추 권형權衡은 정녕 상도常道로다!! 허허허……."

웃음소리와 향로의 연기와 함께 서자릉의 형상도 완전히 사라져버렸다. 남은 것은 여전히 신령한 위엄을 뿜어내는 석벽의 조각뿐.

마치 꿈같았다. 몽롱향연권을 통해 과거의 허령과 대화를 나누었던 것은. 연기가 다 사라진 석실은 이전과 같은 모양이었고, 그저 좌우로 네 개의 문이 더 생긴 것밖에는 변한 것이 없었다. 그러나 이심호가 얻은 것은 절대 적지 않은 것이었다.

이심호가 잠시 귀명산인 서자릉의 조각 앞에서 눈을 감고 묵도를 올렸다.

'산인, 산인께서는 저에게 무를 얻어 어찌해야 할지를 알려주셨습니다. 제 앞으로의 삶이 무도武道를 걸어도 결국 치학治學의 근본은 하나임을 잊지 않을 것입니다.'

이심호는 묵도를 마치고 어깨에 매달려 있던 작은 행낭을 바닥에 내려놓았다.

그의 눈이 좌측의 첫 번째 석실 문에 이르렀다. 문 위에 작은 글씨로 '제선관齊仙關'이라고 새겨진 석실이었다.

"산인의 명대로 우선 이곳을 통과해야만 한다."

이심호 본래의 다부지고 강인한 기색이 돌아왔다. 이심호는 성큼성큼 제선관으로 발을 들여 놓았다. 침착하고 의젓한 걸음새에 어쩐지 조각에 새겨진 오연한 신기가 섞여지는 듯한 착각이 들었다.

이심호의 머릿속에 이건명이 가르친, 항시 외우던 아홉 글자가 떠올랐다.

'사문지장추, 이무극지.'

제4장　　　제선지법齊仙之法

제선관 안은 석실의 다른 부분과 달리 빛을 내는 천장이 없는지 몹시 어두웠다. 이심호가 안으로 걸어 들어가자 문득 으르릉 소리와 함께 커나란 석문이 내려왔다.

쿵.

이심호는 조금도 놀라지 않았다. 놀라지 않은 정도가 아니라 이미 이런 일이 있을 줄 알았다는 듯이 뒤도 돌아보지 않는 것이었다.

"산인께서 '한번 열리고 다시 열릴 때까지'라고 말씀하셨으니 이는 입실폐관入室閉關을 뜻하는 것이다. 방에 들어오자 자연히 석문이 내려오니 산인의 안배는 진실로 주밀周密하기 이를 데 없구나!"

캄캄한 석실 안이 마치 이심호의 말을 기다린 듯, 이심호의 감탄과 함께 석실이 갑자기 환하게 밝아졌다.

팍.

사방 벽에 걸린 네 개의 등이 동시에 불이 붙은 것이다. 석실은 정방형으로 다듬어져 있었고, 중앙에는 무엇으로 만들었는지 매끄러운 빛이 나는 좌대가 하나 놓여 있고 이심호가 들어온 문을 제외한 세 곳의 벽에는 각기 한 가지 물건들이 걸려 은은하게 보광寶光을 토하고 있었다.

이심호는 좌대 위에 책자가 놓여 있는 것을 보고 집어 들었다. 책은 양피지를 엮은 것인데, 겉에 유려한 필치로 제목이 적혀 있었다.

제선지법齊仙之法 강해講解

제목 아래로 귀명산인수찬歸明散人修撰이라는 글자를 본 이심호는 좌대에 올라앉아 차분하게 책을 펼쳐들었다.

대저 사람이 어느 분야에 뛰어나려면 당연히 자신의 노력이 필요한 것이지만 천부의 자질은 그 밑바탕이 되는 법이다. 무학을 익히는 자들에게는 이것이 특히나 중요한 것이어서, 천생의 약질弱質로는 경지에 이를 수가 없다. 무림이란 세계에서 대대로 행세할 수 있는 집안은 대부분 이런 천부의 자질을 유전적으로 전승하고 보전하는 방법을 알고 있기 때문이다.

삼세권왕三世拳王 진주언가晉州彦家는 철골동근지체鐵骨銅筋之體를 타고나고, 암혼독문暗魂毒門 사천당가四川唐家는 보경화형체寶經化形體만이 가주가 될 수 있으며, 검기종횡劍氣縱橫 남궁검문南宮劍門은 제왕신맥帝王神脈을 타고난 자만이 진전을 얻을 수 있고, 만장호기萬丈豪氣 산동악가山東岳家는 기경팔맥奇經八脈이 이상 발달하는 체질이요, 신기제일神機第一 제갈가문諸葛家門은 대대로 혜근청명신골慧根淸明神骨이 태어난다.

무림에서 세가世家라고 일컬어지는 가문은 대체로 이런 혈족의 비밀을 가지고 있으며, 이로 말미암아 오랜 세월 남보다 뛰어난 성취를 이룰 수 있다. 그들은 이를 보전하고 발전시키기 위해 족내혼族內婚과 자질이 뛰어난 자와의 통혼을 병행하고 있다. 세가가 갑자기 몰락하거나 흥하는 것은 이 혼인으로 얻어진 자손이 뜻밖에 자질을 잃거나 더욱 뛰어난 자질을 드러내는 예상외의 현상과 절대 무관하지 않다.

한편, 범인의 체질을 바꾸어 무학에 적합한 형질로 바꾸는 방법이 있다. 대표적인 것으로 소림少林의 세수법洗隨法과 역근법易筋法, 고대마교古代魔敎의 마왕강림대법魔王降臨大法을 들 수 있다.

세수는 내단內丹을, 역근은 외단外丹의 형성을 목적으로 하는 것이나 내외겸수의 역근세수를 동시에 펼치는 것은 티끌로 사람을 만드는 것만큼 어려운 일로, 소림 역사상 이러한 능력을 갖췄던 이는 육조혜능六祖慧能 이외에는 없다.

마왕강림 대법은 기리괴벽奇離乖僻한 기운으로 인체의 형을 바꾸어 세상의 이치가 통하지 않는 개체로 바꾸는 것으로서, 인성을 상실한 이물異物을 만들어 내는 괴악한 방법이다.

또한, 자신의 진원眞元을 주입하여 강제로 대상자의 체질을 전환하는 개정대법開頂大法이 있지만, 대상자의 근본적인 용량에 의해 그 효과가 감소하여 특별히 친족이 아닌 관계에서는 큰 효과를 보기 어렵고 오히려 대상자를 해칠 우려가 있다.

반면에 절맥絶脈이나 산맥散脈과 같은 천생의 약질을 보완하여 무학의 체질로 사용하는 방법이 있다. 인체는 소우주이니 삼광오기三光五氣가 고루 존재하여야 하지만, 드물게 한 가지 기운만이 강하여 다른 기운을 끊거나, 여러 기운의 강약이 제멋대로여서 균형을 이루지 못하는 체질이 있다. 부족한 기운을 보하고 서로 다른 기운이 상조할 수 있게 만든다면 상상 외의 기공奇功을 이룰 수가 있지만, 대개 이런 체질은 천형天刑인지라 인력으로 극복하기가 불가능하다. 혹여 가능하다면 이는 인세에 드문 선연仙緣과 영약의 도움에 의한 것이다.

그러므로 현세에 이르기까지 하늘로부터 부여받은 자질 외에 범인의 체질을 무학에 적합한 극품極品의 체질로 바꾸는 방법은 없다고 할 수 있다.

단숨에 강해서의 서문 부분을 읽은 이심호는 짧은 감탄을 토해내었다.

"아하. 산인은 정말 박이정지博而精之하신 분이구나. 더구나 초학자를 위해서 간결한 예까지 들어주시니 참으로 다심多心하기 이를 데 없는 배려에는 그저 감탄하지 않을 수 없군."

그러했다. 귀명산인 서자릉이 직접 지은 『제선지법齊仙之法 강해講解』의 서문은 독특하게도 사람의 타고난 재질을 무공수련의 관점에서 살펴본 일찍이 누구도 시도해보지 않은 논리를 전개하고 있었다. 게다가 이른바 무림 전통세가의 비밀과 독보적인 체질변환술에 관해 간명하게 설명을 부가하여 무림에 관해 거의 지식이 없는 이심호도 나름 적지 않은 이해를 할 수 있었다. 그러나 오대세가五大世家의 특이한 자질이나 환골탈태換骨奪胎의 비전을 당세에 누가 이렇게 꿰뚫어 볼 수 있을 것인가?

잠시 책에서 눈을 떼고 생각을 굴리던 이심호가 고개를 흔들었다.

"하지만, 체질만으로 무공을 익히는 기준을 삼는 것은 커다란 잘못이다. 보통 사람이 각고의 노력과 부단한 정진으로 스스로 한계를 극복하는 것이야말로 문, 무를 막론하고 추구해야 할 이상이 아니겠는가! 산인이 이를 간과했을 리가 없는데……."

이심호의 혼잣말에는 나름 고심한 도리가 담겨 있었다. 비록 그가 아직 어리고 지금까지 무학을 제대로 접해본 적이 없었지만, 어려서부터 선친 이건명을 따라 배운 학문은 세상의 기본적인 진리를 체득하게 해주었던 것이어서 서문을 읽는 동안 본능적으로 논지의 무리를 발견해내었던 것이다.

이심호의 손이 양피지의 다음 장을 넘겼다.

상술한 자질론은 일부 세속적인 천명론天命論에 근거한 것으로, 강호의 호사가들이 자주 상론하던 것을 내가 실제로 검증한 부분을 토대로 정리한 것이다.

나는 매우 의아하게 생각했다. 무학의 경지가 단순히 하늘로부터 받은 독특한 자질로만 결정된다면 무학이란 몇몇 선택받은 자들을 위한 능력일 것이고, 그 능력이 주로 겨룸과 다툼이라는 특징으로 한정되어 선택받은 자들만의 별세계를 구성할 것이 틀림없기 때문이었다.

그렇다면 굳이 사람들이 구성하는 세상사회에 이들이 존재할 이유는 아무것도 없을 것이요, 일반 사람들이 굳이 무학이라는 것을 배울 필요도 상실되는 것이 이치에 맞게 된다. 범인이 아무리 익혀도 타고난 재질을 능가할 수 없다면 그 누가 익히는 노력을 기울이려 하겠는가?

나는 과거 고천대에서 이 문제에 집착하여 인간의 체질을 신체神體로 바꾸는 법에 대해 골몰한 적이 있었고, 여러 가지 방법으로 시험해본 적이 있었다. 그러나 내가 정도에 귀의하면서 이러한 편격偏格한 사고의 근본적인 결점을 깨달을 수 있었으니 그것은 바로 도道에 대한 인식의 잘못이었다.

사람이 세상에 나는 것은 주어진 생명의 가치를 구현하기 위함이다. 이는 오로지 자신의 의지에 달린 것이라, 같은 날 같은 시에 태어난 사람이라도 혹자는 객잔의 점소이로 생을 마칠 것이고, 혹자는 대학자로 살 것이며, 혹자는 강호의 대영웅이 될 수도 있다. 자신을 오로지 자신의 뜻에 두고, 하늘의 가르침을 항시 믿으며, 만유를 초탈하여 함께하는 자리로 정진하여 나아가는 것이야말로 사람이라는 존재의 신령함이 아니었던가!

천부의 자질이란 그저 바람에 따라 좋은 자리에 내려앉은 꽃씨와 다를 바 없어 자연의 조화에 의한 행운일 뿐이다. 오히려 이 행운을 깨달아 땅을 일구고 물을 끌어들이며 배수와 병충해 방지에 힘써 잘 가꾸려는 사람의 의지야말로 경하할 일이다.

무공으로 비유하여, 시골의 무지렁이 노인네도 알고 있는 육합권六合拳을 들어보자. 천부의 자질을 지닌 자는 한 번 보기만 해도 육합권을 익혀낼 것이지만, 시골에서 제대로 형을 익히는 데만 일 년이나 걸리는 평범한 사람이 육십 년이나 익힌 육합권만큼 능숙하게 득심응수得心應手하고 수기응변隨機應變하는 자유자재의 경지를 펼쳐내지는 못하는 것이다.

언가가 육합권을 익히면 그 기세가 격렬하여 파괴적이고, 당가가 육합권을 익히면 표홀하고 날카로워지며, 남궁가가 육합권을 익히면 신쾌하여 종잡을 수 없을 것이고, 악가가 육합권을 익히면 온종일이라두 반복할 수 있을 것이며, 제갈가가 육합권을 익히면 권세가 정밀하여 춤을 추듯 아름답겠지만 결국은 모두 평범한 육합권에 불과한 것이라, 육십 년을 수련한 노인네만큼 적절하게 쓸 수 없을 것이다. 그런 까닭에 언가는 권법拳法을, 당가는 암기暗器를, 남궁가는 검劍을, 악가는 기공氣功을, 제갈가는 신산神算을 택하여 자신의 자질에 가장 어울리는 학문을 계발한 것이니, 그 집안의 고심과 노력을 누가 경시할 수 있으리오.

산에 오르는 길이 하나가 아니듯이, 각자는 각자의 뜻에 따라 지고한 도를 향해 나아가는 것이니 그저 인연에 따라 법이 전해지는 것일 뿐. 진리와 도가 세상에 없는 것이 아니라 깨달아 행하는 자가 적을 뿐이니 이에 어찌 천재와 범부의 구별이 있을쏜가!

고로, 문과 무가 하나요, 정신과 육체가 함께 생명을 이루고, 도道와 형形이 다르지 않으니 깨닫지 못한 천재가 무엇으로 깨달음을 행하는 범인을 대적할 수 있겠는가! 나는 이에 이르러서야 강호에서 흔하게 읊어대는 '제대로 된 사람이 아니면 전하지 않는다'라는 비인부전非人不傳의 진의를 알게 되었으니 수십 년의 헛된 공부가 부끄럽기 그지없었다.

이심호가 자신도 모르게 고개를 끄덕이고 있었다.

"산인은 과연 도의 진체를 깨달으신 분이다. 전체를 조망하여 옳은 길을 골라내고 서슴없이 행하시니 심학心學에서 말하는 양지良知란 바로 이런 것이리라."

혼잣말을 중얼거리면서도 이심호의 눈은 책에서 떨어지지 않았다. 본디 유가의 자손으로 태어나 훌륭한 훈도를 거친 그에게는 이와 같은 문장을 읽는 것이 가장 익숙한 일에 속하는 것이었다.

강해서의 서문은 절대 짧지 않았다.

나는 유장한 역사를 지니고 수천 년 무림사에 우뚝 솟은 백여 개의 문파를 선정하여 그들의 개파조사開派祖師의 행적을 살펴보았다. 정사正邪를 막론하고 그들 중에 천부의 재질에만 의지하여 문호를 연 자가 없었으니, 모두가 반드시 삼교구류三敎九流와 일정한 관계를 맺은 깨달음에 근거를 두어 산을 열었던 것이다. 심지어는 설사 외문좌도外門左道라도 자기만의 독특한 이론체계를 갖춘 바탕이 없다면 그렇게 오랜 세월 명맥을 유지하며 전승 될 수가 없었다. 개방丐幫이 거지들이라 천시하지만 그 무학이 속세에 유전되는 팔선八仙에서 비롯되고, 백골문白骨門이 사이하다 멀리하지만 그 가르침이 묵가墨家와 풍도지학酆都之

學에 닿아 있음을 누가 알리오?

　요컨대 무학으로 도를 지향하는 자, 스스로 뜻을 세워 수양으로 정진할지어다. 그 심성이 깨달음에 들면 자연히 하늘의 가르침이 이를 것이요, 더하여 인연이 봄날 우레처럼 문득 닥치면 천지자연이 그저 조그만 몸 하나 안에만 있을 것인가!

　이심호가 짧게 한숨을 내쉬었다.

　"휴. 산인의 말씀은 정말 마음에 와 닿는구나. 단순히 공론한담空論閑談이 아니고 실제로 모든 것을 찾아보고 검증하신 듯하니 이야말로 아버님께서 강조하시는 실사구시의 태도를 실천하신 것이다. 내 무학입문에 산인의 가르침을 얻게 된 것은 결코 작은 복연이 아니야."

　천하를 방랑하며 진정한 무획을 찾아 헤맸던 신친 이건명이라 그동안에 얻은 무학에 대한 이론과 개념은 일반적인 수준을 훨씬 넘어서는 것이었다. 그런 이건명에게 틈틈이 무학의 이치를 전수받은 이심호라 결코 무학에 대해 문외한은 아니었지만, 실제로 익힌 것이라고는 기초적인 토납도인吐納導引과 간단한 양신체조養神體操에 불과하였다. 이는 이건명이 이심호가 어떤 고정된 형에 갇혀서 장래의 발전이 제약될 것을 우려한 때문이었다.

　그러나 결국 이건명이나 이심호는 고심한 무학을 접해본 적은 없어서 끝내 문으로 무를 이해하는 수준을 벗어나기는 어려웠고, 그런 이유로 아무래도 무학에 대해서는 조금 가볍게 보는 자세를 가지게 된 것도 당연한 결과였다.

　이심호가 이런 마음가짐을 버리게 된 것은 바로 이 서문을 읽게 되면서부터였다. 귀명산인의 해박한 지식과 정연한 논리, 실질적이면서도 근엄한 연구 태도 등은 대학자를 능가하는 진지함과 치열함으로 가득 찬 것이었다. 실로 귀명산인은 이심호에게 가장 필요하고 어울리는 선생인 셈이다.

　이심호는 한층 더 엄숙한 태도로 강해서를 대하게 되었다. 이제 글은 서문의 끝 부분으로 가고 있었다.

나를 바른길로 이끌어주신 은공이 나에게 맡긴 것은 후세에 귀명동부를 찾아올 연자緣者의 무학정진을 위한 안배였다. 은공은 특별히 나의 무엇을 전하라는 말도 없이 모든 안배를 나에게 일임하고 떠나가 버렸으니, 그 막중한 책임을 내가 어찌 가벼이 여길 수 있었겠는가.

　이에 나는 고천대를 허물고 계곡을 지하 동부로 바꾼 그날로 백일잠수百日潛修에 들어서 내 평생의 배움을 다시 정리하고 수정하였다. 본래 천지의 기수氣數에 관심이 많은 탓이라 찾아올 연자의 인연이 은공과 닿아 결코 나에게서 그치지 않을 것을 알게 되니, 도리어 내 배움이 보옥寶玉을 잡석雜石으로 만드는 오류를 범할까 근심이 그치지를 않았다. 하지만, 귀명의 눈으로 고천을 대하고 나니 은공의 고심한 배려가 환하게 길을 알려주게 되었고 이에 몇 가지 체계를 잡아 천일수련의 방안을 낼 수 있게 되었다.

　그전에 은공은 찾아올 연자가 청정정명한 무구백신無垢白身일 것을 약속하며 그 까닭으로 나에게 정심의 비결을 가르쳐주었는데, 이는 놀랍게도 내가 세상에서 실전되었을 것이라 여겼던 비유秘儒의 전승이었으니 그제야 은공을 만난 것이 기적과 같은 일이라는 것을 알게 되었다.

　나는 천일수련의 근거를 연자의 기본공基本功을 우선하는 것으로 출발점을 잡았다. 연자가 비록 무구백신의 경지에 다다랐다고 해도 이미 근골이 고정된 상태일 것이니, 무학을 익히기 위해서는 이러한 장애를 무엇보다 먼저 극복해야 할 필요가 있기 때문이다.

　무학을 익히기에 가장 완벽한 극품의 신체.

　이것이 내가 연자를 위해 준비한 첫 번째 안배이다. 상술한 글에서 내가 언급했던 모든 자질과 역골환맥을 초월하여 세상의 모든 기운을 자유롭게 수용하고 만상을 포용하되 수발에 구애됨이 없는 형상. 이는 도의 지극한 경지를 육체로 구현한다는 발상에서 시작되어 마침내 결실을 이루었으니, 나 서자릉의 평생 공부가 이 하나로 귀결될 것이다.

　이 첫 번째 안배로 찾아올 연자는 현세에서 물외物外의 신선과 어깨를 나란히 할 것이니, 내가 이를 일러 ‘제선지법’이라 칭하였다.

쿵!

이심호는 머릿속에서 벼락이 치는 것 같았다.

"이건…… 엄청나다. 산인은 너무나 대단한 준비를 마련하셨으니……. 산인은 정녕 이미 신을 넘보는 경지에 이르렀단 말인가?"

이심호도 선친의 유지가 신화경의 무학과 연관되어 있음은 진즉 알고 있었고 그 기연을 획득해야 하는 것도 필생의 소망으로 여기고 있었지만, 나름 자신의 나이에 무학에 입문하여 어디까지 경지를 가져갈 수 있는지에 대해서는 큰 기대를 하고 있지 않았다. 학문의 길이라는 것이 결코 단시간에 이루어지지 않음을 누구보다 잘 알고 있었기 때문이었다. 선인의 안배에 일말의 기대를 품고 있었던 것도 사실이었지만, 지금 귀명산인이 말하는 것은 완전히 대라大羅의 신체神體를 얻어 신선과 같은 경지에서 무학의 출발을 기도하는 것이 아닌가!

서문의 끝에서 너무나 놀라운 얘기를 접한 이심호는 놀라움을 넘어 약간은 멍한 상태로 강해서를 내려다보고 있었다. 귀명산인을 믿지 못하는 것은 아니지만 이심호에게 있어서 이는 어쩐지 상상을 넘어서는 허황한 느낌까지 들게 하는 말이었던 것이다.

서문은 이제 끝나고 다음 장의 위에 작게 강해편講解篇이라고 쓰인 글자가 눈에 들어왔다. 좌대 위에 정좌하고 강해서에 빠져 있는 이심호에게는 시간의 흐름조차 느껴지지 않고 있었다. 잠시 멍한 정신을 추스른 이심호가 다음 장을 넘겼다.

"무엇을 의심하고 의혹할 것인가? 산인의 강해에 답이 있을 텐데……."

강해서에 집중하느라 이심호는 의식하지 못했지만 이신호를 둘러싸고 타오르는 네 개의 등불이 각기 천천히 색깔을 띠기 시작하고, 벽에 걸린 세 개의 물건에서 흐르는 보광이 더욱 요요夭夭해지고 있었다.

〈강해편講解篇〉

천하에 산재한 각종 신체와 자질에 대한 기록을 열람하고 나 스스로 십여 년 동안 각종 기이한 체질을 찾아 검증해 본 결과, 기존의 어떤 대법비술大法秘術도 단순히 육신만을 신선체로 바꾸는 것은 불가능하다는 것을 깨달았다. 아니, 불가능한 것은 아니지만 비록 신선체를 형성했다 하더라도 정신과 육체의 괴리로 말미암아 곧 육체가 시해尸解되어 정신이 육체를 떠나거나, 정신이 붕괴하여 육체 내의 생명력이 바로 소진되어 사라지니 현세에 존재할 수가 없다. 이런 까닭에 무림사상 신의 경지에까지 이른 자들은 범인과 천재를 막론하고 오랜 수양과 수련으로 정신과 육체를 고르게 다듬은 자들뿐이다.

그런데 은공이 떠나기 전에 알려준 비유의 정심법은 나를 무척 놀라게 했다. 비유秘儒에 대한 전설은 세상에서는 잊힌 지 오래되어 누구도 기억하지 못하지만, 우리 집안에서는 대대로 그 전승을 찾고자 노력하였던 것이다. '세상에서 사라진 것은 모두 비유에게 남아 있다'는 말처럼 우리 집안이 그토록 염원하는 고대의 수선지법修仙之法의 단서를 구하고자 함이었다.

정심법의 구결은 다음과 같다. '불편불역, 중위정도, 용위정리……'

글을 따라가던 이심호가 작은 말소리로 중얼거렸다.

"과연 아버님께서 알려주신 견정공부의 구결과 한 글자도 다름이 없다. 산인이 말하는 은공의 정심법이 바로 견정공부임을 짐작하고는 있었지만…… 은공이라는 분은 우리 유문儒門의 어떤 분이셨던가?"

구결을 가르쳐주었던 선친 이건명도 비유에 대해서 언급한 적이 없었고, 유문도통의 흐름을 설명할 때에도 별다른 계보에 대한 말이 없었으니 전혀 몰랐던 것이 확실했다. 선친 이건명이 모르는 유가의 맥이 존재했단 말인가?

잠시 생각이 다른 데로 흐르던 이심호는 얼른 강해의 다음 부분으로 눈을 옮겼다.

유문 비전의 정심법은 내가 생각지도 못한 경지까지 사람의 심성을 함양하는 공효를 담고 있었다. 공부자가 정사政事와 철리哲理, 문학文學과 교육에 두루 극상의 자리에 오른 이유를 그제야 깨달은 나는 절로 무릎을 치며 탄복할 수밖에 없었다. 공문孔門의 십철十哲이 각기 한 가지 길에서 극상의 깨달음을 얻어 실행할 수 있었음도 모두 이 정심법에 따랐음을 누가 짐작이라도 했겠는가!

천하의 모든 학문이 깨달음으로 성취하는 것인데, 그 깨달음을 얻기까지 필요한 불요불굴不撓不屈의 의지와 심성을 먼저 다지게 하는 방법이 있었다니! 더구나 어떤 가르침과 노정路程이라도 가리지 않고 융통무애融通無碍하게 쓰일 수 있음에야, 세상의 만사만기萬事萬機가 모두 다 영롱투명玲瓏透明할진저.

나는 정심법을 얻은 후에 불가능을 가능케 할 실마리를 찾게 되었다.

뿌듯한 느낌이 들었다. 귀명산인과 같은 신화경에 이른 인물도 경탄케 한 것은 다름 아닌 선친이 전해주신 유문의 비전심법이었으니, 이심호의 몸속에서 십여 년이 넘게 운행되고 있는 견정공부의 구결이 다시 한 번 또렷하게 뇌리를 울리며 지나가고 있었다.

이후에 나는 문득 젊었을 때 해동海東의 백산白山 근처에서 그곳의 사람들이 행하던 강신제降神祭를 떠올렸다. 그들은 우리와는 또 다른 고신족古神族의 후예로 고대의 풍속을 잘 보존하여 행하고 있다는 소문에 무엇인가 얻을 것이 있으리라는 기대로 떠난 여행이었고, 나는 그 속에서 참으로 기이한 경험을 했던 것이다.

그들은 사람됨이 단아하고 풍속이 후덕하여 보보이인步步里仁에 개개군자個個君子였으니, 가는 곳마다 마을은 어질고 만나는 사람마다 군자 아닌 자가 없었다. 그들이 전통적으로 치르는 강신제는 한 해의 정성을 제물로 올리고 무당이 자신의 몸을 빌려 신탁信託을 전하면서 이루어지는 행사였는데, 온 마을이 어울려 즐겨 한 점의 괴기한 기미도 찾을 수 없는 특이한 형태를 보이고 있었다.

마을을 서너 곳 찾아다니며 그들의 강신제를 구경하고 있었는데, 어느 한 곳에서 나는 희미한 요기妖氣를 감지하고 마을 사람들 모르게 이를 처리하려 하였다. 그런데 제를 올리던 무당이 갑자기 신기神氣를 떨치며 공중으로 떠올라 순식간에 요기를 진압하고는 나를 보면서 '손님이 오셨는데 추한 꼴을 보이니 예를 잃었소이다'라고 말하는 것이 아닌가. 말을 마치자 그 무당은 인사불성이 되어서 한 시진이나 정신을 잃었다가 소생하였지만, 자신이 행한 언행을 전혀 기억하지 못하였다.

내가 당황한 것에 비해서 마을 사람들은 그다지 놀라지 않았고, 그들은 오히려 나를 위로하며 무당이 때때로 행하는 구마축사驅魔逐邪에 대해 자세히 설명해주었다. 이른바 강신이란 말 그대로 무당이 스스로 자신의 몸에 신을 내려 그 힘을 사용하는 것으로, 이를 위해 무당은 평소에 정결한 몸으로 기도에만 매진한다고 했다. 하지만, 일반적인 신탁 이외에 물리적인 신력神力을 사용하게 되면 때마다 신장神將이나 천왕天王이 불시로 강림하니, 무당의 몸이 신의 능력을 감당하지 못해 인사불성이 되거나 심지어는 목숨을 잃는 일도 있다 하였다.

천하의 온갖 괴이한 법술에 정통하다고 자부했고 요사스러운 제의祭儀를 두루 알고 있었지만, 이처럼 정경正經한 정신력正神力은 본 적이 없었다. 돌아온 후에 한동안 곰곰이 생각해보았지만 치성致誠과 지경至敬의 마음이 중요한 근본이 되는 것을 짐작만 할 뿐 그 행사가 이루어지는 소이所以를 전혀 알아낼 수가 없었다.

나는 이 기억을 떠올리고 나서 제선지법의 구상을 구체화할 수 있게 되었다. 우주와 합일된 정심定心으로 육체의 기틀을 잡고, 만신萬神을 수용할 허공虛空으로 형을 이룬다면, 현세의 인간으로 대라의 신체를 유지하는 것이 결코 불가능한 일은 아니다.

나는 이에 있는 지혜를 모두 빌리고 평생의 심혈을 다하여 제선지법의 시전 술식을 창안해 내고, 대법을 구현할 공간을 설치하였다.

대법의 시전은

연자를 혼돈일원混沌一元으로 삼고,

천지지기天地之氣로 양의兩儀를 모으며,

삼대신기三大神器를 깨워 삼계三界를 정족鼎足으로 딛으면서,

사방지화四方之火로 우주제신宇宙諸神을 두호兜護하니,

오행五行은 여섯 번 합해지고,

칠기七氣는 팔극八極과 교융交融하여,

서기杼機가 아홉 번 겹쳐지는 속에,

일원은 태시太始로 복귀하여,

홀연히 태허太虛에 노닐며,

문득 대라大羅는 서로 휘돌며 자리 잡을 것이다.

그러나 이는 세상의 상리常理를 위배하는 대법인지라 오직 단 한 번 밖에는 시전할 수가 없으니 그 결과가 반드시 대라의 신체를 만들기는 할 것이지만, 이 외에 또 어떤 공효를 낳을지는 나도 예측할 수가 없다.

연자여! 성誠과 경敬은 성性과 명命에 의거하니 인세의 역리가 천지의 순리와 과연 다를 것인가?

나는 몸을 정결히 하고 조용히 천지에 기도할 따름이니, 오호라! 고천孤天이 혼세지력混世之力이 귀명歸命의 구세지기救世之基기 됨을 오직 이 제선지법이 증명하리로다.

연자가 대법의 구결을 읊으면 제선지법은 즉시 시행되리다.

강해편이 끝나고 이제 양피지 책자는 단 한 장을 남겨놓고 있었다.

강해편을 다 읽은 이심호가 조용히 고개를 들었다. 단정히 앉은 그에게서 평소의 다부진 얼굴에 엄숙하고 진지한 기태가 더하여 마치 커다란 산과 같은 기세가 형성되고 있었다.

"하늘은 막중한 임무를 맡기기 전에 먼저 무한한 난관을 부여한다고 했다. 내 십칠 년 삶에 이룬 것은 무엇이고, 나는 무엇을 위해 살 것인가?"

그의 입에서 조용한 말소리가 흘러나왔다.

"아버님께서 그토록 원하여 천하를 방랑하게 했던 호반유자는 무엇을 위함이던가?"

선친 이건명의 청수하면서도 초췌한 모습이 머릿속을 스쳐 갔다.

"문과 무를 합일하려는 것은 무엇 때문인가?"

자리에 앉아 정신없이 글을 읽고 있는 자신의 어린 시절이 떠올랐다.

"노야가 시골 마을에서도 쇠를 다루는 것은 그저 오금결에 대한 미련 때문이었던가?"

마을을 떠나기 전에 자신을 배웅하던 조 노인의 늙은 모습이 눈앞을 지나갔다. 계속해서 자신에게 질문을 던지던 이심호의 입이 닫혔다. 무엇을 생각하는지 그는 조용히 생각에 잠겨 있었다.

잠시 침묵이 흐르더니 그의 입이 다시 열렸다.

"산인이 정도로 돌아서 고천대를 허물며 후회했던 것은 과연 무엇인가?"

그는 이제 답을 알고 있었다.

이심호는 마지막 한 장이 남은 양피지의 책자를 가볍게 어루만졌다. 그의 눈이 지혜롭게 빛나고 있었다.

"산인이 이 책을 이렇게나 자세히 쓰신 이유를 알 것도 같구나. 위기지학爲己之學은 이타지행利他之行의 근본이라, 스스로 열심히 수양함은 오로지 세상과 다른 이를 이롭게 함이 아니었던가? 내게 주어진 것은 세상을 위한 것이니 무엇을 근심하고 무엇을 걱정할 것인가?"

그의 마음은 이제 차분히 가라앉아 고요한 호수와 같았다. 이심호는 이미 결정한 것이다.

"이곳을 관關이라 하신 것은 그저 문이 닫히기 때문이 아니야. 내가 넘어서야 할 곳이기 때문이다."

그의 마음은 이미 귀명산인과 마주 보는 거울처럼 모든 것을 이해할 수 있었다.

이심호는 강해서의 마지막 장을 넘기고 구결을 죽 훑어보았다. 구결은 아주 짧은 편이었다. 차분하게 책자를 바닥에 내려놓은 이심호는 다시 단정히 자세를 가다듬고 천천히 눈을 감았다.

'구결의 처음은 정심법을 외우는 것이고…….'

그와 함께하는 견정공부의 구결이 저절로 마음속에서 떠올랐다. 구결이 계속 운행하는 것을 확인한 이심호의 입이 열리며 맑은 목소리가 터져 나왔다.

"건천乾天과 지음地陰은 신양神陽과 수정水精으로 우왕옥대禹王玉臺에서 함께 하고!"

그의 말이 끝나자 그가 앉은 좌대가 영기靈氣를 뿜기 시작했다. 그 영기가 이심호의 온몸을 휘감는데, 이심호는 전혀 아랑곳하지 않고 눈을 번쩍 뜨면서 좌측의 벽을 쳐다보았다.

한 자루의 검이 눈에 들어온다.

"신검거궐神劍巨闕!"

위잉.

이심호의 맑은 목소리가 터지자 검이 찬란한 보광寶光을 토해내었다.

이심호의 머리가 가운데 벽에 걸린 오래된 거울을 향했다.

"보경조요寶鏡照妖!"

치잉.

거울이 저절로 울며 또한 휘황한 광채를 발하기 시작했다.

차례로 우측 벽을 바라보며 이심호는 또 맑은 호통을 질렀다.

"성주곡옥聖珠曲玉!"

파앗.

마치 태극 모양으로 엉겨 있던 커다란 구슬이 눈을 부시게 하는 빛을 폭사했다. 석실 안은 마치 빛의 폭풍에 휘말린 듯 눈을 뜰 수 없을 정도였다.

빛 속에서 형체도 분간하기 어려운 이심호가 다시 크게 소리를 질렀다.

"동남서북東南西北의 사방신화四方神火는 만상을 포용하라!"

쿠르릉.

아까부터 서서히 색이 변해가던 사방에 걸려 있던 네 개의 등불이 각기 청靑, 적赤, 백白, 흑黑의 빛으로 변하며 크게 불꽃을 키우기 시작했다.

빛과 색이 홍수처럼 석실 안을 채워나갔다. 뭐가 뭔지 모를 정도로 경물이 이지러지고 공간이 소용돌이치는 가운데 이심호가 앉은 좌대의 바닥과 천장에 각기 수백 개의 동심원이 그려지고 있었다. 신기神氣, 보광寶光, 영채靈彩, 기색奇色이 넘쳐 정신없이 휘감는 속에서 이심호의 다부진 한 마디가 들려왔다.

"제선원도齊仙原道!"

이심호가 외우던 제선대법의 마지막 구결을 마치자 이심호의 등 뒤에 닫혀 있던 석문에 은은하게 혼원태극混元太極의 형상이 떠오르면서 석실 전체가 폭발하듯 울어대기 시작했다.

우르르르릉.

공전절후의 제선대법이 시작된 것이다.

진군眞君, 귀정歸正한 진군에게 역리逆理를 부탁했건만, 그대는 역을 뒤집어 신기神器를 빚었구려.

제5장 　　　　녹수홍련綠水紅蓮

여름 늦더위가 기승을 부리고 있어서 늦은 저녁인데도 호반湖畔은 더위를 식히려는 사람들로 북적이고 있었다. 호반의 유명한 주루는 이미 만석이 된 지 오래고, 호수 가를 따라서 임시로 설치된 붕자棚子(천막)에도 많은 사람이 들어차 있었다. 붕자가 워낙 길게 이어져 있는지라 웬만큼 높은 곳이 아니면 붕자에 가려져 호수가 보이지 않을 정도였다.

막 주루 문을 나서며 붕자 쪽을 보던 한 사람이 기가 막힌다는 듯 한숨을 내쉬었다.

"휴. 이게 사람 구경을 나온 거지, 호수 구경을 나온 거냐?"

말을 꺼낸 사람은 떡 벌어진 어깨에 남보다 머리 하나는 더 커 보이는 장대한 체구를 지닌 장한이었다. 나이는 서른이 좀 넘었을까, 부리부리한 호목虎目에 턱밑으로 밤송이 같은 수염이 철사처럼 빽빽이 자라 있어서 무척 위맹해 보이는 모습이었는데, 거친 청삼을 걸치고 허리에는 어울리지 않게 폭이 넓은 비단으로 만든 허리띠를 매고 있었다.

주루의 문이 바로 열리면서 뒤따라 한 사람이 나오다 장한의 한숨 섞인 소리를 듣자 어이가 없다는 듯이 말했다.

"아니, 사람 구경 나오자고 저녁을 먹자마자 끌고 나온 사람이 누군데?"

청삼장한이 머쓱한 표정으로 뒤를 돌아보며 말을 받았다.

"아, 그거야……. 운제雲弟, 너도 생각 좀 해봐라. 악양岳陽까지 와서 동정호洞庭湖도 구경하지 못하고 방구석에만 뒹굴었다면 사람들은 이 언고흔彦固欣을 풍류도 모르는 무식쟁이로 취급할 것이 아니냐?"

운제라고 불린 사람은 입을 다물고 언고흔이라고 자칭하는 청삼장한을 쳐다보았다. 그는 하얀 피부에 질 좋은 백삼을 걸쳤는데 눈이 환해질 만큼 준수한 용모를 가진 청년이었다. 늘씬한 몸매에 허리에는 고색창연한 보검을 한 자루 걸치고 있어서 더욱 어울려 보였지만 두 눈이 길고 깊게 패여 있어서 어쩐지 냉정해 보이는 모습이었다.

운제라는 청년이 언고흔의 말에 잠시 대답을 하지 않다가 고개를 절레절레 흔들었다.

"내 어쩌다가 형님과 한 조로 엮여서 이런 고생을 하나? 진작 만병보萬兵堡의 신병대전神兵大典이나 구경 갈 것을……."

청삼장한 언고흔이 백삼 청년의 한탄 소리를 듣더니 히죽 웃었다.

"흐흐. 천하에 거칠 것이 없다는 경천일검擎天一劍 사도운司徒雲이 악양루岳陽樓에서 자리 하나도 못 잡는데 만병보를 간다고 제대로 대접이나 받을 수 있을까?"

사도운이라는 백삼 청년의 준수한 얼굴이 제대로 구겨졌다.

"아이고, 저 속 긁는 소리…… 하여간 형님은 남 속을 뒤집는 데에는 일가견이 있소. 이 더운 날 쉬는 사람 끌고 다니며 주루란 주루는 모조리 뒤지질 않나, 좋은 자리 못 구한다고 타박을 주지 않나."

언고흔은 사도운의 얼굴이 재미있다는 듯이 또 한 번 히죽 웃고는 그의 어깨를 툭 쳤다.

"길바닥에서 그렇게 속 끓이지 말고 저 앞 주루에 가보자. 이름도 화중제일루華中第一樓라고 제법 그럴듯한 게 좋은 자리가 있을 듯하니, 이 형님이 시원한 녹두탕이라도 한 그릇 사주마."

언고흔은 조금 전까지도 똑같은 장담을 해대며 사도운을 이리저리 끌고 다녔던 것이다. 말을 마친 언고흔은 뒤도 안 돌아보고 맞은 편 주루로 휘적 휘적 걸어가기 시작했다. 언고흔의 건장한 뒷등을 보며 사도운이 길게 한숨을 내쉬었다.

"어휴. 내가 어린애요, 녹두탕을 사주게? 정말 어쩌다가 이 사도운이⋯⋯."

어깨를 늘어뜨리고 푸념을 해대며 뒤를 따르는 사도운의 늘씬하고 멋진 모습이 처량하게 보였다.

언고흔의 장담은 반만 맞았다. 화중제일루라는 간판이 달린 주루에는 과연 호수 쪽 창가로 여러 자리가 비어 있어서 두 사람은 손쉽게 창가 자리를 골라 앉을 수 있었다. 그러나 창 앞에는 바로 거대한 고목이 자리 잡고 있어서 시야를 온통 가로막고 있었던 것이다. 게다가 주루가 낡고 지저분한 것은 그렇다 쳐도 흔한 녹두탕은 아예 취급하지도 않으면서 쓰디쓴 고차苦茶에 술과 간단한 안주만 판다는 이 지조는 또 뭐란 말인가.

바람 한 점 불지 않는 이 층 창가의 고목 옆 자리에 앉은 언고흔은 맹한 표정을 짓고 입맛만 쩍쩍 다시고 있었다. 사도운이 마시던 고차를 꿀꺽 삼키고 쓴웃음을 지었다.

"형님, 어쩐지 이 주루에 손님이 없다 했소이다. 본고장 사람들이야 이런 꼴인지 다 알고 아예 오지도 않는가 보오."

맹한 표정으로 앞에 놓인 고차에는 손도 대지 않고 있던 언고흔의 눈썹이 여덟 팔자로 내려앉았다.

"애고, 더 돌아다니기도 그렇고, 시켜놓은 술이나 마시고 잠이나 자란 말인가? 어떻게 동정호가 나한테 이럴 수가 있나?"

"동정호기 형님 마누라라도 되오? 하여간 악양에 들어온 이후로는 동정호, 동정호 노래를 부르니⋯⋯."

언고흔이 억울한 표정까지 지어가며 툴툴대었다.

"삼 년 전에 동정호가 온통 은빛으로 변했다는 기문奇聞을 듣고 내가 얼마나 여길 오고 싶어 했는지 잘 알지 않느냐?"

떨그럭.

두 사람이 말하는 중에 점소이가 불쑥 소흥주紹興酒 한 병과 안주 몇 개를 탁자 위에 내려놓고 말도 없이 옆 탁자로 가버렸다. 사도운의 미간이 찡그려졌다. 그는 본래 꽤 깔끔한 성격이라 예의에도 까다로운 편이어서 조금이라도 무례한 것을 참지 못하는 편이었다. 점소이가 하는 꼴을 보던 언고흔이 사도운의 눈치를 슬쩍 보더니 얼굴 앞에 손을 내밀어 휘저어댔다.

"운제, 관둬라. 그런 놈 야단치면 무엇 하나? 이 주루는 아주 갖출 대로 다 갖춘 곳이니 어서 술이나 한잔하고 가자꾸나. 아님……."

언고흔이 말을 끌며 창밖의 고목을 눈짓했다.

"내가 아예 시원하게 이놈을 박살 내 버릴까?"

신경이 날카로워지던 사도운이 피식하고 웃어버렸다.

"훗. 잘도 그러시겠소, 형님이. 언가彦家의 젊은 권왕拳王이 시야를 막는다고 나무를 박살 냈다고 소문나면, 강호 친구들이 형님이 더위를 먹어 살짝 돌았다고 할 거요. 하하."

사도운은 자기가 말해놓고도 재미가 있는지 낄낄거리며 소흥주를 잔에다 따르기 시작했다. 언고흔도 생각해보니 우스운지 특유의 히죽거리는 웃음을 흘리며 술잔을 잡아갔다.

쨍그랑.

그릇 깨지는 소리에 이어 앙칼진 목소리가 주루를 울렸다.

"네 이놈! 어디서 배워먹은 무례한 짓이냐?"

술잔을 들던 두 사람의 시선이 자연스레 소란이 난, 옆 탁자로 옮겨졌다. 붉은 나삼을 보기 좋게 차려입은 소녀가 얼굴이 빨개진 채 일어서서 점소이를 꾸짖는 광경이 보였다.

짝.

소녀는 대번에 점소이의 뺨을 올려붙이고는 분기를 참지 못하는지 씩씩 숨을 몰아쉬었다.

쿵.

"애고고……."

점소이가 뒤로 나동그라지더니 얼굴을 감싸며 고통스러운 신음을 토해내었다. 점소이의 무례한 행동거지가 결국 소동을 불러일으킨 것이다.

소녀가 두 손을 허리에 척 올리더니 점소이를 향해 소리를 질렀다.

"뭐 이딴 주루가 다 있어? 네 이놈, 썩 내려가서 주인 불러와라! 내 오늘 단단히……."

"가만있거라."

문득 아름다운 목소리가 소녀의 입을 막았다. 소녀의 옆에는 면사로 얼굴을 가린 여인이 앉아 있었는데 그 아름다운 목소리는 그녀의 입에서 나온 것이었다. 여인은 이 더위에도 녹색의 궁장을 갖추어 입었고, 쓰고 있는 면사도 녹색이요 머리에 꽂은 장신구까지 녹색이라 오히려 서늘한 분위기를 연출하고 있었다.

면사 속에서 다시 목소리가 흘러나왔다.

"너는 어이해서 경망스럽게 함부로 사람을 상하게 하느냐?"

붉은 옷의 소녀가 대번에 입을 삐죽 내밀었다.

"그거야 이놈이 감히 선자仙子께……."

궁장여인이 가볍게 소매를 흔들어 소녀의 말을 제지했다.

"되었다. 너의 그 급한 성미는 언제나 고쳐질까?"

붉은 옷의 소녀가 감히 입을 열지 못하고는 얼른 고개를 조아렸다. 보아하니 궁장여인과 붉은 옷의 소녀는 주종관계인 것 같았다. 궁장여인이 소매 속에서 은자 조각을 꺼내어 점소이에게 던져주며 조용한 목소리로 타이르듯 말했다.

"주루에서 일하려면 나름의 예의를 갖추어야 하는 법인데, 자네는 어이해 그렇게 투박한 것인가? 자기 일에 긍지가 없다면 다른 일을 찾을 것이지, 손님에게 불만을 전가하는 것은 여러 사람을 힘들게 할 뿐이야. 오늘 연아蓮兒가 손을 쓴 것은 과한 일이지만, 자네도 잘한 것이 없으니 어서 물러가 정양이나 하도록 하게."

조용하지만 품위가 넘치는 말소리였다. 더구나 조리가 정연하고 언사가 우아한 사려 깊은 훈계라 점소이는 얼른 은자를 주워들고 고개를 꾸벅이고는 계단 아래로 내려갔다.

그 광경을 지켜보던 언고흔이 주먹으로 뻣뻣한 턱수염을 문지르며 감탄을 해대었다.

"호오. 멋진데!"

사도운이 대번에 눈살을 찌푸렸다.

"형님, 목소리가 너무 큽니다. 그런데……"

사도운이 목소리를 낮추며 말을 이어갔다.

"저 연아라는 소녀의 신수身手가 보통이 아닌데, 어딘지 눈에 익지 않습니까?"

"응?"

언고흔이 고개를 돌리며 술잔을 훌쩍 들이키더니 사도운에게는 대답을 하는 둥 마는 둥 하면서 땅콩조각을 입에 털어 넣었다. 사도운이 눈살을 찌푸린 채 옆 탁자로 다시 시선을 돌리려 하자 언고흔이 불쑥 술잔을 내밀었다.

"술."

언고흔과 같이 지낸 날이 하루 이틀이 아닌지라 그의 엉뚱한 행동에 익숙한 사도운이었지만 이번에는 조금 화가 났다.

"형님."

사도운이 기분 나쁜 티를 일부러 내며 힘주어 불렀다.

"술 따라."

언고흔은 별반 신경도 쓰지 않는 듯 맹한 얼굴로 술잔을 치켜들었다. 사도운의 인상이 더 찌푸려지는데 문득 그의 귓가로 작은 소리가 들려왔다.

'운제, 우리가 여기 왜 왔는지 잊었는가? 괜한 일에 휘말릴 필요가 없어.'

언고흔의 전음이었다. 사도운이 마치 찬물을 뒤집어쓴 듯 정신이 번쩍 들었다.

언제나 이랬다. 호탕하고 엉뚱해 보이는 언고흔이지만, 항상 정도를 벗어나는 법이 없었고 자기가 맡은 일은 책임을 다하는 사람이었다. 겉으론 대범해 보여도 세심한 구석이 있는데다 대세를 살피고 사람을 이끄는 힘이 있어서 까다로운 사도운이 첫 만남에 형제의 의를 맺은 것이 아니던가.

'내가 이래서 형님한테 꼼짝을 못하는 거지.'

사도운이 인상을 활짝 피면서 술병을 들었다.

"네. 형님."

두 사람 모두 강호의 호걸들이라 소홍주 한 병은 금세 비워졌다. 언고흔이 빈 병을 흔들며 아쉽다는 듯이 입맛을 다셨다.

"허, 이거 입맛만 버렸는걸. 더 마시고 싶지만 아까 그 점소이 같은 놈을 부를 생각을 하니……."

사도운이 은자 한 덩이를 탁자 위에 내려놓으며 자리에서 일어섰다.

"그린 놈 부르느니 차라리 객잔으로 돌아갑시다. 객잔에도 술은 있으니 가서 한 잔 더 하죠."

언고흔도 따라서 몸을 일으키는데 갑자기 붉은 그림자가 눈앞에 나타났다. 어느새 연아라는 소녀가 탁자에 다가와 정중하게 고개를 숙이며 인사를 하고 있었다.

"실례합니다. 저희 선자께서 두 분 대협을 잠시 청하시니 자리를 옮기시지요."

의외의 상황에 언고흔의 입에서 헛바람 소리가 나왔고, 사도운의 엷은 눈매가 크게 뜨였다. 두 사람의 시선이 얼핏 옆 탁자의 궁장여인에게 향했다. 궁장여인은 어느새 자리에서 일어나 두 사람에게 가벼운 고갯짓으로 목례를 보내고 있었다.

언고흔이 버릇처럼 오른손 주먹으로 수염을 쓱쓱 문지르며 난감한 표정을 지었다.

"이거……."

사도운이 힐끗 언고흔의 어쩔 줄 몰라 하는 모습을 쳐다보고는 얼른 연아라는 소녀에게 포권으로 답했다.

"낭자의 선자께서는 무슨 일로 초면인 저희를 부르시는지요?"

저 엉뚱한 형님이 무슨 말실수를 저지를지 모르니 아예 자신이 나서는 게 낫다는 생각에서 사도운이 먼저 입을 연 것이다.

연아라는 소녀가 조아렸던 고개를 바짝 들더니 새치름한 표정으로 한 발 뒤로 물러섰다.

"소녀는 그저 선자의 말씀을 전했을 뿐, 궁금하시다면 직접 여쭈어 보세요."

열대여섯은 먹었을까, 아기처럼 통통한 볼살을 볼록 대며 뿌루퉁한 어조로 대답하는 표정이 여간 귀여운 것이 아니었다. 떨떠름한 표정을 짓던 언고흔이 이 모습을 보더니 금세 얼굴이 풀어져 예의 히죽거리는 웃음을 흘리기 시작했다.

사도운이 아차, 하는 표정을 지었다. 언고흔은 귀여운 어린애들을 지나치게 좋아해서 툭하면 애들하고 장난치는 성향이 있는데, 일단 그러기 시작하면 못 말리게 유치하고 짓궂게 변하곤 했던 것이다. 사도운이 급히 한 발을 내딛으며 언고흔의 소매를 잡았다.

"청을 거절하는 것도 실례이니, 명을 따르겠습니다. 형님, 가시죠."

"어."

얼떨결에 소매를 붙잡힌 언고흔은 사도운에게 끌려 옆 탁자로 움직일 수밖에 없었다. 그 모습이 꽤 우스웠든지 연아라는 소녀가 소매로 입을 가리며 킥, 하고 웃음소리를 내자, 언고흔이 또 그 모습에 풀어진 입매로 바보처럼 웃어대니, 사도운은 가슴이 다 조마조마할 정도였다.

두 사람이 자리하자 궁장여인이 두 소매를 올려 가볍게 읍하며 입을 열었다.

"생면부지에 초청에 응해주셔서 감사합니다. 여인네가 염치없다고 꾸짖지 마시고……."

가까이서 들으니 정말 구슬처럼 영롱한 목소리였다. 두 사람이 급히 포권으로 답하자 궁장여인이 오른손으로 우아하게 자리를 권하였다.

"우선 자리에 앉으시지요, 두 분을 모신 까닭은 제가 말씀드리겠습니다."

궁장여인은 두 사람에게 자리를 권하고서 자신도 자리에 차분히 앉았다. 그 동작 하나하나가 모두 부드러우면서도 기품이 있어서 사도운은 자신도 허리를 펴고 앉은 자세를 단정히 갖추었다. 궁장여인이 고개를 약간 돌리며 작은 목소리로 연아라는 소녀를 불렀다.

"연아는 가서 내 짐 안에 있는 팔보액八寶液을 한 병 가져오거라."

홍의소녀 연아의 눈이 동그랗게 뜨여졌다.

"네? 그 귀한 걸……?"

궁장여인은 더는 홍의소녀를 상관치 않고 사도운과 언고흔 쪽으로 몸을 돌려 앉았다. 홍의소녀의 입이 댓 발이나 나오더니 쪼르르 계단을 향해 걸어 갔다.

쿵, 쾅.

계단을 내려가는 소리가 어찌나 큰지 주루가 울릴 지경이었다. 궁장여인이 조그맣게 한숨을 내쉬었다.

"용서하세요. 아이가 아직 어리고 철이 없어서 예의를 모른답니다."

"무슨 말씀을. 발랄하고 활기차서 귀엽기만 한데요."

언고흔이 계단 쪽을 바라보며 얼굴 가득히 웃음을 머금고 말했다.

'발랄하고 활기차다고? 딱 형님이랑 어울리는 성격이지.'

목구멍까지 올라오는 생각을 꿀꺽 삼키고 사도운이 의젓하게 입을 열었다.

"저희를 부르신 데에 무슨 하교下敎가 있으신지요?"

"하교라니오? 당치도 않습니다. 그저 사람과 땅이 다 생소한 이곳에 처음 와서 오히려 도움을 얻고자 두 분을 청한 것이지요."

사도운이 쓴웃음을 지으며 고개를 저었다.

"허, 그렇다면 사람을 잘못 찾으신 겁니다. 저희도 초행이라 아무것도 모르고 이런 주루에 와 있는 걸요."

"그렇다면 두 분께서도 타관 분이신가요?"

"네. 지나가던 길에 더위나 식혀보자고 동정호 구경을 나온 구경꾼이지요."

궁장여인이 알겠다는 듯이 가만히 고개를 끄덕이자 면사에 매달린 작은 구슬장식이 물결 치듯이 흔들렸다.

　"이전에도 유명한 동정호지만 삼 년 전에 기경奇景이 발생한 이후로는 찾는 사람이 더 늘었다고 하더군요."

　"선자도 들으셨군요. 삼 년 전에 동정호가 하룻밤 내내 은빛으로 변한 적이 있다는 소문이 파다했었지요. 저희도 그 소문이 기억나 한 번 들러본 거지요."

　사도운의 대답을 듣던 궁장여인이 화제를 돌렸다.

　"말씀을 들어보니 북방에서 오신 것 같은데……?"

　사도옥이 짧게 탄성을 질렀다.

　"아차. 그러고 보니 통성명도 하지 않았군요. 저는 태원太原의 사도운이라고 하고, 옆에 계신 제 형님은 하북河北 출신의 언고흔이라고 합니다."

　사도운이 말을 하면서 슬쩍 언고흔을 노려보았다. 이 형님이라는 작자는 자리에 앉아서 대화에 끼어들 생각이 없는지 그저 홍의소녀가 내려간 계단 쪽만 멀뚱거리며 보고 있어서 소개까지 자신이 대신해야 했던 것이다.

　"사도공자와 언대협이셨군요. 저는……."

　궁장여인은 잠시 머뭇거리는 것 같더니 차분하고 아름다운 목소리로 말을 이어갔다.

　"저는 녹수綠水라고 하고, 조금 전의 아이는 제가 데리고 있는 홍련紅蓮이라고 한답니다."

　딴청만 피우고 있던 언고흔이 여전히 계단 쪽에 시선을 둔 채 불쑥 입을 열었다.

　"녹수, 홍련이라니 정말 옷차림하고 어울리는 이름이군."

　면사 속에서 작게 웃음소리가 흘러나왔다.

　"언대협은 저희 이름이 마음에 안 드시는가 보네요."

　언고흔이 고개를 돌려 녹수라고 이름을 밝힌 궁장여인을 보며 히죽 웃었다.

"그럴 리가 있겠소? 그저 누구는 공자고, 누구는 대협이라 하니……."

옆에 앉은 사도운을 팔꿈치로 툭 치고는 다시 말을 이었다.

"그런데 소저는 무림인이요?"

사도운이 언고흔의 직선적인 말투에 인상을 찌푸리는데, 궁장여인의 면사가 찰랑하고 움직였다.

"어째서 그렇게 생각하시는지요."

무언가 재미있다는 기색이 말소리에 담겨 있어 사도운이 얼핏 입을 열지 못하는데, 언고흔은 기지개를 켜며 심드렁하게 대꾸하고 있었다.

"홍련이라는 꼬마 아가씨의 신수가 보통이 아니니 그 주인 되는 소저도 무공을 갖추고 있을 것 아니겠소?"

문득 궁장여인이 대답을 멈추었다. 궁장여인이 입을 다물고 그린 듯이 조용히게 앉아 침묵으로 대답을 대신하자, 사도운도 가늘고 깊은 눈을 더욱 깊게 하며 그녀를 쳐다보았다.

비록 까다롭게 예의를 따지는 사도운이지만 그 역시 강호인. 언고흔의 질문은 번잡스러운 예의를 벗어나 개문견산開門見山식의 직설적인 발언이었지만, 이야말로 상대의 응수를 통해 그 수준을 평가하는 타진打診의 묘수였다고 할 수 있었다.

'과연 이 여인의 정체는 무엇인가?'

어디선가 본 적이 있는 듯한 홍련이라는 소녀의 몸놀림. 사도운이 머릿속으로 염두를 굴리면서 본연의 냉정한 모습으로 궁장여인을 쳐다보는데, 막상 질문을 던진 언고흔은 또다시 주먹으로 수염을 문지르고 있었다. 세 사람이 대화를 멈추고 침묵으로 잠겨 들자 분위기가 갑자기 딱딱하게 변해버렸다.

통, 통.

가볍게 계단을 올라오는 소리가 어색한 침묵을 깨뜨렸다. 홍련이라는 소녀가 작은 나무 쟁반에 조그만 도자기 병 하나와 술잔을 받쳐 들고 와서 탁자에 다소곳이 내려놓는 모습에 세 사람이 모두 자연스럽게 시선을 돌렸던 것이다. 조금 전의 불만스럽던 표정은 어디로 갔는지 홍련은 조그만 입술을 꼭 다물고는 새침을 떼면서 술잔을 세 사람 앞에 놓고 살포시 궁장여인의 옆에 앉았다.

'이건 완전히 꼬마 여우로군.'

성숙한 여인네처럼 눈을 살며시 내리깔고 얌전을 떠는 홍련의 모습에 사도운이 내심 혀를 내두르는데, 궁장여인이 오른 소매를 들어 도자기 병을 가리키며 입을 열었다. 궁장여인의 면사가 다시 찰랑거렸다.

"조금 전의 소동 때문에 두 분의 주흥酒興을 깨뜨린 듯하여 제가 따로 두 분께 배상을 해야 마땅한데, 마침 수중에 가전家傳의 약주藥酒가 있는지라 약소하지만 대접해 드리고자 합니다."

궁장여인이 말을 마치자 홍련이 일어나 차분하고 우아한 자세로 도자기 병을 열고 세 사람의 술잔에 술을 따르고 앉는데 제법 예도에 익숙한 양가의 규수 같았다. 그 모습을 진기한 구경이라도 하듯이 히죽거리며 보던 언고흔의 두 눈이 갑자기 크게 뜨여졌다. 낡아빠진 화중제일루 이 층이 순식간에 진기한 향기로 가득 차는 것이 아닌가? 사도운의 엷은 눈매에도 슬쩍 놀란 빛이 떠올랐다.

"대단한 주향酒香이로군요."

궁장여인이 양손을 가볍게 흔들어 소매 속에서 손을 노출하며 술잔을 잡아갔다.

"가전의 비방으로 여덟 가지 약초를 섞어 빚은 것이라, 대접에 부끄럽지는 않을 것입니다."

온통 전신을 녹의 궁장으로 감싼 여인의 하얀 손이 나타나자 마치 푸른 정원에서 옥돌이 드러나는 것 같았다. 궁장여인의 손은 백옥처럼 아름다웠고 술잔을 잡은 손가락은 하얀 파줄기처럼 길고도 부드러워 보였다.

궁장여인이 술잔을 살짝 들어 올리며 말을 이었다.

"이 한 잔으로 두 분을 모시게 된 감사함을 표하고, 또한 조금 전 언대협의 질문에 대한 답도 대신하고자 합니다."

감사를 표한다는 상투적인 인사야 그렇다 해도, 무림인이냐고 물었던 언고흔의 질문에 이 술이 답이 된다? 언고흔과 사도운은 의문을 품었지만, 상대가 술을 권하는데 가만히 생각만 할 수 없는 노릇이니 얼른 마주 술잔을 들어 올렸다.

술은 향기만 대단한 것이 아니었다. 향기에 어울리게 깊고 은은하면서도 진한 맛을 내는 가히 명주라고 할 만한 것이었다.

"크."

술을 목으로 넘긴 두 사람의 입에서 동시에 탄성이 흘러나왔다. 면사 아래로 집어넣었다가 내려놓은 궁장여인의 술잔도 깨끗이 비워져 있었다. 술잔을 내려놓은 하얀 손이 다시 소매 속으로 숨어들어 가는 것이 마치 흰 물고기가 수초 속으로 사라지는 것 같았다.

술잔을 내려다보던 언고흔의 눈에 언뜻 기광奇光이 스쳐 갔다. 언고흔이 감탄했다는 듯이 크게 고개를 끄덕이며 웃음을 터뜨렸다.

"하하하. 훌륭한 술맛! 이거 정말 진귀한 명주를 얻어 마셨군. 운제, 그렇지 않은가?"

사도운도 다 비운 술잔을 손안에서 돌리며 가볍게 동의를 표했다.

"그렇군요. 독특한 맛인데요."

언고흔이 사도운에게 히죽 웃어 보이고는 자리에서 벌떡 일어나더니 궁장여인을 향해 두 손을 올려 포권했다.

"소저, 아니 선자仙子. 이렇게 귀한 술을 내리시니 우리 형제가 악양에 와서 동정호를 못 보아 안복眼福은 없다 해도, 구복口福은 적지 않은 듯하오. 언모가 진심으로 감사드리오."

소리는 우렁차고 태도는 당당하여 조금 전까지 히죽거리던 모습은 어디론가 사라지고 의젓한 대장부의 자태였다. 궁장여인의 옆에 앉아 있던 홍련도 묘한 얼굴이 되어 눈을 동그랗게 뜨고 언고흔을 쳐다보았다.

사도운은 언고흔이 궁장여인을 부르는 호칭이 변한 것에 조금 묘한 느낌을 받았는데, 언고흔은 인사를 마치자 대뜸 히죽거리는 표정으로 돌아가서 홍련을 쳐다보며 말을 거는 것이었다.

"홍련낭자, 이런 좋은 술을 어찌 그냥 마실 수 있겠소? 수고스럽지만 내려가서 점소이, 아차차 그 못난 놈은 말고 아예 주인장을 좀 불러오시겠소?"

그냥 말을 거는 것이 아니라 마치 자기 종을 부리듯 아래층으로 심부름을 시키는 소리에 사도운이 깜짝 놀라 언고흔을 쳐다보았다. 홍련도 이런 어이없는 요구에 잠시 멍청해 있다가, 대뜸 눈에 쌍심지를 돋우며 발딱 일어나 성질을 부리려 하는데,

"그래, 언대협 말씀대로 내려가서 어울리는 안줏감이 있는지 물어보도록 하여라."

궁장여인이 웬일인지 별 거부 없이 언고흔의 말을 따르는 것이 아닌가.

사도운은 본래 기경機警한 사람이라 대번에 상황이 묘하다는 것을 느끼며 언고흔의 얼굴을 살폈다. 히죽거리며 홍련을 바라보는 언고흔의 얼굴이야 평소와 다름없었지만, 그의 두 눈만은 표정과 전혀 다르게 신광이 뿜어져 나오고 있었던 것이다. 사도운의 얼굴이 굳어지며 두 눈에서 차가운 빛이 흐르기 시작했다.

궁장여인까지 자기편을 들어주지 않자 홍련의 얼굴이 금세 울상으로 변하면서 무언가 말을 하려고 입을 달싹거렸다.

그때였다.

"으헤헤헤헤. 술안주가 필요하시다고?"

어디선가 음산한 목소리가 울리더니 주루 이 층에 매달린 등롱이 모조리 불빛이 줄어들며 삽시간에 어두워지는 것이었다.

홍련을 보며 히죽거리던 언고흔이 대번에 인상을 구기면서 자리에 털썩 앉았다.

"이런 젠장!"

그 모습을 지켜보던 궁장여인이 언고흔에게 조용히 말을 건네었다.

"연아에게 신경 써주신 언대협에게 감사드립니다."

홍련도 민첩하고 영특한 아이라 단번에 상황을 짐작하고는 얼른 궁장여

인의 곁으로 다가서며 언고흔을 향해 고개를 까닥했다. 심상치 않은 기운을 감지한 언고흔이 홍련을 보호하려고 일부러 내보내려고 하였던 것임을 알아 챈 것이다.

차가운 눈빛으로 주위를 훑어 본 사도운이 천천히 자리에서 일어섰다.

"이 주루의 주인은 귀신 나부랭이인가? 주문을 이런 식으로 받는 모양이군."

사도운의 냉정한 목소리가 음산한 목소리에 대답했다. 돌연히 발생한 괴이한 변고에도 탁자에 있는 사람들은 별로 놀라지 않은 듯하였다.

음산한 목소리가 다시 울려 나왔다.

"과연 대담한 친구들이군. 알고 있었던가? 이곳에 친구들을 위한 안배가 베풀어져 있음을?"

의자에 앉아 인상을 구기고 있던 언고흔이 팔짱을 끼며 코웃음을 쳤다.

"흥. 누가 너 같은 귀신 나부랭이의 친구란 거냐? 그리고 이런 더운 날에 어떤 미친놈이 이런 개떡 같은 주루에서 귀신놀음을 할 줄 알고 오겠느냐?"

음산한 목소리가 재미있다는 듯이 음충맞은 웃음을 흘려대었다.

"흐흐흐. 이런 상황에서도 광망한 소리를 지껄이다니……."

순간, 팔짱을 끼었던 오른손으로 책상을 치며 언고흔이 말을 잘랐다.

쿵.

"아니다. 친구 해도 되겠다! 이런 바람 한 점 없는 더운 밤에 더위를 식히라고 우리를 위해서 이런 오싹한 연출을 해주는 이는 틀림없이 친구로 삼을 만하지, 암! 그래, 친구 하자."

고개까지 흔들며 감탄하는 모습에 긴장된 빛으로 사방을 바라보던 홍련이 참지 못하고 킥, 하는 웃음을 터뜨렸다. 상황이 괴이하다 해도 천성적인 발랄한 성격은 어쩔 수 없는 모양이다. 무엇 때문인지 궁장여인도 언고흔을 향해 가볍게 고개를 끄덕이고 있었다.

생각지도 못한 언고흔의 말에 음산한 목소리는 허를 찔린 듯 잠시 대답이 없다가 억눌린 목소리가 새어나왔다.

"과연! 언가의 당대가주當代家主가 상대하기 어렵다더니 거짓이 아니로군. 그러나 말만큼 실력도 날카로운지는 시험해봐야 알겠지."

음산한 목소리가 말을 마치자 갑자기 탁자 주위가 더욱 어두워지며 사방에서 소름이 돋는 살기가 일어나기 시작했다. 살기와 함께 형언하기 어려운 사기邪氣가 스멀거리며 탁자 주위로 기어오르는 것이 느껴졌다. 그림을 그린 듯 앉아 있던 궁장여인의 면사 밑에서 아름다운 목소리가 단호하게 새어나왔다.

"조심하세요! 식멸사령진熄滅邪靈陣이 펼쳐졌어요."

몸에 끈적거리며 달라붙는 괴이한 기운에 인상을 쓰던 사도운이 새삼스러운 눈으로 궁장여인을 힐끗 쳐다보더니 허리에 찬 보검을 빼어 들며 매섭게 어둠을 노려보았다. 옆에 앉은 언고흔도 눈에 이채를 띠긴 했지만 바로 팔짱을 끼며 오히려 눈을 내리깔면서 중얼거렸다.

"하여간 이놈들은 어지간히 괴기한 걸 좋아하는군."

눈을 감으며 언고흔은 조금 전에 탁자를 내리치면서 자신이 흘려보낸 경력勁力의 흐름을 감지하려고 정신을 집중했다. 짧은 생각이 머리를 스쳤다.

'그녀도 알고 있었던 것 같군.'

홍련도 어느새 뽑아들었는지 짧은 단검 두 자루를 양손에 나눠 들고 궁장여인을 보호하듯 자세를 취하고 있었다.

쉬익.

어둠 속에서 날카로운 음풍이 사방에서 휘몰아 들어왔다.

"흥."

사도운이 냉소를 날리며 보검을 들어 크게 원을 그렸다. 순간 찬란한 검광이 탁자 전체를 휘감았다.

파파팡.

작은 폭음이 터지자 몰아치던 음풍이 순식간에 소멸하여 버렸다. 음풍이 사라지자 등불이 더욱 어두워지면서 살기와 사기가 넘실대듯 증가하였다.

사도운이 다시 보검을 가슴 앞에 세우는데 어두운 천장에서 아무 기척도 없이 무언가가 쏟아져 내렸다. 사도운의 냉소 소리와 함께 보검이 부르르 떠는 것 같더니 형상마저 흐릿하게 보이며 송곳 같은 검광이 치솟았다.

차차차창.

연속적인 충돌음이 울리더니 팔뚝 길이만 한 단창短槍 여덟 자루가 튕겨져나갔다. 단창을 쥐고 있던 여덟 명의 흑의 복면인들이 훌쩍 재주를 넘더니 탁자를 가운데 두고 내려서며 기묘한 모습으로 주위를 포위했다. 칠흑 같은 검은 천으로 온몸을 감싼 여덟 명은 마치 고양이가 먹이를 노리는 듯 웅크린 자세로 단창을 겨누고 있었다. 더구나 그들이 입은 흑의와 주위의 어둠이 조화되어 그 모습조차 제대로 보이지 않았다.

여덟 명의 흑의인들을 한눈에 훑어 본 사도운이 검을 천천히 하단으로 겨누며 중얼거렸다.

"사람 같지 않은 것들이……."

인기척도 없는 여덟 명의 복면에서 유일하게 노출된 눈에는 검은 눈동자 대신 새파란 귀화鬼火가 일렁이고 있었던 것이다.

사도운의 중얼거리는 말이 신호라도 되듯이 여덟 개의 단창이 검은 구름처럼 찔러 들어오고, 동시에 음풍이 회오리치며 탁자로 밀려들었다. 살기가 충만한 단창은 소리도 없이 기괴한 변화를 보이고, 사악한 음풍은 네 사람을 짓눌러 버릴 듯한 기세를 품고 있었다. 사도운이 바닥을 가볍게 차고 날아올라 공중에서 다리가 위로 들린 도립세를 취하더니 보검을 기묘하게 휘둘렀다. 다시 한 번 검광이 찬란하게 빛나며 우산처럼 탁자 주위를 휘감더니 사도운이 손목을 가볍게 뒤집자 폭죽 같은 검광이 사방으로 터져나갔다.

퍼벙.

절묘한 일초이식一招二式에 공격이 모조리 격퇴되었다. 사도운은 공중에서 가뿐히 몸을 바로 돌려 탁자 위에 한쪽 무릎을 대며 가볍게 내려서는데, 그림처럼 깨끗하고 아름다운 솜씨였다. 팔짱을 끼고 눈을 지그시 감고 있던 언고흔이 슬며시 눈을 뜨며 히죽거렸다.

"멋진 도전음양倒顚陰陽이긴 한 데, 너무 잘 나 보이잖아."

한쪽 무릎을 꿇은 채 보검을 중단으로 겨누고 있던 사도운이 시선을 돌리지 않고 퉁명스레 말을 받았다.

"형님은 보고만 있을 거요?"

언고흔이 목을 풀며 우두둑 소리를 내었다.

"아니, 그놈의 쥐 한 마리가…… 요놈의 쥐새끼!"

말하던 언고흔이 문득 호통을 치며 정말 쥐를 잡듯이 오른발을 들어 바닥을 크게 내리쳤다.

쿵.

얼마나 강한 힘인지 주루 전체가 흔들리며 요동을 치는 것이었다.

"큭."

어디선가 고통스러운 신음이 흘러나오더니 사방을 가로막던 어둠과 사기가 썰물처럼 빠져나갔다. 주위가 환해지자 흑의인 여덟 명의 모습이 자세히 드러났다. 여전히 몸을 웅크린 채로 귀화가 이글거리는 눈은 섬뜩했지만, 전부 가슴 부분이 베어져 옷자락이 나풀대는 것이 조금 전의 공격에서 손해를 본 것이 분명했다.

음산한 목소리가 고통스러운 신음과 함께 울려 나왔다.

"으음, 이 정도로…… 그만 물러나자!"

말소리가 떨어지자 여덟 명의 흑의인이 단창을 내던지고는 신속하게 천장으로 몸을 날렸다. 주루 지붕에 작은 구멍이 나더니 한 인영이 몸을 날리는 것이 보이고, 여덟 명이 바로 그 뒤를 쫓아 날아올랐다.

태평스럽던 언고흔이 급히 팔짱을 풀고 오른손 주먹을 내지르며 크게 소리쳤다.

"운제, 쫓아라!"

언고흔의 말이 떨어지자 사도운은 날아오는 단창은 신경도 쓰지 않고 바닥을 박차고 뛰어올랐다.

와자작.

언고흔이 내지른 권풍拳風에 여덟 자루의 단창이 모조리 한데 엉겨 우그러지면서 맞은 편 벽으로 튕겨 나갔다. 언고흔이 자리에서 벌떡 일어나 궁장여인에게 서둘러 포권하며 입을 열었다.

"선자, 남은 술은 다음에 마시도록 하겠소."

말을 마치자 대답도 기다리지 않고 언고흔의 모습이 그대로 지붕 위로 솟구쳐 올랐다. 지붕에 뚫린 구멍으로 그 모습이 사라지면서 호탕한 목소리가 전해져 왔다.

"홍련 낭자, 그때도 술은 귀여운 낭자가 따라 달라고……."

목소리가 아스라이 멀어져갔다.

쌍검을 쥐고 잔뜩 긴장하다가 돌연한 변화에 맥이 풀린 홍련이 멍하니 천장 지붕을 올려보다가 대뜸 코웃음을 쳤다.

"흥. 불한당 같은 아저씨가……."

궁장여인이 조용히 맞은 편 바닥을 바라보다가 냉정하게 말을 잘랐다.

"말을 삼가거라. 무지한 것 같으니."

홍련이 샐쭉한 표정을 지었지만, 궁장여인은 차가운 목소리로 계속 홍련을 꾸짖었다.

"너는 사도공자가 우리 모두를 지키면서 방어에만 치중했던 것을 못 보았느냐? 특히 너한테 가해진 세 번의 창끝을 범접도 못하게 하고, 음풍장陰風掌이 가까이 침해하지 못하도록 검기를 계속 흘려주었음을 알아차리지 못했더냐?"

홍련이 깜짝 놀란 표정을 짓자 궁장여인이 한숨을 내쉬었다.

"아직 멀었구나. 매일 놀기만 하더니……. 그 와중에도 검기劍氣를 변환하여 상대를 격상시키고……."

녹색 소매가 탁자 위를 가볍게 가리켰다.

"탁자 위로 내려섬에 추호도 흔들림이 없으니, 보아라!"

홍련이 탁자 위를 보니 술병과 술잔도 그대로였고 발자국이나 먼지도 없어서 조금 전에 누가 거기에 서 있었다는 것을 믿지 못할 정도였다. 입을 딱 벌리는 홍련의 얼굴이 경악으로 물들어갔다. 조금 전의 흉험한 싸움에서 적지 않은 폭음을 들었으니 분명히 사도운도 힘을 썼을 텐데 어디에도 그가 힘을 쓴 흔적이 보이지 않는 것이었다.

"게다가……."

궁장여인의 눈이 조금 전에 쳐다보던 맞은편 바닥으로 향했다. 그 자리는 언고흔이 앉아 있던 자리였는데 역시 바닥에는 아무 자국도 나 있지 않았다.

'무서운 격벽진상隔壁震傷!'

주루가 흔들릴 만큼 무서운 발길질이었음에도 바닥은 전혀 상하지 않고, 오히려 천장에 숨어 있던 인물에게만 힘을 전달했던 것이다. 자리에서 일어서는 궁장여인의 면사 아래에서 혼잣말이 조그맣게 흘러나왔다.

"경천일검은 천하에 거칠 것이 없고, 천룡권天龍拳은 감당할 수 없다더니…… 강호의 소문이 거짓만은 아니로구나……."

천룡권은 언고흔의 별호였으니, 녹수라는 궁장여인은 이미 두 사람을 알고 있었던 것이다.

제6장 　　　　낭패불감狼狽不堪

아홉 개의 검은 그림자가 단숨에 악양성을 벗어나 호반을 따라 치달리고 있
는 것이 환한 달빛 아래에 선명하게 보였다. 그 모습을 주시하며 경공을 펼
쳐 따라가는 사도운의 옆에 언고흔의 모습이 나타났다.

"저놈들이 어디까지 도망가려는 것일까요?"

언고흔이 굳은 얼굴로 검은 그림자를 노려보며 단호한 목소리로 대답했다.

"이번에는 반드시 꼬리를 잡아야지."

언고흔이 대붕처럼 검은 그림자들을 향해 덮쳐갔다. 평소의 히죽대던 얼
굴과는 전혀 다른 과감한 모습이었다. 검은 그림자들이 호반 옆 등나무 숲에
가까워지는 것을 보고는 사도운도 몸을 더 빨리하여 언고흔의 뒤를 따랐다.

날아 내리던 언고흔이 기합소리와 함께 한주먹을 크게 내질렀다.

"하압."

쾅.

폭음과 함께 아홉 개의 검은 그림자 앞에 커다랗게 구덩이가 패이자 인영
들이 몸을 돌려 사이를 벌려서 섰다.

"하하하, 귀신 나부랭이들. 어딜 그리 바쁘게 가는 게냐?"

호수를 등지고 내려선 언고흔이 호탕한 웃음소리를 내었다. 중앙에 서 있
던 흑의인이 언고흔을 보더니 인상이 험악해지면서 음산한 웃음을 짧게 흘

렸다.

"흐흐, 천뢰권天雷拳이라. 언가彦家의 무공을 오랜만에 보게 되는군."

바로 주루에서 음산하게 들려오던 그 목소리의 주인공이었다.

이 자는 유일하게 복면을 하지 않고 있었는데 듬성듬성한 갈색 머리에 턱 부분이 좁고 길게 앞으로 튀어나온 이리같이 흉측한 얼굴을 가지고 있었다. 달빛 아래 드러난 흉측한 용모는 퍼렇게 질려 있는데다 입가에는 가느다랗게 피를 흘린 흔적까지 있어서 더욱 무섭게 보였다. 게다가 기이하게도 몸보다 몹시 짧은 양팔은 보기에 거북한 느낌이 들었다.

언고흔의 옆에 있던 사도운이 그 모습을 보고는 고개를 갸웃거렸다.

"보아하니 귀신 나부랭이는 분명한데, 어째 형님네 집안을 잘 아는가 봅니다. 평소에 귀신 친구가 있었소?"

"뭐 아까 친구 하자고 했으니 몰골이 저래도 아는 척을 하는 거겠지. 이 형이 그래도 꽤 유명한 편이니까."

언고흔이 어깨를 으쓱하며 싱겁게 대답했다. 두 사람이 빈정대는 말투를 듣던 이리 얼굴의 흑의 괴인이 부드득 이를 갈았다.

"이런 쳐 죽일 놈들이……."

그에 따라 좌우에 벌려 있던 여덟 명의 흑의인들 몸에서 살기가 치솟으며 눈의 귀화가 더욱 이글거렸다. 언고흔은 아랑곳하지 않고 가운데 흑의인에게 말을 걸었다.

"그런데 서로 알아야 친구를 할 텐데, 귀하는 누구고 데리고 다니는 그 여덟 흉물은 도대체 무슨 물건들이요?"

사도운도 장난스러운 말투와는 달리 여덟 괴인을 세심하게 살펴보고 있었는데, 자신의 검에 베인 가슴팍 틈으로 상처 하나 없이 빽빽한 짧은 털이 삐죽 튀어나와 있는 것을 발견했다.

'내 검기에 상처를 입지 않다니? 그리고 저건 아무리 봐도 사람의 가슴 털 같지는 않은데…….'

이리 괴인의 눈이 살기로 번들거리며 입에서 욕지거리가 터져 나왔다.

"이런 빌어 처먹다 개한테 물려 죽을 놈들! 네놈들이 내 일을 쫓아다니며 망친 원한을 오늘 갚으려 했건만, 도리어 희롱을 해? 기어이 찢겨 죽고 싶으냐?"

동시에 여덟 흑의인이 고양이처럼 엎드리며 표독한 살기를 내뿜는데 마치 짐승이 이빨을 드러내는 것 같았다. 사도운이 반사적으로 검을 세우며 가볍게 좌측으로 한 발 이동했다.

언고흔은 이리 괴인이 욕설을 하고 나머지들이 짐승처럼 살기를 드러내는 모양을 보면서 천천히 두 주먹을 말아 쥐었다. 어깨를 펴고 이리 괴인을 쳐다보는 눈에는 신광이 번쩍이는 것이 조금 전의 장난스러운 모습은 사라지고 패기와 위엄이 대신하고 있었다.

언고흔의 입이 열리며 나직하면서도 강인한 목소리가 흘러나왔다. 말투까지 조금 전의 농담조가 아닌 짓누르는 듯한 위엄을 갖추고 있었다.

"일을 망쳐? 네놈이 석 달 전부터 하남河南에서 이 호광湖廣 땅까지 오면서 수십 개의 산골 마을을 불태우고 사람들을 잔인하게 살육한 처참한 짓을 잊었느냐? 산적들처럼 식량과 재물을 빼앗는 것도 아니고, 마을을 통째로 도륙하는 짐승 같은 짓이 네 일이라고 지껄이고 있는 것이냐?"

말소리가 점점 커지면서 나중에는 큰 종을 울리는 것 같이 우렁찬 소리가 입에서 터져 나왔다.

"네 이놈! 오늘은 네놈을 반드시 잡아서 그런 짓을 한 이유를 알아야겠다!"

말이 끝나자 두 주먹을 앞으로 쭉 뻗어 크게 이 권을 내질렀다. 두 주먹이 마치 번갯불처럼 무서운 경력을 쏟아내었다.

퍼펑!

여덟 명의 흑의인이 날렵하게 권세를 피하면서 산개하여 각각 네 명씩 언고흔과 사도운에게 달려들고, 가운데 있던 이리 괴인은 크게 한발 물러서면서 음충스런 괴소를 흘려대었다.

"크크크, 내가 비록 내상을 입어 음풍진陰風陣을 쓰지 못한다만 그렇다고 너희 두 놈을 상대할 방법이 없는 것은 아니지. 크크크.”

이리 괴인이 짧은 두 팔을 기묘하게 흔들더니 입으로 괴상한 소리를 질러 대었다.

“카우우.”

생긴 모습대로 이리가 나직하게 울부짖는 것 같은 소리였다. 그러자 언고흔과 사도운에게 달려들던 흑의인들의 눈에 어린 귀화가 더욱 이글거리며 두 사람의 전신을 빠르게 할퀴어왔다.

언고흔은 신광이 번쩍이는 눈으로 네 명의 흑의인이 정신없이 휘두르는 갈퀴 같은 손을 쳐다보다가 왼손으로 크게 원호를 그리더니 오른 주먹을 그 원 안으로 빠르게 찔러 갔다.

“뇌고대작雷鼓大作!”

우릉!

언고흔이 외치는 초식 명에 호응이라도 하듯이 우렛소리가 울리며 경력이 터져나갔다.

콰광.

달려들던 네 명의 흑의인이 벽에라도 부딪힌 듯 동시에 뒤로 나가떨어졌다. 무서운 권력이었다. 좌측에 있던 사도운이 장단이라도 맞추듯이 날카롭게 소리를 질렀다.

“낙성빈분落星繽粉!”

그의 손에 있던 보검이 주루에서처럼 부르르 떨며 흐려지더니 수십 개의 검광이 쏟아져 나갔다.

퍼억.

네 명의 흑의인이 모조리 가슴이 찔려 바닥에 뒹굴었다.

“켕!”

누군가의 입에서 묘한 소리가 터져 나왔다. 단숨에 흑의인들을 격퇴한 두 사람이 이리 괴인에게 다가가려다 멈칫 걸음을 멈추었다. 나가떨어졌던 여덟 명의 흑의인들이 다시 슬금슬금 몸을 일으키는 것이 아닌가? 권력에 휩쓸렸던 네 명은 흑의가 너덜너덜 찢겼고, 나머지는 검에 찔렸는데 신음도 없이 그대로 일어나는 것이었다.

사도운이 보검을 가볍게 흔들어보고는 언고흔 옆으로 다가왔다.

"형님, 사정 봐주며 손을 쓰셨수?"

몸을 구부리며 다시 손을 갈고리처럼 세우는 흑의인들을 쳐다보며 언고흔이 가볍게 코웃음을 쳤다.

"흥, 그러는 운제 너는 검이 아니라 솜으로 찔렀느냐? 어째 피 한 방울도 안 나는구나."

두 사람은 강호에서도 절정고수에 속하는지라 그들의 일격을 받고 이렇게 쉽게 일어날 자는 극히 드물었다. 더구나 언고흔의 말대로 사도운의 검에 찔린 네 명의 가슴에는 빳빳한 털들이 가득할 뿐 구멍이 나기는커녕 핏자국도 비치지 않고 있었다.

이리 괴인이 득의에 찬 웃음소리를 내며 짧은 팔을 또 괴상하게 흔들어댔다.

"헤헤헤. 그 정도로는 어림도 없다."

언고흔이 뒤에 물러나 괴상한 짓을 하는 이리 괴인을 바라보며 입맛을 다셨다.

"단매에 때려눕히고 저놈을 잡으려 했는데……."

사도운도 고개를 끄덕이며 말을 받았다.

"어째 보통 괴물들이 아닌 것 같군요. 좀 전에도 신음 대신 개소리 같은 게 나던데. 어떻게 할까요?"

"일난 이 흉물들을 치우시 않고는 저 이리 대가리를 잡기는 어렵겠다. 이 물건들이 뭔지는 모르겠지만, 더 세게 두들겨 보자고."

말을 마친 언고흔이 한 걸음 앞으로 나서며 살짝 자세를 낮추었다. 왼손으로 원을 세 번이나 그리더니 오른 주먹을 더욱 강하게 그 안으로 뻗었다.

"뇌고삼명雷鼓三鳴!"

우르릉!

우렛소리가 더욱 크게 울리며 거대한 권력이 망치로 후려치듯 흑의인들을 덮쳐갔다.

쾅!

땅거죽이 뒤집히며 먼지가 일면서 뒤에 있던 이리 괴인까지 아홉 명이 이 장이 넘게 날아갔다. 정말로 무시무시한 파괴력이었다.

"커헉."

이리 괴인이 주저앉은 채로 대뜸 피를 한 모금 내뱉더니 급히 짧은 양팔을 휘둘러대었다. 그러자 여덟 명의 흑의인들이 다시 슬금슬금 몸을 일으키기 시작했다. 언고흔이 어이가 없는지 헛바람 소리를 내었다.

"허. 어디가 부서져야 마땅한 건데……."

경력이 휘몰아치는 짧은 순간에 여덟 명의 흑의인들이 격타당하면서도 재빨리 이리 괴인의 몸을 막아선 것을 보았던 것이다. 사도운이 얼른 언고흔의 옆으로 나서며 작은 목소리로 말했다.

"형님의 천뢰권을 뒤집어쓰고도 멀쩡하게 일어나다니……. 귀신같이 생겨먹은 이리 대가리는 피라도 토하니 오히려 사람 같은데, 저 여덟 개의 흉물들은 소리도 내질 않으니 더 귀신같군요."

언고흔이 사도운을 힐끔 쳐다보았다.

"운제, 망치로 쳐도 부서지지 않는데, 네 칼로 좀 잘라보지?"

기다렸다는 듯이 사도운이 검을 곧추세우며 앞으로 걸음을 내디뎠다.

"그래 볼까요?"

이 두 사람은 이런 괴이한 상황에서도 별로 긴장감이 없었다. 흑의인들은 이리 괴인의 앞을 막아선 채 다시금 눈의 귀화를 뿌려대며 몸을 웅크리면서 달려들 준비를 하고 있었다. 사도운의 보검이 갑절이나 밝아지면서 환하게 검기가 솟구쳐 올랐다.

"대해입화大海入畵!"

보검이 단순하게 횡으로 크게 그어졌다. 검광이 물결처럼 겹겹이 일어나며 흑의인들의 허리 어림을 동시에 베어버렸다.

퍽.

여덟 명의 격타음이 하나처럼 울렸다.

흑의인들이 제자리를 팽이처럼 맴돌다 고꾸라지자 이리 괴인이 또 정신없이 양팔을 흔들며 예의 짐승 소리를 흘려내었다.

"카오오."

아니나 다를까, 흑의인들이 귀화를 번들거리며 또 슬그머니 몸을 일으켜 세우고 있었다. 대해입화는 낙성빈분과 함께 사도운이 자주 쓰는 초식으로 낙성빈분이 자격刺擊에 중점을 두었다면 대해입화는 참격斬擊을 위주로 하는 공격이었다.

사도운이 설마 하는 마음으로 쳐다보다가 언고흔을 뒤돌아보며 쓴웃음을 지었다. 언고흔이 천천히 걸어오며 고개를 흔들었다.

"그래, 저 이리 대가리가 무슨 요술을 부리는지 저 사람 같지 않은 물건들이 꽤 질기구나. 그러나."

두 눈의 신광이 더욱 번쩍거리며 무서운 기세를 일으키고 있었다.

"나는 저것들이 도검불입刀劍不入의 무슨 금강지체金剛之體라고는 생각하지 않는다. 아니, 설사 금강지체라도 부서질 때까지 두들기면 돼."

여러 번의 격돌에서 현격한 힘의 차이를 느꼈는지 흑의인들은 위축된 모습으로 공격할 생각은 못하고 이리 괴인을 둘러싼 채 잔뜩 몸을 웅크리고서 이리저리 움직이고 있었지만, 여전히 요사스러운 귀화를 눈에서 굴리며 뿜어내는 살기는 전혀 줄지 않고 있었다.

언고흔이 맨 오른쪽에 있는 흑의인을 향해 왼손을 뻗으며 기묘하게 흔들어대었다.

"한 놈, 한 놈씩."

언고흔의 말소리와 함께 오른쪽의 흑의인이 문득 갑갑하다는 몸짓을 하며 바닥에 엎드려 꿈틀거리기 시작했다. 마치 보이지 않는 그물 같은 것에 휘감기는 모양이었다. 그 모습을 보자마자 언고흔이 왼손을 잡아당기며 오른 주먹을 빠르게 내질렀다. 주먹이 손목에서 아래로 조금 꺾어진 묘한 모습인데 거대한 창과 같은 날카로운 강기가 회오리치며 뻗어 나가 흑의인의 머리를 후려쳤다.

퍽.

흑의인이 방어도 못 하고 끌려오다가 그대로 머리에 날카로운 강기를 맞았다.

"켕!"

여태 신음 한 번 내지 않던 흑의인이 괴상한 비명을 지르며 펄쩍 뛰어올랐다가 허물어지듯 쓰러지고, 복면 밑에서 붉은 피가 쏟아지더니 두 눈의 귀화가 서서히 사라져버렸다.

"어?"

사도운이 예상 밖의 결과에 탄성을 내며 언고흔을 쳐다보았다.

"형님, 이건 내 자격刺擊보다 더한데 지금까지 어디에 숨겨놓고…… 대체 뭐라는 수법이요?"

흑의인이 쓰러지는 모습을 슬쩍 쳐다보고 다음 흑의인으로 시선을 옮기던 언고흔이 웃지도 않고 대답했다.

"묶어놓고 때리기."

"엥?"

사도운이 언고흔의 엉뚱한 대답에 황당한 표정을 짓는데, 상대편에서도 심상치 않은 일이 벌어지고 있었다. 주저앉아 있던 이리 괴인이 별안간 몸을 부들부들 떨더니 입에서 분수처럼 피를 토해내는 것이 아닌가.

"크아악."

이리 괴인의 얼굴은 퍼렇다 못해서 창백할 정도로 변해 있었고 짧은 양팔이 오한이라도 든 양 떨리고 있었다. 돌연한 변고는 그것만이 아니었다. 이리 괴인이 언고흔을 가리키며 무언가 욕을 해대려는데, 맨 왼쪽에 있던 흑의인이 귀화를 퍼렇게 올리면서 이리 괴인을 향해 울부짖기 시작했다.

"카오오오."

울부짖는 흑의인이 전신에서 터질 듯한 살기를 뿜으면서 이리 괴인 쪽으로 고개를 돌리고 두 손으로는 땅바닥을 긁어대는 것이었다. 그렇게 공격을 당하면서도 숨소리 하나 내지 않던 흑의인이 돌연히 짐승 같은 소리를 지르며 이리 괴인을 향해 적의를 표출하고 있는 것이다.

언고흔과 사도운이 동시에 어리둥절한 표정을 지었다.

"이거 어떻게 된 일이지?"

"자중지란自中之亂이 일어난 것 같은데요."

이리 괴인은 이런 상태를 맞자 언고흔 쪽은 신경도 쓰지 못하고 정신없이 두 팔을 흔들어대며 맨 왼쪽의 흑의인을 달래고 있었다.

"진정해, 진정하라고…… 카르릉."

말소리와 짐승 소리를 섞어가며 두 팔을 흔드는 것이 마치 용서해달라고 싹싹 비는 모양처럼 보였다. 희한한 것은 다른 여섯 흑의인은 전혀 변고를 느끼지 못한 듯 제자리를 지키고 있다는 것이었다. 사도운의 눈빛이 더욱 가늘어졌다.

"한 놈을 없앴더니 주인 되는 놈이 피를 토하고, 엉뚱한 놈이 주인한테 대드니 주인이 울며불며 빌어대고, 다른 놈들은 관심도 없다? 이건 무슨 경우지?"

언고흔이 돌연히 몸을 솟구치며 소리를 질렀다.

"운제, 뭘 하고 있나? 지금이 기회다!"

적의 진형이 혼란할 때 공격하고, 적을 제압하려면 그 머리를 치라고 했다. 언고흔이 공간을 가로질러 바로 이리 괴인을 향해 손을 뻗었다. 이리 괴인은 곁눈으로 언고흔의 공격을 보면서도 흑의인에게서 몸을 돌리지 않았다.

"안돼! 지금은……"

그 순간, 이리 괴인에게 살기를 뿜어대던 흑의인이 용수철처럼 튀어 오르며 양 손톱을 미친 듯이 휘두르기 시작했다.

"크르릉!"

복면 속에서 짐승 같은 울부짖음이 크게 울려 나왔다. 갑자기 눈앞에 수십 개의 조영爪影이 전신을 찢을 기세로 나타나자 이리 괴인의 목줄을 움켜쥐려고 손을 뻗던 언고흔이 순간 당황했다.

차창!

찬란한 검광이 천막처럼 언고흔을 감싸며 수십 개의 손톱 그림자와 충돌했다. 뒤따라오던 사도운이 언고흔을 지키기 위해 출수한 것이다. 언고흔이 그 틈을 빌어 공중에서 몸을 뒤틀며 뒤로 날아 내리고 손톱 그림자를 대신 받아친 사도운도 가볍게 그 뒤를 따라 물러나며 흑의인을 노려보는데, 이 흑의인은 그 자리에서 공중제비를 돌며 다시 사도운을 향해 달려들고 있었다.

사도운의 검이 다시 부르르 떨며 낙성빈분의 일 초가 쏟아져 나갔다. 그는 조금 전에 이 일 초로 네 명의 흑의인의 가슴을 찔러 내동댕이쳤던 기억이 있어 충분히 흑의인을 물리칠 것으로 생각했다. 그런데 이 흑의인은 아까와 달리 두 손톱을 휘저어 검광을 모조리 후려쳐 내고 상처 하나 없이 바닥으로 내려서며 거칠게 울부짖고 있었다.

"카우우!"

사도운이 보검을 쥔 손에 강력한 반탄력을 느끼면서 급하게 제자리에서 몸을 회전하여 흑의인의 머리를 베어 갔다. 흑의인은 제자리에서 두 손과 두 발로 땅을 박차고 뛰어오르더니 옆으로 몸을 회전시키며 검기를 간단히 피해내고는 공중에 떠 있는 자세 그대로 손톱으로 사도운의 얼굴을 긁어 내렸다.

"흉물!"

꾸짖는 소리와 함께 매서운 권력이 흑의인의 몸을 후려쳤다. 언고흔이 어느새 옆으로 돌며 일 권을 내친 것이다. 그런데 이 흑의인은 권력이 보이기라도 하는 것처럼 두 발로 권세의 앞을 차면서 그대로 뒤쪽으로 유연하게 몸을 빼내고 있었다.

깜짝 놀랄 일이었다. 이 흑의인은 조금 전과는 전혀 다르게 위협적이었고, 그 움직임은 종잡을 수 없을 정도로 영활하고 신쾌하여 두 사람을 순간적으로 당황하게 했던 것이다. 물러서 땅에 웅크린 흑의인은 목을 울려대면서 두 사람을 노려보는데 귀화가 무섭게 이글거렸다.

언고흔과 사도운이 오만상을 찌푸렸다.

"이거 어떻게 된 일이야? 저놈이 아까 그놈 맞아? 하마터면 우스운 꼴이 될 뻔했잖아."

"족히 두 배는 더 강해지고 빨라진 것 같군요. 대체 무슨 까닭으로 이렇게 변한 건지…… 단순한 사술邪術이라면 우리를 속일 수 없을 텐데요."

두 사람이 잠시 의논하는 사이, 이 괴이한 흑의인은 귀화가 흐르는 눈을 다른 여섯 흑의인들에게 돌리며 목을 길게 뽑아 긴 울음소리를 내고 있었다.

"카우우우우우."

그러자 이리 괴인 앞에 모여 있던 여섯 흑의인의 귀화가 흔들거리며 마치 홀린 것처럼 서서히 괴이한 흑의인 쪽으로 모여들기 시작했다.

"아, 안돼!"

이리 괴인의 얼굴이 하얗게 변하며 미친 듯이 땅바닥을 구르며 소리를 지르기 시작했다. 돌연한 광태에 두 사람이 말을 멈추고 이리 괴인을 쳐다보았다. 이리 괴인은 마치 온몸에 수백 마리의 개미떼를 집어넣은 것처럼 전신을 웅크리고 땅바닥을 뱅글뱅글 돌면서 소리를 지르고 있었는데 눈, 코, 귀 할 것 없이 오공에서 피를 흘리고 있어서 땅바닥이 금방 피로 물들고 있었다. 좀 전까지 그 앞을 지키던 여섯 흑의인은 이런 광태에도 이리 괴인에게는 눈길도 주지 않고 긴 울음소리를 내는 흑의인 쪽으로 모여드는데, 차츰 그들의 눈에 어린 귀화도 불길처럼 치솟으며 각기 괴상한 짐승 소리를 내기 시작하는 것이었다.

으르릉.

그릉.

이리 괴인의 광태와 나머지 흑의인들의 움직임은 무슨 상관관계가 있는 것 같아서, 흑의인들의 짐승 소리가 점차 커지자 이리 괴인의 몸은 더욱 오그라들고 흐르는 피의 양도 점점 많아지고 있었다. 마침내 일곱 명의 흑의인들이 한자리에 모이더니 모두 목을 길게 뽑으며 똑같이 울부짖었다.

"카우우우."

괴이한 울음소리가 진동함과 동시에 이리 괴인의 오그린 몸이 누가 양쪽에서 잡아당기는 것처럼 쭉 펴지더니 온몸에서 핏줄기가 터져 나왔다.

"안돼에에에. 크아아아악!"

마침내 이리 괴인이 단말마의 비명을 지르며 몸을 바르르 떨더니 바닥에 자신이 흘린 피 웅덩이 속에 길게 누워버렸다. 처참한 모습을 한 이리 괴인의 머리가 언고흔 쪽을 바라보더니 초점이 사라진 눈빛 아래로 피범벅이 된 입술을 달싹거렸다.

"이, 이런 말은 없었잖……."

채 몇 마디도 못하고 머리를 땅에 처박더니 그대로 숨이 끊어졌다.

무더운 밤 호숫가에 냉기가 흐르는 것 같았다. 괴변을 눈앞에서 목격한 언고흔과 사도운은 어쩐지 목덜미가 섬뜩해지는 느낌을 받았다. 분명히 흑의인들은 이리 괴인의 수하가 확실했는데 언고흔이 그 중의 한 명을 격살하자마자 눈에 띄게 행태가 변하였고 이리 괴인은 보이지 않는 마귀에게 희롱이라도 당하는 것처럼 온갖 광태를 부리다가 혼자 죽어버렸으니. 게다가 지금 두 사람을 향해 서서히 다가오는 일곱 명의 흑의인들에게서 조금 전과는 비교할 수 없을 정도의 난폭한 기세와 살기가 넘쳐나고 있는 것이었다.

사도운이 보검을 고쳐 잡았다.

"뭐가 어떻게 된 건지는 나중에 추화상醜和尙에게 물어보면 될 것이고……. 지금은 이 흉물들이 문젠데, 어쩐지 모조리 두 배씩 강해진 것 같군요."

언고흔이 이리 괴인의 시체를 흘깃 보더니 오만상을 찡그렸다.

"저놈을 잡아서 이 괴사의 내막을 들었어야 했는데, 젠장."

그의 머릿속으로 곰보 자국으로 얽은 얼굴에 혜광慧光이 넘치는 눈빛을 지닌 승인僧人의 얼굴이 떠올랐다.

'결국은 소림少林에게 기대야만 하는가……?'

사도운의 날카로운 목소리가 귀를 울렸다.

"형님!"

떠오르는 상념을 지우며 언고흔이 쳐다보니 일곱 명의 흑의인들이 천천히 주위를 포위해 오고 있었다.

"일단은 눈앞의 물건들부터 치우고……."

그의 오른손이 다시 기묘하게 움직이며 큰 원을 그리고 오른손은 벼락같이 주먹을 휘두르는데, 느리고 빠른 좌장우권左掌右拳이 자연스럽게 배합되고 있었다. 언고흔이 출수하자 사도운도 동시에 검을 휘둘러 찬란한 검광을 드러내면서 예리한 검기를 줄기줄기 뿜어내었다.

흑의인들은 신속하게 몸을 교차하면서 일변 두 사람의 공격을 피하고 틈을 보아 뛰어들면서 손톱을 휘두르는데, 그 기세가 흉맹하기 그지없었다. 언고흔은 자신이 펼친 권세를 피해 왼쪽 옆구리를 할퀴는 손톱을 슬쩍 피하면서 왼손으로 그 팔을 감아올리고 예의 날카로운 주먹을 흑의인의 어깨 쪽으로 내뻗었다.

슈웃.

다시 창과 같은 강기가 흑의인의 어깨를 그대로 꿰뚫어버렸다.

"케엥!"

흑의인이 어깨에서 피를 흘리며 뒤로 몸을 날리자 두 명의 흑의인이 언고흔의 상체와 하체로 동시에 달려들었다. 한 명은 언고흔의 목덜미를 쥐어뜯으려 하고, 또 다른 한 명은 허벅지에 손톱을 박으려 하는데 기다란 손톱이 비수처럼 섬뜩하게 보였다.

"흥!"

언고흔이 코웃음을 치며 두 손을 교차하면서 위로 쳐올리고 오른발 뒤꿈치를 세워 흑의인의 턱을 걷어차 버렸다. 충분히 내력이 실린 중수법重手法이었다.

퍼벅.

두 흑의인이 배와 턱을 얻어맞고 나동그라지는데, 훤하게 열린 언고흔의 가슴팍으로 비수 같은 손톱이 찔러 들어왔다. 처음에 이상한 행동을 보였던 흑의인이 시차를 두고 언고흔의 공격이 끝난 틈 사이로 몸을 날려 온 것이었다. 모아 쥔 손톱이 살짝 떨면서 구름 같은 변화를 품고 마치 조금 전의 단창처럼 날아오는 것이다.

의외의 암수에도 언고흔은 얼굴색도 변하지 않으면서 쳐올렸던 두 손을 위에서 깍지 끼며 그대로 내리눌렀다.

"뇌문출운雷門出雲!"

우르릉.

돌연히 위에서 쏟아지는 압력에 흑의인이 급히 두 손을 휘저으며 뒤로 물러섰지만, 완전히 몸을 뺄 수는 없었다.

우직.

뼈가 부러지는 소리와 함께 물러선 흑의인의 두 팔이 힘없이 덜렁거리고 있었다.

사도운의 검은 오 년 전 거금을 들여 산 것으로 백선일중百選一中의 명품이었지만, 칼 빛이 본래 좀 탁한 편이라 그렇게 마음에 딱 맞는 것은 아니었다. 그 검이 지금 휘황한 은빛을 뿌리며 세 명의 흑의인을 동시에 찌르고, 베고, 후려치고 있었다. 빠르고 강한데다 변화가 무궁하여 마치 은빛 덩어리가 세 흑의인 주위를 빙글빙글 도는 것 같았다. 조금 전의 격돌에서 흑의인들이 괴상해진 것을 느꼈기에 그는 내력을 칠성七成이나 끌어올리고 아예 처음부터 거세게 몰아치고 있는 것이다.

흑의인들은 더욱 영활하게 움직이며 검기를 막아내고 있었지만, 워낙 많은 검기가 몰아치니 사도운에게 접근할 생각도 못하고 서서히 한 곳으로 뭉치고 있었다. 채 막아내지 못한 검기가 몸의 이곳저곳을 가르고 지나갔지만, 여전히 피 한 방울 나오지 않는 괴상한 신체였다.

검기를 조절하여 세 명의 흑의인을 한 곳으로 몰아가던 사도운의 눈이 번쩍 빛나더니 손안의 검이 순간적으로 회전했다.

"침관중금針串重錦!"

흩어졌던 검기가 한 줄기로 뭉치며 세 흑의인의 몸통을 동시에 찔러 갔다. 세 흑의인이 급히 몸을 뒤틀었지만, 바늘 끝처럼 날카로운 검기는 그대로 흑의인들을 관통해버렸다.

"케엥."

구슬픈 소리와 함께 두 흑의인이 가슴에 구멍이 뚫리며 날아갔고, 나머지 하나는 왼팔이 찢어지면서 급하게 권역을 벗어났다.

"크르르……"

두 명의 흑의인이 삼 장이나 뒤로 물러서서 목을 울리며 낮게 으르렁거리기 시작했다. 언고흔에게 두 팔이 부러진 흑의인과 사도운에게서 도망치다가 왼팔이 크게 찢어진 흑의인이었다. 바닥에는 사도운에게 가슴을 뚫린 두 명과 언고흔에 의해 어깨에 구멍이 나고 배와 턱이 각각 부서진 흑의인들이 피를 질펀하게 흘리면서 꿈틀대고 있었다.

사도운이 검에 묻은 피를 털어내며 천천히 앞으로 걸음을 내디뎠다.

"베어지지는 않지만 뚫리기는 하는군요."

언고흔이 바닥에 쓰러진 흑의인들을 보며 무거운 목소리로 입을 열었다.

"이렇게나 힘을 쓰게 될 줄은 몰랐다. 주루에서 쫓아올 때는 이놈들을 모조리 산 채로 제압해서 내막을 샅샅이 들어볼 생각이었거든."

"하지만, 싸우는 중에 요혈要穴을 베어 보았는데 별 효과가 없더군요. 혈을 꿰뚫어버리면 피를 쏟고 죽어버리니……"

팔이 상했는데도 별 지장 없이 뒤로 물러서는 두 흑의인을 보면서 사도운이 인상을 썼다.

"그래, 거죽은 두터워 베어지지도 않고 가벼운 경력에는 영향도 받지 않으니 혈도를 제압하기는 틀린 것 같군."

말을 하며 나머지 두 흑의인에게 시선을 놀리는 언고흔의 눈빛이 칼날처럼 날카로워 보였다.

"그렇다면 저 두 놈은 사지를 다 부러뜨리는 한이 있어도 내막을 토설하게 해야겠다."

두 흑의인에게 집중한 채 천천히 앞을 향하는 사도운이 고개를 갸웃거렸다.

"그런데 아까부터 짐승 울음소리만 내고 있는데, 말을 못하면 어찌하죠?"

언고흔이 멈칫했다. 그리고 보니 이 흑의인들은 지금까지 사람의 말을 한 적이 없었던 것이다. 심지어 신음까지도 개소리와 비슷한 소리를 내지 않았던가.

"흠. 그러면 알아볼 만한 사람한테 끌고 가야지."

언고흔이 속으로 한 사람의 얼굴을 떠올리며 별로 달갑지 않은 목소리로 대답했다.

두 명의 흑의인들은 팔이 부러지고 찢긴 채 엉거주춤한 자세로 두 사람의 눈치를 보고 있었다. 눈에 켜진 귀화는 여전히 퍼렇게 이글거리지만, 몸에서 솟구치던 살기는 눈에 띄게 줄어든 것이 동료가 죽어 꽤 위축된 것 같았다. 팔을 쓰지 못하니 웅크리던 자세도 취하지 못하고 다리를 모아 구부린 채로 슬금슬금 움직이며 죽은 동료를 힐끗거리면서 낮게 으르렁거리고만 있는 것이다. 언고흔과 사도운이 천천히 다가들자 그 기세를 감당하기 어렵다는 듯 고개를 흔들어대던 두 흑의인이 슬금슬금 뒤로 물러나기 시작했다. 흑의인들은 여러 번 격퇴당하는 바람에 호수에서 멀어져 등나무 숲에 꽤 가까워져 있었다.

슬금슬금 물러나던 두 흑의인이 순간 몸을 뒤집으며 등나무 숲으로 달리기 시작했다. 흑의인들을 노려보며 제압할 방법을 생각하던 사도운이 의외의 상황에 헛바람을 토해내었다.

"헉, 형님!"

언고흔도 낭패한 얼굴로 급히 발을 굴렀다.

"이런! 숲으로 도망치면 찾기 어렵다."

두 사람이 동시에 땅을 박차고 몸을 날리려는데,

"갈喝!"

갑자기 짧은 호통 소리와 함께 도망치던 두 흑의인이 땅바닥을 구르며 도리어 두 사람이 있는 쪽으로 밀려 나왔다. 갑자기 돌변한 사태에 두 사람이 신형을 안정시키며 땅바닥에 널브러진 흑의인들을 쳐다보다가 눈이 휘둥그레졌다. 흑의인들도 무엇에 놀랐는지 몸을 덜덜 떨면서 주저앉아 있었는데, 놀랍게도 그 눈에 피어오르던 귀화는 어디로 갔는지 사라지고 토끼 눈처럼 크게 뜨인 까만 눈동자만 보이는 것이었다. 그렇게 강렬했던 살기도 온데간데없이 사라져서 오히려 가련해 보이기까지 하는 모습이었다.

언고흔과 사도운이 돌연한 변화에 얼떨떨해하다가 문득 인기척을 느끼고 얼른 고개를 들어 등나무 숲을 바라보았다. 이리저리 얽혀서 달빛 아래에 컴컴한 그늘이 깔린 등나무 숲에 사람 그림자가 비치더니 한 사람이 걸어 나오고 있었다. 그 사람은 숲을 벗어나자 정중하게 포권을 하며 입을 열었다.

"두 분, 어쩌다 낭패를 보셨습니까?"

등나무 숲에서 나온 사람은 마른 듯한 몸에 헐렁한 장포를 거치고 머리를 어깨까지 길게 풀어헤쳤는데 이마에는 흰 띠를 묶어 윗머리를 고정한 상당히 고풍古風스러운 머리 형태를 하고 있었다. 얼굴은 윤곽이 뚜렷하고 짙은 눈썹에 별빛처럼 반짝이는 눈을 가지고 있는데, 두툼한 입술이 굳게 다물려 있어서 단아하면서도 강인한 인상이었다. 나이는 매우 젊은 편이고 등에는 마른 체구에 어울리지 않게 커다란 책상자를 짊어지고 있어서 얼핏 과거시험을 보러 가는 선비같이 보이기도 하는데 온몸에 은은히 청수한 기운이 흐르고 있어서 쉽게 대하기 어려운 기품을 형성하고 있었다.

"낭패를 보았다? 뭐 그렇게 고생한 건 아닌데……."

낭패를 보았다는 것은 어찌지 못할 난감한 상황에 빠져 고생한다는 뜻. 젊은이가 건네는 말에 얼떨결에 대답하던 언고흔이 얼른 정신을 차리고 마주 포권했다.

"아, 이런! 귀하께서 이 흉물들을 잡아주셔서 감사하오이다."

젊은이가 언고흔의 말을 듣자 포권을 풀지 않은 채로 고개를 갸웃하더니 다시 고개를 한번 숙이고 입을 여는데 그 행동거지가 나이답지 않게 정중하였다.

"제가 오랜만에 남과 말을 나누는 터라 오해가 있었나 봅니다. 두 분이 고생하셨다는 것이 아니라, 실제로 사법邪法으로 제련된 낭패인狼狽人을 말씀드리는 것이었습니다."

상대가 포권의 예를 취하고 있으니 언고흔도 맞잡은 주먹을 놓을 수가 없게 되었다. 그보다 훨씬 젊은 나이지만 기이하게도 함부로 대하기 어려운 기도가 언고흔의 말투까지 점잖게 만들었다.

"낭패인? 귀하께서는 이 흉물들이 무엇인지 아시오?"

곁에 있던 사도운이 슬그머니 언고흔의 허리를 건드렸다.

"형님, 인사도 나누지 않으시고……."

이 엉뚱하고도 호탕한 형님이 갑자기 유생 흉내를 내면서 손을 맞잡고 얘기를 나누고 있으니 분위기가 묘했던 까닭이다. 언고흔이 자신의 어색한 모습을 깨닫고 얼른 손을 풀면서 웃음을 터뜨렸다.

"하하하. 오늘 밤에 이상한 일을 겪다 보니 나까지 이상해진 것 같군. 귀하, 아니 소형제라고 부르지. 소형제, 우선 통성명을 하세."

언고흔이 본래의 호탕한 말투를 회복하면서 자신과 사도운을 차례로 가리켰다.

"나는 진주의 언고흔이라 하고, 이 사람은 내 의제인 태원의 사도운이라고 하네."

사도운이 검을 맞잡고 가볍게 포권하자 젊은이는 또 사도운을 향해 정중히 머리를 숙였다.

"저는 형산에서 온 이심호라고 합니다."

젊은이는 바로 귀명동부를 나온 이심호였던 것이다. 천일이라는 시간은 소년을 청년으로 바꾸기에 충분해서 이심호는 어느덧 어린 모습이 사라지고 의젓한 사내로 변해 있었다.

제7장   호반상우湖畔相遇

이심호와 인사를 나누자 사도운은 좀 전에 언고흔이 왜 그렇게 어색한 유생 흉내를 냈는지 이해할 수 있었다. 이심호라는 젊은이는 묘한 기품이 있어서 친밀감을 주면서도 예의를 차리게 하는 면이 있었던 것이다.

사도운은 얼핏 주루에서 보았던 녹수라는 궁장여인을 떠올렸다. 두 사람이 어쩐지 비슷하게 느껴졌기 때문이었다. 자신과 언고흔의 이름을 듣고도 아무런 반응이 없는 것까지 두 사람은 닮은꼴이었다.

'무림인이 아니란 말인가? 형님과 내 이름을 듣고도 우리가 누군지 모르는 것 같으니⋯⋯.'

사도운이 잠시 염두를 굴리는데 언고흔의 호탕한 웃음소리가 울려왔다.

"하하하, 이런 데서 소형제를 만나게 되다니 이것도 인연이겠지. 그래, 소형제는 이 흉물들이 무엇인지 알고 있는가?"

이심호가 맞잡았던 두 손을 천천히 내리면서 수위를 눌러보았다.

"낭패인이란 사악한 역천사령술逆天邪靈術의 하나인, 사람을 짐승으로 둔갑시키는 점인화수點人化獸로 만들어진 늑대인간을 말합니다. 보아하니⋯⋯."

이심호가 말을 끌면서 주위에 흩어져 있는 흑의인과 이리 괴인 시체들의 수를 세었다.

"하나, 둘⋯⋯ 네 쌍의 낭인狼人을 한 명의 패인狽人에게 귀속시켜서 족군族

117

群의 방도로 속성시킨 듯한데, 방도가 불안정해서 제어가 깨진 것 같군요.”

말을 하면서 이리 괴인의 시체 옆으로 다가가던 이심호가 문득 발을 멈추며 몸을 가볍게 털었다.

“이런 잔인한 짓을! 아무리 사법이라지만 이렇게 많은 생령을 상하게 하다니.”

이심호가 고개를 돌려 살아남은 두 명의 흑의인을 쳐다보는데, 청수하고 단아한 그의 얼굴이 얼음장처럼 굳어져서 무척 화가 나 보였다. 이리 괴인의 시체에서 무수한 살생의 흔적을 느꼈던 것이다. 이심호는 한쪽에 웅크려 모여 있는 두 흑의인을 잠시 냉엄하게 바라보다가 얼굴을 풀고 가볍게 한숨을 쉬었다.

“후. 사법이 깨졌지만 죄얼罪孼이 막심하니 생명을 부지하지 못할 것이다.”

언고흔과 사도운의 눈이 자연스럽게 그 말에 따라 두 흑의인을 바라보는데, 이심호의 말이 끝나기 무섭게 두 흑의인이 몸을 부르르 떨더니 입에서 검은 피를 흘리며 두 눈을 까뒤집고 죽어버리는 것이었다. 두 흑의인까지 갑자기 죽어버리자 언고흔의 입에서 막막한 탄성이 터져 나왔다.

“허! 이렇게 되면 내막을 알아낼 길이 없잖아.”

두 흑의인의 시체를 보면서 한숨을 푹푹 내쉬는 언고흔을 기이하다는 표정으로 쳐다보면서 이심호가 사도운에게 고개를 돌렸다.

“언대협은 무슨 일로 저리 아쉬워하십니까?”

사도운이 검을 검집에 넣으면서 쓴웃음을 지었다.

“형님과 나는 원래 이놈들 중 하나라도 생포하여 이런 괴상한 짓거리의 내막을 알아볼 작정이었소. 좀 전에 소형제가 잡아준 두 놈이 사람 꼴로 돌아오는 듯해서 기대했는데 다 죽어버리니, 지난 석 달 동안의 추적이 헛수고가 된 셈이라 허탈해서 저런다오.”

사도운의 눈이 가늘어졌다.

“그런데 소형제는 이 사법에 대해서 잘 아는 것 같구려. 좀 전에 해준 말이 어려워서 나는 잘 못 알아듣겠던데, 자세히 얘기해줄 수 있겠소?”

이심호가 고개를 가볍게 끄덕였다.

"네. 점인화수는 사람을 짐승으로 만드는 사법으로……."

점인화수는 사람에게 제혼制魂의 술법을 걸고 미망迷忘의 약물을 투여하여 인성人性을 마비시킨 후에 필요로 하는 짐승의 수성獸性을 주입하여 부리는 방법으로 본래는 고대 노예 사육의 비결로 만들어진 것이었다. 소처럼 일하게 하고, 개처럼 시키는 대로 하며, 원숭이처럼 재롱을 부리게 하는 것이 목적이었고 보통은 갓난아이 때부터 시작되는 사법이었다.

주周가 건립되면서 금지해 사라졌다가 사문邪門에 흡수되어 더욱 괴악한 사술로 변형되었는데 주로 호랑이나 표범, 곰이나 늑대 같은 맹수의 흉성凶性과 강한 힘을 부려 적을 공격하는 데 쓰였다. 후에 무림에 전해지면서 유명궁幽冥宮이란 사파邪派가 이를 자신들의 역천사령술에 흡수해서 무공을 지닌 괴인들을 제작하여 크게 세상을 어지럽혔던 적이 있었지만, 유명궁의 멸망과 함께 실전되었다.

길게 이어지는 이심호의 설명에 귀를 기울이던 언고흔이 문득 깜짝 놀라 소리를 질렀다.

"유명궁이라고?"

사도운이 어느새 옆으로 다가온 언고흔을 궁금하게 쳐다보았다.

"형님 들어본 적이 있어요?"

"한 삼백 년 전쯤에 무림을 크게 혼란에 빠지게 했던 사도문파라고 했다. 세상에 유전되는 모든 사도 대법은 전부 그 유명궁에서 유출된 것이라고 해서, 사도를 따르는 자들은 유명궁을 조종祖宗으로 모신다더구나. 어렸을 때 집안 어른에게 들었던 얘기인데……."

사도운이 고개를 모로 꼬며 인상을 찌푸렸다.

"삼백 년 전에 멸망한 문파라니 이것들과 연관지을 수는 없을 것이고, 이 사법을 도대체 어떻게 찾아서……."

말을 끌며 생각하던 사도운이 다시 이심호에게 물었다.

"그런데 소형제가 아까 말하던 무슨 속성의 방도란 건 또 뭐요?"

이심호가 두 사람을 한 번씩 바라보고는 설명을 이어갔다.

"늑대가 가족무리를 이루는 성향을 이용하는 겁니다. 두 명을 한 쌍의 암수로 삼아 짝을 만들고 그 가족들을 한 명의 앞다리가 짧은 장로격 늑대인 패에게 귀속시켜서 무리 전체를 통솔하게 하는 것인데, 빠르게 늑대의 수성을 기를 수는 있지만 중간에 짝이 깨지면 무리의 수성이 강해지면서 오히려 패를 죽이고 마음대로 살생을 저지르는 미친 늑대로 변해버리지요. 게다가……."

이심호의 눈이 이리 괴인의 짧은 양팔에 옮겨갔다.

"이 패라는 장로격 늑대인간은 만월滿月의 음공陰功으로 양팔을 강제로 퇴화시키는 과정을 겪으면서 아주 잔악한 심성을 갖게 된다고 합니다."

사도운이 가볍게 손을 휘둘러 이리 괴인의 소매를 찢자 어린아이 손처럼 조그맣게 쪼그라든 두 팔이 드러났다.

"과연! 옛날 얘기에 나오는 낭패와 다를 바가 없군."

이심호의 설명을 듣자 좀 전의 괴이한 변화도 이해가 되었다.

이심호는 피 웅덩이에 잠겨 있는 이리 괴인의 시체를 보기가 역겨운지 눈살을 찌푸리며 오른손을 휘둘러 바닥에 일장을 가했다. 비록 천일연공으로 심성을 단련했지만 본래 순후한 성품이라 참혹한 광경을 차마 오래 지켜볼 수가 없었던 것이다.

파앗.

흙이 솟구쳐 이리 괴인의 시체를 덮어가는 걸 보는 언고흔의 눈에 이채가 흘렀다.

"소형제의 수법이 정교하군. 그러고 보니 좀 전에 숲에서 무슨 수를 써서 두 놈을 제압했는가? 단번에 그 사악한 수성이 사라진 것 같던데."

이심호가 흙으로 이리 괴인의 시체를 파묻으면서 조용히 대답했다.

"사기邪氣를 파괴했습니다."

너무나 간단한 대답이라 언고흔이 오히려 말이 막히고 옆에 있던 사도운이 호기심을 참지 못하고 혼잣말처럼 입을 열었다.

"그건 소림의 화상이나 무당武當의 도사같이 법력공부法力工夫를 거친 후에야 가능한 것 아닌가?"

이리 괴인을 다 파묻은 이심호가 돌아서며 빙긋 웃었다.

"불가나 도가가 아니라도 정심定心의 수양을 한 사람들은 모두 사기를 방비할 수 있지요. 제가 배운 것 중에 마침 척사斥邪의 수법이 있는지라 사용했을 뿐입니다."

언고흔이 새삼스럽게 이심호를 쳐다보았다. 이 이심호라는 소년은 의젓하고 단아한 기품 이외에 젊은 나이임에도 오래전에 실전된 사술에 대해 해박한 지식을 가지고 있으며, 무공도 어느 정도인지 얼핏 가늠되지 않았다. 게다가 언사가 단아하면서도 조리가 분명하여 대화를 나누면 더욱 친근감을 갖게 하는 묘한 매력이 있었다.

'말이나 행동거지가 속되지 않은 것이 명문의 후예인 것 같은데, 나이보다 너무 의젓해서…… 그래, 애늙은이!'

언고흔이 속으로 나름대로 이심호를 평가하고 있는데 사도운이 또 고개를 갸웃거리며 입을 열었다. 까다로운 성격만큼 호기심이 왕성한 사도운이라 궁금증이 생기면 참지 못하고 자꾸 묻게 되는 것이었다.

"그런데 소형제는 그렇게 오래전에 실전된 사술을 어찌 그리 자세히 알고 있소? 또 어떻게 때마침 이곳으로 오게 되었는지?"

이심호의 별빛 같은 눈이 문득 그윽하게 깊어지면서 잔잔한 미소가 입에 떠올랐다.

"제가 배운 공부 중에는 사공마학邪功魔學을 제압하는 것이 많이 있는지라 자연히 사술에 대해 알게 된 것입니다. 저는 얼마 전에 사문師門의 명으로 처음 강호에 나와 주야로 북쪽으로 가던 길이었습니다. 이 부근에서 싸우는 소리가 나서 오던 중에 두 흑의인이 달려오기에 바라보니 마침 제가 배웠던 낭패인들이었으니 정말 묘한 우연이지요."

"호오, 강호초출이라. 소형제의 사문은 어떻게 되오?"

사도운의 질문에 언고흔도 눈을 빛내며 이심호를 쳐다보았다. 이 신기한 소년을 길러 낸 자는 과연 누구일지에 대한 의문이 가득하던 차에 사도운이 적절하게 질문을 했던 것이다. 두 사람 모두 눈을 초롱초롱하게 뜨고 이심호에게 고개를 디밀고 있으니 꽤 궁금했던 모양이다. 이심호의 미소가 좀 더 짙어졌다.

"처음으로 세상에 나와 아는 것이 없습니다. 이런 낭패인을 만드는 사법이 아직 남아 있음도 기이한 일인데, 이들을 쫓아 이렇게 제압하는 협사俠士들이 계시다는 것을 알게 된 것도 정말 저한테는 큰 인연이지요. 오히려 이런 대단한 무공을 지닌 두 분 협사가 어떤 분이신지 아까부터 여쭙고 가르침을 받으려 했는데, 제 말만 하느라 기회를 놓쳤으니 사문에서 알았다면 예의를 잃었다고 크게 야단을 맞을 일이었습니다."

이심호가 차분하게 말을 마치자 언고흔은 꿀 먹은 벙어리처럼 입을 봉한 채로 볼만 실룩거렸고, 사도운의 준수한 얼굴에는 은은히 홍조가 떠올랐다.

그리고 보니 이심호라는 소년이 나타난 이후로 두 사람은 계속 질문만 하다가 상대의 깊은 내력까지 물었던 것이니, 실례도 이만저만한 실례가 아니었다. 그 실례를 이렇게 부드럽게 돌려서 깨우쳐주니 정말로 낭패를 본 꼴이 되어버렸다. 게다가 두 사람은 모두 강호에 이름이 알려진 협객들이니, 이런 일이 알려진다면 새파란 후배에게 위세로 압박했다고 모두 손가락질할 것이 아니겠는가.

'세상에 이런 창피할 데가 있는가. 이거야 죄인을 문초한 형국이니 형님이나 나나 오늘 정말 제정신이 아니로구먼, 에휴.'

사도운이 속으로 이런 생각을 하는데 언고흔은 오히려 감탄하고 있었다.

'허허, 초출강호에 세상 물정을 잘 모르는 것은 분명한데 이런 상황에서도 당황하지 않고, 나와 운제 앞에서 기가 죽지도 않고, 계속된 질문에 기분 나빠하지도 않고, 질문을 피하면서도 질문한 우리가 기분 상하지 않게 완곡하게 돌려서 얘기하고, 그러면서도 차분한 저 자태…… 정말 애늙은이로군.'

두 사람이 할 말을 잊고 멍하니 있는 동안에도 이심호는 그저 깊은 눈으로 그윽한 미소만 머금을 뿐이었다. 사도운이 실태를 깨닫고 짧게 헛기침을 했다.

"으흠. 이거 내가 소형제에게 큰 실례를 했군. 괴이한 일에 경황을 잃었으니 소형제가 양해해 주길 바라네."

원래 성격이 까다로운 편이니만큼 예의를 잘 따지는 사도운이라 말을 하며 두 주먹을 들어 예까지 표하면서 정중하게 사죄를 하는 것이었다.

이심호가 얼른 손을 내저었다.

"아닙니다, 양해라니요? 두 분이 이렇게 사법을 깨뜨려 흉물을 제거한 것이야말로 사람들을 위한 협의를 하신 것이고, 저야 우연히 작은 힘을 보탰을 뿐인걸요. 두 분이 어떤 방법을 쓰셨는지 제가 두 흑의인을 맞닥뜨렸을 때는 이미 사법에 의한 위력이 대부분 소실하여 사기를 파괴하는 것만으로 간단히 제압할 수 있었습니다. 그 방법을 여쭙고 싶습니다."

언고흔이 문득 히죽거리는 얼굴을 이심호에게 보이며 끼어들었다.

"그거야, 그냥 두들겨 팬 거지만…… 이런 얘기를 여기서 계속할 생각인가?"

이심호의 대답은 기다리지도 않고 사도운 쪽으로 고개를 돌리면서 말을 이었다.

"운제, 어쨌든 일은 마무리된 것 같고, 이렇게 소형제를 만난 것도 인연인데 이 흉측한 물건들을 치워버리고 어디 좋은 데로 자리를 옮겨서 얘기를 계속하는 것이 어떠냐?"

언고흔의 말마따나 세 사람은 날밤에 호숫가, 괴상한 시체들이 낭자한 곳에서 얘기하고 있었으니 좋은 광경은 아니었다. 사도운이 웃으며 고개를 끄덕였다.

"맞소, 형님. 오랜만에 소제 맘과 딱 맞는 말씀을 하셨소, 하하."

언고흔이 히죽 웃는 얼굴 그대로 이심호를 쳐다보며 자신의 가슴을 툭 쳤다.

"이 언고흔이 소형제 같은 기인을 만났으니 기쁘기 그지없네. 소형제가 개의치 않는다면 이곳을 어서 정리하고 다른 데로 옮기는 것이 어떤가?"

이심호가 가볍게 고개를 끄덕였다.

"명을 따르겠습니다."

언고흔의 히죽이는 얼굴과 사도운의 웃음 짓는 준수한 얼굴을 바라보는 이심호의 차분한 얼굴에도 그윽한 웃음이 흘렀다. 그리 멀지 않은 악양성에서는 여전히 불빛이 흘러나오고 멀리 동정호에 뜬 몇 척의 배에 걸린 유등이 반짝이고 있었다. 달빛은 조금 전에 일어났던 괴이한 싸움과는 상관도 없다는 듯이 호숫가의 물결에 잘게 부서지고 있었다.

'두 사람 모두 진실한 정인협사正人俠士다. 언대협은 호방한 듯 보이지만 세심한 면이 있고, 사도대협은 냉정하고 까다로워 보이지만 따뜻한 마음을 가진 분인 것 같다. 두 사람 모두 진정한 신기神氣는 깊이 감추고 있어 알기 어려우니 절정의 고수일 것이다.'

이심호는 강호에 나와 처음으로 얘기를 나누게 된 인연이 범상치 않음에 가슴이 두근거리면서도 함께 자리한 언고흔과 사도운의 성품과 무공에 대한 느낌이 자연스럽게 떠오르고 있었다. 신체神體를 이룬 이후에는 심성이 거울같이 맑아져서 접하는 사물에 대한 인식이 자연스럽게 이루어졌고, 형산을 떠난 이후에는 주위의 특별한 기운까지 느낄 수 있었다. 실제로 좀 전에도 싸우는 소리를 듣기 전에 이미 이상한 사기邪氣를 느끼고 달려오다가 낭패인을 제압하는 광경을 마주치게 되었던 것이었다.

마주앉은 언고흔의 호탕한 웃음소리가 귀를 울렸다.

"하하하, 오늘은 정말 기이한 날이군. 그렇게 찾아다니던, 호수가 보이는 자리가 우리 객잔의 바로 뒷마당에 있을 줄이야. 게다가,"

언고흔이 앞에 놓인 물그릇을 시원하게 한 잔 들이켜면서 말을 이어갔다.

"여기는 먼저 시원한 녹두탕부터 주잖아! 크!"

허리에서 검을 풀어 탁자에 기대놓던 사도운이 그런 언고흔을 보면서 피식 웃음을 흘렸다.

"등하불명燈下不明이라더니. 형님이 저녁을 먹자마자 바로 끌고 나가는 바람에 이 객잔에 이런 곳이 있는지 물어볼 틈도 없었잖소. 오늘 밤 고생은 전부 형님 때문이니 이 술자리는 형님이 한턱내셔야겠소."

세 사람이 자리한 곳은 바로 언고흔과 사도운이 머무는 객잔의 후원에 있는 작은 정자였다. 객잔의 앞은 악양성의 번화한 종루대로鐘樓大路에 이어지는 깊은 골목에 자리하고 있었는데, 후원으로 돌아가니 뜻밖에 바로 동정호에 면한 곳이어서 탁 트인 정경이 한눈에 들어오는 것이었다. 무더운 날이 계속되고 있어 밤에도 이곳저곳의 주루와 붕자에는 사람들이 꽤 많아서 아예 머물던 객잔으로 돌아왔더니 뜻밖의 행운을 얻었던 것이다. 달이 환한 밤이라 동정호에 떠 있는 배들의 모습까지 선등船燈과 함께 어울려 보여서 아주 아름다운 경치를 그리고 있었다.

녹두탕 그릇을 내려놓으면서 언고흔이 말을 받았다.

"고생이야 고생이라지만 결국은 석 달을 쫓던 놈들을 잡았고, 그 덕에 소형제와도 만나게 되었으니 이건 모두 내 공로가 아니냐?"

말을 잠시 멈춘 언고흔이 예의 그 히죽 하는 웃음을 머금었다.

"그리고 운제 너처럼 든든한 집안을 가진 아우가 이 가난한 형님이 돈 내는 꼴을 볼 리도 없을 것이고."

막 녹두탕을 들이키던 사도운이 사레가 드는지 컥, 하는 소리를 내었다.

"아이고, 저 내숭……."

녹두탕 그릇을 내려놓으며 고개를 절레절레 젓던 사도운이 고개를 돌려 이심호를 바라보며 말했다.

"소형제와 만나게 되었으니 제가 천금인들 아까워하겠습니까만, 언가의 가주가 이렇게 구두쇠라는 것을 소형제가 알게 될까 걱정이군요."

언고흔도 따라서 고개를 이심호에게 돌리며 짓궂은 얼굴을 지어 보였다.

"괜찮아, 괜찮아. 언가가 가난한 거야 세상이 다 아는 일인데, 그 가주가 이렇게 검약하고 산다는 것을 소형제가 알아주면 더 좋은 것 아니겠는가. 안 그래, 소형제?"

두 사람이 친밀하게 얘기를 나누는 모습을 지켜보던 이심호가 언고흔의 말에 마주 웃음으로 대하며 입을 열었다.

"옳은 말씀이십니다. 윗사람이 검약하면 아랫사람들이 부족하지 않게 사는 법이지요."

언고흔이 마음에 드는 대답을 들었다고 자기 무릎을 탁 쳤다.

"거 봐. 소형제는 말 한 마디 한 마디가 다 마음에 드는구먼. 강호에서 정말 이 언모彦某를 이해해 주는 이가 드문데 내 소형제 같은 지기를 만났으니 오늘 밤은 통쾌하게 한 잔 마셔야겠네."

사도운이 준수한 얼굴을 웃음으로 물들이며 어쩔 수 없다는 듯 어깨를 으쓱거렸다.

"뭐 형님의 괴상한 핑계에는 이력이 났지만, 이 소형제와 통쾌하게 마신다는 데에는 저도 동감입니다."

두 사람의 호탕한 기질에 이심호도 마음이 동하는 것을 느끼며 고개를 끄덕였다.

"초면인데 이렇게 대해주시니 감사할 뿐입니다. 그런데……"

이심호가 아까부터 궁금했던 것을 언고흔에게 물었다.

"진주의 언가라고 하시니, 오대세가의 으뜸인 삼세권왕의 후예이십니까?"

웃고 있던 언고흔과 사도운의 얼굴이 문득 묘하게 변했다. 언고흔이 히죽 웃는 얼굴은 그대로인데 눈빛이 가라앉은 모습으로 수염을 문지르더니 멋쩍은 목소리로 입을 열었다.

"음. 그 언가는 맞는데…… 오대세가의 으뜸인 삼세권왕이라? 한 백 년 만에 듣는 얘기인 것 같군. 요즘 그런 소리를 하면 사람들이 다 웃을 걸세. 흐흐."

마지막에 낮은 웃음소리까지 흘리는 말소리에는 왠지 은근히 자조적인 느낌이 있었다. 사도운의 눈에 얼핏 안타까운 빛이 흘렀다.

"형님, 그렇게까지 말씀하실 필요는……. 하여간 세가지관世家之冠, 삼세권왕三世拳王이란 예칭譽稱(명예로운 호칭)은 정말 오랜만에 들어보는군요."

두 사람의 분위기가 갑자기 가라앉으니 이심호는 자신이 말을 잘못했는가 싶어서 약간 어리둥절해졌다. 그 기색을 눈치챈 언고흔이 얼른 쾌활한 목소리를 내었다.

"이거 쓸데없이…… 실례인 줄 알지만, 소형제의 사문은 세외世外에 자리한 모양이군. 소형제가 알고 있는 것은 아주 오래전의 얘기거든. 근 백 년 동안에 우리 언가는 아주 몰락해서 사람들이 오대세가를 사대세가로 바꿔 부르는 판이라네. 내가 가주가 된 후 집안을 일으켜보려고 노력은 하지만 역량이 많이 부족해서……"

사도운이 정색을 하며 말을 잘랐다.

"형님. 무슨 말씀을 그리하십니까? 당금 무림에서 당세권왕當世拳王 천룡권天龍拳을 두려워하지 않는 자가 누가 있겠습니까?"

분위기가 어색해지자 이심호가 얼른 고개를 저으며 미안한 기색으로 입을 열었다.

"제가 무지하여 안 해도 될 말을 한 것 같군요. 언대협, 아니 언가주彦家主 말씀대로 제 사문은 오래전에 강호를 떠난 데다가 제 배움이 미천하여 가주께 심려를 끼친 듯합니다. 죄송스럽습니다."

언고흔이 다시 호탕하게 웃음을 터뜨렸다.

"하하하, 미안해할 것 없네. 사실이 그런 것뿐임. 어려움을 극복하는 데에 인생의 즐거움이 있는 법. 무너지면 다시 세우면 그만 아닌가? 그나저나 그 언가주라는 호칭은 좀 빼주게. 영 어색해서……"

몰락한 가세를 회복한다는 것은 처음에 창업하는 것보다 배는 너 힘이 드는 일. 그런 무거운 책임을 등에 짊어지고 즐겁고 쾌활하게 극복한다는 것은 보통 어려운 것이 아닌데도 언고흔은 아무렇지 않게 여기는 것 같았다.

'진실로 영웅의 기개가 있구나. 만나기 어려운 인물이다.'

마음속으로 탄복하며 이심호의 표정이 환하게 밝아졌다.

"네. 언대협의 말씀을 들으니 권왕지가拳王之家의 위엄은 여전함을 알겠습니다. 언대협께 저 이심호가 진심으로 감탄했습니다."

사도운이 분위기를 띄우려는 듯 슬쩍 끼어들었다.

"이보게 소형제, 이 형님은 너무 칭찬해주면 마구 날아다녀서 나중에 골치 아파진다고."

언고흔이 대뜸 사도운을 향해 입을 삐죽였다.

"야, 운제, 처음 보는 소형제 앞에서 이 형님을 너무 깎아내리는 것 아니냐? 나를 깎아내리는 것은 곧 언고흔의 의제이며 북두검문北斗劍門이 배출한 불세출의 검객 경천일검 사도운을 깔보는 것과 같은 것이며, 나아가 무림 십대검객十大劍客을 모조리 깔아뭉개는 행위로……"

길게 이어지는 너스레에 사도운이 어이가 없어서 얼른 말을 가로막았다.

"그만! 형님, 소제가 아예 말을 안 할 테니 그 엉뚱한 소리 좀 그만해 주쇼."

말이 막힌 언고흔이 질색을 하는 사도운을 흘끔 쳐다보고는 짓궂은 표정을 지으며 경망스러운 웃음소리를 내었다.

"히히, 아직 운제가 산서대전장山西大錢莊의 이공자二公子라는 건 말도 하지 않았는데?"

산서대전장은 중원에서 손꼽히는 거상巨商으로 하북 대부분 지역에서 통용되는 물자를 감당하는 오래된 기업이었다. 이심호도 익히 아는 부자 집안 출신이라니 새삼스러운 눈으로 사도운을 보면서 얼핏 귀명동부에서 읽었던 기록을 떠올렸다.

강호에서 가장 기이하게 설립된 문파라면 북두검문을 들 수 있다.

문파란 것은 대부분 산을 잡고 문을 여는 개파시조開派始祖가 있는 법이고, 이후 문파의 수장이 대대로 사승을 이어가면서 제자를 늘리는 형태를 취하게 마련이다. 그러나 북두검문은 시조가 없다.

동주東周 말기 열국列國이 서로 다투던 시대에 각지에서 출현한 검객들이 우연히 모여 서로의 검학劍學을 비교하고 함께 토론하며 연마하던 모임을 하게 되었으니, 이것이 북두검문의 기원이다. 이 검객들은 따로 모여서 방회幇會를 만든 것도 아니고 하나의 조직으로 통일되지도 않으면서 그저 가끔 모임을 하고 서로의 성취를 교류하였는데 그 모임의 주재도 돌아가면서 맡았으니 오히려 선비들의 시회詩會나 강회講會의 성격을 가진 것이었다. 후에 이를 정리한 한 검객이 후대에 자신들의 성취를 넘겨주면서 비로소 문파의 틀을 취하게 되었다.

북두검문은 검학의 지고한 경지를 이루는 것을 목적으로 하여 대대로 새로운 검법이나 이론을 수집하여 연구하는 것을 사명으로 삼았으니, 제자를 기르고 세력을 키우는 일반 문파와는 매우 다르다. 세월이 흐르면서 그 학문이 대단히 광활해지고 실용에서 벗어나니 익히려는 자가 적어지고 마침내 전승하기도 어려워져 단맥單脈으로 명맥을 유지하고, 세상에서 흔적을 찾기 어렵게 되었다.

그러나 내가 우연히 그 후예를 만나보고 나서 예견컨대, 누대의 심혈이 깃든 학문으로 그 뜻이 지극하니 만일 제대로만 정리된다면 검신지경劍神之境이 그 안에 있을 것이다.

천하를 제패하려 했던 고천진군, 아니 귀명산인의 학식은 방대하고 그가 섭렵한 경험은 천하 각지에 걸쳐 있었는데 이를 모두 이심호를 위한 저술로 남겨놓았던 것이다. 이심호가 잠시 기억을 더듬자, 언고흔이 머리를 긁으며 말을 이었다.

"그래, 소형제도 그렇게 생각하겠지만, 나도 부잣집 둘째 아들이 무엇 때문에 강호를 헤매는지 도통 모르겠거든."

확실히 특별한 경우였지만 사도운은 별반 표정에 변화가 없었다.

"사람마다 다 뜻이 다른 법인데, 집안의 사업과 다른 일을 한다는 것이 문제가 되지는 않지요."

"뭐, 그 덕분에 이 형님이 돈 걱정 없이 강호를 돌아다닐 수 있으니 아무 불만도 없지만 말이야."

이런 얘기를 이전에도 몇 차례나 했던지라 사도운이 싱거운 미소를 지으며 화제를 돌렸다.

"그건 그렇고, 우리 내력을 알았으니 소형제도 사문이 어딘지 밝혀주겠는 가?"

처음 만난 사람들이 가장 먼저 행하는 의례는 서로 자신을 소개하는 것이다. 소개를 통해 상대방에 대한 기본적인 지식을 가지고 대하게 되며, 이를 통해 관계를 설정하고 나아가 인식을 깊게 하는 것은 인간사회 수천 년의 기본이다.

이심호의 시선이 조금 전에 자리에 앉으며 옆에 풀어놓은 커다란 책상자를 스쳐 지나갔다.

"저는 귀명문歸命門의 유일한 제자입니다."

잠시 기억을 더듬던 언고흔이 어색하게 입을 열며 사도운을 쳐다보았다.

"이런, 내가 과문寡聞해서 잘 모르겠는데……."

사도운도 고개를 흔드는 모습을 보며 이심호가 고개를 끄덕였다.

"제 사문은 세상에 한 번도 나온 적이 없으니 어찌 아시겠습니까? 더구나 백여 년 전에 세외에 은거하여 무림과 인연을 끊었으니 두 분이 모르시는 것도 당연한 일입니다."

사도운이 알았다는 듯이 눈을 빛내며 말했다.

"아하, 소형제의 사문은 무림의 쟁명爭名보다는 일신의 수련을 통해 무도에 정진하는 문파인가 보군. 대개 그런 문중은 제자의 수가 극히 적은 법이지."

동병상련이랄까, 사도운은 자신의 숙명과 같은 북두검문을 떠올리면서 자연스럽게 이심호의 사문도 같은 종지宗旨를 지닌 문파로 이해하게 되었다. 사실 이심호의 인연은 북두검문과는 많이 다른 것이었지만 굳이 설명할 필요가 없기에 그저 담담히 웃으며 수긍하는데, 그의 손이 가볍게 책상자를 어루만지며 상념을 불러일으키고 있었다.

그가 동부를 폐쇄하고 떠나던 날에 자신에게 다짐한 것 중 하나는 바로 귀명산인 서자릉을 스승으로 모시는 것이었다. 천일의 연공 동안에 그가 얻은 것은 정말 다대多大하였으나, 그중에서도 가장 자신에게 깊은 감명을 준 것은 서자릉이 남긴 수많은 저술과 그 안에 담긴, 세상을 위하는 간곡한 정성이었다. 이를 통해 이심호는 거대한 능력, 방대한 지식과 함께 처세의 마음 가짐을 가질 수 있었으니, 실로 귀명산인 서자릉은 이심호에게 있어서 선친 이건명과 함께 자신을 길러 준 사람이라고 할 수 있었다. 비록 서자릉이 사제의 관계를 원하지 않았다고 해도 이심호는 굳이 서자릉을 자신의 사부로 모시고자 결심하였고, 마침내 아홉 번 절하며 배사拜師의 예를 치르고 나서야 동부를 폐쇄했던 것이었다.

'사부님, 구세귀명救世歸命의 뜻은 제자가 반드시 이룰 것입니다.'

"좋아, 좋아. 드디어 술이 왔구나!"

언고흔의 즐거운 목소리가 이심호의 상념을 깨뜨리며 울려왔다. 그 사이에 점소이가 푸짐한 술과 안주를 상에 올려놓았던 모양이다. 언고흔이 기쁜 얼굴로 술병을 들더니 세 사람의 잔에 차례로 술을 따르기 시작했다.

"자고로 술이란 둘이 마시는 것보다는 셋이 마시는 것이 더 좋은 법. 지난 석 달 동안 운제와 둘이서만 마시다가 이제 소형제와 함께하니 내가 아주 흥겹구먼. 하하."

사도운이 술잔을 잡으며 웃었다.

"하하, 저도 석 달간 형님과의 재미없는 술자리가 지겨웠는데, 소형제를 만나니 비로소 술맛이 날 것 같은데요."

"예끼. 지겹다니? 하하하."

언고흔이 사도운의 농담에 크게 웃으며 잔을 들었다. 그의 눈이 따뜻하게 빛나며 이심호를 향해 깊은 뜻을 전하고 있었다.

"강호에서 지기知己를 얻는다는 것은 천금을 들여도 구할 수 없는 인연! 오늘 소형제 같은 훌륭한 인물을 알게 되었으니 그 기쁨을 이 첫 잔에 붙이고자 하네."

사도운도 잔을 들어 이심호를 바라보는데 그 얼굴에도 화창한 기쁨의 빛이 흐르고 있었다.

"형님 말씀이 내 뜻이라네. 자, 술로 지기를 만나니 천 잔이라도 적을 듯酒

逢知己千杯少！"

두 사람이 진정으로 술을 권하니 흥겹기는 이심호도 마찬가지였다. 얼른 술잔을 맞잡아 올리며 화답했다.

"강호에 나오자마자 두 분과 같은 영웅호걸과 인연을 맺었으니 이심호의 복연이 적지 않습니다. 그대와 서로 알게 되니 이 밤이 짧게 느껴지네與君相識 此夜短！"

세 사람이 잠시 서로 마주 보며 단숨에 술을 들이켜고는 통쾌한 웃음을 터뜨렸다.

"하하하하하！"

술은 대단치 않은 것이었지만 가슴이 후끈해지는 느낌이 들었다. 술 마시는 음주飮酒도 선비가 가져야 할 기본적인 예도禮度였기에 열 살 때부터 선친을 따라서 술을 배운 이심호라 술맛을 꽤 안다고 할 수 있었지만 이렇게 푸근하고 정의가 넘치는 술은 처음 마셔보는 것 같았다.

술잔을 내려놓으며 이심호가 처음부터 궁금했던 것을 꺼내놓았다.

"처음 뵈었을 때도 여쭈었지만 두 분 말씀을 들으니 석 달이라는 긴 시간 동안 낭패인들을 쫓으셨던 듯한데, 어쩌다가 그런 괴물들을 보시게 된 겁니까?"

술과 함께 급히 고깃점을 입에 넣던 언고흔이 손가락으로 사도운을 가리켰다.

"움, 움. 그건 모두 운제 때문이지."

사도운이 술잔을 놓고 차분하면서도 정교한 젓가락질로 분향두부粉香豆腐 한 점을 집어 이심호의 앞에 놓으면서 고개를 끄덕였다.

"그건 석 달 전에 내가 벗인 남옥우사藍玉羽士를 만나러 낙양洛陽에 가면서 생긴 일이지. 아, 소형제는 잘 모르겠지만 남옥우사는 무당武當의 도사인데……."

남옥우사는 무당검학의 정수를 깨우친 절세의 검객으로 사도운과 함께 십대검객에 속한 절정고수였다. 두 사람은 산서대전장의 일로 사도운이 무당산을 방문할 때 알게 되면서 서로 공경하는 벗으로 연락을 주고받는 사이였는데, 남옥우사가 낙양에 온다는 소식을 들은 사도운이 일부러 그를 보려고 갔던 것이었다.

그런데 그가 남옥우사를 만났을 때 남옥우사는 이미 다섯 명의 화상과 자리를 같이하고 있었고, 그들은 또한 놀랍게도 소림사에서 내려온 승려들이었다. 특히 사도운을 깜짝 놀라게 했던 것은 그들이 산에서 내려오지 않는다는 호사사대금강護寺四大金剛과 소림 후기의 으뜸이라고 칭송받는 추화상醜和尙 백행신승百行神僧이라는 사실이었다. 소림 최고의 고수들과 무당의 절세검객이 함께 있다는 것이 흔한 일이 아니라 사도운이 심상치 않은 기색을 느꼈는데, 그들은 오히려 사도운을 반기며 그 연유를 먼저 밝히는 것이었다.

최근 강남과 강북을 막론하고 이곳저곳에서 무관이나 표국이 습격을 당하거나 작은 지방의 시진市鎭이 괴질로 몰살당하는 등 괴사가 생겼는데, 개중에는 소림의 속가제자가 세운 표국도 포함되어 있다고 하였다. 이 소림의 속가제자가 세운 표국은 때마침 낙양에서 호북으로 표물을 호송하던 중에 전멸을 당하여 소림과 무당이 함께 조사하기로 했다는 것이다. 그런데 조사 중에 하남 산촌의 화전민들이 사는 몇 개의 마을이 갑자기 습격을 당하는 일이 벌어져 표국 사건 조사 때문에 손을 나누기 어려운 난감한 처지가 되어 버렸는데, 사도운을 만나게 되어 이를 위임하고자 한다는 것이었다. 일을 떠넘길 사람을 찾았나 하는 생각에 불쾌한 느낌이 들기는 했지만 본디 협골俠骨을 가진 그라 두말없이 흔쾌히 허락하였고, 가까운 곳에 있던 언고흔을 초청하여 함께 사건을 조사하기 시작하였다.

이렇게 두 패로 갈라져 언고흔과 사도운은 하남에서 마을 습격 사건을 조사하고 소림과 무당의 인물들은 표물의 경로를 쫓아 남쪽으로 내려갔는데, 조사 중에 마을이 마치 짐승에게 습격당한 것 같은 일이 연이어 벌어지고 그 참혹한 일이 남쪽으로 계속 이동하면서 발생하니 그 뒤를 쫓게 되었던 것이었다.

"헤어질 때 추화상 백행신승이 여러 괴사에서 사악한 기운이 느껴진다면서 형님과 나에게 피사결避邪訣을 걸어주더니 조심하라고 하더군. 처음에는 흉악한 산적이나 짐승에게 습격당한 것이라 여겨서 별로 신경도 쓰지 않았는데, 두 달 전부터 그 낭패인인가 뭔가를 쫓는 우리 앞에 이상한 놈들이 가끔 나타나서 방해하기 시작했지. 그놈들이 쓰는 것이 무공이 아닌 이상한 사술邪術이라서 정말 추화상이 걸어준 피사결이 아니었다면 이 괴물들의 흔적을 놓쳤을지도……. 하여간 잡힐 듯 안 잡혀서 약이 올라 뒤쫓다 보니 석 달이란 시간이 걸렸고, 며칠 전 그 흔적이 이쪽으로 이어진 것을 발견하고 악양으로 들어온 것이라네."

길게 이어지는 사도운의 설명에 관심도 두지 않고 열심히 배를 채우던 언고흔이 문득 코웃음을 쳤다.

"흥! 무림의 태산북두들에게 코가 꿰어서 한참을 집에 못 들어가고 뛰어다니다 보니 호남까지 내려온 거잖아. 나중에 이렇게 해결된 것도 추화상의 피사결 덕분이라고 고마워해야 할걸?"

사도운이 언고흔을 쳐다보며 쓴웃음을 지었다.

"후, 형님. 소제 때문에 이렇게 오래 고생을 하게 되었으니 면목이 없소."

"사람들 괴롭히는 괴상한 해충을 제거하는 건 당연한 일이지. 그런 건 고생이라고 생각하지도 않는다. 협의를 근본으로 하는 우리 무림인이라면 마땅히 해야만 할 일이니까. 그저 어쩐지 소림과 무당에서 시키는 대로 쫄랑거리고 따라다닌 느낌이라 뒷맛이 그리 좋지는 않구나."

뜯던 닭고기를 접시에 던지며 언고흔이 심드렁한 표정으로 대답하다가 문득 이심호에게 그 히죽거리는 웃음을 보냈다.

"왜 그러는가? 소형제. 자네도 듣다 보니 나처럼 생각이 들지?"

두 사람이 말하는 중에 이심호가 눈에 기광을 번쩍이며 두 사람을 쳐다보는 것을 발견했기 때문이었다. 이심호의 눈에서 기광이 사라지며 그윽한 미소가 떠올랐다.

"두 분의 몸에 베풀어졌던 피사결은 이미 두 달 전에 소멸하였습니다. 두 분이 그동안 사술에 장해를 받지 않았던 것은 피사결 덕이 아니라 두 분 자신의 견정한 마음에 의한 것이지요. 어쩐지……."

그는 잠깐 신안神眼의 능력으로 두 사람을 바라보면서 불가의 항마법降魔法에서 연유한 피사결의 흔적을 찾아보았던 것이다. 슬며시 말끝을 흐리는 이심호에게 언고흔이 눈을 휘둥그레 떠 보았다.

"아니, 그걸 어떻게 아는가? 소형제는 처음부터 지금까지 정말 이 언모를 놀라게 하는구먼. 내 실례인 줄은 알지만 소형제처럼 어린 나이에 이렇게 신기한 능력을 갖춘 사람은 처음 만나는 것 같네."

이심호가 가볍게 고개를 저었다.

"제 사문의 배움은 바다와 같아서 저 정도로는 그 진정한 성취를 지녔다고 할 수 없습니다. 그저 세상의 사마외도邪魔外道를 진압하여 바른 세상을 구현하고자 하는 사문의 뜻에 부끄럽지 않고자 노력할 따름이니 어찌 언대협의 과찬을 받을 수 있겠습니까?"

말을 마치자 이심호가 손을 뻗어 술병을 들었다.

"이번에는 제가 한 잔 올리고자 합니다."

세 개의 잔에 술을 가득 따른 이심호가 천천히 자리에서 일어나면서 자신의 술잔을 두 손으로 올리며 언고흔을 향했다.

"강호초행 이심호가 제대로 사람 노릇을 할 수 있도록 언대협께서는 정심웅지正心雄志의 바른 마음과 큰 뜻을 가르쳐주시고,"

이심호의 술잔이 사도운 쪽으로 돌아갔다.

"사도대협께서는 협심의기俠心義氣의 남을 돕고 의로운 일을 행하는 바를 수시로 살펴주시기를 이 술로 부탁드립니다.")

무림인 사이에서는 흔히 볼 수 없는 정중한 경배敬杯에 얼떨떨한 표정을 떠올리던 언고흔의 입이 벌어졌다.

"이런 애늙은이…… 딱."

자기도 모르게 마음에서 밖으로 새어나온 말소리에 언고흔이 매우 놀라 입을 급히 다물다가 이가 부딪히는 소리가 났다. 사도운이 킥킥거리는 웃음소리를 내기 시작했다.

까다로운 성격이라 언고흔을 제외하고는 누구 앞에서도 냉정함을 유지하는 그였지만 이심호라는 소년은 대화를 나눌수록 마음이 끌리는 것을 느끼고 있었는데, 오직 나이에 어울리지 않는 선비 같은 태도에는 영 적응이 되지 않았다. 그런데 눈앞의 이심호는 예의를 다해서 정중하게 잔을 들고 있고, 맞은편의 엉뚱한 형님은 속마음으로 비꼬던 소리가 나와서 당황하여 입을 꽉 다물고 눈만 데굴데굴 굴리고 있으니 세상에 희극도 이렇게 재미있는 희극이 없었던 것이라, 사도운은 그만 웃음을 참지 못하게 되어 버렸던 것이다.

"푸하하하하하. 이건 정말, 핫하하핫."

탕, 탕.

마침내 사도운이 탁자를 두드리며 폭소를 터뜨렸다. 말도 제대로 못 하고 배꼽을 쥐며 웃는 사도운을 바라보던 언고흔의 얼굴도 또한 온통 웃음으로 물들며 이심호를 바라보았다. 이심호도 어색하게 웃으며 자신을 마주 쳐다보고 있는데, 나이 탓인지 얼굴에 얼핏 쑥스러운 붉은 기가 돌고 있었다.

언고흔이 웃음을 머금은 채 그 얼굴을 물끄러미 보다가 문득 큰소리로 입을 열었다.

"좋군. 정말 좋아. 소형제, 우리 진짜 형제가 되세!"

무인이 되어 강호의 삶이 고단하다고 말하지만, 글로 벗을 사귀는 이문회우以文會友의 고상함처럼 협기로 의를 맺는 이협결의以俠結義의 정이 골육보다 진한 것을 알게 되리라.

제8장 　　　　 삼협북행三俠北行

"삼제三弟! 일어났나?"

　　막 방문을 나서려는데 사도운의 맑은 목소리가 들려왔다. 숙취로 머리가 약간 흔들렸지만, 굳이 신공의 힘을 빌 생각도 나지 않을 정도로 기분이 상쾌하였다.

　　"네, 둘째 형님. 지금 나갑니다."

　　커다란 책상자를 들고 이심호가 가벼운 발걸음으로 나서자 웃음 띤 사도운의 얼굴이 반겼다.

　　"어서 내려가자. 먹보 형님은 벌써 계란을 오십 개쯤 해치웠을걸."

　　냉정하고 날카로운 사도운의 얼굴이 비쳐드는 햇살에 그답지 않게 부드러운 표정을 하고 있었다. 그 속에서 따뜻한 정을 느끼면서 이심호의 머릿속에 어젯밤 정경이 다시 떠올랐다.

　　언고흔의 제의에 폭소를 터뜨리던 사도운이 문득 웃음을 멈추고 진지하게 자신을 쳐다보며 들어 올리던 술잔. 그 호기와 진정에 감동하여 저절로 고개를 끄덕이고 잔을 비웠던 자신. 호탕한 웃음을 멈추지 않고 술잔을 부딪치던 언고흔은 나중에는 아예 자신의 어깨를 감싸 안은 채 노래까지 불러대며 흥겨워했었다. 밤이 끝날 때까지 술병은 한없이 쌓이고 나누는 얘기는 끝

없이 이어졌다. 세 사람은 의기가 투합하여 형제의 의를 맺었던 것이다.

어려서 선친의 품에 안겨 세상을 떠돌다가 산골 마을에서 친구도 없이 학문에만 전념해야 했던 어린 시절. 철이 들고는 선친의 유지를 계승해야 한다는 책임감과 아버지의 상을 치르면서 보냈던 시간. 귀명석부에서 지냈던 삼년의 수련.

비록 견정공부와 강인한 천성으로 별다른 외로움이나 괴로움을 느끼지 않았던 이심호지만, 본래 순후하고 다정한 성격에 귀명동부에서 세상과 어울리는 정의情誼를 귀하게 여기는 법을 깨달은 이후에는 성정의 도야가 크게 이루어져 좋은 사람들과 함께하는 즐거움을 정말 소중히 여기게 되었던 것이다. 그런데 세상에 발을 내디딘 후에 처음 알게 된 사람들이 모두 의기가 넘치는 영웅호걸이었으니 진정한 형제의 정으로 맺어짐에 무슨 스스럼이 있었겠는가.

선친 이건명이 세상을 떠난 후 오랫동안 느끼지 못했던 따뜻한 사람의 정을 느끼면서 이심호가 사도운을 따라 계단을 내려가니 언고흔은 이미 가운데 탁자를 차지하고 앉아 아침 식사를 하고 있었다. 사도운의 말대로 탁자 위에는 커다란 접시에 계란을 지져 말은 계단권鷄蛋捲을 산처럼 쌓아 놓았는데, 언고흔은 마침 호박을 갈아 만든 남과죽南瓜粥을 그릇째로 들고서 벌컥벌컥 마시는 중이었다. 사도운이 그 옆에 앉으면서 입을 열었다.

"형님, 무슨 남과죽을 물 마시듯 그렇게 들이켜시오?"

남과죽 그릇을 내려놓은 언고흔이 수염에 호박 덩어리가 붙은 채로 툴툴댔다.

"여기 술은 부드러워서 먹기는 좋은데 다음 날에는 입이 마른단 말이야. 숙취로 속도 안 좋은 판에 쌀밥이 들어가지도 않고 하니 이 남과죽이나 마실 수밖에. 그저 술 마신 다음에는 콩을 갈아 시원하게 만든 두장豆漿에 토실토실한 만두饅頭를 먹어야 하는 건데, 쩝. 어, 삼제, 잘 쉬었느냐?"

입맛까지 다시는 언고흔을 보면서 자리에 앉던 이심호가 가볍게 고개를 숙였다.

"네, 큰 형님, 덕분에 잘 잤습니다. 그런데 큰 형님은 남방 음식이 별로 입에 맞지 않으신가 보죠?"

언고흔이 계단권 하나를 입에 넣으며 히죽 웃었다.

"강호에서 돌아다니는 신세에 무슨 입맛을 따지겠느냐? 난 뭐든지 다 잘 먹는 편이지만, 술 마신 다음 날 고향 음식이 생각나는 것만은 어쩔 수가 없더구나. 삼제, 너도 원래는 산동 쪽이니 알겠지만."

쌀을 주식으로 하는 남쪽과 달리 북방 지역은 밀과 수수를 위주로 하기에 쌀밥보다는 만두나 국수, 유병油餅 따위를 더 즐겨 먹는다. 어제 이심호의 본고향이 산동이라는 것을 알고 하는 말이었는데, 세 사람의 고향이 각기 하북, 산서, 산동으로 서로 잇닿은 북방 지역이라 먹을거리가 크게 차이 나지 않으니 그런 점에서도 서로 말하기가 쉬웠다.

이심호가 계단권을 하나 집어 들고는 물끄러미 바라보았다.

"어려서 고향을 떠났으니 잘 모르지만, 폐관을 끝내고 나온 지 얼마 되지 않아서 그런지 어떤 음식이든 저는 다 맛있더군요."

몇 가지 음식을 더 주문하던 사도운이 고개를 끄덕이며 웃었다.

"그래, 출관해서 먹는 음식은 맛이 각별하지. 물론 큰 형님처럼 폐관이 필요한 사람도 있지만. 흐흐."

호박 덩어리가 수염에 붙은 채로 계단권을 입에 쑤셔 넣던 언고흔이 사도운을 보며 히죽 웃었다.

"나는 이전에 폐관했을 때 음식보다 술 생각이 더 나더라. 만약 둘째 말대로 폐관을 한다면 우선 산서대전장의 술독을 다 비운 다음에 늘어갈 생각이거든."

산서대전장은 그 위치상, 명주인 분주汾酒의 생산지여서 술도 그 주요 사업의 하나였으니 이를 꼬집어 말한 것이었다. 사도운은 말로는 언고흔을 당할 수 없어서 고개를 절레절레 흔들다가 문득 정색하며 언고흔을 마주 보았다.

"그런데 형님, 술 얘기를 하니까 생각이 나는데 어제 만났던 그 녹의 궁장녀는 과연 정체가 무엇일까요?"

"글쎄, 그 팔보액이라는 술은 정말 명품이었다만……."

이심호가 두 사람이 나누는 얘기가 무엇인지 몰라 궁금한 표정을 짓자 사도운이 간략하게 어제 만났던, 녹수라는 궁장여인과 홍련이라는 시비에 관해서 설명했다. 사도운이 설명하는 동안 수염에 묻은 호박 찌꺼기들을 닦아낸 언고흔이 드물게 보는 진지한 얼굴로 입을 열었다.

"그 녹수라는 여인이 술을 마시면 자신이 무림인인지 알게 될 거라고 했지만, 사실 그 술이 대단한 명주라는 것밖에는 내가 알아낼 수 있는 것이 없었다. 다만, 그 여인이 술잔을 들었을 때 무엇인가 특별한 것을 느꼈지. 이제, 네가 보기에는 어땠냐?"

사도운이 잠시 기억을 더듬는 듯 눈을 가늘게 떴다.

"글쎄요, 그 여인의 손은 백옥 같았고 손가락이 파줄기처럼 통통하면서도 길어서 소위 십지여총十指如蔥이라는 말에 어울리는 완벽하게 아름다운 손이었지요. 그 외에는…… 저는 오히려 그 홍련이라는 시비의 몸놀림이 어디선가 본 듯해서……."

"음, 아름다운 손은 분명한데 자세히 보니 얼핏 현기玄氣가 느껴져서 꽤 독특하다고 생각했다. 그런 손에 대해서 언젠가 들은 적이 있었던 것 같은데 아무리 생각해도 기억이 나질 않아. 게다가 그 후에 벌어진 괴변에 미동도 하지 않았고, 식멸사령진이라는 들어보지도 못한 진형을 한번에 알아보지를 않나, 내가 흘린 경력도 알아채는 것 같았으니 무림 중의 인물임에는 틀림이 없는데……."

말하던 언고흔이 흘끔 이심호를 쳐다보았다.

"삼제야, 혹시 아는 것이 있으면 말해다오."

괴이한 사공마학에 풍부한 지식을 지닌 이심호에게 도움을 청해본 것이다. 막 올라온 시원한 두화豆花(차게 만든 순두부)를 언고흔과 사도운 앞으로 옮겨 놓으며 얘기를 듣던 이심호가 눈썹을 약간 찡그렸다.

"글쎄요, 제가 직접 보지를 못해서 확실하지는 않습니다만, 식멸사령진이란 아주 오래전에 사도에서 유실된 암흑음풍경暗黑陰風勁을 일부 차용해서 암습용으로 새로 만든 것 같은데, 시전했던 자들이 저급한 낭패인들이라서 제대로 힘을 발휘하지 못한 듯합니다. 만약 전설의 백골연혼령白骨煉魂靈이나 사령강시邪靈僵尸 같은 괴물들이 펼쳤다면 그 위력이 열 배는 되었을 텐데요. 그보다 저는 그 녹수라는 궁장여인이 흥미롭군요."

비록 그다지 힘들지는 않았지만 끈적하게 몸을 휘감던 사기와 음산한 힘줄기를 직접 겪었던 사도운은 낭패인보다 더한 흉측한 괴물들이 열 배의 위력으로 펼치는 광경을 떠올리자 뒷머리가 괜히 선뜩해지는 것 같았다.

"큰 형님이 언젠가 들으셨다는 얘기가 혹시 '한 번 뻗으면 아득히 하늘을 뒤덮고, 백옥 같은 손에는 부서지지 않는 것이 없다'라는 말이 아닙니까?"

이어지는 이심호의 말을 듣던 언고흔이 손바닥을 소리 나게 쳤다.

"맞다! 바로 그 말이다. 이제 기억난다, 칠 년 전인가 종리선생鍾離先生이랑 술잔을 나누며 옛이야기를 듣다가 그 노인네가 무림제파의 장공掌功을 논하면서 한 얘기지."

이심호가 잠시 침음하다가 천천히 입을 열었다.

"정녕 그렇다면, 그건 신선부神仙府의 제일장공인 현천백옥수玄天白玉手를 가리키는 겁니다."

신선부! 언고흔과 사도운이 동시에 눈을 크게 뜨며 놀란 표정을 지었다.

"신선부라고? 그거야말로 전설 중의 전설인데……. 강호에서 모습이 보이지 않은지 거의 팔십 년은 되었을걸?"

언고흔의 말에 이심호의 눈이 번쩍 기광을 뿌렸다.

"근래에 그들이 줄현한 적이 있다는 말씀이십니까?"

사도운은 이심호의 사문이 오래전에 새외로 나가서 근세 무림의 일에 아는 바가 없음을 기억해 내고는 들었던 얘기를 되살려 보았다.

신선부가 무림에 언제 출현했는지, 어디에 존재하는지 아는 사람은 아무도 없다. 심지어 신선부가 어떤 형태인지, 그 구성원은 얼마나 되는지도 알려지지 않았다. 그저 근 삼백 년 동안 대략 서너 번에 걸쳐 신선부에서 나왔다고 말하는 사람들이 있었을 뿐이었다. 그들이 사용했던 무공도 같지 않았지만, 하나같이 무림의 상리를 뛰어넘는 신기한 능력을 지니고 있었다.

더욱 기이한 것은 그들이 무림에 출현한 목적이었다. 그들은 무림의 세력 다툼에 끼어들지도 않았고, 무도를 위해 남들과 비무행을 하는 것도 아니었으니 아예 이름을 알릴 생각도 없는 것 같았다. 그저 무림에 잘 알려지지 않은 사도세력이나 군소 마도문파들을 몇 개씩 붕괴시키고 사라지곤 했던 것이다. 비록 정파의 협행이긴 했지만 강력한 흑도의 방파들과는 상대도 하지 않고 그저 별 볼 일 없는 작은 세력들만 제거하는 기이한 행동이기에 세상의 평가는 그렇게 좋은 편이 아니었다.

대략 팔십 년 전에 마지막으로 출현했던 신선부의 인물은 나무꾼 차림의 중년인이었는데, 운남雲南에서 사람들을 미혹시키던 조그만 사교邪教 무리를 제거하고 돌아가는 길에 당시 운남과 사천四川 남부에서 제왕과 같이 군림하던 운령원귈雲嶺圓闕 우태경于泰磬을 만나게 되었다. 우태경은 비록 정사지간의 인물이었지만 당시에 이미 금강불괴에 가까운 무결보옥신無缺寶玉身을 연성하여 십대고수를 넘보던 절세의 고수였는데, 그는 평소에도 신선부를 약자만 골라 건드리는 겁쟁이 졸장부의 집단으로 경멸하던 중에 자기의 세력권에서 신선부가 벌인 일에 진노하여 달려오고 있었던 것이었다.

그는 신선부의 인물을 만나자 대뜸 손을 쓰기 시작했다. 그러나 놀랍게도 나무꾼이 휘두르는 하늘을 뒤덮는 백옥수에 삼십 초 만에 피를 토하고 거꾸러져 버렸으니, 그때에야 세인들은 비로소 신선부의 진정한 실력을 목격하게 되었던 것이다.

"신선부의 인물이 우태경을 격파한 일로 한때는 그 장공이 금강불괴도 부순다는 말이 강호에 떠돌았지. 그러나 그때 이후로는 신선부의 인물이 무림에 등장했다는 말을 들어본 적이 없어."

이심호가 사도운의 설명에 고개를 끄덕였다.

"그런 일이 있었군요. 그러나 현천백옥수로 금강불괴를 부순다는 말은 너무 지나치군요. 무결보옥신이 비록 희세의 기공이긴 해도 진정한 금강의 경지와는 상당한 거리가 있지요. 아, 둘째 형님, 설명 감사드립니다."

사도운이 이심호의 사례에 눈을 찡긋하더니 씩 웃음을 지었다.

"삼제, 네가 대유大儒이신 선친의 훈도를 받았다는 것은 알지만, 그렇게 너무 예의를 차리면 이 형이 어색하단다. 우리 강호인도 강호인의 예법이 있는데 네가 유생의 예법으로 대한다면 상대가 너무 어렵게 생각하지 않겠니?"

이심호가 눈을 깜빡거리더니 크게 고개를 끄덕였다.

"둘째 형님 말씀이 옳습니다. 강호에는 강호의 예법이 있는 법, 예라는 것이 원래 시의時宜에 맞게 행해져야 사람 사이를 편하게 한다는 본래의 목적에 맞는 것인데, 제가 그만……."

"또, 또 골방 샌님 같은 소리를 한다. 큰 형님이 너를 애늙은이라고 부르는게 틀린 말이 아니야. 그냥 알았소, 한마디 하면 되는 것이지. 더구나 우리 삼 형제는 모두 강호의 영웅호걸이 아니냐? 하하하."

호탕하게 웃는 사도운을 마주 보는 이심호의 얼굴에도 웃음이 떠올랐다.

"네, 알겠습니다. 하하."

그렇게 대화를 나누는 두 사람을 바라보는 언고흔의 입가에 흐뭇한 미소가 맺혔다.

'운제는 평소 냉정하고 까다롭지만, 응석이 좀 있는 편인데 삼제를 사귀고 나서는 아주 제대로 형님 노릇을 하는구면. 삼제와의 인연이 운제에게는 또다른 발전의 기회가 될 것이다.'

입가의 흐뭇한 미소는 시선이 이심호에게 돌아가면서 더욱 짙어졌다.

스무 살밖에 되지 않은 강호 조년생 이심호. 이 어린 막내 동생은 어떻게 된 노릇인지 도대체 모르는 것이 거의 없었다. 나이에 비해서 지나치게 의젓하고 말투가 너무 정중해서 애늙은이라고 놀리기는 하였지만, 보면 볼수록 순수하고 진지하여 절로 호감이 생기고 신비한 기상이 있어서 사람을 잡아끄는 매력이 넘쳤다. 언고흔은 정말 새로 생긴 이 막내 동생이 너무 기특하고 귀여워서 세 사람이 형제의 인연을 맺을 수 있었음에 하늘에 감사하는 마음이었다.

언고흔이 감상을 접고 입을 열었다.

"하여간 그 궁장여인이 익힌 것이 현천백옥수인지는 확실하지 않다. 만약 그녀가 신선부의 인물이라면 어떻게든 무슨 소식이 들려오겠지. 어서 아침이 나 들자."

둘째가 둘째 같다면, 큰 형은 또 큰 형다웠다. 언고흔이 신중하게 결론을 내리자 사도운과 이심호는 먹는데 열중하기 시작했다. 계단권을 입에 넣으면 서 이심호는 혼자 속으로 한 단어를 떠올리고 있었다.

'신선부라……'

남과죽을 세 그릇이나 마시고 계단권을 반 이상 해치우면서 식사를 끝낸 언고흔이 두화를 차처럼 마시면서 이심호에게 물었다.

"어제 물어보지를 못했는데 삼제가 사문의 명으로 가는 곳은 어디냐?"

"하남河南의 숭산嵩山입니다."

막 식사를 마치고 차를 마시던 사도운이 재미있다는 듯이 물었다.

"어, 묘한데…… 소림사로 가는 거냐?"

이심호가 가볍게 고개를 저었다.

"아니요. 제가 갈 곳은 태실太室 쪽입니다. 그런데 형님들은 어디로 가실 생 각이신지요?"

사도운이 이심호에게는 대답을 하지 않고 언고흔을 바라보며 입을 열었다.

"큰 형님, 잘 되었네요. 어차피 이번 일에 대해서 추화상에게 얘기는 해야 하는데, 그들이 지금 어디 있는지도 모르니 삼제와 함께 숭산으로 가서 소림 사에 소식을 전해놓죠?"

언고흔이 잠깐 인상을 쓰다가 다시 히죽 웃는 얼굴로 돌아갔다.

"심부름꾼 같아서 마음에는 안 들지만…… 삼제와 함께 여행한다는 데에 는 대찬성이다. 흐흐."

언고흔의 말끝이 음흉한 웃음으로 흐르더니 사도운을 의미심장한 눈으로 쳐다보았다.

"이제, 사람이 늘었으니 비용이 배로 깨지겠구나!"

말인즉 사도운을 놀려보겠다는 것인데 그 반응이 이전과 영 달랐다.

"당연한 일이지요. 삼제에게 드는 비용이라면 집에 연락해서 제 앞으로 되어 있는 장원이라도 내다 팔아서 준비할 생각입니다. 어험!"

의젓하게 헛기침까지 하는 모습이 사도운도 이 막내 동생이 어지간히 마음에 드는 모양이었다. 언고흔의 표정이 괴상해졌다.

"엥? 이거 너무한데……. 운제의 사랑을 전부 삼제에게 빼앗기고 나는 외톨이가 될 것 같은 불길한 예감이 든다. 끙."

두 의형의 장난에 이심호가 웃음을 참지 못했다.

"하하하."

사도운이 산서대전장의 이공자라는 사실은 그냥 말뿐이 아니었다. 아침을 먹고 출발할 행장을 꾸리는 중에 잠시 나갔다 온 사도운은 윤기가 자르르 흐르는 좋은 말을 세 마리나 끌고 왔던 것이다.

"웬 말입니까?"

커다란 책상자를 지고 나오던 이심호가 신기해서 물어보자 사도운이 피식하는 웃음을 지었다.

"음, 별거 아니다. 비록 강북처럼 우리 집안의 힘이 미치는 것은 아니지만, 여기에도 말 몇 마리 빌릴 정도의 인맥은 가지고 있거든. 처음 하는 형제끼리 강호유람인데 뛰어갈 수는 없잖아?"

인고흔이 옆에서 입을 삐죽 내밀었다.

"흥, 그 낭패인인가 하는 괴물들 쫓을 때는 말 한번 타자고 그렇게 졸라도 안 된다고 하더니 동생 하나 생기니까 아주 위세를 부리는구나."

"그거야 산속 마을들을 조사하면서 쫓아야 하는데 언제 말을 탈 만한 곳이 있었습니까?"

사도운이 점소이가 서둘러 가져온 물과 식량을 말 위에 얹으면서 계속 말을 이어갔다.

"그렇게 급한 일정은 아닌 듯해서 도보로 갈 생각도 했습니다만, 조금만 서두르면 만병보의 신병대전에도 시간을 댈 수 있을 것 같아서 삼제 세상구경 시켜줄 생각을 좀 했지요."

"에고, 아주 극진하게 챙기시는구먼."

이심호가 처음 타 보는 말에 신기한지 탈 생각도 않고 말 콧등만 어루만지고 있다가 고개를 돌리며 물었다.

"둘째 형님, 그 만병보의 신병대전이라는 것은 뭡니까?"

언고흔이 훌쩍 말 위에 오르며 고삐를 잡았다.

"그건 가면서 얘기하고……. 삼제, 너 말 탈 줄은 아냐?"

말 위에 오르던 사도운도 궁금한지 고개를 돌려 이심호를 돌아보니, 이심호는 등에 멨던 책상자를 풀어 말 등에 묶으면서 무심한 말투로 대답하고 있었다.

"타 본 적은 없습니다만, 배운 적은 있지요."

언고흔과 사도운이 말없이 서로 마주 보더니 동시에 똑같이 묘한 미소를 지었다.

"그래? 그럼 일단 출발하자."

언고흔이 가볍게 채찍질을 하더니 말을 달려나갔고, 사도운도 이랴, 하고 짧은소리를 지르더니 바람처럼 달려나가기 시작했다. 그 바람에 두 사람은 이심호의 몸에 조용히 신기가 어리며 말의 귀에 입을 대고 무엇인가를 중얼거리는 장면을 보지 못하고 말았다.

말을 탄다는 것은 생각만큼 쉬운 일이 아니다. 무공이 아무리 고강해도 말을 죽일 수는 있지만 마음대로 부릴 수는 없다. 말이라는 짐승이 본래 겁이 많고 자기 위주로 행동하는 동물이라 그 등 위에 올라앉아 고삐와 두 발만으로 달리고, 세우고, 걷고 뛰어오르게 하는 것은 단순한 일이 아니며, 신체의 중심을 잘 잡는 무림인일지라도 달리는 말 위에서 자유롭게 조정하려면 상당한 훈련과 경험이 필요하다.

애늙은이 같은 이심호를 좀 놀려주려고 두 사람이 먼저 말을 달려나가니 순식간에 뿌얀 먼지와 함께 거리가 크게 벌어졌다. 악양성을 빠져나와 관도로 접어들고서도 한참을 달린 후에야 두 사람은 속도를 천천히 늦추며 뒤를 돌아보았다.

"너무 놀려준 것 아닐까요? 오랜만에 말을 달리니 상쾌해서 멈추지를 못 했는데, 삼제가 우리를 잃어버리면……."

사도운이 말 위에서 몸을 세우며 멀리 바라보는 모습을 흘낏 쳐다본 언고흔이 피식, 웃음소리를 내었다.

"이제, 쓸데없는 걱정이다. 너는 삼제의 능력을 낮게 보는 거냐, 아니면 동생이 생겨서 노파심만 높아진 거냐? 삼제가 말을 처음 타보는 것은 분명하지만, 고 신기한 애늙은이는 또 우리 생각을 뛰어넘어 여유만만한 모습으로 나타날걸? 게다가 길은 이 관도 하나밖에 없잖아."

안장에 다시 앉으면서 사도운이 빙그레 웃었다.

"만난 지 하루가 지났을 뿐인데 형님이 그렇게 사람을 높게 평가하고 믿는 것은 처음 봅니다. 물론 저도 삼제가 신통한 사람이라고 생각하지만, 아직 스무 살밖에 되지 않았으니 괜스레 자꾸 돌봐주게 되더군요."

그 신기하고 신통한 애늙은이는 두 사람의 말이라도 들었는지 다각거리는 말발굽 소리와 함께 멀리서 모습을 나타내더니 속보로 속도를 줄여가면서 두 사람 쪽으로 다가오고 있었다. 말고삐를 고쳐 쥐면서 그 모습을 바라보던 언고흔이 혼잣말처럼 중얼거렸다.

"남녀 사이에 한눈에 반한다는 일견종정—見鍾情이란 말이 있고 처음 만났는데도 오래전부터 사귀어 온 듯하다는 일견여고—見如故란 말이 있지만, 우리 둘은 정말 삼제에게 반한 것 같구나."

사도운이 언고흔의 중얼거리는 소리에 웃음 띤 얼굴로 고개를 끄덕이고는 이심호에게 손을 들어 흔들었다. 다가오는 이심호는 마상에서 꽤 편한 자세였지만 이마에는 땀이 가득한 것이 고생한 흔적이 역력해서 언고흔의 얼굴을 또 히죽거리게 했다. 그 히죽거리는 웃음에 멋쩍은 웃음으로 답하며 이심호가 입을 열었다.

"말과 조화를 이루면서 달린다는 것은 정말 어려운 거로군요. 제가 탄 말은 형님들을 따라가려고 애쓰는데, 제가 그걸 따라주지 못하고 오히려 방해한 꼴이라 배운 것과 체득한 것은 다르다는 것을 말한테 배울 줄은 몰랐습니다."

"흐흐, 다 그런 것이지. 나도 처음에 말 타는 법을 배울 때는 아주 고생을 했거든. 삼제는 그래도 빨리 배운 거야. 오랜만에 시원하게 달려보았으니 이제는 좀 천천히 가면서 풍광도 구경하며 얘기도 나누자."

언고흔을 가운데에 두고 세 사람이 말머리를 나란히 하여 천천히 가기 시작했다. 언고흔이 오른쪽에 있는 사도운을 향해 말했다.

"이제, 아까 하던 만병보 얘기나 해봐. 이왕이면 삼제를 위해서 좀 자세하게 해 줘."

사도운이 고개를 끄덕였다.

"십오 년 정도 전에 회남淮南의 작은 산속에 작지 않은 석보石堡가 건립되고 만병신기萬兵神器라는 편액을 내걸었다. 처음에는 주변의 무림인들이 그곳에서 병기를 구했는데 그 질이 아주 뛰어나서 차츰 널리 알려지게 되었지. 꽤 비싼 값이었지만 무림인이란 원래 병기를 목숨처럼 아끼니까 거금을 내고서라도 그곳에서 제작된 병기를 사려고 줄을 서는 편이었지. 이렇게 소문이 나면서 많은 사람이 찾게 되니까 만병보에서는 돈 이외에 다른 것으로도 대가를 받기 시작했다. 보석이나 기물, 골동품, 심지어는 희귀한 약초까지……."

"특이한 것은 돈을 받고 파는 병기는 몇 개라도 상관없지만, 다른 대가를 받고 파는 것은 한 사람에게 하나 이상은 판매하지 않는다는 규칙이었지. 나중에 알려진 바로는 다른 대가를 내고 산 병기는 돈으로 산 병기와는 비교할 수 없을 정도로 대단한 것들로 가히 신기라고 할 만한 것이라고 하더군. 그래서 만병보의 명성은 일시에 천하에 알려지게 되었다."

말에 몸을 맡긴 채 얘기를 듣고 있던 언고흔이 불쑥 끼어들었다.

"병기가 아무리 좋아도 다루는 사람의 수양이 먼저인데, 그저 신병 한 개만 가지면 천하를 휘어잡을 수 있다고 망상을 하는 바보들이 많아서 문제지. 듣자하니 그런 놈들이 한 번 쳐들어가기까지 했었다지, 아마?"

사도운이 안장에 달아둔 수통을 들어 언고흔에게 건네면서 말을 이어갔다.

"네, 칠 년 전에 스무 명 정도 되는 무림인들이 패거리를 지어서 만병보의 신기를 모조리 빼앗으려고 침입했었다고 들었습니다. 지금까지도 정확히 어떤 놈들인지는 알려지지 않았는데, 정사正邪가 섞여 있었다더군요."

언고흔이 물을 한 모금 마시고 이심호에게 넘겨주면서 코웃음을 쳤다.

"흥! 녹림의 산적이나 강 위의 수적 패거리들도 그런 무식한 짓은 안 한다. 그런 것들이 무슨 무림인들이라고."

이심호가 수통을 받으면서 궁금한 어조로 사도운에게 물었다.

"둘째 형님, 그 패거리들이 어떻게 됐습니까?"

사도운이 이심호를 보면서 싱거운 표정을 지었다.

"그게 아무도 몰라. 분명히 그런 일이 벌어졌고 만병보 안에서 싸우는 소리를 들은 사람도 있는데, 그리고는 아무 소식이 없거든. 만병보에서도 그런 일이 있었다는 것에 대해 확인만 해주고 그 도둑놈들에 관해서는 일체 함구를 하고 있으니 알 도리가 없지. 하여간 그 사건 이후로 만병보는 돈을 받고 파는 병기는 그대로 유지하면서 기물을 대가로 받는 신기는 다른 방식으로 판매한다고 선포했다."

언고흔이 주먹으로 턱수염을 문지르며 가볍게 말했다.

"그게 바로 이름만 그럴듯한 신병대전神兵大典이시."

사도운이 이심호가 다시 돌려준 수통을 안장주머니에 꽂으면서 말고삐를 당겨 속도를 조절했다.

"일 년 후에 첫 번째 신병대전이 열려 열 개의 신병이 나왔는데 무림 각파의 고수들과 한동안 보이지 않던 은거기인들까지 나와서 대단했다고 한다. 나는 그때 신강新疆에 가 있어서 아쉽게도 그 장면을 못 봤지만."

언고흔이 눈을 둥그렇게 뜨며 사도운을 쳐다보았다.

"이제, 네가 혼자서 사풍적沙風賊이라는 일백 명의 마적 떼를 베었다는 것이 그때구나?"

사도운이 다시 싱거운 웃음을 흘렸다.

"그게 대상隊商을 노리는 하찮은 마적 집단이었는데요, 뭐. 게다가 제가 벤건 팔십 명밖에 안 되고 나머지는 전부 도망쳤는데 어째 그렇게 소문이 났더군요. 형님은 삼제 앞에서 쑥스럽게……."

그러면서 이심호를 보는데 얘기를 열심히 듣던 이심호가 문득 고개를 갸웃거리고 있었다.

"왜 그러냐? 삼제."

"아, 둘째 형님의 얘기를 듣다 보니 이상한 느낌이 들어서요."

언고흔까지 자신을 쳐다보자 잠시 생각을 정리한 이심호가 차분하게 말을 꺼내었다.

"원래 그런 신병이기는 드러내놓고 팔 물건이 아닙니다. 신병이기는 귀한 보물이니 누가 그것을 샀다고 소문이 나면 탐내는 도둑이 들기 쉬울 것은 당연한 이치. 만병보에도 도둑 패거리가 들었는데 다른 데에 들지 말라는 법이 없죠. 또 누가 그것을 가지고 있다는 사실이 알려지면 주위에서 그에 대해 준비를 할 테니 신병을 지녔어도 그 위력은 반감될 겁니다. 아예 적이나 원한이 있는 사람이라면 또 그에 어울리는 신병을 구하려 할 것이고요. 첫 번째 신병대전에 많은 사람이 몰린 것은 신병을 구하려는 목적도 있었겠지만 아마도 누가 신병을 가져가는지 확인하려는 의도도 있었을 겁니다. 그리고……."

이심호의 말에 언고흔과 사도운이 인상을 굳히며 침음했다. 확실히 이심호의 말처럼 신병대전은 묘한 분위기의 행사라는 느낌이 들기 시작했다.

"만병보라는 곳이 대단히 기묘한 곳이라는 생각이 드는군요. 병기를 만드는 장인匠人이 높은 가격으로 자기 물건을 파는 것은 이치에 맞지만, 온갖 기물을 대가로 받는 까닭은 무엇일까요? 게다가 기물이 대가인 경우에만 신병을 구할 수 있다는 것은 원래 기물을 얻기 위한 목적으로 병기를 팔았다는 뜻이 되고, 더욱 이해하기 어려운 것은 아무리 뛰어난 장인이라도 신병이기를 그렇게 찍어내듯 만들어낼 수 있는가 하는 점입니다. 소위 신병이라 일컬어지는 무기류는 모두 장인의 오랜 노력과 천지의 도움, 희세의 인연으로만 가능한 것인데."

이심호의 기억에 과거 자신의 제선지법을 위해 희생된 삼대신기가 떠올랐다. 자신의 신체를 위해 모든 신력을 다 퍼붓고 나중에는 범물凡物로 변해버린 그 삼대신기의 신령한 기운을 생각하면 신병이기라는 것이 얼마나 희귀하고 보배로운 것이던가. 그런 것을 어물전에 생선 널어놓듯 늘어놓고 판매한다는 것이 영 상상이 되지 않는 것이었다.

"삼제, 네 말은 확실히 이치에 맞는다. 만병보라는 곳에서 어쩐지 우리 무림인들을 홀리려는 고약한 냄새가 나는 것 같군. 사실 만병보의 보주가 누군지, 어떤 신병이기를 누가 구매했는지, 그들이 무공을 가지고는 있는지 전부 신비에 가려져 있거든."

사도운의 말에 언고흔이 수염을 천천히 문지르며 말했다.

"음, 확실히 삼제의 분석이 합리적이구나. 신비한 척하는 것들치고 구린내가 안 나는 놈들이 없으니까. 하지만, 확실하게 목적과 의도가 뭔지를 모르는 상태에서 단정 지어 뭐라고 말할 수는 없다. 일단 우리가 직접 알아보는 것이 가장 정확하겠지. 내 생각에도 소위 신병이기라는 것들이 그렇게 많이 만들어진다는 것은 말이 안 된다."

이심호가 고개를 끄덕이며 입술을 슬쩍 깨물었다.

"큰 형님 말씀이 옳습니다. 그런데 하다못해 그 만병보에서 병기를 만든다는 장인의 기술이 어느 정도인지, 어느 정도의 병기를 팔았는지 성노만 알 수 있어도 그 신병이기라는 것이 가늠될 텐데, 아쉽군요."

이심호의 말을 듣던 사도운이 갑자기 어, 하는 소리를 내었다.

"이런. 만병보에서 만들었던 병기가 나한테 있다."

돌연한 사도운의 말에 언고흔이 말을 세우며 사도운을 쳐다보고 사도운도 고삐를 채며 말을 세우는데, 이심호만은 아직 말을 다루는 것이 서툴러 여러 걸음을 더 나가서야 말을 세울 수 있었다. 이심호가 앞으로 나온 김에 자기가 탄 말의 목을 가볍게 두들기며 사도운 쪽으로 방향을 돌리니 사도운이 멋쩍은 표정으로 허리에 찬 검을 손으로 두드리는 모습이 들어왔다.

"이 검이다. 내가 깜빡 잊어버리고 있었어."

언고흔이 몸을 길게 늘여 사도운의 검을 훑어보더니 고개를 갸웃했다.

"네 침광검沈光劍이 그렇게 대단한 신검이었느냐?"

사도운이 허리에서 검을 풀면서 머리를 설레설레 흔들었다.

"큰 형님도 아시면서 그런 말씀을……. 이 침광검이 꽤 좋은 검이기는 하지만 신검이라고 하기에는 무리가 있죠. 이 검은 제 친형님이 오 년 전에 선물로 주신 겁니다."

검을 풀어 손에 쥔 채로 사도운이 말을 이었다.

"아까 큰 형님 말씀대로 육 년 전에 사풍적을 제거할 때 일입니다. 당시에 사풍적 무리는 대상을 노리는 마적들이라 무기도 커다란 마상도馬上刀나 유성추 같은 중병重兵을 많이 쓰더군요. 놈들을 다 해치우고 나서 보니 그때 제가 쓰던 검이 많이 상해서 도저히 쓰지 못하게 되어버렸더군요. 뭐 그냥 병기점에서 대충 괜찮아 보이는 걸로 사서 쓰던 건데, 그래도 강호에 나올 때부터 쓰던 것이라 버리기도 아깝고 해서 집까지 가져왔지요. 그랬더니 친형님이 좋은 검을 구해주겠다고 하시더군요."

언고흔이 어깨를 으쓱했다.

"네 친형님은 네 아버님과는 달리 무림인이 되겠다는 네 결심에 찬성한 사람이니까……."

"네. 그러더니 한 일 년쯤 지나서 이 침광검을 주셨지요. 어디서 구했느냐고 물어보니까 거금을 주고 만병보에서 구매했다면서, 신병대전이 다 끝나서 진짜 좋은 검은 못 구했다고 아쉬워하셨죠. 그렇게 맘에 들지는 않았지만, 형님이 실망할까 싶어 이 침광검도 진짜 좋은 것이라고 냉큼 받았습니다."

"거금이라니, 얼마나 주고 산 건데?"

"글쎄요, 형님이 끝까지 가격을 말해주지 않아서 얼마인지는 모르겠는데……. 신병을 구할 마음도 있었다니까 무슨 기물을 가지고 갔느냐고 물어봤더니 고려인형삼高麗人形蔘을 들고 갔다기에 깜짝 놀랐던 기억이 나는군요."

깜짝 놀란 사람은 사도운 뿐이 아니었다.

언고흔과 이심호도 고려인형삼이라는 소리에는 정말 놀라지 않을 수 없었다. 해동의 신약神藥이라고 알려진 고려삼도 일반에서는 구경하기 어려운 물건인데, 그 고려삼이 사람의 형태를 띠려면 최소 백 년 이상은 묵어야 하고, 그런 물건은 오직 황실의 진상품에만 포함되는 것으로 가격을 매길 수 없는 보물이라는 것을 세상이 다 알기 때문이었다.

언고흔이 한숨을 내쉬고는 히죽 웃었다.

"후유. 역시 부자는 다르구나. 그런 구경도 못해본 물건을 가지고 칼 한 자루를 사려고 한다니……. 차라리 그걸로 술을 담그면 역사에 남을 신주神酒가 될 것 아닌가? 그래도 신병이 없어서 구하질 못하고 다시 가져왔다니 다행이야, 다행."

언고흔이 무슨 생각을 하는지 다 안다는 듯 사도운이 피식 웃었다.

"그 인형삼, 그 후에 바로 황실에 진상했답니다."

"엑."

앓는 소리까지 내며 실망하는 언고흔에게는 눈길도 주지 않고 사도운이 검집 채로 자신의 침광검을 이심호에게 건네주었다.

"삼제, 한 번 봐라. 혹시 도움이 될지 모르겠구나."

검객이 검을 풀어 준다는 것은 보통 일이 아니다. 부모와 사부 외에는 동문 사이에도 검을 풀어주는 일이 드문 것이니, 사도운이 이심호를 친혈육처럼 내한나는 뜻이나.

이심호가 조심스럽게 침광검을 받아 검을 뽑고는 옆으로 누여서 눈을 가늘게 하고 검봉을 살펴보았다. 고려인형삼으로 술을 만들 생각에 부풀었다가 금방 환상이 깨진 언고흔이 수염을 벅벅 문지르고 있다가 그 모습을 보고는 눈에 이채가 흘렀다.

"삼제, 감병鑑兵(병기를 감정하는 것)도 배웠더냐?"

검을 왼손으로 옮기고 오른손 바닥으로 검신을 따라 문지르던 이심호가 시선을 검에 고정한 채 가볍게 고개를 끄덕였다.

"이전에 대장간에서 일한 적이 있습니다."

언고흔과 사도운이 황당한 표정을 지었다.

두 사람의 반응은 신경도 쓰지 않고 이심호는 신경을 집중시켜 침광검을 자세히 훑어보고 있었다. 그의 두 눈에 신광이 빛나며 자연스럽게 신안이 운용되기 시작했다.

침광검의 길이는 이 척 팔 촌. 검극은 날카롭고 날은 예리하며 침광이라는 검명劍銘이 작게 새겨진 검신 전체가 가볍고도 탄력이 있는데다 둥근 검병劍柄과 조화를 잘 이루고 있었지만, 오직 흐르는 예기에 비해서 검신의 빛깔이 좀 탁해 보였다. 날받이 부분을 살펴보던 이심호의 눈에 아주 작게 새겨진 글씨가 들어왔다.

「칠호七戶」

여간 작은 글씨가 아닌데다 날받이 부분이라 잘 보이지도 않는 것이었지만 신안이 운용되는 이심호의 눈에는 선명하게 보이고 있었다.

'흠……'

이심호가 칼을 세우고 오른손 손가락으로 검신을 가볍게 퉁겼다.

쨍.

맑은 검명劍鳴이 울리자 잠시 소리를 듣던 이심호가 천천히 검을 검집에 넣고 사도운에게 정중히 돌려주었다. 그 모습을 눈을 가늘게 뜨고 지켜보던 언고흔이 문득 작은 목소리로 입을 열었다.

"보검이라고 할 만한 검이지만, 내가 보기에는 예기銳氣가 지나치고 어두운 기운이 있어 그다지 운제와 어울리는 것 같지 않다는 생각을 하곤 했었다."

이심호가 언고흔을 바라보며 그윽한 미소를 지으면서 고개를 살짝 숙였다.

"과연 큰 형님. 검을 쓰지 않으시는데도 정확하게 알고 계셨군요."

이심호는 속으로 감탄을 금치 못하였다.

무림인은 여러 병기를 배우고 다룰 줄 알아야 하고, 또 병기를 사용하는 상대를 제압하는 법을 배워야 한다. 하지만, 아무래도 권장을 주로 사용하는 무림인은 병기에 대한 안목이 조금 떨어지는 것이 일반적인 현상이었다. 그런데 지금 언고흔이 말하는 것은 침광검의 가장 큰 특징이면서 결점을 가장 적절하게 표현해낸 것이었으니, 과연 권왕지가拳王之家의 가주는 남다른 데가 있었던 것이다.

사도운이 검을 다시 허리에 차면서 차분한 얼굴로 말했다.

"저도 처음부터 칼 빛이 너무 탁해서 그리 마음에 들지는 않았지만, 친형님이 주신 것을 어찌 마음대로 바꾸겠습니까? 한 오 년 쓰니까 그런대로 손에 익어서 괜찮더군요."

언고흔이 사도운의 어깨를 툭 쳤다.

"운제, 당연한 노릇이지. 형님이 사준 걸 함부로 하면 안 되는 법. 그저 내짧은 안목으로 되는대로 떠들었다가 네 기분을 상하게 할까 싶어서 지금까지 그 칼에 대해서는 말을 꺼내지 않은 것뿐이다."

가지고 있는 검이 나쁜 칼이라고 하면 세상에 어느 검객이 기분이 좋겠는가? 그런 이유로 오래전부터 사도운의 검이 그와 어울리지 않는다는 생각을 하면서도 굳이 말을 꺼내지 않던 언고흔이었다. 언고흔의 그런 마음을 아는지 사도운이 준수한 용모에 어울리지 않게 히죽 웃었다.

"큰 형님도 참 어울리지 않게……. 언제부터 그렇게 남의 심사를 봐주면서 말하기 시작했소? 그리고 이제라고 불렀다가 운제라고 불렀다가, 듣는 내가 헛갈려 정신이 없네."

언고흔이 사도운의 일굴을 잠시 쳐다보다가 소리 내어 웃었다.

"하하하, 내가 원래는 얼마나 세심한 사람인지 모르느냐? 또 이제나 운제나 알아듣기만 하면 되지. 그건 그렇고……. 네 그 웃는 모습은 아무래도 나한테 배운 것 같은데? 하하."

사도운이 히죽 웃는 얼굴 그대로 이심호를 보며 말했다.

"삼제, 너도 좀 있으면 나처럼 이렇게 웃게 된다. 큰 형님이랑 같이 다니면 이런 걸 배우게 된단 말이야."

이심호가 웃으며 같이 고개를 끄덕이는데, 사도운이 허리의 검을 가볍게 흔들며 차분한 목소리를 내었다.

"옛날이야기에 선주先主 유비劉備가 주인을 상하게 한다는 적로的盧라는 말을 선물로 받고도 오히려 그 말 덕분에 목숨을 건졌다는 얘기가 있다. 주인을 죽이는 운명을 가진 말이라도 말을 탄 주인의 기운이 바르면 오히려 복을 받는다는 것이겠지. 검이 아무리 좋아도 가진 자가 악하면 흉기요, 검이 아무리 나빠도 제대로 잘 쓰면 이기가 되는 것처럼 검의 좋고 나쁨이 이 사도운과 무슨 상관이 있겠는가? 검은 오직 내 안에 있는 것을."

말을 마치는 사도운의 얼굴에는 정기가 늠연하고 태도는 당당하여 조금도 억지스러운 기색이 없었다. 오히려 검도에 대한 깊은 이해가 저절로 드러나 일대검호一代劍豪의 장중한 위태가 흐르고 있었다. 이심호가 크게 감복하여 저절로 포권을 취하며 탄성을 내었다.

"역시 둘째 형님은 진정한 무인입니다! 소제가 정말……."

말이 채 끝나기도 전에 사도운이 얼른 손을 들어 이심호의 입을 막았다.

"그만! 삼제, 너 나와 약속한 것을 잊었느냐?"

이심호가 어리둥절한 표정을 지으니 사도운이 금방 한심스러운 얼굴을 지었다.

"그 유생기질을 버리기로 하지 않았느냐? 너 지금 또 무는 심도이니 무즉심도武則心道에 검으로 도를 밝히되 도는 검에 있지 않다는 검이명도, 도부재검劍以明道, 道不在劍…… 뭐 이렇게 나가려고 했지? 아이고, 너까지 나를 힘들게 하면 되겠느냐?"

말끝에 한숨까지 쉬면서 언고흔을 쳐다보는데, 언고흔의 눈이 둥그렇게 커졌다.

"너까지? 이건 무슨 얘기야? 이 형님이 너를 힘들게 했단 거냐?"

"아, 방식이 너무 달라서 그렇지, 형님이나 삼제나 사람 난처하게 만드는 건 똑같다고요."

사도운이 대뜸 고개를 돌리며 하는 소리에 언고흔의 얼굴이 왕창 구겨졌다.

말이 막힌 이심호의 가슴이 문득 뜨거워졌다. 만난 지 이제 하루. 진정이 통하고 의기가 투합하여 형제가 되었다지만 아직은 서로 자세히 모르고, 같이 함께한 적도 없는 사이. 그런데도 이 두 사람은 무엇 때문인지 자신을 친혈육처럼, 아니 친혈육보다 더 아껴주고 있다. 말 한마디, 행동 하나에도 정이 실리고 작은 일에도 자신을 돌봐주고 가르쳐주고 있는 것이다. 지금도 자신이 무안할까 하여 두 형님이 아옹다옹 말을 다투는 척하면서 분위기를 바꾸어주고 있지 않은가. 비록 견정심법으로 감정의 기복이 심하게 변하지 않는 이심호였지만, 진실한 마음이 와 닿으니 새삼 정의情誼가 넘치는 것을 가슴 뿌듯하게 느끼지 않을 수 없었다.

"그만 하세요, 형님들. 소제가 앞으로는 주의하겠습니다."

언고흔과 사도운이 말을 멈추고 이심호를 바라보자, 이심호가 멋쩍은 표정으로 뒷머리를 긁더니 어색하게 히죽 웃으며 말했다.

"이러면 됐죠?"

그 표정과 말투를 멍하니 보다가 두 사람이 폭소를 터뜨렸다.

"푸하하하하."

"핫하하하하."

한참을 그렇게 웃어대더니 사도운이 먼저 웃음을 멈추고 이심호에게 말했다.

"그래, 삼세. 이 침광검을 감정한 결과 알아낸 깃이 있느냐?"

언고흔도 그 말에 웃음을 그치고 이심호를 보는데 아직도 얼굴에 웃음기가 다분했다. 이심호가 가볍게 웃으며 입을 열었다.

"둘째 형님이 신외지물身外之物에 개의치 않으시는 성품이니 가리지 않고 말씀드릴게요. 이 침광검은 간단히 말해서 자객지검刺客之劍입니다."

언고흔과 사도운의 얼굴에서 웃음기가 서서히 사라지면서 신중하게 이심호의 말을 듣기 시작했다.

"큰 형님 말씀대로 예기가 지나치면서 어두운 기운이라는 표현이 가장 적절합니다. 검 자체는 가볍고 영활한 움직임에 어울리는 형태로 제작되었고, 일격에 적을 사상할 만한 예기를 가지고 있지요. 물론 이런 검이라면 아주 좋은 검이고 특히 쾌검을 쓰는 검객에게는 가장 어울리는 검이지만, 문제는 어두운 기운입니다. 원래는 아마 검 전체에 어두운 기운이 있어서 본래의 예기를 숨길 정도였을 텐데, 무슨 까닭에서인지 예기를 감추는 그 기운을 닦아 내고 다시 다듬어서 정통검법에 어울리는 형태로 고친 흔적이 있습니다. 침광검이 처음 만들어질 때부터 가지고 있는 어둠이라 완전히 제거되지 않아서 칼 빛이 아무래도 조금 어두운 것이지요."

"호오, 그런 것이었군. 그렇다면 원래 자객용으로 제작되었다가 나중에 정통 검사가 쓰기에 지장이 없도록 손을 보았단 말이지?"

언고흔이 수염을 만지작거리면서 하는 말에 이심호가 고개를 끄덕이다가 사도운을 바라보았다.

"둘째 형님, 날받이 부분에 아주 작게 칠 호라고 새겨져 있는 것을 아십니까?"

"음, 우연히 발견한 적이 있다. 무슨 특별한 의미가 없기에 장인匠人이 그냥 새겨놓은 거라고만 생각했지."

사도운의 대답에 이심호가 입가에 신비한 미소를 띠었다.

"장인이 새긴 것은 맞는데, 그 의미를 아는 사람은 아마도 큰 대장간의 대장장이밖에 없을 겁니다."

언고흔이 고개를 갸웃했다.

"칠 호라…… 일곱 집? 대장간이 일곱 개가 합쳐서 큰 대장간이 되었다는 건가?"

이심호가 언고흔의 엉뚱한 소리에 실소를 금치 못하면서 말을 이어갔다.

"호戶라고 하는 것은 큰 대장간에 불을 지피는 노爐의 번호를 말하는 것입니다. 대장간에서는 그 노를 화호火戶라고 하지요. 보통 큰 대장간에는 이 화호가 세 개에서 네 개까지 있어서 각각의 화호에서 나온 물건에 호의 번호를 새겨서 구분하는데, 둘째 형님의 검에는 칠 호라고 되어 있으니……."

사도운이 인상을 찡그리며 날카로운 눈빛이 되었다.

"그렇다면 노가 적어도 일곱 개라는 소리인데, 그렇게 큰 대장간이 나라 안에 있느냐?"

이심호의 표정이 약간 굳어졌다.

"아무리 큰 대장간이라도 마음대로 노를 늘이지 못하게 되어 있습니다. 왕족의 왕부나 변경의 군막이라도 허락을 받지 않고 노를 함부로 설치하거나 늘리면 대역죄로 몰릴 수가 있거든요. 제가 알기로 다섯 개를 넘는 노를 가진 곳은 군기감軍器監의 병기창兵器廠밖에는 없습니다."

얘기를 듣던 언고흔과 사도운의 얼굴이 심각해졌다. 이심호의 말대로 대장간에서 쇠를 녹이는 노라는 것은 아무나 마구 늘릴 수 없는 것이 국법이었다. 나라에서는 누군가가 막대한 양의 병기를 마음대로 만들어내어 힘을 가지는 것을 절대로 용납하지 않기 때문이었다. 그래서 사실상 크고 좋은 대장간은 모두 나라에 속해 있는 것이며, 나라에서 관리官吏를 보내어 직접 다스리는 형편이었다.

사실상 무림인들이 가지고 있는 병장기 중의 대부분은 이런 대장간에서 유출된 것이 많았고, 그 질도 당연히 시골 대장간의 것보다 좋았다. 그런 이유로 강호의 유명한 검객들 중에는 스스로 자신의 검을 제작하는 사람들도 적지 않았고, 무림 중에 명장名匠이라고 소문난 장인들은 모두가 관부의 눈을 피하여 병기를 제작하고 무림인들과 몰래 거래하는 자들이었던 것이다.

이심호의 머릿속에 아련하게 노에 대해 가르쳐주던 괴팍한 노인의 얼굴이 떠오르고 있었다.

'조노야……'

대장간에 대한 지식과 감병법은 모두 형산 봉화촌 조 노인의 집에서 일할 때 배운 것이 아니던가.

사도운이 그 냉철한 눈을 빛내며 입을 열었다.

"흠, 이건 간단한 일이 아니군. 만병보라는 곳이 생각할수록 의심스러운 데가 적지 않아. 어째서 자객이 쓸 검을 만들고, 또 그것을 정상적인 검으로 만들어 파는 것일까?"

언고흔이 고개를 무겁게 끄덕이더니 이심호를 흘낏 보고는 재미있다는 듯한 표정을 지었다.

"그냥 신검보도神劍寶刀 따위를 보러 가는 것은 아무리 구경이라도 그저 그랬는데, 이런 묘한 구석이 넘치는 곳을 강호초출의 삼제랑 같이 간다고 생각하니 재미있지 않으냐? 우리 삼형제의 첫 여행이 아주 큰 의미가 있을 것 같은데?"

사도운이 언고흔의 말에 이심호를 보면서 희미하게 웃음을 지었다.

"그렇군요. 이 기회에 우리 삼제의 신기한 능력을 확실히 봐 두어야겠습니다."

언고흔이 말고삐를 당기면서 큰소리로 말했다.

"이거 구미가 당기는 것이 빨리 만병보에 가 보고 싶어진다. 아우들아, 서둘러 가자꾸나."

이심호가 두 사람을 차례로 보더니 말머리를 돌리면서 같이 큰 소리로 대답했다.

"형님들, 이번에는 제가 먼저 갑니다. 이럇!"

말을 채찍질하는 소리와 함께 이심호의 말이 달리기 시작했다. 언고흔과 사도운도 서로 마주 보며 눈웃음을 짓더니 곧 말을 달려 이심호를 뒤쫓아 어깨를 나란히 하고 치달리는 것이었다. 세 필의 말이 한꺼번에 달리는 통에 관도에는 흙먼지가 자욱하게 일어나고 있었다.

제9장　　　　　쇄혼마검碎魂魔劍

"음, 산초계山椒鷄, 대배골大排骨이랑 채소 볶은 거 몇 개 하고…… 참, 회하대
국淮河大麴 있지?"

"그럼요."

"그거 두 근 가져와."

"예? 회하대국이 얼마나 독한데요? 두 분이 두 근이면 너무 많……"

"세 사람이야. 잔말 말고 가져와."

"아, 네."

점소이에게 주문을 마치고 따라놓은 차를 훌쩍 마시던 언고흔이 물었다.

"운제는 어디 갔냐?"

커다란 책상자를 내려놓으면서 옆자리에 앉던 이심호가 주위를 둘러보며
말했다.

"둘째 형님은 마방馬房에 밀을 돌려주고 온다면서 우리보고 먼저 자리를 잡
으라고 하던데요. 그런데 사람이 많군요."

주위에는 탁자마다 사람들이 앉아서 식사와 얘기로 상당히 소란스러운
편이었다. 언고흔이 어깨를 으쓱하더니 다시 찻잔을 잡았다.

"해는 저물고 날은 구름이 잔뜩 끼었으니 우리처럼 방을 잡으려는 사람들
이 많겠지."

"그런데……."

말을 끌며 언고흔을 쳐다보는 이심호의 목소리가 낮아졌다.

"전부 무림인이라니, 신기하군요."

언고흔이 예의 그 히죽하는 웃음을 지었다.

"그렇지? 무림인이라는 것이 그렇게 흔한 종자가 아닌데, 여기에는 죄 무림인만 있으니 신병대전이 유명하긴 한가보다."

이심호가 소란스러운 분위기 속에서 온몸에 느껴지는 여러 가지 기운에 가볍게 몸을 추슬렀다. 호북 악양에서 이곳까지 대부분 넓게 트인 관도로 말을 달려오면서 중간에 무림인들을 만난 적은 많지 않았다. 물론 표행鏢行을 만난 적도 있고, 관부의 무관이나 녹림의 산적들을 멀리서 본 적도 있었지만, 함께 있는 두 형님의 기운에 비하면 느낄 수도 없는 미약한 기세들이라 아예 무림인이라는 생각도 하지 못했었던 것이다. 이심호에게 있어서 그들은 그저 생활을 위해 무예를 익힌 사람들로 인식될 뿐이어서 일반 백성과 크게 구분되는 면이 없었다. 그런데 지금 객잔에 들어오니 여섯 개의 탁자를 가득 채운 사람들은 모두 자신의 기세를 뚜렷하게 드러내면서 무림인이라고 외치고 있는 듯했던 것이다.

그때 준수하고 훤칠한 사도운이 객잔 안으로 들어오자 문득 소란스럽던 객잔 안이 멈칫하는 것처럼 시끄럽던 소리가 줄어들었다. 사도운의 냉막한 눈길이 슬쩍 가늘어지다가 형제들을 보고는 웃으며 탁자로 다가왔다.

"형님, 뭐 먹을 것 좀 시키셨소? 배가 고픈데……."

이심호는 앞자리에 앉는 사도운을 보면서 재미있다는 생각이 들었다. 자신과 언고흔이 들어왔을 때에는 슬쩍 훑어보는 몇 줄기의 시선을 느꼈을 뿐, 특별히 변하는 기색들이 없던 객잔 안의 손님들이 사도운이 나타나자마자 단번에 경계하는 기색을 보이며 자기들끼리 무언가를 수군거리기 시작했으니 말이다.

"둘째 형님, 위세가 대단한데요? 객잔 안의 공기가 대번에 변하는군요."

히죽 웃으며 말을 건네는 이심호의 모습에 사도운이 싱거운 웃음을 흘렸다.

"위세는 무슨……. 그런데, 삼제야, 너 너무 빨리 큰 형님을 배우는 거 아니냐?"

히죽 웃는 얼굴 때문에 그러는 것인데, 언고흔이 똑같이 히죽거리는 얼굴을 들이밀면서 말을 받았다.

"삼제가 워낙 신통해서 이 큰 형을 쉽게 배우는 게 부러우냐? 운제, 너처럼 잘 생긴데다 인상 굳히고 다니면 사람들이 겁을 먹으니, 이 큰 형을 배우는 것이 백배 낫지, 암!"

두 개의 히죽 웃는 얼굴을 살펴보던 사도운이 가볍게 한숨을 쉬었다.

"휴. 나쁜 악습은 굳이 가르치지 않아도 쉽게 배운다더니…… 어째 요즘은 내가 외롭다는 생각이 들지?"

언고흔이 킬킬거리면서 사도운의 얼굴을 빤히 들여다보았다.

"흐흐, 그거야 요새 와서 삼제가 이 큰 형님의 위대함을 알았기 때문 아니겠느냐? 세상만사에 통달하신 이 몸이……."

"음식 올립니다아~."

너스레를 떨려던 언고흔의 말이 점소이가 외치는 소리에 끊겨버렸다. 사도운과 이심호가 눈을 마주치더니 동시에 만족한 미소를 지었다.

세 사람은 이곳까지 함께 오는 동안에 정감이 깊어져서 대단히 친숙한 사이가 되어 있었다. 같이 먹고, 같이 자고, 같이 다니는 것만으로도 사람은 친해지는 법인데, 그러면서 서로 자신을 얘기하고 상대를 위해주니 길지 않은 시간임에도 수십 년을 함께 살아온 친형제처럼 변하게 되었다. 아교와 같이 서로 떨어지기 싫어하는 사이가 되니 마음도 자연히 통해서 세 사람은 누가 보아도 삼 형제로 느낄 정도가 된 것이다. 그 와중에 이심호의 기질도 많이 변해서 차분한 성격은 그대로지만 처음 만났을 때의 딱딱하게 예의를 갖추던 모습은 많이 줄어들고 형들과 즐겁게 어울릴 줄도 알게 되었으니, 본래의 다정하고 순후한 성품이 다시 드러나고 있는 것이었다.

술병이 두 개나 올라오는 광경을 보면서 사도운이 이마를 살짝 찡그렸다.

"이건 독하다는 회하대국인데, 두 근이나 시켰어요?"

언고흔이 술을 가득가득 부으면서 당연하다는 듯이 대답했다.

"뭐, 삼제도 보기보단 술을 잘하니까 우리 셋이 마시려면 두 근은 되어야지."

"어휴, 아주 삼제를 술꾼을 만드실 생각이슈? 오늘은 어째 분위기도 묘한데 조금만 시키시지."

언고흔이 술병을 내려놓으면서 아무렇지 않게 말을 받았다.

"분위기가 어때서? 오랜만에 강호의 영웅호걸들이 그깟 신병 따위 구경하려 한데 모여드는데 우리 형제가 술을 못 마실 이유가 있나. 자, 자, 들자."

언고흔이 술잔을 드는 통에 따라 들 수밖에 없는 사도운이 쓴웃음을 엷게 지었다. 오는 내내 만병보의 신병대전을 여러모로 검토해보면서 세 사람은 무언지 모를 의혹이 커지는 것을 느끼고 있었는데, 특히 언고흔은 처음부터 이런 신병이기에 현혹되어 몰려드는 무림인들에게 대단한 불만을 느끼고 있었다. 만병보를 앞에 둔 이 객잔에 온통 무림인들이 들어찼다는 것은 바로 신병대전 때문일 터이니, 언고흔의 눈에 곱게 보일 리가 없었고 당연히 말투에 은연중 비꼬는 듯한 기색이 나타나지 않을 수 없었던 것이다.

이심호도 언고흔의 심정을 익히 알기에 마주 웃음을 지으며 잔을 들어 올렸다.

"흥!"

갑자기 얼음장 같은 코웃음이 객잔에 울려 퍼졌다. 사람들의 이목이 저절로 코웃음 소리가 난 곳을 향하게 되니, 가장 구석에 있는 큰 탁자에 앉아 있던 한 사람이 팔짱을 낀 채 거만스러운 모습으로 언고흔이 앉은 자리를 쏘아보고 있는 것이 눈에 들어왔다. 객잔의 소음이 눈에 띄게 작아졌다.

그 큰 탁자에는 모두 일곱 명의 사내가 앉아 있었는데, 하나같이 등에 푸른 수실이 달린 검을 메고 단련된 몸매를 보이는 것이 예사롭지 않은 기태를 풍기고 있었다. 그중에 가운데 앉은 청년이 우두머리인 듯 혼자서 상 한쪽에 자리 잡고 앉아 언고흔을 쏘아보면서 코웃음을 친 것이었다. 나이는 서른이

갓 넘은 정도에 말쑥하게 흑의를 차려입고 기다란 얼굴에 가는 선을 가진 얼굴이라 꽤 멀끔한 용모였지만 쭉 찢어진 눈에 입술이 너무 얇아서 잔인해 보이는 인상이었다.

언고흔이 들어 올린 술잔을 그대로 입에 털어 넣고는 천천히 고개를 돌려 흑의인을 보더니 말없이 히죽 웃었다. 기다란 얼굴의 흑의인은 언고흔이 뭐라도 말을 할 줄 알았는데, 그저 아무 말 없이 히죽 웃기만 하고 있으니 찢어진 눈을 더욱 가늘게 뜨면서 한참을 노려보다가 고개를 서서히 돌려버렸다. 그 광경을 옆에서 지켜보던 사도운의 얼굴이 얼음처럼 차가워지면서 입술 사이로 말소리가 저절로 새어나왔다.

"버릇없는 놈이……."

"아, 뭔가 재미있는 일이 생길 줄 알았는데 이게 뭐야? 싱겁게시리……."

또다시 엉뚱한 목소리가 다른 좌석에서 터져 나오며 중인의 시선을 집중시켰다. 일곱 명의 사내가 앉은 좌석에서 한 탁자를 건너뛴 자리에 세 사람이 자리 잡고 있었는데, 한 명의 노인과 두 명의 젊은 여자들이었다.

노인은 백발에 흰 수염이 길게 자랐는데 눈을 슬며시 감은 인자한 인상에 얼굴이 아이처럼 불그레한 것이 나이를 쉽게 짐작하기 어려웠고, 노인의 왼쪽에 앉은 이십 대의 여인은 특이하게도 사내처럼 큰 키에 자주색 치마를 입고는 위에는 얇은 은빛 조끼를 걸치고 있었다. 여인은 길게 흘러내린 머리에 장식 하나 없고 역시 사내처럼 굵은 눈썹에 뚜렷한 용모를 지니고 있었지만, 흰 피부에 수려한 얼굴이 깜짝 놀랄 만큼 아름다운 미모였다. 큰 키의 미녀 옆에는 이제 막 피어나는 꽃같이 귀엽게 생긴 소녀가 입을 삐죽거리면서 중인들을 훑어보는 중이었는데, 분홍색으로 맞추어 입은 서고리와 바시에 머리를 양쪽으로 틀어 올리고 오똑한 콧대를 치켜세우면서 왕방울만 한 눈을 대굴거리는 것이 아주 영리해 보였다.

조금 전의 엉뚱한 목소리는 바로 분홍색 옷의 귀여운 소녀가 낸 것이었다. 옆에 앉아 있던 큰 키의 미녀가 당혹스러운 표정을 지으며 입을 열었다.

"얘, 비비菲菲! 무슨 짓이냐?"

비비라고 불린 분홍색 옷의 소녀는 중인들이 자기를 쳐다보는데도 눈에 두지 않는 듯 삐죽 내민 입에 콧등까지 찡긋거리면서 투덜거렸다.

"쳇, 한바탕 할 것처럼 분위기 잡더니 막상 쳐다보니까 겁나는지, 말 한마디 못하고 그냥 끝나버리잖아. 시시하게."

"아휴, 이 사고뭉치가. 쓸데없이 남의 일에 끼어들지 말랬잖아!"

키 큰 미녀의 책망에도 비비라는 소녀는 아랑곳하지 않고 쳐다보는 중인들에게 흥, 하고 콧방귀를 뀌더니 몸을 홱 돌려 버리는 것이었다. 그 광경을 지켜보던 이심호의 입가에 가느다란 미소가 흘렀다.

'보통내기가 아니군. 이제 열다섯, 여섯 정도인데 당차고 영악해서 어른들을 쩔쩔매게 할 성격이네.'

이심호의 시선이 자연스럽게 동석하고 있는 노인과 큰 키의 미녀를 스쳐가면서 생각이 이어졌다.

'노인은 평범해 보이지만 신기가 깊이 갈무리된 것이 보통 사람이 아니고…… 저 큰 키의 여인 또한 형님들에게 맞먹는 수준의 절정고수다! 도대체 어떤 사람들인가?'

사도운은 비비라는 소녀의 돌발적인 발언에 그저 깊은 눈으로 바라보고 있고, 언고흔은 버릇대로 귀여운 소녀의 투정을 목격한 순간에 온 얼굴이 허물어지면서 헤실헤실 웃고 있었다.

"꼬마 낭자가 지금 나보고 겁이 났다고 말했나?"

콧소리가 많이 섞여서 감기 들린 것처럼 들리는 목소리가 은근한 살기를 피우면서 날아왔다. 좀 전에 언고흔을 노려보던 긴 얼굴의 잔인하게 보이는 흑의인이 자리에서 일어나며 비비라는 소녀에게 살기 어린 눈빛을 보내면서 말을 던진 것이다. 흑의인이 가느다란 눈에 힘을 주며 다시 입을 열었다.

"방금 한 말에 책임질 수 있어?"

큰 키의 미녀가 눈을 가볍게 찡그리며 입을 열려는데, 비비라는 소녀가 용수철이 튀듯이 발딱 일어나더니 대뜸 말을 받았다.

"그랬어요, 어쩔 건데요? 남이야 무슨 말을 하든 말든 당신이랑 무슨 상관이죠? 남이 한 말을 귀에다가 열심히 담아두는 게 당신은 무슨 간자間者나 밀탐密探인가 보죠? 육선문六扇門에서 나오셨나? 차림새는 전혀 아닌데? 또 그렇게 들린 말에 기분 나쁘면 바로 시비를 걸어야 직성이 풀리는 모양이죠? 아, 무슨 말 한마디도 허락을 받아야 하나?"

무슨 우박이 한꺼번에 쏟아지는 것 같은 소녀의 빠른 말에 흑의인 뿐 아니라 객잔 안에 있는 모든 사람이 잠시 얼떨떨해졌다.

우당탕.

의자를 박차는 소리와 함께 흑의인과 같이 있던 여섯 명의 검수가 모두 일어나 노한 눈으로 소녀를 쳐다보고, 소녀의 쏘아붙이는 말을 다시 새겨보던 흑의인의 얼굴이 딱딱하게 굳어지며 짙은 살기를 뿌리기 시작했다.

"이 계집……."

흑의인의 입에서 험한 소리가 나오기 전에 우렁찬 목소리가 먼저 울렸다.

"잠깐!"

어찌나 큰 목소리던지 객잔이 웅 하고 울릴 정도였다. 언고흔이 자리에서 일어난 것이다. 좀 전까지 혜실거리던 얼굴은 어디 갔는지 언고흔은 진지한 태도로 흑의인을 보면서 가볍게 포권의 예를 취했다.

"친구! 처음 친구의 기분을 상하게 한 것은 나인데, 굳이 어린 낭자에게 화풀이할 필요가 있소? 내가 형제들과 얘기하던 것이 친구의 귀에 거슬렸던 모양인데, 내가 사과할 테니 그만 화를 푸시오. 이 언모가 크게 한 잔 살 테니, 괜한 낭자는 놔두고 이리 와서 같이 술이나 합시다."

언고흔의 눈에는 정광이 번쩍이고 자세는 정중하여 당당한 영웅의 기도가 전신에 흐르고 있었다. 소녀의 옆에서 봄을 일으키려던 키 큰 미녀가 눈에 이채를 띠며 언고흔을 쳐다보고, 비비라는 소녀도 눈을 둥그렇게 뜬 채 언고흔과 흑의인을 번갈아 보고 있었다. 그때 무슨 일이 나도 눈을 감은 채 그저 푸근한 미소만 짓고 뒤에 앉아 있던 백발동안 노인의 눈에서 번갯불 같은 신광이 번쩍하면서 언고흔의 옆을 훑고 지나가는 것이었다. 노인의 미소 짓는 입매가 살짝 뒤틀렸다.

'이상하군. 두 사람인 줄 알았는데……?'

흑의인과 여섯 명의 검수가 모두 시선을 돌려 언고흔을 쏘아보았다. 특히 두 번이나 터지려던 성질이 막히게 된 흑의인은 눈에서 진득한 살기를 흘리면서 탁자에서 서서히 걸어 나오고 있었다.

"그러지 않아도 처음부터 맘에 들지 않았는데…… 도대체 뭐하는 놈들이 감히 우리 육망일사六亡一邪의 행사를 방해하는 거지?"

짙은 콧소리의 목소리가 기분 나쁘게 들렸는지 객잔 여러 곳에서 작은 경호성이 흘러나왔다. 육망일사라는 그들의 신분에 놀란 표현인데, 그 소리를 들은 흑의인이 다시 기분 나쁜 소리를 내며 음침하게 웃기 시작했다.

"흐흐흐, 어디서 시답지 않은 영웅 흉내를 배운 모양인데 사람을 봐가면서 까불 것이지……."

나머지 여섯 명의 검수가 천천히 흑의인의 뒤에 늘어서며 주위를 노려보니 얼음 같은 살기가 객잔 안으로 퍼져 나갔다. 흑의인이 다시 언고흔을 쳐다보면서 경멸의 미소를 지었다.

"여기 모인 자들이 그래도 강호에서 굴러먹는 자들이니 쓸데없는 시비를 삼가려고 경고만 해주었거늘, 제가 알아서 머리를 디밀어? 계집들 앞에서 잘난 척하려다가 목숨 잃은 놈들이 하나 둘이 아니지."

흑의인이 돌연 가느다란 눈에서 살기를 폭사시키며 주위를 둘러보면서 말을 이었다.

"이 기회에 아예 어중이떠중이들이 쓸데없이 끼어들면 어떤 꼴이 되는지, 교훈을 얻도록 해주는 것도 좋겠군."

눈에서 새파란 살기를 번뜩거리는 것이 꽤나 위세를 부리는데, 막상 모욕을 당한 언고흔은 꿀 먹은 벙어리 모양 포권을 한 채로 가만히 듣고만 있더니 손을 풀며 한숨을 내쉬는 것이었다.

"후유. 운제, 육망일사가 도대체 누구냐?"

옆에 앉은 사도운이 얼음을 한 겹 씌운 듯 냉막한 얼굴에 가볍게 조소를 흘리더니 흑의인에게 시선을 고정한 채로 천천히 입을 열었다.

"얼마 전에 단 일곱 명의 검수에게 민남閩南의 패자였던 삼명파三明派가 멸망하고 장문인이었던 삼명무적三明無敵 후무양侯武洋이 격파당해 죽었다는데, 그 솜씨가 잔인하고 깔끔하며 우두머리인 한 명의 검객과 나머지가 펼치는 검진은 당할 자가 없다고 소문이 났답니다. 그때 죽은 자가 삼백이 넘어서 공포의 대상이 되었다더군요."

듣고 있던 흑의인이 이를 드러내며 잔인하게 웃었다.

"크크, 잘 알고 있구나. 그래, 내가 바로 사검邪劍 유악柳顎이고 내 뒤에 있는 여섯 형제가 공포의 육망검수六芒劍手다."

흑의인이 득의양양하게 떠드는 것이 자못 자신의 위명이 자랑스러운 모양이었다. 물처럼 차분히 앉아서 그 꼴을 보던 이심호가 고개를 저으며 탄식을 했다.

"작은 성취에 스스로 도취하여 함부로 남을 업신여기고 눈이 어두워져 사리를 분간 못 하니 무를 익혔으되, 마도魔道에 떨어졌도다."

언고흔이 이심호를 보면서 한쪽 눈을 찡긋거렸다.

"삼제, 애늙은이 같은 소리지만 이번에는 네 말이 맞다."

그러더니 주위를 둘러보며 가볍게 목례를 하면서 입을 열었다.

"동도 분들, 죄송하지만 자리를 좀 내주시겠습니까? 쓸데없이 기물을 부수어 객잔에 피해를 주기는 싫군요."

육망일사라는 일곱 명과 이심호들 사이에는 세 개의 탁자가 있었는데, 모두 무림인이기 때문인지 살벌한 광경에 긴장한 모습이긴 해도 자리를 피하지 않고 있었던 것이다.

언고흔의 말이 떨어지자 탁자에 있던 열댓 명의 사람들이 구석으로 자리를 옮기는데, 몇몇 사람들은 아예 탁자까지 들고 가버려서 금방 작지 않은 공간이 만들어졌다. 개중에 몇 사람은 언고흔을 알아보는지 가볍게 목례를 보내면서 웃는 얼굴까지 있었다. 웃는 얼굴로 객잔 문쪽으로 걸어가던 중년인이 조그맣게 중얼거렸다.

"연못 속의 자라가 대해의 고래를 만났으니 오늘 단단히 경을 치겠구나."

이심호가 눈에 이채를 띠면서 쳐다보니 까만 세 갈래 수염을 멋지게 기른 중년인이 씩하고 웃음을 지어 보였다. 사검 유악이라는 흑의인이 눈을 번뜩이면서 그 광경을 지켜보다가 또 괴상한 목소리를 내었다.

"허, 호기를 부릴 줄도 아는구나. 내 이번에 우리 육망일사가 얼마나 무서운 사람들인지 확실히 알려주마."

사검 유악이 신병대전이 열린다는 소문을 듣고 민남에서 먼 길을 온 것은 단순히 신병이기를 구경하거나 구매하려는 목적이 아니었다. 신병대전에 강호의 고수들이 운집한다는 것을 알고는 이를 기화로 중원 천지에 자신들의 무공을 과시할 속셈이었던 것이니, 지금처럼 무림인들이 모인 자리에서 위세를 떨치는 것이야말로 정녕 원하던 것이었다.

유악이 스르릉, 소리와 함께 어깨의 검을 뽑으면서 언고흔을 매섭게 노려보았다.

"네놈 혼자 할 테냐? 아니면 세 놈이 함께할 테냐?"

"흥! 가소로운……."

사도운이 매서운 냉소를 날리며 몸을 일으키려 하는데, 언고흔이 사도운의 어깨에 손을 얹더니 히죽 웃으며 조용히 속삭였다.

"운제, 너는 참아라. 이 형이 벌인 일이니 형이 알아서 하마."

자리에서 일어나 앞으로 걸어가면서 이심호에게도 히죽 웃는 얼굴을 보이며 말했다.

"삼제, 너는 남과 동수同手한 적이 없을 테니 이번 기회에 참고삼아 잘 봐두어라."

이심호의 눈에 신광이 맺히며 차분하게 고개를 끄덕이니 언고흔이 두 주먹을 서서히 말아쥐며 앞으로 나섰다. 유악이 손목을 뒤집어 가볍게 검을 한 바퀴 돌리더니 콧소리가 섞인 괴상한 소리로 소리쳤다.

"우리 여섯 형제는 구경만 할 테니 걱정하지 말고 오거랏!"

마치 언고흔의 사정을 봐주는 듯 오만하기 이를 데 없는 소리였다. 언고흔이 편안한 자세로 우뚝 서더니 유악을 물끄러미 보면서 히죽거리기 시작했다. 그러면서 입에서 흘러나오는 것은 특유의 말투.

"어이, 이 어르신이 오늘 기분이 나쁘지 않으니 너희 칠망七莽인지 하는 아기들 정신 좀 차리게 그 여물지 않은 대갈통을 한꺼번에 두들겨주마. 특별우대지, 암."

그러면서 두 주먹을 부딪쳐 쿵, 소리를 내니 갑자기 듣는 희한한 소리에 멍청하던 유악이 조롱당한 것을 깨닫고 이를 갈았다.

"이놈!"

유악의 검이 번쩍하더니 언고흔의 목을 찔러 들어왔다. 언고흔이 목을 가볍게 비틀어 피하자 찔러왔던 검이 그 자리에서 뚝 떨어지며 어깨를 베어오고, 언고흔이 다시 왼발을 정자丁字로 되돌리며 옆으로 돌자 검이 회전하면서 허리를 파고들어 왔다.

언고흔의 입에서 작게 탄성이 나왔다.

"호오."

빠르고 날카로운 변화였던 것이다. 언고흔의 왼손이 가볍게 일장을 쳐서 들어오는 검로를 막아갔다.

팍.

작은 소리와 함께 검이 튕겨나자 유악이 얼른 검을 당겼다가 다시 떨쳐내었다. 순간 다섯 줄기의 검광이 번쩍이면서 언고흔의 가슴과 배꼽, 무릎을 덮쳐가는 것이었다. 언고흔이 두 손을 흔들어 검광을 방비하려는데 유악의 살기 어린 눈이 반짝 빛나더니 검을 난폭하게 양옆으로 그어대며 톱날 같은 검기를 일으켜 언고흔의 상반신을 덮어갔다.

지이익.

종이를 찢는 듯한 소리가 울리며 톱날 같은 검기가 크게 확장되면서 좌우에서 언고흔의 목과 배를 썰어버리려 했다. 언고흔의 눈에 빛이 어리더니 몸앞에서 흔들리던 두 손이 그대로 주먹으로 변하면서 수레바퀴를 돌리듯 양쪽으로 회전했다.

우르릉.

파팡.

은은한 뇌성이 울리면서 톱날 같은 검기가 부서져 나갔다. 회심의 공격이 깨지면서 검을 쥔 호구가 울리자 유악이 깜짝 놀라 검을 회수하며 한 걸음 물러섰다.

"이게 무슨 권법?"

유악이 급히 검으로 앞을 가리며 자신도 모르게 놀란 말소리를 내는데, 언고흔은 공격할 생각도 안 하고 두 팔을 올린 채로 가볍게 기지개를 켰다.

"우함. 이제야 몸이 좀 풀리는군."

원래 유악은 구경하는 중인들에게 위세를 보이려고 처음부터 자신이 가장 자부하는 절초로 승부를 걸었던 것이었는데 어이없게도 회전하는 두 개의 주먹에 너무나 쉽게 무너져버린 것이다.

그 광경을 지켜보던 사도운이 유악을 보면서 냉소를 지었다.

"겨우 그따위 마검법魔劍法을 믿고 설친 것인가?"

신광을 번쩍이며 보고 있던 이심호의 입이 열리며 청명한 목소리가 물처럼 흘러나왔다.

"그가 쓰는 검법은 쇄혼마검碎魂魔劍. 고대 마교의 호교시위護教侍衛들로부터 유래하여 무림에 유포된 희귀한 마도검법. 쾌검과 기궤한 변화가 겸비되어 예측하기 어렵고 검기가 횡으로 진동하여 톱처럼 베어들어 호신강기를 파괴한다. 그러나 실전된 육령심마공六靈心魔功을 함께 완성하지 않고는 본래의 위력을 보일 수 없다."

이심호의 말이 끝나자 사도운이 언고흔을 향해 심드렁한 목소리를 내었다.

"라는 데요. 형님."

기지개를 켜던 손을 내리면서 언고흔이 또 히죽 웃었다.

"이거 어쩌냐? 밑천이 다 드러났으니. 우리 막내 동생한테 걸리면 껍질이 홀랑 벗겨지거든. 또 다른 재주가 있느냐?"

구석에서 비비라는 소녀와 함께 앉아 있던 노인의 눈빛에 다시 한 번 기광이 흐르며 이심호를 쳐다보고, 옆에 앉은 키 큰 미녀도 순간적으로 노인을 바라보며 이상하다는 듯 고개를 갸웃거렸다. 오직 비비라는 소녀만은 흥미진진한 표정으로 장중에서 눈을 떼지 못하고 있었다.

이심호의 말소리가 흘러나오는 동안 유악의 얼굴은 흙빛으로 변해가고 있었다. 아무도 알지 못했던 자신의 무공내력과 그 비밀이 그대로 공개되고 있으니 상상도 못할 일이었던 것이다. 유악이 이를 부득 갈더니 검을 더욱 빠르고 난폭하게 휘둘렀다.

"내력을 안다고 깰 수 있을 것 같으냐?"

톱날 같은 검기가 수십 개나 형성되면서 언고흔의 전신을 무섭게 휘몰아쳐 들었다. 언고흔이 입맛을 다시며 쩝 소리를 내었다.

"이런, 말귀를 못 알아듣는군."

왼손이 크게 원을 그리고 오른 주먹이 매섭게 그 가운데를 질러나가니 바로 뇌고대작!

우르릉.

뇌성이 객잔 안을 크게 울리더니 강력한 권세가 검기를 산산조각내면서 유악에게 쏟아졌다.

펑.

유악의 몸이 주르르 뒤로 밀려나다가 육망검수의 지탱으로 간신히 몸을 세울 수 있었다.

"대형!"

"대형!"

육망검수가 급히 유악의 몸을 부축하면서 소리를 지르자 유악이 흔들리는 봄을 억지로 세우면서 잡힌 팔을 뿌리쳤다.

"도대체 이게……."

신음처럼 말을 내뱉는데 흙빛이었던 얼굴은 백지장처럼 하얗게 변하고 코로는 가늘게 핏물이 흐르고 있었다. 상대가 되지 않는 것이다.

언고흔이 그 모습을 보고는 고개를 저으며 짧은 탄식을 했다.

"되었다. 그만 하자. 네 능력으로는 아직 나와 겨룰 수 없으니 그만 물러나라.”

유악은 눈에서 불똥이 튀는 것 같았다. 언고흔은 말과 함께 정말로 장중에서 물러나려는 기색이니, 중인들이 보는 자리에서 형언할 수 없는 모욕을 당한 것이다. 민남을 떠나 중원으로 오면서 얼마나 자신만만했던가. 천하에 육망일사의 공포를 심어주겠다고 큰소리치면서 온 것인데, 이게 무슨 꼴이란 말인가. 수치심에 휩싸인 유악에게는 언고흔의 배려가 더욱 치욕으로 느껴져서 눈에 보이는 게 없을 정도였다.

“이 새끼가…… 육망귀원六芒歸元!”

유악이 코피를 닦지도 않고 괴상한 소리로 악을 썼다. 뒤에 있던 여섯 명의 육망검수가 동시에 검을 뽑으며 빠른 몸놀림으로 유악을 가운데 두고 둥글게 둘러쌌다.

차창!

일곱 자루의 검이 객잔의 불빛 아래 눈부시게 번쩍였다. 펼쳐진 검진을 보는 사람들 눈에 의혹의 빛이 떠올랐다. 검진이라면 마땅히 언고흔을 포위해야 하는 것이 상리인데, 이들은 마치 장군을 호위하는 병사들처럼 유악을 중심으로 둘러선 것이 아닌가.

“육망전륜六芒轉輪!”

중앙의 유악이 또 한 번 악을 쓰자 육망검수들이 검을 치켜세우며 유악을 중심으로 맹렬히 회전하기 시작했다. 모두 쇄혼마검을 익혔는지 여섯 개의 톱날 같은 검기가 크게 일어나며 천장을 뚫을 듯 솟구쳤다. 그 모습은 적을 공격한다기보다는 오히려 유악을 지키려는 것처럼 보였다.

“방진防陣이냐……?”

공격도 하지 않는데 유악의 모습이 희미할 정도로 검기가 앞을 가리자 언고흔이 얼떨떨해서 입을 열었다. 정녕 괴이한 광경이었던 것이다.

이심호의 눈에 흐르는 신광이 더욱 강해지면서 이 이상한 광경을 살피더니 문득 큰 소리로 언고흔에게 말했다.

“육합화일六合化一의 진법을 역으로 베풀어 중앙에 여섯의 기운을 집중시키다니…… 육망귀원의 쇄혼검기碎魂劍氣? 형님! 조심!"

언고흔이 이심호의 목소리에 놀라 앞을 보니 여섯 개의 톱날 검기가 유악의 검에 회오리치며 스며들더니 유악의 검에서 좀 전과는 비교도 할 수 없는 거대한 톱의 형상이 선명히 떠오르기 시작하는 것이었다. 사도운이 자기도 모르게 경호성을 내었다.

"검기성형劍氣成形?"

구석에 앉아 있던 키 큰 미녀도 매우 놀란 얼굴로 자리에서 벌떡 일어나고 있었다. 유악이 코피를 흘리는 얼굴에 흉악한 표정으로 웃더니 바닥을 차고 뛰어올랐다.

"흐흐, 늦었다. 쇄혼!"

유악이 버럭 소리를 지르면서 그 거대한 톱의 형상을 언고흔의 머리로 내리쳤다.

치치치치.

유형화된 거대한 검기가 진짜 톱처럼 공간을 썰어대며 언고흔의 머리를 두 쪽으로 갈라버릴 것 같았다. 주위의 구경꾼들 사이에서도 탄성이 터지는데 언고흔은 침착하게 검기를 노려보고 있었다. 언고흔의 얼굴이 굳어지더니 문득 두 손을 깍지 끼어 위로 쳐올리면서 좌우로 크게 벌려 주먹으로 바꿔 쥐었다.

"뇌고진천雷鼓震天!"

언고흔의 입에서 웅장한 호통이 터지자 공중에 줄기줄기 그물 같은 뇌기雷氣가 형성되더니 거대한 톱날 검기를 종잇장처럼 찢어발겼다.

꾸르르릉.

엄청난 뇌성이 뒤늦게 터져 나오며 객잔 건물이 지진을 만난 듯 흔들리고 주위의 사람들은 귀가 먹먹할 지경이었다.

"크으으윽!"

유악이 공중에서 핏줄기를 뿜어내며 바닥으로 떨어지며 객잔의 문기둥에 처박혔다. 동시에 나머지 육망검수도 모조리 피를 토하면서 자리에 주저앉아

버렸다. 한순간에 결판이 난 것이다.

　언고흔이 침중한 얼굴로 유악과 육망검수를 쳐다보고 있으니 사도운과 이심호가 곁으로 다가왔다. 사도운의 얼굴에 이해할 수 없다는 표정이 떠올랐다.

"쇄혼마검도 완벽히 연성하지 못한 놈이 어떻게 검기성형을 이룰 수 있지?"

　검기성형이란 검도의 고수가 수련에 수련을 거듭하여 자신의 검기를 유형화하는 것으로, 보이는 모든 것을 파괴하는 검강劍罡의 입문 단계였으니 절정고수라도 쉽게 접하기 어려운 경지였던 것이다.

　신광이 번쩍이는 이심호의 눈이 육망검수의 처참한 모습에 가볍게 찌푸려졌다.

"실전된 육령심마공을 여섯의 힘이 하나에게 모이는 육망귀원진으로 대체해서 순간적으로 쇄혼마검 본래의 위력을 발휘한 것인데…… 몇 번만 시전해도 이 육망검수는 진원眞元까지 빼앗겨 죽음에 이를 것입니다. 도대체 누가 이런 사악한 방법을 생각해내었단 말인가?"

　언고흔의 무겁게 가라앉은 목소리가 뒤를 이었다.

"삼제 말대로 이 육망검수는 이미 진원이 소진되어 목숨을 잃었다."

　과연 여섯 명의 육망검수는 피를 토하고 앉은 자세로 숨이 끊어져 있었다. 시선을 유악에게 돌리던 언고흔의 입에서 짧은 헛바람 소리가 나면서 급히 객잔 문기둥으로 달려가 유악의 맥을 잡았다. 사도운이 언고흔의 얼굴을 살피더니 눈을 가늘게 뜨면서 입을 열었다.

"그놈도 죽었습니까?"

　얼핏 기광이 번뜩이는 눈으로 유악의 시체를 바라보던 언고흔이 고개를 끄덕이더니 주위를 천천히 둘러보면서 포권으로 예를 취했다.

"동도 분들, 소란을 피워서 죄송합니다. 가볍게 손을 섞어보려 했는데 살기가 진해져서 결국 이런 좋지 못한 장면을 보여 드렸군요. 일단 이 흉한 장면을 치우고, 저 언모가 사죄하는 의미로 술 한 잔씩 올리도록 하겠습니다."

여기저기서 박수소리가 나더니 몇 명이 엄지를 치켜들며 칭찬하는 모습이 눈에 들어왔다.

"과연 천룡권!"

"역시 당세권왕의 천뢰권은 무섭군."

객잔 안에 있던 무림인 중에는 언고흔의 얼굴을 아는 자들이 제법 있었고, 본 적이 없어도 소문으로만 듣던 천뢰권의 위력을 실감하며 언고흔이 누구인지 알아챈 사람들이 있었다. 그들은 죽어버린 육망일사에 대해서는 관심을 두지 않고 오직 언고흔에게만 감탄의 눈길을 보낼 뿐이었다.

강호는 무정한 곳. 승리한 자에게는 찬사와 박수가 있지만, 패배한 자는 그 순간부터 기억에서 사라진다. 죽어 나자빠진 육망일사의 시체를 보는 이심호의 눈에서 신광이 사라지고 안타까운 빛이 가득 떠올랐다.

'마도의 말로란 결국······.'

구석의 노인과 키 큰 미녀는 그런 이심호의 모습을 의미를 알 수 없는 눈빛으로 조용히 지켜보고 있었다.

그러나 이심호에게 주의를 기울이고 있던 것은 그들만이 아니었다. 눈치채지 못하게 숨어서 이심호를 살펴보는 또 다른 눈빛에는 경악과 의혹이 가득 담겨 있었다.

'이 녀석은 대체 뭐지······?'

제10장 　　 귀인내방貴人來訪

쏴―.

　창문 밖으로 오랜만에 시원한 빗줄기가 쏟아져 내리고 있었다. 이심호는 책상자를 침상 옆에 기대어 두고 비가 들이치지 않도록 창문을 반쯤 닫았다. 좀 전의 광경이 얼핏 머리에 떠올랐다. 장내를 정리하고 자리를 뜨려는 언고흔에게 안면이 있던 몇 명의 무림인이 술자리에 청했을 때, 언고흔의 입가에 떠오르던 쓸쓸한 웃음.

　"무슨 흥취로 술이 들어가겠습니까? 비록 사파의 검객이라 하나 세상에 크게 해악을 끼친 바를 알지 못하는데 비무 중에 죽었으니 뒷맛이 영 좋지 않군요. 이 언모는 사람을 죽이고 술을 즐기는 사람이 아닙니다."

　평소 엉뚱하고 때로는 광망하기까지 한 언고흔이 아니라 협의를 신조로 하는 무림세가 가주로서의 기풍이 드러나 모두를 숙연하게 만들었던 것이다.

　'과연 큰 형님은 대협이라는 호칭에 어울리는 분이야.'

　이심호는 언고흔의 언행에 자기가 한 일처럼 자랑스러움을 느꼈다. 그러면서 자연스럽게 조금 전 언고흔과 육망일사의 싸움 장면이 떠올랐다.

　이심호는 귀명동부에서 천일연공을 마치고 강호에 나온 지 이미 한 달이 다 되어 가는데 아직 남과 대적해서 싸워본 적이 없다. 물론 동정호반에서 우연히 마주치게 된 낭패인 둘을 제압한 적은 있지만, 순간적으로 몸에 잠재

된 신력神力이 발동하여 사기를 파괴한 것에 불과하니 제대로 무공을 발휘해본 적은 한 번도 없다고 할 수 있다. 무도에 뜻을 두고 무림에 몸을 담은 자가 남과 겨루어 보지 않았다는 것은 말이 되지 않는다. 그렇지만 이심호가 언제 남과 다투어보거나 무림의 생활을 겪어본 적이 있던가.

사실 이심호는 귀명동부의 연공기간에도 비교할만한 기준을 가지지 못하여 자신의 성취가 어느 정도인지 도저히 알 수가 없었다. 그의 강인한 천성과 견정심법으로 다져진 정신, 제선지법으로 이루어진 신체가 과연 어떤 능력을 발휘할 수 있는지 알 도리가 없었으니, 그저 귀명산인이 제시한 천일이란 시간 동안 끊임없이 자신을 단련하는 수밖에는 다른 방도가 없었던 것이었다. 원래 유가의 훈도를 받으며 자란 이심호였으니 아는 방법, 잘하는 것이라고는 서책을 외우고 의미를 궁구하여 배운 것을 모조리 흡수하는 것. 귀명석부에 베풀어진 모든 것을 완벽히 익히는데 전심전력을 기울인 천일의 시간. 이는 귀명산인도 예상하지 못한 결과를 가져왔으니, 이심호는 안배를 뛰어넘어 귀명산인을 오히려 능가하는 능력을 갖추게 되었지만 스스로 깨닫지 못할 뿐이었다.

이심호의 눈에 맑은 빛이 어리며 깊숙이 가라앉아 마치 명상에 빠지는 것 같았다. 지금 이심호의 눈앞에는 좀 전의 싸움이 그림처럼 그려지며 그대로 재현되는 중이었다.

'사검 유악의 쇄혼마검은 상대의 본능적인 방어 형태를 예상하고 진행되는 검법이다. 음, 기궤하다는 것은 그 예상을 이끌어내는 검초의 빠른 변화와 동시에 시전되는 예상치 못할 검기에서 유래하는 것이군. 반면에 큰 형님의 천뢰권은 공간을 제어하는 힘과 파괴력이 발군인데다, 본연의 파사지기破邪之氣가 은연중에 마도의 수법을 극제하고 있어서 현격한 차이가 있다. 더구나 큰 형님의 변초와 대응은 숙련될 때로 숙련되어 이미 종심소욕從心所欲의 자유로운 경지! 아, 공간에 그려지는 뇌전雷電의 문양을 보건대 아마도 천뢰권의 최종단계에서 다음 층차層次의 문을 여신 것 같군.'

마치 바둑의 고수인 국수가 복기하듯이 눈앞에 그려지는 정경을 통해 각

무공의 특징과 성취를 재어보고 있는 것이다.

똑, 똑.

방문을 두드리는 소리에 이심호가 명상에서 깨어나며 문을 열었다.

"어?"

언고흔과 사도운인 줄 알고 문을 열었던 이심호는 예상 밖의 손님에 멈칫거렸다. 방문 앞에는 백발의 인자한 노인과 키 큰 미녀, 그리고 비비라는 소녀가 서 있었던 것이다.

백발노인이 가볍게 예를 표하며 입을 열었다.

"실례지만 언가주를 뵈러 왔는데, 계신가?"

이심호가 강호에 나왔다지만 본래는 유사. 문득 대하는 노인의 예에 포권은 어디로 갔는지 정중한 읍을 하면서 입을 여는 모습은 아직 다 벗지 못한 옛 모습 그대로였다.

"삼가 어르신께 인사드립니다. 제 형님은 좀 전의 뒤처리를 하느라 지금 방에 있지 않습니다."

방문 앞에 서 있던 세 사람이 동시에 얼떨떨해 있을 때 발소리와 함께 언고흔과 사도운이 나타났다.

"무슨 일이냐? 삼제."

언고흔과 사도운은 이심호를 먼저 방으로 보내고 육망일사의 시신을 매장하고 오겠다면서 나갔다가 오는 길이었다. 비가 쏟아지기에 서둘러 들어왔는지 두 사람의 옷에 빗방울 자국이 적지 않게 있었다.

두 사람을 본 노인이 얼른 언고흔에게 공수하며 말했다.

"노부의 손녀가 곤경에 처한 걸 구해주신 언가주에게 사례를 드리러 왔소이다."

세 사람을 슬쩍 훑어본 언고흔이 얼른 왼손을 내보이며 방문 쪽을 가리켰다.

"무슨 말씀을…… 밖에서 이러실 게 아니라 우선 안으로 드시지요."

노인이 사양치 않고 방으로 들어서자 키 큰 미녀와 비비도 따라 들어오는

데, 비비가 방문에서 비켜선 이심호를 지나면서 호기심이 가득 찬 커다란 눈
동자로 유심히 쳐다보는 것이었다. 언고흔과 사도운까지 들어와 방문을 닫고
는 모두 객방에 준비된 탁자에 자리를 잡았다. 의자가 네 개밖에 없는 지라
백발노인과 키 큰 미녀, 언고흔과 사도운을 앉게 하고 이심호가 얼른 커다란
책상자를 가져와 비비라는 소녀 앞에 세웠다.

"조금 이상하겠지만 우선 여기에 앉아요."

이심호가 부드러운 말투로 비비라는 소녀에게 책상자에 앉기를 권하자,
비비라는 소녀가 커다란 눈동자로 이심호를 다시 쳐다보더니 배시시 웃으면
서 책상자 위에 올라앉았다.

"고마워요."

키 큰 미녀가 눈을 크게 뜨면서 비비라는 소녀를 쳐다보더니 언고흔 뒤에
가서 서 있는 이심호에게 얼핏 시선이 움직였다. 모두 자리를 잡자 백발노인
이 미소를 지으며 고개를 가볍게 끄덕였다.

"좀 전에 노부의 손녀가 봉변을 당할 뻔했는데 그 때문에 언가주가 괜히
험한 일에 휘말리신 것 같아서 감사한 마음과 송구한 뜻을 전하러 이렇게 찾
아오게 되었소."

언고흔이 가볍게 고개를 저으며 말을 받았다.

"천만의 말씀이십니다. 따지고 보면 저 때문에 시작된 일이고, 강호에서
흔히 겪는 일이니 크게 맘에 두실 필요 없습니다. 그런데 저를 어찌 아시는
지……."

백발노인이 미소를 띤 채로 언고흔과 옆에 앉은 사도운, 그리고 뒤에 서
있는 이심호를 차례로 쳐다보더니 다시 입을 열었다.

"옆에서 떠드는 사람들 덕에 손을 쓰신 분이 언가주라는 것을 알게 되었
고, 또 옆에 있는 분이 언가주의 의제로 강호에 명성이 혁혁한 경천일검 사도
대협이라는 사실도 알게 되었다오. 노부가 강호를 돌아다닌 지가 너무 오래
되어 두 분의 협행은 소문을 통해 들었어도 직접 만난 적이 없으니 어찌 알
아볼 수 있었겠소? 오늘 보니 두 분의 협행이 듣던 대로라 노부의 마음이 아

주 기쁘구려."

"과찬의 말씀. 그저 동도들이 예쁘게 보아준 덕으로 얻은 이름일 뿐입니다. 노선배님의 존명은 어찌 되시는지 감히 여쭈어보아도 실례가 아닐는지요?"

언고흔의 말에 백발노인이 짧은 웃음을 터뜨렸다.

"허허, 그러고 보니 제대로 인사도 나누지 않았구려. 나이가 드니, 하고 싶은 말만 하는 버릇이 생겨서……. 노부는 담연령譚淵齡이라 하고 이 큰 애는 내 막내딸인 담운경譚雲卿, 요 귀염둥이는 내 손녀인 담비비譚菲菲라고 한다오."

백발노인이 키 큰 미녀의 이름을 얘기할 때 언고흔과 사도운의 눈에 잠깐 이채가 번뜩였다. 언고흔이 가볍게 포권하며 차례로 인사를 하였다.

"만나 뵙게 되어서 영광입니다. 담노선배, 담소저, 담낭자. 저는 진주 언가의 언고흔이고, 옆에 앉은 이는 제 의제인 사도운, 그리고 제 뒤에 서 있는 이는 역시 제 의제인 이심호라고 합니다."

여섯 사람이 서로 포권을 하고 고개를 숙이며 인사를 나누는데 담비비라는 이름의 소녀가 킥킥거리며 웃기 시작했다.

담운경이라는 키 큰 미녀가 굵은 눈썹을 찡그리더니 작은 목소리로 가볍게 주의를 주었다.

"얘, 비비, 버릇없게 웃으면 안 돼."

담비비가 커다란 눈을 대굴거리면서 재미있다는 표정으로 이심호를 가리키며 명랑한 목소리를 내었다.

"고모, 이 오빠는 아까 서당의 훈장선생님처럼 인사를 하고 책상자도 가지고 있더니, 지금은 또 의젓한 협객저럼 인사를 하고 있어. 비비를 헷갈리게 하는데?"

대뜸 이심호를 손가락으로 가리키며 떠드는 소리에 담운경이 당황한 표정을 짓는데, 담연령이 껄껄 하는 웃음을 터뜨렸다.

"허허허, 아까 방문 앞에서 그런 정중한 인사를 받을 때에는 우리 모두 당황했었지. 얼핏 보기에 언대협의 뒤에 있는 의제 분은 정말 강호인 같지 않구려.”

언고흔이 담비비의 당돌한 모습에 히죽 웃음을 지었다.

“제 삼제는 얼마 전에 강호에 나온 지라 아직 강호의 때가 묻지 않아서 그런 것이겠지요. 그나저나 담낭자는 정말 귀엽고 영특한 것 같습니다.”

언고흔의 말이 끝나기 무섭게 담비비가 고개를 까딱거리면서 입을 놀렸다.

“수염 아저씨는 사람 볼 줄을 아네? 비비가 귀엽고 영특한 걸 금방 알아채고……. 하여간 사람은 생긴 것만 가지고는 모른다고 하더니만…….”

담운경이 얼른 담비비의 입을 가로막았다.

“비비! 무슨 짓이니? 어른들 말씀 나누시는데…….”

“하하하, 괜찮습니다. 편하게 말해도 됩니다.”

언고흔이 웃으며 가볍게 손을 흔들자 담운경이 고개를 가로저으며 작게 한숨을 지었다.

“후. 이 아이가 어려서부터 너무 귀염만 받고 자라서 예의가 없답니다. 이해하시고 너그럽게 봐주시길 바랍니다.”

담운경이 사과하는 말에 담비비가 또 입을 불만스럽게 삐죽대니 원래 아이들을 좋아하는 언고흔은 그 모습이 귀여워 죽겠는지 대답도 잊고 온 얼굴을 웃음으로 만들며 담비비를 쳐다보는 것이었다.

‘또, 또 버릇 도졌다.’

언고흔의 성격을 훤히 아는 사도운이 속으로 한숨을 지으며 대신 대답을 했다.

“굳이 담소저가 사과하실 일은 아니듯 합니다. 저, 그런데 담소저의 방명을 제가 들어본 적이 있는 듯한데, 혹시…….”

담연령이 흐뭇한 웃음을 짓더니 사도운에게 은근한 목소리로 말했다.

“호오. 우리 딸의 이름을 들어보셨다고? 혹시 검중후劍中后라는 명호를 아시오?”

사도운이 깜짝 놀라고 담비비에게 정신을 팔던 언고흔도 눈을 크게 뜨며 돌아봤다.

검중후 담운경. 십대검객 중 유일한 여인이며 당금 무림의 여중제일인女中
第一人.

담연령이 자랑스럽게 큰 웃음을 터뜨렸다.

"허허허허, 그 검중후가 바로 이 애라오."

흔히 무림 십대검객이라고 하지만 이는 강호의 호사가들이 십대고수에 맞
추어 만들어낸 이름이라 그 안에서도 명성이나 실력에 꽤 차이가 있는 것이
었다. 십대검객이란 이름도 근 십여 년 동안에 강호에 이름이 알려진 고수들
을 대상으로 한 것이어서 무림 대문파나 명문세가의 출신이라 특별한 공적
도 없이 십대검객으로 불리는 자도 있었고, 절정의 무공과 걸출한 행사를 보
인 검사라는 이유로 포함된 자도 있었다. 이 십대검객 안에서 무공으로만 따
져 가장 강하다고 평가받는 사람이 둘 있었으니, 그들이 바로 경천일검 사도
운과 검중후 담운경이었던 것이다.

사도운이 놀란 눈으로 쳐다보고 담운경이 가볍게 목례를 하는 중에, 가운
데에서 눈을 또르르 굴리며 지켜보던 담비비가 빠른 말투로 종알거렸다.

"할아버지는 하여간 고모 자랑하고 싶어서……. 그런데 십대검객에서 가
장 강하다는 두 사람이 여기 같이 있는데 누가 더 강할까?"

우르르르.

어디서 번개가 쳤는지 멀리서 우렛소리가 빗소리에 섞여 은은하게 전해져
왔다. 사도운이 문득 정신을 차리고 웃으며 가볍게 포권했다.

"하하, 오랫동안 대명을 듣고 꼭 한번 만나보고 싶었는데 이렇게 알게 되
니 이 사도운의 영광입니다. 그리고 담낭자, 십대검객이니 가장 강하다느니
하는 말은 다 강호의 이야기꾼들이 지어낸 얘기이니 어찌 신뢰할 수 있겠소?
내 지금 담소저, 아니 담여협을 뵈니 내 실력으로는 상대도 되지 않을 것 같
소이다. 하하."

사도운이 편안한 표정으로 담비비를 바라보며 얘기하는 모습이 결코 입
에 발린 소리를 하는 것이 아니라 당당하고 여유가 있어서 오히려 담비비의
종알대던 입을 봉하게 하였다. 담연령의 눈에 기이한 빛이 흘렀다.

'허, 강호의 소문으로는 경천일검이 오만하고 자부심이 넘친다더니, 이건 듣던 바와 다르게 진정한 검사의 기도가 있지 않은가.'

이심호가 자리 뒤에 서서 그 장면을 보다가 그윽한 미소를 지었다. 사도운이 냉정하고 까다로운 편이라 세상에서는 사도운을 오만하다고 평하는 경우가 많았지만, 그가 검도의 지극한 경지를 위해 목숨을 건 북두검문의 유일한 후계자로 진정한 검도의 수도자임을 누가 알겠는가. 이심호는 사도운에게 십대검객이라는 명예나 남보다 강하다는 평가가 한 푼의 가치도 없다는 것을 잘 알기에 미소를 지을 수 있었던 것이었다.

담운경도 호방한 사도운의 태도에 자극을 받았는지 가벼운 미소와 함께 말을 받았다.

"경천일검은 천하에 거칠 것이 없다는 말이 결코 허명이 아님을 알았습니다. 제가 어찌 사도대협에게 비견되겠습니까? 오늘 이와 같은 영웅호걸들을 알 수 있게 되었으니 실로 담운경의 복이 아닐 수 없습니다."

담운경의 말에 담연령이 기특하다는 듯이 고개를 끄덕이더니 다시 대소를 터뜨렸다.

"허허허허. 젊은이들이 이렇게 서로 겸손하니 그 성취가 정말 경하할 일이로다. 강호의 사귐이 모두 이와 같다면 얼마나 즐거운 일이겠는가? 허허허."

담연령의 말에 모두가 입가에 미소를 띠며 고개를 끄덕이니 객방 안의 분위기는 아주 화기애애하게 변했다. 빗줄기가 창을 두드리고 멀리서 은은한 우렛소리가 들리지만 객방 안은 오히려 부드러운 화기가 가득 차는 것 같았다.

꾀가 많고 영악한 아이들이란 원래 머리가 좋은 법이라 왕왕 어른들을 놀라게 하고, 또 그러다 보면 어른들이 우습게 보여서 자꾸 곤란한 일을 벌이게 된다. 어른들을 곤란하게 만들고 그 난감해하는 장면을 보면 어쩐지 자기 뜻대로 되는 것 같아 재미있기 때문일 것이다. 워낙 총명하고 영리한데다 어려서부터 주위 사람들에게 귀염만 받고 든든한 배경 덕에 떠받들어지기만 했던 담비비도 그런 재미를 잘 알고 있었다. 그래서 조금 전에도 일부러 육망일사의 심기를 건드려 시비를 일으키고, 그 때문에 담운경에게 크게 혼이 나서 할아버지를 따라 사례하러 온 것이긴 했지만, 그 엉뚱한 심보는 여전했다. 자기의 의도와 다르게 어른들이 서로 칭찬하면서 화기애애한 분위기로 바뀌니 은근히 심통이 나서 주위만 훑어보다가 눈이 반짝 빛났다. 먹음직한 먹이가 바로 옆에 멀대처럼 서 있으니 말이다.

"그런데 수염 아저씨와 검객 아저씨는 천하에 명성이 쟁쟁하신 분인데, 이 젊은 오빠는 뭐에 뛰어난가요?"

담비비의 말에 담연령이 웃음을 멈추고 담비비의 머리를 쓰다듬으면서 이심호를 바라보았다.

"오, 그러지 않아도 내가 좀 궁금해서 물어볼 것이 있었는데……. 이소협, 노부가 이소협이라고 불러도 되겠지요?"

이심호가 한 발짝 앞으로 다가서며 차분하게 대답했다.

"예. 소협이라니 과분한 호칭이십니다. 제 나이 아직 어리니 노선배님께서는 편하게 말씀을 하시지요."

담연령이 머리를 쓰다듬던 손으로 수염을 가볍게 쓸며 고개를 끄덕였다.

"그럼 그렇게 하세. 아까 이소협은 한눈에 쇄혼마검의 내력을 밝히고 육망검진의 묘용도 바로 알아차리더군. 대단한 안력이라 노부는 처음에 이소협이 제갈가문諸葛家門의 사람인 줄 알았지. 혹시 제갈가문과 연관이 있는가?"

"노선배님이 말씀하시는 곳이 신기제일 제갈가문을 말씀하시는 것이라면, 저하고는 아무 상관이 없습니다."

이심호의 대답에 담연령이 가볍게 놀라는 비를 내었다.

"호. 제갈가문의 사람 이외에 무림에서 그렇게 단번에 남의 무공내력을 밝혀낼 수 있는 자가 또 있을 줄은 몰랐네. 혹시 사승師承이 어떻게 되는지 알 수 있을까?"

이심호가 다시 차분한 목소리로 답했다.

"제 사문은 귀명문이라 하옵는데, 강호에 나온 적이 없고 백여 년 전에 세

외로 옮겨갔는지라 노선배님께서 들어보신 적이 없을 듯합니다."

담연령이 잠시 생각하더니 고개를 저었다.

"흠, 확실히 들어본 적이 없군. 그러나 이소협의 사문이 대단하다는 생각이 드네. 남이 쓰는 무공, 그것도 실전된 지 오래된 무공의 유래와 특징을 그렇게 집어낼 수 있는 것은 보통 능력이 아니거든."

그러면서 이심호를 자세히 쳐다보면서 말을 이어가는 것이었다.

"노부의 눈이 비록 어둡지만, 이소협의 체형이나 전신에 흐르는 신기를 보건대 대단한 성취를 이룬 듯하구만. 강호에 처음 나왔다니 앞으로 자네로 말미암아 사문의 이름이 크게 떨치게 될 걸세."

이심호는 담연령의 눈길에서 전신이 마치 바늘 끝에 찔리는 듯한 감각을 느꼈지만 내색하지 않고 얼른 포권하며 사례했다.

"노선배님의 과찬에 감사드립니다."

앉아 있던 언고흔과 사도운의 입에도 흐뭇한 미소가 떠오르는데, 허리를 펴는 이심호에게 담비비가 고개를 바짝 세우고 말을 걸었다.

"오빠, 오빠는 정말 한 번 보면 무슨 무공인지 다 알 수 있어요?"

이심호는 생전 처음으로 귀여운 소녀에게 오빠라고 불리자 묘한 감흥을 느끼면서 차분하게 고개를 저었다.

"담낭자, 어찌 사람이 세상의 모든 무공을 다 알 수 있겠소? 그저 우리 문중의 배움이 독특하고 광활하여 어리석은 나라도 조금의 성취를 얻었을 뿐이라오."

비록 한 달 가까이 의형들과 지내며 말투나 태도를 많이 고쳤다고 하지만, 이런 어린 소녀와는 어떻게 대화해야 할지를 모르니 천상 다시 정중한 말버릇이 나오고 말았다. 담비비가 이심호의 말투가 재미있는지 키득대면서 다시 눈을 동그랗게 떴다.

"오빠는 아무리 봐도 유생 같네요. 그래도 실전된 지 오래되어 강호에서 찾아보기 어려운 무공까지 알아내는 걸 보면 웬만한 무공은 척 보면 알겠지요?"

이심호가 담비비의 눈 속에서 장난기가 발동한 걸 보면서도 뭐라고 대답할지를 몰라 쓴웃음을 지으니, 보고 있던 담운경이 얼른 나섰다.

"비비, 또 무슨 장난을 치려고 이소협을 곤란하게 하느냐? 이소협, 그 아이 말에 신경 쓰지 마세요."

이심호가 담운경을 보며 가볍게 웃어 보였다.

"괜찮습니다, 담소저."

옆에 앉아서 담비비를 그저 헤실거리는 얼굴로 보고 있던 언고흔이 얼른 말을 거들었다.

"담소저, 우리 귀여운 담낭자가 저렇게 궁금해하는 것도 당연한 거요. 우리 형제도 삼제와 있다 보면 가끔 삼제가 모르는 게 뭐가 있을까 하고 생각하거든요."

"형님!"

이심호가 낮게 주의를 주는데, 이번에는 사도운이 웃으며 담비비에게 말을 거는 것이었다.

"담낭자, 도대체 우리 삼제에게 뭐가 제일 궁금한 거요?"

언고흔과 사도운은 원래 이심호를 자랑하고 싶은 마음이 있는지라 이렇게 이심호에게 관심을 쏟는 담비비가 고맙기까지 한 판이니, 어찌 이심호의 만류를 아랑곳하겠는가. 담연령도 무슨 까닭인지 그저 웃음만 흘리고 있다가 담비비의 머리를 쓰다듬으며 인자한 목소리를 내었다.

"그래, 세 분이 저렇게 받아주시니 걱정하지 말고 하고 싶은 말을 해 보아라."

세 사람씩이나 원군이 생기니 신이 난 담비비가 쏘아보는 담운경의 눈길을 모른 척한 채로 조그만 입술을 빠르게 움직였다.

"별거 아니에요. 얼마 전에 제가 우연히 오래된 무공기서에서 장법을 하나 배웠는데, 안타깝게도 얼마나 오래된 건지 표지가 다 낡아서 장법의 이름을 모르겠지 뭐에요. 마침 이 오빠의 능력이면 제가 배운 것이 무슨 장법인지 알 수 있을 것 같아서죠."

꾸며댄 티가 역력해서 누구도 속지 않을 말이었으니 요컨대 이심호의 능력을 시험해보겠다는 것이었다.

뻔한 거짓말인데도 담연령은 무슨 속셈인지 어설픈 맞장구를 치고 있었다.

"오, 그런 일이 있었구나. 그렇다면 이소협에게 보이고 도움을 받는 게 좋겠다."

담비비가 신이 나서 앉아 있던 이심호의 책상자에서 발딱 일어나더니 방문 앞의 넓은 공간으로 움직였다. 모두 흥미 가득한 모습이니 이심호도 어쩔 수 없이 쓴웃음을 지으며 담비비의 모습을 주시할 수밖에 없었다. 신이 나서 뛰듯이 나선 모습과는 다르게 자세를 잡은 담비비의 표정은 뜻밖에 진지하게 가라앉아 있었다.

"잘 보세요."

이심호를 향해 말하는 담비비의 눈 속에 영악한 빛이 반짝였다. 잠시 호흡을 고르던 담비비가 어울리지 않게 다부진 기합을 지르더니 조그만 두 손바닥을 활짝 펴서 휘두르기 시작했다.

"제일 초!"

담비비의 두 손이 현란하게 움직이며 순식간에 수많은 손 그림자를 그려내는데 사방의 모든 방위를 차단하는 듯한 움직임을 보이고 있었다. 기묘한 보법을 밟으며 장법을 시전하던 담비비의 신형이 빙글 돌더니 다시 조그맣고 앙칼진 소리를 내었다.

"제이 초!"

담비비의 활짝 펼쳐졌던 손가락이 모아 붙더니 사방으로 정신없이 손을 뻗는데 조금 전의 손 그림자가 모조리 그 변화에 호응하여 창끝처럼 변하며 격출되는 것처럼 보였다. 비록 경력을 발출하지 않은 품형品形 시연이었지만 대단히 복잡하고 강력한 수법이었다. 문득 장영이 그치며 빨갛게 달아오른 얼굴로 숨을 몰아쉬는 담비비의 모습이 나타났다. 힘이 달리는지 초식을 다 마치지 못하고 그만 중간에 멈춰 버린 것이었다. 구경하던 언고흔의 눈이 깊게 가라앉으며 무거운 감탄성이 흘러나왔다.

"대단한 장법!"

담연령은 만족한 듯 웃음을 흘리며 흰 수염을 쓸어내리고 있었다. 담운경은 가만히 고개를 끄덕이더니 눈에 이채를 발하면서 이심호를 돌아보았다. 잠시 숨을 고른 담비가 희미하게 웃으며 이심호를 향해 입을 열었다.

"비비가 오성이 둔해 두 초식도 제대로 펼치지는 못하지만, 오빠는 이 정도로 알아볼 수 있죠?"

함정은 파 두었으니 이제 빠지기만 하면 된다. 담비비의 커다란 두 눈이 그런 기대를 품은 채 반짝거리며 이심호를 향하고 있었다. 모든 사람의 눈이 자연스럽게 이심호에게 향하는데 언고흔이 천천히 입을 열었다.

"삼제, 나는 무슨 장법인지 전혀 모르겠구나."

이심호의 눈에서 조금 전까지 빛나던 신광이 사라지더니 대단히 침중한 얼굴을 하고 있었던 것이다. 이심호가 입을 열지 않은 채 묵연히 담비비의 얼굴을 쳐다보고만 있을 뿐이었다. 담비비가 눈을 데굴데굴 굴리더니 실망한 목소리로 입을 열었다.

"왜요? 모르겠어요? 하긴 워낙 오래된 무공서에서 배운 것이니……"

말소리와는 다르게 입가에 득의한 미소가 떠오르는 것이 이심호를 골탕 먹이려는 계획이 완성된 것에 꽤 만족한 듯 보였다. 수염을 쓰다듬던 담연령도 입가에 슬며시 미소가 지으며 의젓한 목소리로 말했다.

"천하의 무공이 바다와 같거늘 아무리 안력이 뛰어나더라도 어찌 한, 두 초식을 보고 알아낼 수 있겠느냐?"

언뜻 이심호를 위하는 듯하지만, 보를 것이 낭연하다는 말투었나. 이심호가 침중한 표정 속에서 천천히 입을 열었다.

"담낭자는 나이와 어울리지 않게 고명한 무공을 지녔군요. 그 장법은 낭자 나이에서는 일 초도 펼치기 어려운 법이거늘."

득의의 미소를 짓던 담비비의 입술이 굳어지면서 불길한 예감이 들기 시작했다.

"사백 년도 더 지난 아득한 과거의 전설이라 지금은 기억하는 사람도 거의 없을 것이오. 당시 무림에는 신화경에 이른 세 명의 고수가 천하에 우뚝 섰으니 사람들은 그들을 무의 하늘을 지탱하는 세 기둥이라 하여 무천삼정武天三鼎이라 불렀소. 그들은 각기 일가의 무공을 대성하여 천하에 견줄 자가 없었지만 하나같이 성격이 고오하여 남과 어울리지 않고 홀로 강호를 주유했다고 하오. 어느 때인가 이들이 홀연히 무림을 떠나기 전까지 사람들은 그들을 무의 신으로 추앙했으니, 우연히 일 초 반식이라도 가르침을 받은 자들은 하나같이 무림에서 고수로 행세할 수 있었기 때문이었지요."

이심호가 갑자기 옛날이야기를 꺼내자 모두가 의아해하며 귀를 기울이는데, 담연령의 미소가 어느새인가 사라져 있었다. 이심호가 담비비에게 시선을 둔 채 말을 이어갔다.

"무천삼정의 이름이나 별호는 전해지지 않고 단지 그들을 존칭하여 도정道鼎, 예정藝鼎, 무영정無影鼎이라고만 하는데, 그들이 강호를 주유할 때 사용하던 대표적인 무공만 하나씩 알려졌을 뿐 그들의 진전은 완전히 단절되었다고 하오."

언고흔이 호기심을 참지 못하고 입을 열었다.

"그것이 무엇인데?"

이심호의 침중한 얼굴이 서서히 돌아가며 시선이 담비비에서 담연령으로 옮겨갔다.

"도정의 무극십팔해無極十八解, 예정의 난혼미종검亂魂迷踪劍, 그리고 무영정의 무영천환장無影千幻掌!"

담연령의 항상 인자한 미소를 짓던 얼굴이 돌처럼 굳어져서 이심호를 마주 보고 있었다. 이심호가 천천히 담연령을 향해 정중하게 포권을 하며 말투를 바꾸어 말을 꺼내었다.

"이심호가 어리석어 태산을 몰라뵈었습니다. 노선배님은 우내십존宇內十尊 중의 어느 분이신지 하교해 주십시오."

쿠르르르.

창 밖 가까운 곳에 벼락이 떨어졌는지 커다란 우렛소리가 울렸다. 언고흔과 사도운도 매우 놀라 머리를 망치로 맞은 듯한 느낌을 받으며 굳어진 시선을 천천히 담연령으로 향했다. 담비도 무영천환장이란 소리에 깜짝 놀란 눈으로 담연령을 쳐다보고 있었다.

담연령이 신광이 번쩍이는 눈으로 이심호를 가만히 쳐다보다가 문득 입을 열었다.

"노부가 십대고수의 한 사람이라고 생각하는 이유가 무엇인가?"

말과 함께 천천히 엄청난 기도가 일어나는데 좀 전의 인자한 웃음을 흘리던 노인의 모습은 어디에서도 찾아볼 수가 없었다. 이심호가 담연령의 눈빛을 그대로 마주 보며 공손히 입을 열었다.

"따님을 절정 검객으로 키우고, 손녀에게 무영천환장을 가르칠 수 있는 사람이 당금 무림에서 십존을 제외하고 누가 있겠습니까?"

담연령의 돌처럼 굳어 있던 얼굴이 서서히 풀리면서 웃음이 얼굴을 가로지르더니 마침내 대소를 터뜨렸다.

"푸하하하, 통쾌하구나, 통쾌해. 귀염둥이 손녀와 짜고 똑똑한 애송이 한 번 골려 먹으려다가 이 담연령이 된통 당하는구나. 하하하하."

커다란 웃음과 함께 담연령의 전신에서 주위를 압도하는 거대한 기세가 넘실대기 시작하였다.

통칭 십대고수. 다른 이름으로 우내십존.

어느 시대에나 무림에는 십대고수라는 칭호가 존재해 왔다. 그 시대의 무림에서 가상 상하나는 열 명의 고수를 지칭하는 것이니, 때로는 십여 년, 때로는 삼십 년 정도 그 칭호를 유지하다가 새로운 고수들이 등장하면 또 그 시대를 한 세대로 잡아 새로운 십대고수가 탄생하게 되는 것이다. 거대한 무림이라는 하늘에 뭇 별과 같이 많은 고수 중에서 최정점의 자리에 오른 열 사람. 그것만으로도 십대고수라는 이름은 모든 무림인의 우상이며 영원한 목적이 되니, 무림인이라면 단 한 번이라도 그 이름 안에 들 수 있기를 바라며 목숨까지 걸게 되는 것이다.

그러나 당금 무림의 십대고수는 과거의 십대고수와는 격이 달랐다. 그들은 거의 동시대에 출현하여 가공할 무공과 능력으로 십대고수라는 명예를 쟁취했으며, 그 이름을 거의 팔십 년에 이르도록 다음 세대에 물려주지 않고 있었으니. 그 오랜 세월 동안 그들은 절대 꺾이지 않았고, 세인이 상상하기 어려운 경지로 나아갔다. 시간이 흐를수록 이 열 명은 점차 넘어설 수 없는 거대한 벽으로 여겨지기 시작했고, 십대고수라는 이름은 열 명의 천하제일인을 의미하는 뜻으로 변하게 되었다.

근 백 년에 이르는 군림의 세월. 그동안에 십대고수라는 명칭은 무림인들의 존중과 경외의 마음을 담아 우내십존이라 바꾸어 불리게 되었고, 열 명의 초인은 무림을 벗어난 일반 민간에서도 신화와 전설의 주인공으로 등장할 정도가 되었다. 하늘 아래 가장 높은 자리에 서서 구름 아래 세상을 굽어보는 열 명의 절대고수. 그것이 바로 우내십존인 것이다.

엄청난 기세를 내뿜으며 한참을 웃던 담연령이 문득 웃음을 그치고 이심호를 바라보았다. 태양 같은 신광이 번쩍하더니 다시 그윽한 눈매로 가라앉고 있었다.

"세상 사람들은 노부를 무왕武王이라고 부른다."

번쩍.

가까운 곳에서 번개가 쳤는지 객방 안이 눈부시게 환해지며 뇌성이 따라 울렸다.

꽈르릉.

갑자기 이상하게 변한 분위기로 어리둥절하고 있던 담비비가 깜짝 놀라 비명을 지르며 담운경의 품으로 뛰어들었다.

"엄마야!"

그 짧은 비명에 돌처럼 굳어 있던 사람들의 몸이 풀린 것 같았다.

절세무왕絶世武王 담연령. 세상에 다시 없을 무의 제왕이라고 불리는 이. 그의 신분은 바로 우내십존에서 천하의 모든 무공에 통달했다는 절세무왕이었던 것이다.

언고흔과 사도운이 자리에서 일어나 담연령을 향해 정중하게 포권을 취했다.

"저희가 절세무왕 담노선배를 미처 몰라 뵈었습니다."

언고흔과 사도운이 당금 무림의 절정고수라고 하지만, 절세무왕과는 그 위명에서 이미 현격한 차이를 가지고 있고 우내십존은 무림인 누구나 숭상하는 거목인 것이다. 담연령이 가볍게 손을 저었다.

"속례는 그만두게. 당세권왕과 경천일검 앞에서 우스운 꼴을 보여서 면목이 서지 않는구먼."

씁쓰레한 표정으로 언고흔과 사도운을 자리에 앉힌 담연령이 새삼스럽게 이심호를 바라보며 책상자 쪽으로 손짓했다.

"비비는 제 고모랑 같이 앉으면 되니 자네는 이리 와 앉게."

이심호가 가볍게 목례를 하고 자신의 책상자 위에 걸터앉으며 위엄이 넘치는 담연령을 쳐다보았다. 이심호의 머릿속에 사도운에게 들었던 우내십존에 관한 내용이 자연스럽게 떠올랐다.

'현존하는 십대고수, 우내십존은 공교롭게도 지금으로부터 팔십여 년 전을 전후로 해서 거의 같은 시기에 무림에 등장했다. 그때는 무림에 절정의 고수들이 한꺼번에 백여 명이나 출현하여 정녕 무림 성세盛世의 시기라고 할 수 있는 때라, 그 전대의 십대고수들은 순식간에 몰락하고 말았지. 무려 백여 명에 이르는 가공할 능력의 고수들이 강호를 횡행하니 충돌이 생기지 않을 수 없었고, 그 바람에 기존의 무림 형세는 완전히 뒤집어져 근본적인 세력 균형이 깨진, 그야말로 공백 상태가 되어버려서 심지어는 백대고수百大高手라는 말까지 나올 형편이었다고 하더군. 그 후 삼십여 년이 지나고 나서 다른 고수들을 누르고 오연하게 세상에 우뚝 선 열 명의 고수가 마침내 십대고수라는

명칭을 획득하고 지금까지 무림의 최고봉으로 군림하고 있으니, 그 성취는 상상도 할 수 없는 것이야.'

그러한 신화적인 무림의 고인이 지금 이심호의 바로 옆에 앉아 있는 것이다.

"자네를 시험해봐서 미안하군. 그저 내 저 귀여운 손녀랑 장난을 한 번 쳐 본 건데 괜히 내 신분만 드러나서 창피가 막심하구만, 아까 언가주 말대로……."

담연령이 언고흔에게 시선을 옮기며 빙그레 웃음을 지었다.

"자네한테 걸리면 껍질이 홀랑 벗겨지는구먼. 허허."

언고흔도 마주 밝은 웃음을 지었다.

"담노선배, 비록 제 표현이 거칠고 속되기는 하지만 확실히 삼제는 그런 대단한 능력을 갖추고 있습니다."

담연령은 무왕이라는 별호와는 달리 상당히 소탈한 성품인 듯했다. 담운경의 품에 안겨 있는 담비비가 냉큼 끼어들며 종알거렸다.

"흥, 할아버지는 이 장법을 아무도 못 알아볼 거라고 장담을 했으면서……."

담연령이 수염을 쓸어내리며 애정이 듬뿍 담긴 눈으로 담비비를 보았다.

"이 귀염둥이야, 제갈가의 전대가주나 일괴一怪도 못 알아보는데 세상에 누가 알아보겠느냐? 당연히 아무도 모를 거로 생각했지."

사도운이 옆에서 조심스럽게 말문을 열었다.

"담노선배, 일괴라 하심은……?"

담연령이 인상을 슬쩍 찌푸리며 대답했다.

"음, 골치 아프게 하는 친구가 하나 있어. 천지일괴天地一怪라고."

천지일괴 오양홍吳洋鴻. 천하의 모든 괴상한 무공과 물건을 모아 집대성한 괴이한 인물. 그 역시 우내십존의 한 명이었다.

"그 친구가 비록 괴상하기는 해도 견식과 안목은 당할 자가 없는데, 그 친구도 이 장법은 모른다고 했거든. 내가 우연히 이 장법을 습득한 후에 아무도 알아본 사람이 없었는데……. 아마 자네들도 무천삼정의 무공에 대해서는 들어본 적이 없을걸?"

담연령은 신분이 밝혀진 후에는 자연스럽게 언고흔과 사도운에게 하대를 하고 있었다. 이어지는 담연령의 말에 사도운이 진중하게 고개를 끄덕였다.

"네. 집안 어른이나 사문의 어른들에게서 얼핏 무천삼정에 관한 일화를 들은 기억은 나는데, 그저 허황한 전설이라고만 생각했지요. 그들의 무공이 어떤 건지, 무슨 이름을 가진지는 전혀 알지 못합니다."

담연령이 다시 담비비를 향해 입을 열었다.

"거 봐라. 이 할애비가 비비를 속인 게 아니야. 당금 무림에서 그 장법을 잠깐 보고 내력을 알아낼 수 있는 사람은, 할애비가 장담컨대……."

시선이 말과 함께 이심호에게 옮아갔다.

"이 이소협 밖에는 없을 것이다."

모든 사람이 담연령의 말에 수긍하면서 이심호를 바라보니 이심호는 거북한 느낌을 받았다. 특히 담비비를 안고 있던 담운경은 여자에게 보기 어려운 굵은 눈썹 밑의 눈이 깊게 가라앉아 경탄의 의미를 보내고 있으니, 한 번도 여자와 상대해 본 적이 없는 이심호는 난처하기 이를 데 없었다.

"다 사문의 가르침이 훌륭한 덕이니, 제가 뛰어난 것이 아닙니다. 담노선배께서 너무 과한 평가를 하시는 겁니다."

견정심법은 사람의 심성을 다지는 공부. 어색하고 낯이 붉어질 수도 있는 상황에서 이심호의 대답은 여전히 침착하고 그 태도는 공손하면서도 의연한 것이었다. 담연령이 감탄한 듯 크게 머리를 흔들었다.

"그 나이에 가지기 어려운 정심定心이로다!"

담연령이 연달아 칭찬하는 모습에 담비비가 입을 삐죽거렸다.

"아유, 암만 봐두 유생 같잖아요. 별루 나이도 많지 않으면서…… 눈 좋고 아는 거 많으면 뭐해? 진짜 실력이 중요한 거지. 흡."

종알대는 마지막은 담운경이 입을 막는 통에 흐려졌지만, 입술이 이지러진 채로 말도 못하고 이심호를 쳐다보는 담운경의 눈에는 어쩔 줄 몰라 하는 기색이 역력하였다. 담연령이 담비비의 종알대는 소리를 듣더니 문득 얼굴이 딱딱하게 굳어졌다.

"다른 사람의 무공을 보고 그 내력을 알아보려면, 그에 어울리는 실력을 갖추어야만 가능한 것. 더구나 좀 전의 시연은 경력을 발출하지 않은 그저 품형이요, 너는 일 초 반식 밖에 보이지 않았는데도 알아보았다. 손을 보기 전에 눈을 보고, 눈을 보기 전에 그 마음을 보아야 참된 무도요, 손과 발을 다투어 이기고 지는 것은 헛된 재주이다. 비비, 너는 그동안 이 할애비에게 무엇을 배운 것이냐?"

엄격한 목소리와 태도에서 찬바람이 일어나는 것 같았다. 과연 무왕은 무왕. 꾸짖는 자태에서는 범하지 못할 위엄이 배어 나오고 있었다.

평소에 자신을 귀여워하여 무엇이든지 들어주던 할아버지가 처음 보는 사람들 앞에서 자신을 꾸짖자 담비비의 커다란 눈망울이 빨개지면서 눈물이 가득 차올랐다. 담비비가 참지 못하고 막 울음을 터뜨리려는 순간, 조용하고 침착한 목소리가 그녀를 불렀다.

"담낭자."

"응?"

담비비는 자기도 모르게 순간 답을 하면서 고개를 들었다. 한바탕 울어 젖히면서 응석을 부릴 준비를 하고 있었는데, 바로 그 순간에 이심호가 그녀를 부르는 바람에 자기도 모르게 어, 하면서 이심호를 바라보게 된 것이다. 이심호가 고요한 눈으로 담비비의 빨개진 얼굴과 눈물이 가득한 눈을 보면서 조용히 입을 열었다.

"소생은 담낭자에게 참으로 탄복했소. 좀 전에 소생이 담낭자에게 한 말을 기억하시오?"

영 익숙하지 않은 유생의 말투로 자신을 칭찬하는 말을 들으니 담비비도 영문을 몰라 멍한 얼굴로 이심호를 바라보게 되었다.

"소생이 사문에서 배운 바로는 무영천환장이란 장법은 단지 자질이 뛰어나거나 내공이 웅후하다고 해서 익힐 수 있는 것이 아니라 했소이다. 무천삼정의 무공은 이미 세상의 수준을 넘어선 것이라, 단순히 따라 하기만 한다고 시전할 수 있는 것이 아니요 모름지기 지혜와 깨달음을 겸비하고 부단한 노력을 더해야 얻을 수 있는 것. 담낭자가 비록 천하의 기인이신 조부에게 가르침을 받았다 하더라도, 그 나이에 경력을 억누르면서 시연을 한다는 것은 내 생각으로는 불가능한 것이었다오. 천하의 영재라도 자신을 과신하면 이는 곧 자신을 망치는 것이니, 공자께서 획지이지劃地而止, 중도이폐中道而廢라고 경계하신 것이 아니겠소? 담낭자가 그 나이에 그런 능력을 발휘하기 위해서 얼마나 자신을 극제하고 힘썼는가를 생각하면 소생이 감복하지 않을 수 없으니, 뒤집어 나 자신을 돌아보면 이 나이 되도록 가진 것은 천근한 재주뿐이라 부끄럽기 그지없소이다.”

차분하면서도 길게 이어지는 이심호의 말에 중인이 모두 멍청한 표정을 지었다. 이제 많이 벗겨졌다고 생각했던 유생의 기태가 완벽히 되살아나 마치 유림의 문사들이 모인 자리에 온 것 같은 소리를 하고 있지 않은가.

담비비는 아예 넋이 나간 표정으로 이심호의 얼굴을 쳐다보고 있었는데, 그 와중에도 영특한 머리는 부지런히 이심호의 말을 해석하는 중이었다. 너무나 거창하고 우활迂闊한 말이라 어렵고 이해가 되지 않는 것투성이였지만 자신을 엄청 칭찬하는 의미라는 것은 신기하게도 알 수 있었다. 게다가 평소에 사람들을 안중에도 두지 않는 할아버지가 감탄하며 칭찬하는 저 골샌님 같은 인간이 감탄과 경의를 담은 눈으로 자신을 바라보고 있으니 갑자기 기분이 좋아지기 시작했다. 담비비의 머릿속은 좀 전에 할아버지한테 야단맞은 일은 이미 사라진 지 오래라 기억도 나지 않았다.

담비비가 언제 울음보를 준비했었느냐는 듯이 화사하게 얼굴이 풀어지면서 생긋 웃었다.

“오빠는 정말 대단한 분이군요. 이렇게 저를 알아주는 사람은 비비가 세상에서 처음 본 것 같아요.”

“어머, 얘가……?”

담운경이 자신도 모르게 놀란 소리를 작게 흘리며 담비비를 내려다보았다. 이 천방지축에 말괄량이인 조카가 한 번 울음을 터뜨리면 누구도 감당을 못하는데, 저 선비 같은 기태의 희한한 젊은이의 말에 금방 헤헤거리고 있으니 신기했던 것이다. 잠시 멍청했던 중인들도 그새 사정을 깨닫고 은근한 웃음을 짓기 시작했다.

누구에게나 사랑받고 커온 총명한 아이. 더구나 십존의 후예이니 얼마나 주목을 받고 자랐겠는가. 그러던 것이 처음 보는 사람들과 있는 자리에서는 그저 어린아이 취급만 받고, 자꾸 다른 사람한테 관심이 쏠리니 심통이 저절로 났던 것이다. 그래서 그 관심 받는 사람을 곤란하게 만들려 했는데, 오히려 그 사람이 자신을 크게 칭찬하고 나서니 그만 마음이 풀어져 버렸던 것이었다.

담연령이 수염을 쓰다듬으며 슬그머니 눈을 감았다.

'허허, 무공을 알아보는 눈보다 사람의 마음을 알아보는 눈이었던가? 내가 좀 전에 비비에게 말한 마음의 무도를 이미 체득하였단 말인가? 저 나이에…… 정말 대단하군.'

담연령이 다시 눈을 뜨니 모두 이미 자상한 눈빛으로 담비비를 보면서 웃고 있었고, 어린 소녀의 여린 마음을 헤아려 풀어준 이심호는 그윽한 눈을 깊게 하며 미소를 짓고 있었다. 장중은 어린 담비비를 중심으로 따뜻한 정감이 흐르고 있는 것이었다.

담연령의 눈이 흔들렸다.

'비비의 마음을 풀어주면서 좌중이 어린아이에게 소홀했던 것까지 깨우쳐 주어, 모두가 한 가족처럼 어울리게 한다? 무공이었다면 일수—手에 우리 모두를 굴복시킨 셈이 아닌가? 도대체 이 청년은……'

우르르르르.

멀리서 길게 우렛소리가 꼬리를 끌며 사라져가고 있었다. 비비를 두렵게 했던 벼락이 물러가는 모양이었다.

대저, 사랑이란 부모와 자식의 사랑에서 그 근본이 시작되는 것, 세상의 모든 사랑이 이에서 퍼져 나가니 사람으로 태어나 스스로 마음에 물어보면 남의 마음도 어루만질 수 있는 것이다. 군자는 이를 가리켜 인仁이라 하니, 그런 까닭에 인자무적仁者無敵이라, 인仁이라는 것은 세상에 그 적敵을 찾을 수 없다. 이 인仁에 문과 무의 구별이 있을 것인가?

제11장 객방담의客房談議

천둥 번개가 멀어지는 만큼 비도 줄어가는지, 객방 창에 부딪히는 빗소리도 많이 약해지고 있었다. 담연령이 언고흔을 향해 입을 열었다.

"그런데 자네들도 신병대전을 보러 왔는가?"

언고흔이 담비비를 향해서 히죽대고 있다가 얼른 표정을 가다듬었다.

"네, 사실은 신병대전을 보러 왔다기보다는 만병보를 보러 왔다는 것이 더 정확할 것 같습니다만."

"음, 그건 무슨 뜻이지?"

"아, 실은……."

언고흔이 오면서 이심호와 나누었던 만병보의 의심스러운 면에 대해 담연령에게 간결하게 설명을 하였다. 설명을 듣는 담연령의 미간이 슬쩍 찌푸려졌다.

"흐음. 예사롭지 않군. 과연 만병보라는 곳의 설립 의도에는 따로 흑막이 있단 말인가?"

이심호가 담연령의 마지막 말투가 뭔가 의미가 담긴 듯하여 기이한 눈빛으로 바라보니, 담연령이 가벼운 헛기침을 하며 좌중을 훑어보았다.

"어험. 자네들한테는 얘기를 해두어도 좋겠군."

좌중의 시선이 모여들자 담연령이 천천히 수염을 쓸며 입을 열기 시작했다.

"일 년여 동안 소식이 끊겼던 일괴가 한 달 전쯤에 갑자기 나를 찾아왔네. 강호에서는 잘 모르지만, 일괴와 나는 꽤 오랜 친구 사이라 우리 둘은 거의 허물이 없는 관계인데…… 세상에서 괴인이라고 칭하는 그 친구가 정말 괴상한 물건을 가져왔단 말일세."

"양홍, 무슨 바람이 불어 나를 찾아왔나? 어디를 쏘다니는지 한 일 년 동안은 연락도 안 되던 사람이……"

"크크, 이 친구야, 희귀한 물건이나 무공이 있다면 가서 봐야 직성이 풀리는 내 기벽奇癖을 잘 알면서…… 요번엔 좀 멀리 서역西域까지 갔다 왔거든."

"오지랖 넓은 친구, 서역이면 정말 멀리도 갔다 왔구먼. 그래, 어떤 기이한 것을 보고 왔는가?"

"아, 원래는 전에부터 꼭 한번 보고 싶던 서역밀교西域密敎의 군다리수법윤신제軍茶利修法輪身祭를 구경하러 간 건데, 뜻밖에 괴상한 장면을 목격했거든."

"자네가 괴상하다고 하면 보통 괴상한 것이 아닐 텐데?"

"음. 이번에 갔더니 서역밀교의 상황이 완전히 바뀌어서 전혀 모르겠더라고. 라마喇嘛들이 온통 시커먼 가사를 입고 돌아다니고, 꽤 괴악하고 요사스러운 행사들이 유행하던데 반쯤 미친 것들 같더구먼. 그중에서도 가장 괴상한 건 윤회공양輪回供養이라는 사악한 제전이었는데……"

"호오, 그건 어떤 건데?"

"병이 중하거나 몸이 크게 상한 사람들을 바로 금신나한金身羅漢으로 전생시킨다면서 펄펄 끓는 용광로에 넣어버리고는 나중에 금괴로 만들어내는 거야."

"뭐라고? 말도 안 되는……"

"나도 처음에는 사람들을 홀리는 눈속임인 줄 알았어. 그런데 정말 그렇더란 말이지. 게다가 그 내막을 훔쳐보던 내가 더 기이하게 생각한 건……"

"음?"

"그런 사악한 제전이 열릴 때는 꼭 중원인과 회회인回回人들이 주위에 보이더란 말이야. 중원 사람이야 그렇다고 하더라도, 회회인이 라마와 같이 있는 것은 정말 이상하거든."

"그건 그렇지. 라마와 회회는 사이가 틀어진 지 오래지 않던가?"

"더욱 이상한 것은 그것들이 무슨 관계인지 제전이 끝나면 중원인들이 회회인들에게 큰돈을 주고 그 금괴를 가지고 가더란 것이지."

"허. 정말 이상하군. 라마가 아니라 회회인들에게 돈을 주다니."

"영문을 모를 일이라 궁금한 걸 참을 수가 없더군. 그래서 내가 몰래 숨어들어 가 그 금괴를 하나 꺼내어 봤는데, 이게 보통 괴상한 물건이 아니더란 말이야."

천지일괴와 나누었던 대화를 소개하던 담연령의 미간이 깊이 패이면서 목소리가 더욱 침중해졌다.

"일괴는 아까도 얘기했던 것처럼 견식과 안목이 탁월한 사람이라 그 금괴를 꺼내는 순간 대번에 금괴가 도금한 가짜라는 것을 알았다고 하더군. 그런데 그것보다 더 괴상한 것은 그 금괴가 그냥 쇳덩어리인데도 불구하고 알 수 없는 요기妖氣가 흘러나와 소위 세상에서 가장 괴상한 사람이라는 천지일괴의 소름을 돋게 했다는 것이야."

우내십존 중에서 가장 괴인이라는 천지일괴. 천하를 굽어보는 가공할 고수이며 온갖 괴이한 무공과 물건에 정통하다는 그를 소름 끼치게 하는 물건이 있다는 것은 정말 놀라운 사실이었다. 중인들이 놀라운 빛을 띠며 바라보자 잠시 숨을 돌린 담연령의 말이 계속 이어졌다.

"그래서 일괴는 그 쇳덩어리를 가지고 가는 중원인들을 뒤쫓아봤는데 사천 남부에서 종적이 사라져서 찾을 수가 없게 되자, 그 쇳덩어리의 정체를 알아보려고 강호의 유명한 야장冶匠이나 큰 대장간을 찾아다녔다더군. 심지어는 군기감에도 갔던 모양이야."

사람들의 시선이 자연스럽게 이심호에게 돌려졌다.

담연령이 고개를 끄덕이며 계속 말을 이어갔다.

"그래, 아까 언가주가 얘기한 대로 이소협이 아는 것처럼 나라 안에서 가장 크고 뛰어난 장인들이 모여 있는 곳이니까 일괴도 그런 까닭에 찾아갔던 것이겠지. 그런데 누구도 알아보지 못하던 그 쇳덩어리를 알아보는 야장이 있었다더군. 그 야장이 말하길 한 칠팔 년 전에 병부兵部의 장군 한 사람이 새로 사들인 칼이라며 손을 좀 봐달라고 해서 칼을 손질한 적이 있었다고 했네. 날카롭기 그지없고 대단한 살기를 가진 보도寶刀여서 잊지 못할 기억이었는데, 그때 그 보도와 같은 느낌과 성질의 쇠라고 알려 주더라네. 그래서 일괴는 그 장군에게 접근해서 그 보도의 구입경로를 알아보았지. 그랬더니 그 보도는 바로⋯⋯."

담연령이 말을 멈추고 언고흔을 바라보자 언고흔의 눈이 빛나며 바로 말을 받았다.

"만병보에서 산 것이로군요."

담연령의 머리가 무겁게 끄덕였다.

"맞았네. 그 장군은 병기에 욕심이 많은 사람이라, 만병보의 소문을 듣고는 가전지보家傳之寶인 구룡벽九龍璧이라는 커다란 옥 덩어리를 가지고 그 칼을 샀다는구먼. 사실을 확인한 일괴는 마침 만병보에서 신병대전이 열린다는 소식을 듣고 그곳으로 가던 중 나한테 들러 그 쇳덩어리를 보여주었던 것이네."

이심호가 조용히 얘기를 듣다가 문득 입을 열었다.

"그 쇳덩어리를 보셨습니까?"

담연령이 이심호를 힐끗 쳐다보고는 다시 무겁게 고개를 끄덕였다.

"음. 내 평생에 그런 요사스러운 기운을 가진 쇳덩어리는 처음 보았네. 몹시 기분이 나쁘더군."

천지일괴를 소름 끼치게 한 것이니 담연령도 분명히 그 요기에 반응했을 것이었다.

"그러지 않아도 만병보의 신병대전에는 은거했던 고수들도 나타난다는 소리에 어떤 노물들이 그렇게 신병이기에 혹하는가 하고 의아하게 생각하던 판이라, 나도 일괴를 따라서 만병보에 가보기로 했지. 가는 김에 비비에게 세상 구경도 시켜줄 겸."

중인이 알겠다는 듯이 모두 고개를 끄덕이는데 담비비가 여전히 담운경의 품에 기댄 채 고개를 까딱거렸다.

"아항. 그래서 일괴 할아버지가 나랑 놀아주지도 않고 그렇게 부리나케 떠나셨던 거구나. 그럼 이번에 강호에 나온 것은 일괴 할아버지 때문인 거야?"

담운경이 담비비의 앞머리를 가지런히 쓸어주면서 조용히 얘기했다.

"비비, 할아버지는 원래 네가 열다섯이 되면 강호구경을 시켜주려고 하셨단다. 다만, 이번에 우연히 일괴 할아버지와 일이 겹친 것이지."

중인이 담비비가 또 심통을 부리는가 싶어서 쳐다보는데 담비비는 그저 순하게 고개를 끄덕일 뿐이었다. 이심호가 그런 담비비의 모습을 바라보니 담비비가 문득 이심호와 눈이 마주치자 쑥스럽다는 듯이 배시시 웃음을 지었다. 그 모습이 귀엽고 앙증스러워 이심호도 미소가 저절로 입가에 맺혔다.

영특한 소녀라 한 번 마음이 풀리니 자기도 모르게 심통을 가라앉힐 수 있게 된 것이리라. 얌전히 앉아서 웃고 있는 담비비는 정말 깜찍하고 귀여운 소녀였다. 천하에 군림하는 우내십존의 할아버지와 십대검객인 고모와 함께 손을 잡고 천하를 유람하는 천상의 옥녀와 같은 소녀.

이심호의 눈앞에 문득 한 영상이 떠올랐다. 초췌한 모습의 폐포를 걸친 유생과 그 뒤를 졸졸 따라다니는 비쩍 마른 어린 꼬마. 끼니를 제대로 때우지 못할 때도 있었고, 불편한 잠자리에 뒤척인 적도 많았지만 언제나 선친이 가르치는 경서를 외워야만 했던 나날. 아주 옛날의 기억이었지만 선친과 세상을 떠돌던 그때 무엇인지도 모르는 어린 꼬마는 그저 하루하루가 즐겁기만 했었다. 이심호는 왠지 담비비가 매일매일 즐거운 시간을 보냈으면 하는 마음이 들었다. 심통을 부리고 심술궂은 장난을 치기에는 너무나 깜찍하고 귀엽다는 생각이 들었기 때문이었다.

그때 이심호는 문득 들려오는 사도운의 목소리에 상념에서 깨어났다.

"삼제, 혹시 담노선배께서 말씀하신 부분 중에 그 윤회공양이라는 것에 대해서 아는 것이 없느냐?"

담연령이 일괴와의 얘기를 할 때부터 생각했던 것이라 이심호가 고개를 갸웃거리면서 입을 열었다.

"윤회라는 것은 불가에서 흔히 말하는 것이지만 육도윤회六道輪回라는 것도 존재라기보다는 개념이어서 선행을 권하고 불법에 귀의할 것을 설하는 것 외에는 특별한 의미가 있지 않은데, 그 인신공양人身供養이 문제인 것 같군요. 어떤 경우에든 사람을, 그것도 성치 않은 사람을 희생으로 쓰는 의식은 모두 좌도左道에 속하게 되거든요. 사람을 용광로에 넣어서 쇳덩어리로 만드는 것에는 뭔가 괴이한 속임수가 있을 듯한데, 직접 그 현장을 보지 못해서 어떤 의미가 있는지는 알 수 없습니다. 제가 특히 신경 쓰이는 점은 그 흑의 가사의 라마승들인데……."

이심호가 중인을 둘러보면서 말을 이었다.

"모두 아시다시피 라마교는 홍의파紅衣派와 황의파黃衣派로 구성되어 있지요. 초기에는 흑의파黑衣派도 있었다고 하는데 그들은 주술이나 욕망을 추종한다 하여 이단으로 몰려서 탄압을 받았고, 현재는 완전히 몰락하여 서역의 깊숙한 오지에 소수만 존재한다고 들었습니다. 그런데 천지일괴 노선배님이 보셨다는 라마들이 흑의 가사를 입었다고 하였으니, 이는 흑의파가 부활했다는 의미이고 동시에 서역밀교의 전통적인 라마교의 세력이 무너졌다는 뜻이 됩니다. 라마들의 전통 무예가 절대 녹록하지 않은 것인데 어떤 연유로 그런 상황이 되었는지 궁금하군요."

담연령이 이심호처럼 역시 고개를 갸웃하면서 말을 받았다.

"확실히 유가공瑜伽功을 기반으로 하는 라마 무공은 강하지. 내 젊었을 때는 뇌음사雷音寺에서 유래된 밀교 무공을 익힌 고수들이 있어서 상대해본 적이 있는데 결코 만만한 무공이 아니야. 그런 무공을 가진 라마들이 그렇게 쉽게 몰락했다는 것은 믿기 어려운 일이군."

묵묵히 얘기를 듣던 언고흔이 뇌음사라는 말에 눈이 반짝였다.

"담노선배, 뇌음사의 무공을 겪어보셨습니까?"

담연령이 시선을 공중에 던지면서 옛일을 더듬는 듯한 표정을 지었다.

"아주 오래전, 내가 막 출도했을 때 우연히 마주쳤던 적이 있었네. 초식의 변화가 중원과는 많이 달라서 기궤하다고들 얘기하지만, 내 경험으로는 초식보다 그 안에 내재된 기운 자체가 굉장히 양강陽剛하다는 느낌이 강했지. 불가에서 유래된 무공이라면 흔히 유장한 부드러움을 연상하게 되는데 조금 다른 느낌이었어. 질기면서도 곧고 힘찬 순양純陽이라고 할까."

담연령의 말을 듣는 언고흔의 얼굴은 보기 어려운 진지함으로 가득 차 있었다.

무엇인가를 기대하는 듯한, 그러면서도 단호한 의지가 엿보이는 표정은 참으로 평소에 보기 힘든 언고흔의 얼굴이었다.

"담노선배의 가르침에 감사드립니다."

담연령이 약간 묘한 표정이 되어서 언고흔을 쳐다보았지만, 별말 없이 고개를 끄덕였다. 언고흔이 무엇 때문에 뇌음사의 무공에 대해 물어보는지 그 이유를 밝히지 않고 얘기를 그만 하려는 기색이 있었기 때문이다. 담연령이 듣던 소문이나 접해 본 느낌으로는 언고흔이라는 인물은 호방하기 이를 데 없는 영웅호걸의 기질을 가지고 있는데, 굳이 얘기하지 않으려는 것을 물어볼 필요는 없다고 여겼기 때문이었다.

담연령이 화제를 바꾸었다.

"그런데 자네들 중 저번의 신병대전에 참석했었던 사람이 있는가?"

언고흔이 가볍게 고개를 저었다.

"저희 중에는 한 명도 없습니다."

담연령이 천천히 수염을 쓸어내리면서 입을 열었다.

"그렇다면 신병대전이 어떤 식으로 열리는지 아는 사람이 아무도 없군. 내 오면서 여기저기 귀동냥을 해보았지만 신병대전이라는 이름만 무성하지 실제로 어떤 물건들이 나오고, 또 어떻게 진행되는지 제대로 아는 자들이 없더구면. 심지어는 저번의 신병대전이 어떠했는지도 쓸데없는 헛소문이나 추측만 남발하고 있는 실정이야. 이렇게 널리 알려진 행사가 그저 커다란 제목만 있을 뿐 내용이 전혀 알려지지 않았다는 것도 정말 기이한 일이군."

언고흔이 가벼운 냉소를 머금었다.

"아무리 화려한 휘장으로 덮고 눈을 가리는 장신구를 붙여 봐도 속에 구린 것이 있으면 냄새가 나게 마련 아닙니까. 세상에 누가 있어 무왕의 눈을 속일 수 있겠습니까?"

수염을 쓸어내리던 담연령이 슬며시 옆에 앉은 이심호를 바라보았다.

"글쎄, 내 생각에는 무왕의 눈은 속일 수 있더라도 이소협의 눈은 속이기 어려울 것 같군. 허허허허."

너털웃음을 웃는 담연령을 따라 다른 사람들도 이소협을 보면서 빙그레 웃음을 띠었다. 절세무왕과 같이 세상을 내려다보는 고인도 어찌 된 셈인지 만난 지 얼마 안 되어 이심호를 인정하고 있는 것이었다.

사도운이 고개를 끄덕이며 내심 기쁜 마음을 금치 못하면서 이심호를 쳐다보았다.

'삼제에게는 사람을 믿게 하는 매력이 있다. 삼제가 신안을 가졌다고 신기하고 신통해하지만, 정말로 신기한 것은 누구에게도 진정으로 대하는 그 참된 마음이 아니겠는가.'

담비도 고개를 끄덕이면서 이심호를 보고 있었는데 이심호의 깊은 눈에 은은한 성광星光이 갈무리된 것이 신기해 보였다. 담운경이 얌전하게 안겨 있는 담비를 신기해하며, 그 신기한 결과를 만든 유생 같은 청년에게 자연스럽게 시선이 멈추었다. 이심호가 살짝 계면쩍은 미소를 짓고 있었다.

담연령 일행이 돌아간 후, 언고흔이 팔짱을 끼며 감탄성을 내뱉었다.

"허, 우내십존을 만나게 될 줄은 몰랐는데 과연 그 기도가 보통이 아니군."

사도운도 고개를 끄덕여 동의를 표했다.

"네. 앞에 앉아 있는데도 어느 정도의 경지인지 도저히 짐작도 안 가더군요. 형님도 우내십존은 처음 만나시는 겁니까?"

언고흔이 가볍게 고개를 저었다.

"처음은 아니야. 과거에 곤륜崑崙 근처에서 표묘환영객飄渺幻影客을 본 적이 있지."

"아니, 표묘환영객이라면 십존 중에서도 가장 신비해서 종적을 찾을 수 없다는……."

"응. 아는 사람이 드문 얘기지만 곤륜파 제일의 속가고수라는 비백룡飛白龍 사마균司馬均과의 비무를 구경한 적이 있었는데, 이십 초 만에 제압하더군. 십대고수를 우내십존이라고 부르는 이유를 알게 되었지."

사도운이 준수한 얼굴을 약간 굳히며 말했다.

"과연! 곤륜에서 세상에 나온 고수 중 으뜸이라는 사마균도 이십 초 상대밖에 되지 않다니, 우내십존의 벽은 참으로 높군요. 그들의 성세聲勢를 팔십 년 동안이나 어떤 문파나 세가도 넘질 못하고 있으니……."

언고흔이 사도운의 얼굴을 힐끗 보더니 끼었던 팔짱을 풀면서 본래의 신색으로 돌아갔다.

"십존이 팔십 년이나 군림할 수 있었던 것은 그들이 그만큼 노력했기 때문이 아니겠느냐? 그들 덕에 무림의 모든 사람이 더욱 정진하게 된 것도 좋은 일이고……. 운제, 왜 만나보니까 은근히 위축되느냐?"

사도운이 피식 웃음을 머금었다.

"짓눌리는 듯한 느낌이 없었다면 거짓말이겠죠. 그러나 심오막측한 무공보다는 그들의 세월과 기도에 대한 존경심과 함께 더 수련해야겠다는 생각이 드는데요."

언고흔이 예의 히죽 웃는 얼굴로 고개를 크게 끄덕였다.

"그래. 그들은 분명히 존경받아 마땅한 선배들이지만, 동시에 우리가 반드시 넘어야 할 산이기도 하다. 뜻이 있는 자가 이루지 못할 일은 없지, 안 그러냐? 애늙은이 동생?"

꺼지지 않는 투지의 불꽃이 이글거리는 언고흔의 눈. 비록 장난스럽고 엉뚱한 모습 속에 가려져 있지만 몰락한 가문의 부흥이라는 짐을 등에 지고 강호를 떠도는 영웅의 모습은 그 지치지 않는 의지 안에 있는 것이다. 이심호가 웃으며 말을 받았다.

"옳은 말씀이십니다. 우내십존이나 무천삼정이나 모두 사람이 이룬 경지. 이전 사람이 이룬 성취를 뒷사람이 넘지 못한다면 역사가 어찌 발전했겠습니까?"

사도운이 문득 언고흔에게 얼굴을 들이대며 고개를 갸웃했다.

"아니, 그런데 삼제보고 애늙은이라고 자꾸 그러시는데, 혹시 내 뒤에서도 뭐라고 하는 거 아닙니까?"

이심호가 언고흔에게 배운 웃음으로 히죽 웃으면서 사도운에게 말했다.

"까탈쟁이라고 하시더군요."

"야, 삼제……."

예상 못 한 이심호의 급습에 언고흔이 당황한 표정으로 사도운의 눈치를 살폈다. 사도운이 눈을 가늘게 하고 언고흔을 잠시 노려보더니 가볍게 한숨을 내쉬며 고개를 돌렸다.

"후, 할 수 없지. 우리끼리도 형님을 엉뚱한 양반이라고 하니까."

"엥?"

언고흔이 눈을 휘둥그레 뜨더니 곧 키득키득 웃기 시작하고, 사도운과 이심호도 따라 소리 내어 웃기 시작했다.

"하하하하하하."

엉뚱하고, 까탈스럽고, 애늙은이 같은 전혀 어울리지 않아 보이는 세 사람이 웃는데, 묘하게도 어울려 보이는 모습이었다. 형제들의 웃음소리가 잦아들자 사도운이 이심호를 바라보면서 입을 열었다.

"삼제, 실은 너하고 의논할 것이 있다."

이심호가 책상자를 침상 쪽으로 옮겨 놓고 의자를 당겨 앉았다.

"네, 말씀하십시오."

"아까 큰 형님하고 육망일사의 시체를 파묻으러 나갔던 것은 뭔가 이상한 점이 있어서였다. 그러면서 삼제 너를 객방으로 먼저 보낸 것은 혹시라도 객방에 누가 올지도 모른다는 큰 형님의 생각 때문이었지."

이심호가 침착한 가운데에 호기심을 품은 얼굴로 언고흔을 쳐다보았다. 언고흔의 얼굴이 드물게 진지하면서도 지혜로운 눈빛으로 반짝이고 있었다.

"아까 육망일사를 제압했을 때 검진을 이루던 육망검수는 뇌고진천의 일격으로 단숨에 숨이 끊어졌음을 알았지. 하지만, 사검 유악은 그들보다 공력이 높았기 때문인지 비록 치명상이었지만 바닥에서 뒹굴 때까지는 숨이 붙어 있었다. 나는 이제와 네가 곁에 와서 검기성형과 육망검진의 얘기를 할 때까지는 분명히 그것을 감지하고 있었는데, 우리가 얘기를 끝내고 유악의 옆에 가는 순간 놀랍게도 이미 숨이 끊어져 있더구나. 그 짧은 순간에 그런 변화가 생겼으니 나는 누군가가 우리 몰래 암수暗手를 쓴 것이라는 의심이 들었지. 그래서 술을 낸다는 소리를 하면서 주위를 둘러본 것인데 눈에 띄는 사람이 없었다. 우선은 서둘러 시체를 치운다고 하면서 이제와 같이 유악의 몸을 조사해 본 것이었다."

사도운이 그 냉정한 얼굴을 회복하여 묵묵히 고개를 끄덕였다. 언고흔이 다시 이심호를 보면서 말을 이었다.

"그 순간 내 머릿속에 떠오른 생각으로는 혹시 몰래 암수를 쓴 자가 있다면 분명히 우리를 경계하는 자일 테니 우리 객방을 몰래 들어와 무슨 수작을 부리려 하거나, 우리를 찾아오는 사람이 뭔가 실마리가 될 수 있지 않을까 하는 것이었다. 그래서 우선 너를 객방으로 보낸 것이었는데, 예상외로 담노선배가 찾아오는 바람에 내가 생각했던 것은 모조리 빗나가버렸고……."

언고흔이 말을 끌며 사도운을 쳐다보았다. 이심호의 시선도 자연스럽게 사도운의 냉정한 얼굴을 향했다.

"아까 들어오자마자 의논할 일이었는데, 생각지도 못한 담노선배의 신분과 얘기 때문에 이제야 너하고 의논하게 되는구나. 물론 남 앞에서 얘기할 일은 아니고, 우리 형제들이 해결해야 할 일이니 네 의견을 듣고 싶다."

사도운의 냉철한 목소리가 듣기 좋은 울림으로 귀를 울리자 이심호가 잠시 생각에 잠겼다가 입을 열었다.

"그 유악의 시신에는 무슨 흔적이 있었습니까?"

언고흔이 고개를 갸웃거렸다.

"그게 이상하더구나. 전신 경맥이 다 끊어져 죽었는데 내 천뢰권이 비록 그런 힘을 발휘하기는 하지만 그렇게 과한 경력을 발출한 것은 아니었거든."

이심호의 눈이 다시 빛을 발하기 시작했다.

"그렇다면 두 가지 정도로 생각해 볼 수 있습니다. 첫째는 유악이 쇄혼마검을 완벽히 연성하지 못한 상태로 외도外道의 방법으로 검기성형을 사용하는 과정에서 경맥이 이미 손상되어 있다가 형님의 천뢰권으로 그 한계에 이르렀을 경우이고, 둘째는 누군가가 우리 몰래 대단히 음독한 수법을 사용하여 유악을 살해한 것이지요."

"두 가지가 다 가능성이 있군. 첫 번째 해석이 조금 더 합리적이라는 느낌이지만, 만약 두 번 째라면 그 이유가 무엇일까?"

사도운의 질문에 이심호의 눈이 좀 더 빛났다.

"쇄혼마검의 육령심마공을 육망귀원으로 대체하는 사악한 방법을 유악이 어떻게 알았는지 밝혀지는 것이 싫은 사람이겠지요."

"그렇구나."

언고흔의 말을 끝으로 세 사람은 묵묵히 각자의 생각에 잠겨 들었다. 이심호의 빛나는 눈매가 살짝 이지러졌다.

'과연 이것이 사부님이 말씀하신 마, 사, 요, 괴, 귀의 힘이 강해진다는 증험일까?'

사도운이 다시 냉철한 목소리로 입을 열었다.

"큰 형님, 삼제, 나는 이상한 느낌이 드는데……."

생각에서 깨어난 언고흔과 이심호가 사도운을 쳐다보자 사도운이 미간을 찌푸린 채로 말을 이어가기 시작했다.

"차례대로 짚어 보면 소림과 무당이 공동으로 조사를 하고 있는 작은 마을이나 표국의 괴사건, 형님과 내가 석 달을 쫓아다니며 신경을 써야 했던 낭패인이라는 흉물과 사술, 육망일사의 실전된 마도 검법과 대체운용결, 만

병보와 관련이 있다는 요사스러운 쇳덩이리. 서역 밀종 무림의 변화야 우리
와 크게 관계가 없으니까 놔두더라도 어쩐지 신경 쓰이는 일들이 전부 한꺼
번에 일어나고 있다는 것이죠."

사도운이 손가락을 꼽아가면서 그동안의 사건을 정리하자 언고흔이 이심
호를 보면서 말을 받았다.

"신경 쓰이는 일 정도가 아니다. 소림과 무당의 일이야 모르겠지만 낭패인
과 쇄혼마검 사건은 삼제가 없었다면 어떻게 그럴 수 있는지 지금까지도 감
을 못 잡았을 거야. 지금 운제가 그렇게 사건들을 꼽아보는 것도 무엇인가 사
건 안에 공통점이 있다고 느끼기 때문이고, 그 점에서 나도 같은 생각이다."

"공통점이라······."

"음. 괴이한 사건이라는 것. 옛날에 실전되었다는 사술과 마도 검법. 요사
스러운 물건. 이렇게 보면 그 공통점은 사마邪魔라는 두 글자가 되겠지."

말을 이어가는 언고흔의 미간에 굵은 주름이 잡혔다.

"특히 내가 주목하는 것은 석 달 동안 운제와 낭패인들을 쫓아다니면서
이상하게 느꼈던 부분인데, 하남에서 호북까지 마도魔道의 고수들을 한 명도
보지 못했다는 것이야."

사도운이 언고흔의 말에 고개를 끄덕거리며 동감을 표시했다.

"그건 정말 이상했어요. 비록 우리가 산골 마을로만 다녔다고 하지만, 소
식을 구하러 산에서 내려왔을 때에도 마도 고수들의 동정에 관한 이야기가
너무 없었거든. 꾸준히 세력을 확장하면서 끊임없이 분쟁을 일으키던 마도
의 제 문파들이 마치 약속이라도 한 것처럼 잠잠해 졌으니까. 그 육망일사가
삼명파를 멸문시킨 것 이후로는 너무 조용하단 말이야."

마지막은 이심호를 보고 하는 말이었는데, 확실히 마도의 이런 행동은 일
반적인 그들의 행태와는 많이 다른 것이었다. 개인의 이익과 문파의 이권을
위해 분쟁을 일으키고 세력을 확대하는 마도의 속성과 배치되는 조용함은
오히려 폭풍전야와 같은 불안감을 일으키는 것으로 해석될 수 있었다. 마도
인의 동정은 잦아들고, 사악한 마기를 품은 사건들이 연달아 일어나고 있다

는 것이 대체 어떤 관련이 있는지 도저히 짐작할 수 없는 상황이었다.

"일단 내일 신병대전에 가보면 우리의 이런 여러 가지 의문에 대한 해답의 실마리를 찾을 수 있을지도 모른다. 내일 좀 더 경각심을 가지고 상황을 살펴보도록 하자."

언고흔의 말로 논의는 일단락되었다. 무더위 끝에 찾아온 오랜만의 비는 아쉽게도 벌써 그친 모양이었다. 삼형제가 말을 멈추자 창밖에는 조용한 바람만 지나가고 있었다.

제12장 　　　 신병대전神兵大典

간밤의 한바탕 빗줄기가 더위를 많이 씻어냈는지 오랜만에 청량한 기분을 갖게 하는 하루가 시작되었다. 짧은 강우였지만 쏟아진 양이 제법 많아서 개울물도 불어나고 초목들도 생기를 머금었으며 시계가 환하게 트여 나들이하기에는 여간 좋은 날이 아니었다. 담비비가 아직 물기가 가시지 않은 땅을 깡충깡충 뛰면서 웃음을 터뜨렸다.

"헤헤, 모두 어서 가요. 엉큼한 만병보의 요병전람妖兵展覽인가 뭔가를 봐야죠."

막 인사를 마치고 걸음을 내딛던 언고흔이 그 말에 온 얼굴을 우그리며 웃었다.

"하하하, 담낭자의 말솜씨는 정말 뛰어나군. 이 언고흔의 마음을 어찌 그리 잘 표현하는 거요?"

담비비가 둥그런 눈을 대구르 굴리면서 웃음 띤 얼굴로 말을 받았다.

"수염 아저씨는 어제 그렇게 많이 얘기했으면서도 몰라요? 비비 생각에는 신병대전이란 말보다 요병전람이란 말이 훠, 얼, 씬 더 어울린다고요."

담운경이 빠르게 주위를 훑어보더니 담비비를 향해 엄한 눈빛을 보냈다.

"비비, 아무리 주위에 사람이 적다 해도 말을 함부로 하면 안 돼. 어제 얘기했던 일들은 남들이 알아서는 안 되는 거야."

담연령이 여유 있는 걸음걸이로 담비비에게 다가갔다.

"그래, 고모 말이 맞다. 강호에서는 말을 조심해야지. 그리고……."

담연령이 왼손으로 함께 걷는 언고흔 일행을 가리켰다.

"비비는 호칭부터 제대로 해야겠구나. 언가주 형제분들은 네 고모와 같은 배분인데 그렇게 마구 불러서야 쓰겠냐? 제대로 숙부라고 해야지."

언고흔이 수염을 문지르며 묘한 표정을 지었다.

"담노선배, 그냥 수염 아저씨도 괜찮은데요. 굳이 아직 성가成家도 안 한 저희에게……."

"안 될 말. 호칭이 바르지 않으면 옳은 사이가 아닌 것이고, 강호에서 배분은 중요한 것이야. 더구나 자네 형제 같은 의협지사를 숙부라고 부르는 것은 오히려 우리 비비에게 큰 행운인데 무엇을 사양하겠는가?"

담연령이 엄한 얼굴로 대답하며 비비를 쳐다보는데, 비비가 난감한 얼굴을 짓더니 조그만 소리로 불만을 토로했다.

"할아버지, 언숙부나 사도숙부라고 하는 건 괜찮은데, 저 오빠한테는 그냥 오빠라고 하면 안 돼요? 비비랑 나이 차도 다섯 살밖에 안 나는데……."

비비가 가리키는 사람이 뻔히 이심호라는 것을 알기에 담연령은 고개로 돌리지 않고 고개를 저었다.

"세 사람이 의형제인데 어찌 이소협에게만 오빠라고 할 수 있겠느냐?"

엄한 표정으로 비비를 내려다보는 것이 어서 숙부라고 부르라는 재촉과 다름이 없으니 담비비가 어쩔 수 없다는 표정으로 귀엽게 주먹을 말아 쥐어 올렸다.

"언숙부, 사도숙부…… 에, 이숙부!"

언고흔과 사도운이 미소를 지으며 가볍게 고개를 끄덕이는데 이심호는 마주 포권을 취하며 답례를 하고 있었다.

"현질녀를 알게 되어 기쁘기 그지없군. 좋은 숙부가 되도록 노력하겠네."

사도운이 대뜸 이심호를 쳐다보며 코를 찡긋거렸다.

"아이고, 삼제, 또……. 이 형은 이제 소름이 다 돋는다."

이심호가 자신의 유생 기질을 깨닫고 얼른 손을 내리며 쑥스러운 웃음을 띠었다.

"아, 이런. 그, 그래, 현질녀, 우, 우리 잘 지내자."

영 어색해서 말까지 더듬는 이심호의 모습에 사람들이 웃음을 터뜨렸다. 담운경과 담비비까지 허리를 꺾고 웃는 통에 이심호의 얼굴이 슬며시 붉어졌다.

"하하하, 애늙은이 삼제가 귀여운 조카가 생기니 어쩔 줄을 모르는군."

"호호호, 영감님 같은 이숙부도 이 귀여운 비비에게는 어쩔 줄 모르시네요."

동시에 똑같은 말을 한 언고흔과 담비비가 웃다 말고 어 하는 표정으로 서로 쳐다보더니 다시 낄낄대기 시작했다. 사도운이 그 와중에 눈빛을 서로 교환하는 언고흔과 담비비를 보고는 얼핏 한 생각이 떠올라 자기도 모르게 히죽 웃는 웃음을 지었다.

'허, 형님과 저 말괄량이가 의기투합하면 엉뚱한 장난이 보통 아닐 텐데. 아무래도 그 대상은 삼제 네가 될 것 같다. 삼제야, 무운을 빈다. 아미타불!'

사도운이 이심호의 미래에 불길한 그림자를 느끼며 불경까지 외워주는 동안 담운경은 웃음을 머금은 채 이심호를 바라보았다.

'참으로 신기한 사람이야. 강호에서 볼 수 없는 기질이야 유생 출신 때문이라고 해도 그저 있는 것만으로도 사람들을 서로 쉽게 어울리게 하니 그 맑은 성품이 정말 특이한 매력이네.'

언고흔이 담비비와 낄낄대다가 사도운을 손짓으로 부르더니 셋이서 무언가를 얘기하기 시작했다. 담비비가 손가락으로 언고흔의 주먹과 사도운의 검을 가리키며 입을 움직이는 것이, 두 사람의 무공에 관한 것을 이것저것 물어보는 모양이었다. 한 걸음 뒤처져 이심호와 담운경과 함께 걷게 된 담연령의 눈이 담비비를 향하며 흐뭇한 웃음을 띠었다.

'비비, 어리석은 것아, 이 세 사람을 너의 숙부로 맞은 것이 너한테 얼마나 큰 복인 줄도 모르고…… 이번 강호 출행에 정말 큰 소득을 얻었구먼, 허허.'

만병보로 향하는 길에는 꽤 많은 사람이 걷고 있었는데, 한눈에 보기에도 무림인임을 알 수 있는 차림들이었다. 흙길이 끝나고 바닥에 커다란 돌을 박은 넓은 포도鋪道가 시작되자 무림인의 수는 더욱 많아졌다. 담연령이 포도 위를 천천히 걸으면서 주위를 둘러보았다.

"호오, 정말 많이들 왔구먼. 이 정도면 무림인들의 성회盛會라고 할 만하지 않은가?"

옆에서 걷던 이심호가 담연령을 따라 주위를 한번 훑어보며 대답했다.

"저는 이렇게 많은 무림인을 보는 것이 처음이온데, 과연 무림인들은 신병이기에 관심이 많은 모양입니다."

"흠. 어쩔 수 없는 무림인의 속성이지. 비록 무라는 것이 병기에만 의존해서는 안 되지만, 병기를 익히고 사용하는 무림인이 조금이라도 더 좋은 무기를 가지고 싶어 하는 것은 거의 본능적인 욕구일 것이야. 심지어 신병이기 모으는 것을 취미로 하는 사람도 있으니……."

이심호가 호기심 어린 눈으로 담연령을 보았다.

"신병이기를 취미로 모으는 사람도 있습니까?"

담연령의 수염에 가려져 얼핏 보이는 입술이 슬쩍 비틀려 보였다.

"나와 같이 십대고수에 꼽히는 보패선寶貝仙 왕보명王保命이란 괴짜가 그런 놈이지. 온몸에 신병기보를 휘감고 다니는 것이 멋이라나? 일괴는 무공과 취향이 이상해서 괴물이라고 하지만, 이 왕노괴는 사고방식 자체가 괴상망측한 녀석이야. 그러면서도 자신이 선인이라고 우기고 다닌다네."

이심호가 참으로 별난 사람도 있다고 생각하는데 담연령의 눈이 반짝이면서 다시 입을 열었다.

"아, 과거에도 신검보도를 모으던 사람이 있었군. 운령원궐 우태경이라고 위세 부리기를 좋아하던 오래전 고수인데……."

이심호도 들었던 이름이라 자기도 모르게 말이 나왔다.

"신선부에게 패한……?"

"오, 자네도 아는군그래. 전대前代에 십대고수에 근접하던 절정고수인데 희귀한 칼을 많이 모았었어. 그리고 보니 신선부에 패하고 나서는 무림에서 사라져서 그 칼들이 어떻게 되었는지 모르겠군."

이심호의 뇌리에 언고흔과 사도운이 만났다는 녹의 궁장녀에 대한 생각이 스쳐 가면서 잊을 뻔했던 신선부에 대한 관심이 되살아났다.

'사부님은 끝내 신선부의 정체를 완전히 밝히지 못했다고 하셨는데……'

무림에서 신비하게 생각하는 신선부에 대해 오래전부터 관심을 두고 조사했던 사람이 있었으니 바로 귀명산인이었다. 귀명산인이 고천진군으로 천하제패를 계획할 때 위험이 될 세력으로 가장 신경을 썼던 곳이 바로 신선부였기 때문이었다. 강호인들이 기묘하게 생각하는 신선부의 행사에 대해서도 귀명산인은 그 이유를 추측하기를, 고대의 사도대법과 마공이 계승되는 것을 원천적으로 멸절시키기 위함이라고 보았다. 그러나 신선부의 내막이 완전히 비밀에 가려져 있고, 무공의 원류와 내력도 알려진 바 없기에 주의를 기울일 필요가 있다는 것을 귀명동부의 기록에 남겨 놓았던 것이다.

이심호가 잠시 생각을 하는 동안 지형이 위로 향하면서 작지 않은 돌산으로 접어들고 있었다.

"이런, 우리가 너무 뒤처지는군. 비비가 한참 앞섰는데, 걸음을 서두르지."

담연령의 말에 이심호도 얼른 정신을 차리고 속도를 내어 걷기 시작했다.

기묘한 지형이었다. 나무라고는 찾아보기 어려울 것 같은 돌산의 가운데에 도끼로 찍어낸 듯한 작은 길이 있고, 그 길을 따라 들어가니 분지의 형상으로 크게 파인 땅이 절벽으로 막힌 채 펼쳐져 있었다. 그 분지가 또 밖에서 보기와는 달리 상당히 넓은 면적에 빽빽한 숲으로 이루어져 있어서 전혀 다른 별세계에 온 것 같은 느낌이었다.

"그렇게 크지 않은 산인데 묘한 형태를 지니고 있군. 마치 호박 속을 다 파낸 것 같은 모양이야."

앞에 가던 언고흔이 걸음을 멈춘 채 손을 이마에 대고 지형을 살피면서 말하니 옆에 따라가던 담비비도 언고흔처럼 손을 머리에 얹으며 두리번거렸다.

"언숙부, 돌덩어리 호박인데 잘도 파내었네요. 그런데 만병보라는 건 어디 있는 거지요?"

"음, 사람들이 숲 사이로 난 길을 통해 절벽으로 향하는 걸 보니 호박 껍질에 붙어 있나 보다."

"호오, 연한 호박 속은 놔두고 딱딱한 껍질에 집을 만들다니 어지간히 괴팍스런 취미네요."

"원래 이상한 놈들은 이상한 데에 둥지를 틀잖냐."

엉뚱한 언고흔과 천방지축 담비비는 언제 그렇게 친해졌는지 박자를 맞춰가며 얘기를 하는 것이었다. 죽이 척척 맞게 얘기하는 두 사람을 어이없는 얼굴로 쳐다보던 사도운이 때맞춰 온 이심호를 향해 고개를 설레설레 저었다.

"정사시正巳時까지는 아직도 시간이 많이 남았는데 꽤 많은 무림인이 들어갔다. 생각보다 더 많이 온 것 같아."

"흐음, 이번 신병대전은 일찍부터 소문이 났으니까 온 무림의 구경꾼들은 다 왔을 걸세."

담연령의 말에 사도운이 냉정한 얼굴에 묘한 인상을 지었다.

"네. 그런데 오면서 옆에 가던 무림인들이 나누는 얘기를 엿들어보니 또 다른 이유도 있는 것 같습니다."

담운경이 의아한 표정으로 쳐다보니 사도운이 묘한 인상 그대로 다시 말을 이었다.

"이번에 나오는 신병이기 중에 전설 중의 절세신검인 거궐검巨闕劍과 담로검湛盧劍이 포함되어 있다는 소문이 갑자기 퍼진 모양입니다."

"예?"

담운경이 깜짝 놀란 표정으로 굵은 눈썹을 치켜떴고, 이심호는 경호성을 내지는 않았지만 순간적으로 번갯불 같은 신광이 눈을 스쳐 갔다. 담연령이 가벼운 감탄성을 내었다.

"춘추시대 월越의 구야자歐冶子가 만들었다는 다섯 자루의 신검 중에 두 자루라, 그건 이미 오랜 세월 찾아낼 수 없어서 가공의 전설이라고 여겨진 얘기가 아닌가?"

담운경이 굵은 눈썹을 살짝 찌푸리며 조용한 목소리로 입을 열었다.

"아버지, 구야자의 오대신검이라는 얘기는 전설일지 모르지만 그 중 몇 개는 확실히 존재하고 있는 것이에요. 과거에 출현한 적이 있던 것도 있고, 현재 보존되고 있는 것도 있지요."

사도운이 담운경의 말에 고개를 끄덕이며 동의하는 모습을 보이면서 말을 받았다.

"담로는 무림사에 두세 번 나타난 적이 있고, 어장魚腸과 승사勝邪는 황궁보고皇宮寶庫에 보관되고 있음이 확인되었지요. 하지만, 검호거궐劍號巨闕이라고 하는 제일신검第一神劍 거궐은 세상에 나타난 적이 없습니다. 그래서 거궐과 순균純鈞은 아예 전설로 지어진 이름일 뿐 존재하지 않고, 실제는 삼대신검이라고 말하는 사람들도 있지요."

"과연 십대검객이라, 검에 대한 지식이 풍부하구먼."

담연령이 감탄하는 동안 이심호의 표정은 살짝 굳어지고 있었다.

이심호가 시선을 멀리 숲이 끝나는 절벽으로 돌리며 입을 열었다.

"그런데 그런 소문이 어째서 갑자기 돌기 시작했을까요? 결과는 이렇게 많은 무림인이 몰려들게 되었으니……."

사람들의 시선도 따라서 숲이 끝나는 절벽으로 향했다. 숲길을 따라서 많은 무림인이 계속 절벽 쪽으로 몰려들고 있었다. 담비비와 떠들던 언고흔의 눈이 깊게 가라앉으며 표정이 심각하게 변했다.

"무림인이 이렇게 많이 모이면 반드시 시끄러운 일이 벌어지는 법인데 무엇 때문에 이렇게까지 무림인들을 끌어모으는 것이지?"

담비비가 순간적으로 변한 언고흔의 얼굴을 신기하다는 듯이 보더니 고개를 살래살래 흔들었다.

"언숙부, 뭘 그리 고민을 해요? 답은 신병대전에 있을 것이니 들어가 보면 알겠죠."

언고흔이 담비비의 얼굴을 보더니 심각하던 표정을 풀며 히죽 웃었다.

"맞아. 우리 영특한 비비 조카의 말이 정곡을 찌르는구나. 의심이 날 때는 직접 부딪치는 것이 제일 좋은 방법이지."

담비비가 언제 터득했는지 자신도 히죽 웃으면서 중인들을 돌아보았다.

"보물 구경을 하러 왔는데 사람 구경만 하실 거예요? 우리 어서 가 봐요."

말을 마치자 가벼운 발걸음으로 서둘러 앞서 가기 시작하니, 언고흔이 얼른 어깨를 나란히 하고 가는 것이었다. 담연령이 가벼운 웃음소리를 내었다.

"허허, 맞는 얘기로군. 여기서 사람구경 할 일은 없지. 우리도 어서 서두르자."

나머지 네 사람도 걸음을 재촉했다. 이심호가 등에 멘 커다란 책상자를 추스르고는 담연령의 뒤를 따르면서 어쩐지 유쾌하지 않은 예감에 눈이 깊게 가라앉았다.

'있지도 않은 거궐검으로 사람들을 끌어모으다니, 도대체 이 신병대전은 무엇을 노리는 것이지……?'

신검 거궐은 이미 그 신령한 힘을 모두 이심호에게 옮기고 세상에서 사라지지 않았던가. 세상에 존재하지도 않는 신검을 내놓고 사람을 속여 모이게 하는 것에는 무슨 목적이 있는 것일까. 이심호는 왠지 가슴속에 검은 먹구름이 서리는 것 같은 느낌이 들어서 걸음이 빨라졌다.

빽빽한 숲길을 빠져나오니 절벽 앞의 작은 공터에는 이미 많은 무림인이 모여 웅성대고 있었다. 놀랍게도 절벽 앞에는 공터를 가로지르며 높은 돌담이 둘러쳐져 있고 그 돌담이 비워진 가운데에 그 절벽에 파묻힌 것처럼 커다란 돌문과 작은 누각이 세워져 있었는데, 돌문 위의 누각에 역시 돌로 만든 편액이 걸려 있는 것이었다.

만병신기보萬兵神器堡.

굳게 닫힌 돌문 위에는 또 「만병조화萬兵造化, 개개신기皆皆神器」라는 두 줄의 글이 세로로 새겨져 금칠로 메워져 있었다.

"이런, 석보라고 하더니 이건 아예 절벽이 통째로 건물인 모양인데?"

의외의 광경에 언고흔이 굳게 닫힌 돌문을 바라보며 말했다. 확실히 만병보는 따로 건물을 세운 것이 아니라 온통 돌로 이루어진 절벽을 깎아서 만들어진 모양이었다. 사도운이 냉철한 눈으로 모여 있는 무림인을 살펴보더니 작은 목소리로 중얼거렸다.

"구파九派의 인물들은 보이지 않고, 사대세가四大世家도 거의 안 왔군. 그동안 보이지 않던 사파의 고수도 보이는 것 같은데, 처음 보는 인물이 너무 많은데?"

언고흔도 이곳저곳에 시선을 보내면서 동감을 표시했다.

"그래, 무림인인 것 같고 풍기는 기도도 보통이 아닌 고수들인데 처음 보는 인물이 너무 많다."

담비비가 언고흔과 사도운의 사이에서 둘의 얼굴을 번갈아 쳐다보다가 고개를 갸우뚱했다.

"언숙부나 사도숙부는 강호에 알려진 인물들인데 아는 사람이 없다고? 이거 이상하군요. 어제 객잔에서 아는 척하던 사람들도 있었는데, 하룻밤 사이에 얼굴을 싹 갈아붙였나?"

담연령이 수염을 쓸면서 이심호에게 고개를 돌렸다.

"비비의 말대로 이렇게 많은 무림인 중에 아는 얼굴이 없다는 것은 이상한 일이군. 자네는 어떻게 생각하나?"

이심호의 별빛처럼 빛나는 눈이 담비비에게 고정되었다.

"현질녀는 정말 총명하군요. 저도 마침 그 생각을 하고 있었는데 답은 현질녀의 말과 같습니다."

"엥?"

담비비가 무슨 소리냐고 눈을 휘둥그레 뜨면서 이심호를 바라보고, 다른 사람들도 궁금한 눈빛을 보내니, 이심호가 얼른 다음 말을 이어갔다.

"이번 신병대전은 소문이 많이 퍼졌고, 또 갑자기 이대신검이 전시된다는 소문 때문에 훨씬 많은 사람이 왔습니다. 전에 제가 말씀드린 것처럼 이곳에서 신병을 사려거나 또는 다른 목적으로 온 사람들은 자신의 신분을 밝히고 싶지 않을 것입니다. 무림의 대소사에 주의하는 구파가 이런 성회를 모른 척할 까닭이 없고, 한 지방의 패주 중에도 관심을 두지 않은 사람이 없을 것이며, 은거했던 고인들도 분명히 많이 왔을 것인데 담노선배나 형님들이 알아볼 수 있는 사람이 없다면 그 이유는 단 한 가지겠지요."

이심호가 말을 멈추면서 담비비를 쳐다보니 담비비가 문득 그 커다란 눈에 총기를 번뜩이며 냉큼 말을 받았다.

"역용변장易容變裝!"

이심호가 담비비에게 미소를 지으며 고개를 끄덕였다. 사람들은 그제야 담비비의 하룻밤 사이에 얼굴을 갈아붙였다는 풍자적인 말이 해답이라는 이심호의 뜻을 이해할 수 있게 되었다. 담연령이 의기양양한 담비비를 기특한 눈으로 바라보며 천천히 뒷짐을 지었다.

"흠. 우리처럼 편한 마음으로 구경하러 온 사람들은 거의 없다는 말이로군."

언고흔이 비웃는 얼굴로 이심호에게 말했다.

"얼굴을 가릴 정도로 남에게 떳떳하지 못한 모임이란 거로구나."

사도운과 담운경의 얼굴에도 가벼운 냉소가 스쳐 갔다. 담비비가 그 사이에 이심호에게 한쪽 눈을 찡긋하더니 오른손 엄지를 슬쩍 쳐들었다. 그 앙증맞은 모습에 이심호의 미소가 더욱 짙어지는데 갑자기 커다란 북소리가 들리기 시작했다.

둥, 둥, 둥, 둥, 둥.

공터에 모인 사람들의 눈이 절벽 쪽을 향하니 굳게 닫혀 있던 돌문이 두 조각으로 나뉘어 천천히 열리면서 한 사람이 나오는 것이 눈에 들어왔다.

끼기긱.

다섯 번의 커다란 북소리와 함께 돌문이 열리는 마찰음이 그치면서 문에서 나온 사람이 주위를 향해 정중하게 읍을 하였다.

"신병대전에 참가하고자 본 보에 왕림하신 여러 영웅호걸을 환영합니다!"

큰 소리로 주위에 인사를 마친 인물은 흑의의 단삼을 갖추어 입은 중년인인데 세 갈래로 깔끔하게 기른 검은 수염에 지혜로운 인상을 주고 있었다. 이심호의 눈에 이채가 흘렀다. 바로 어제 객잔에서 언고흔과 육망일사가 싸우기 전에 자리를 비켜주던 무림인 중의 한 명이었던 것이다.

흑의 중년인이 다시 목청을 가다듬어 큰 소리로 말했다.

"저는 본 보의 총관을 맡고 있는 주자신朱資新이라 합니다. 예상보다 많은 분이 오신 관계로 대접이 좀 늦어진 점을 양해하시고, 이제 저를 따라 대전 장소로 이동해주시면 감사하겠습니다."

주자신의 말이 끝나자 열린 석문에서 스무 명의 흑의 경장인들이 몰려나와 양쪽으로 늘어섰다. 주자신이라는 흑의 중년인이 만족한 웃음을 머금으며 몸을 비키면서 왼손으로 군웅들을 청하니, 공터에 웅성거리던 사람들이 천천히 문 안으로 걸음을 옮기기 시작했다.

언고흔이 맨 앞에서 문 안으로 들어가는 백의의 세 사람을 보면서 나지막하게 코웃음을 쳤다.

"흥, 잘난 척하기 좋아하는 악가岳家의 꼬맹이도 왔구먼."

담비비가 얼른 문쪽을 쳐다보았지만 이미 많은 사람이 들어가고 있었다.

"악가의 꼬맹이가 누구예요?"

언고흔이 담비비를 내려다보며 히죽 웃었다.

"있어, 그런 꼬맹이가. 일단 들어가자. 들어가서 설명해줄게."

언고흔이 담연령을 향해 고개를 가볍게 숙이면서 말했다.

"담노선배, 우리도 들어가 보는 것이 어떻겠습니까?"

"그러세. 이왕이면 좋은 자리에서 구경하는 것이 낫겠지."

담연령이 말과 함께 움직이자 나머지 다섯 명도 석문으로 걸음을 옮겼다.

일반적으로 장보莊堡로 들어가면 중앙에 객청客廳이나 영빈관迎賓館이 있게 마련인데, 절벽 안을 파내어 만든 만병보는 석문을 통과하자 바로 커다란 광장이 형성되어 있었다. 광장의 높은 천정은 격자로 뚫려 있어서 환하게 빛이 들어오고, 광장 뒤편에는 커다란 돌 병풍을 여덟 개나 세워놓았는데, 복도나 회랑으로 통하는 길을 가리는 용도인 것 같았다. 입구에서 광장까지 모든 것이 돌로 이루어져 있는데도 다듬은 솜씨가 아주 공교工巧하여 거친 돌이라는 느낌이 없을 정도였다. 여덟 개의 돌 병풍 앞에는 한 계단을 높여서 널찍한 단을 만들어 놓고 그 위에는 기다란 석탁과 세 개의 의자를 놓았으며, 광장 주위로 빙 둘러서 긴 등자橙子(등받이가 없는 의자)가 있는 것이 참석자를 위한 자리인 것 같았다.

스무 명의 흑의 경장인이 민첩하게 움직이며 군웅을 등자에 골고루 앉도록 안내하는 동안 주자신이 천천히 가운데의 단 앞에 섰다.

"본 보가 처음 개최했던 저번의 신병대전에는 많지 않은 분들이 오셨기에 이번에도 그에 맞추어 준비했습니다. 그런데 본 보의 명성이 그동안 널리 알려졌는지 오늘 오신 분들이 저번의 세 배가 넘는지라 어쩔 수 없이 급하게 자리를 늘리게 되었습니다. 대접이 미비하고 자리가 허술하다 욕하지 마시고 편한 마음으로 임해주시기를 부탁드리겠습니다."

사람들이 모두 등자에 나누어 앉고 자신을 쳐다보기 시작하자 주자신이 다시 만족한 미소를 지으며 가볍게 포권했다.

"그럼 이번 신병대전을 주지하시는 본 보의 보주님께서 인사 말씀을 드리도록 하겠습니다."

동동동.

어디선가 작은 북소리가 세 번 울리더니 돌 병풍 사이로 한 인물이 걸어나와 단 위 가운데 의자 앞에 섰다.

어린아이 주먹만 한 옥관玉冠으로 반백의 머리를 묶어 올리고 동그랗고 넓적한 얼굴에 짧은 수염을 길러서 부유한 상인처럼 보이는 오십 대 중반의 남자였다. 작은 키에 통통한 몸매를 금포로 감싸고 두 손을 들어 포권을 하는데 어울리지 않게 커다란 주먹이 인상적이었다.

"안녕하십니까? 제가 만병보의 보주인 고창덕高昌德입니다. 이렇게 많은 강호의 영웅들께서 왕림해주셔서 매우 기쁩니다. 부디 저희가 만든 신기가 진정한 주인에게 돌아가기를 바랍니다."

만병보주라는 고창덕은 인사를 마치자 가운데 의자에 앉더니 주자신을 향해서 가볍게 고갯짓을 했다. 주자신이 다시 장중으로 걸어 나오며 입을 열었다.

"오신 분들이 이미 아시다시피 신병대전은 본 보의 뛰어난 기술을 세상에 알림과 동시에 본 보에서 제작된 것 중에서 가장 뛰어난 병기의 주인을 가리는 행사입니다. 신병이기에는 그에 어울리는 가치가 따르는 법. 그 가치를 어찌 한낱 금은 부스러기로 따질 수 있겠습니까? 그래서 그 가치를 공정하게 따져서 정해줄 사람이 필요하기에 특별히 세상에 뛰어난 감식안을 가지신 두 분을 초청했습니다."

동동동.

또 작은 북소리가 세 번 울리며 두 사람이 돌 병풍 사이로 걸어 나와 고창덕의 좌우에 섰다.

"한 분은 황경皇京 연고재研古齋의 당주이신 오학제吳學濟, 오노야시고……."

고창덕의 좌측에 있는 뚱뚱한 노인이 가볍게 고개를 숙이고 자리에 앉았다.

"또 한 분은 무림에서 견식이 뛰어난 것으로 명성이 자자하신 황산黃山의 일문만언一聞萬言 종리선생鍾離先生이십니다."

주자신의 말에 따라 이번에는 우측에 있는 대나무처럼 비쩍 마르고 쥐 눈에 염소수염을 기른 노인이 포권을 하고는 의자에 앉았다. 종리선생이란 노인이 소개되자 등자에 앉은 무림인들이 작게 웅성거렸다.

언고흔이 종리선생이란 노인을 보면서 히죽히죽 웃기 시작했다.

"하, 저 노인네를 이런 자리에서 볼 줄은 몰랐네. 여간해서는 황산을 안 떠나는데 어떻게 끌고 왔지?"

담비비가 동그란 눈을 크게 뜨고 종리선생을 쳐다보면서 입을 열었다.

"언숙부, 저 노인을 알아요? 별호가 되게 이상한데…… 하나를 들으면 만 마디 말을 한다구?"

사도운이 옆에서 대신 대답했다.

"응, 별호대로 말이 정말 많은 노인이지. 그만큼 박식하기도 하고. 언숙부하고는 꽤 친한 사이란다."

언고흔이 담비비를 쳐다보면서 말을 보충했다.

"자칭 무림의 사전事典이라고 무림에 관한 일은 모르는 게 없다고 항상 떠들어대는 양반인데, 오만가지 풍문이나 말도 안 되는 전설까지 섞어대는 통에 듣는 사람이 사실인지 거짓인지 헷갈리게 하는 솜씨가 있지. 그래서 일문만언이라는 별호보다 칠실삼허七實三虛라는 호칭이 더 유명해."

칠실삼허란 열 마디 말 중에 세 마디는 거짓이라는 소리니 종리선생이 어떤 사람인지 상상이 가는지 담비비가 키득키득 웃었다. 담연령도 종리선생을 보고는 수염을 쓰다듬으며 가벼운 웃음을 흘렸다.

"허허, 세월이 많이 흘렀나? 젊었을 때는 그렇게 세상이 좁다 하고 쏘다니며 사람들을 귀찮게 하는 재미로 살더니 종리황鍾離滉도 이제는 꽤 늙어서 볼품없는 꼴이 되었군. 요새는 별로 돌아다니지 않는 모양이지?"

종리황이 종리선생의 본명인 듯했다.

"네. 최근에는 자기가 모르는 무림의 일은 없다고 큰소리를 펑펑 치면서 황산에서 꼼짝도 안 하는 편입니다. 그래도 이제는 거의 원로 대접을 받아서 찾아가 여러 가지를 물어보는 강호인이 많지요."

언고흔의 대답에 사도운이 생각났다는 듯이 고개를 빼며 말에 끼어들었다.

"형님, 그런데 그렇게 엉덩이가 무거운 종리선생을 만병보가 어떻게 초빙했을까요?"

"뭐, 저 노인네가 다른 것은 몰라도 자기 지식 자랑하는 거 하고 술은 좋아하니까, 좋은 술을 미끼로 걸었으면 이런 자리에 안 올 리가 없지."

이심호가 재미있는 사람이라고 생각하며 바라보니 종리선생은 자기 얘기를 하는 걸 아는지 점잔을 빼고 앉아 있다가 귀를 연방 후비고 있었다. 사도운이 시선을 만병보주 고창덕의 좌측에 있는 노인으로 돌렸다.

"종리선생을 초빙한 것도 그렇지만, 황궁에 올리는 모든 기진이보를 감정하는 연고재의 당주를 데려온 것도 쉬운 일은 아니죠."

"연고재라는 곳이 그렇게 대단한 곳이냐?"

언고흔의 말에 사도운이 냉정한 얼굴에 한 줄기 웃음을 띠었다.

"세간에는 그저 중원에서 가장 유명한 골동품 상인으로 알려졌지만, 실제는 여러 나라에서 진상하는 조공품이나 황실의 진기한 보물을 감정하고 관리해 주는 곳이라, 반은 황실에 속해 있다고 할 수 있는 집안입니다. 황실과 권문세가에 모두 연줄이 있어서 함부로 대할 수 없는 호상豪商인데……."

중간에 앉은 담비비가 들어보지 못한 얘기가 계속 나오자 눈을 빛내며 열심히 듣고 있는 모습이 무척 귀여웠다. 종리선생의 등장에 대한 군웅들의 웅성거림이 조용해지자 주자신이 의미를 알 수 없는 미소를 지은 채로 두 손을 번쩍 들었다.

"자, 그럼 더 지체하지 않고 신병대전을 시작하겠습니다. 신병출세神兵出世!"

둥, 둥, 둥.

커다란 북소리가 세 번 울리더니 돌 병풍 사이에서 시커먼 천막 같은 것이 다섯 개 나타났다. 얼핏 보기에는 작은 몽고천막처럼 생겼는데 광장 중앙으로 움직이는 것이 속에 사람이 들어가 있는 모양이었다. 시커먼 천은 무엇으로 만들었는지 무척 두꺼워서 속이 전혀 비쳐 보이지 않았다.

쿵.

광장을 울리는 발소리와 함께 다섯 개의 천막이 한 줄로 늘어섰다. 장중에 있는 모든 사람의 눈이 자연적으로 다섯 개의 천막에 모여지자 주자신이 석탁의 왼쪽 끝에 서서 다시 입을 열었다.

"이번 본 보의 신병대전에는 모두 열 개의 신병이 출세할 예정입니다. 그중에서 우선 다섯 개의 신병을 가지고 주인을 가리도록 하겠습니다. 제가 이 다섯 개의 신병을 차례로 소개해 드리고 나서 주인이 되고자 하시는 분은 의사를 표시해 주십시오."

주자신의 시선이 맨 왼쪽의 천막을 향했다.

"먼저, 세상을 찢는 창룡편蒼龍鞭!"

펑!

폭음과 함께 천막이 터져 나가며 흑의 경장인 하나가 채찍을 휘두르는 모습이 나타났다. 그 흑의 경장인은 채찍을 공중에서 크게 한 번 돌리더니 돌바닥을 내리쳐 쩍 하는 소리를 내었다. 그의 손에는 푸른 비늘이 가득 뒤덮여 삼장三丈은 족히 되어 보이는 긴 채찍이 들려 있었다.

"다음, 하늘을 무너뜨리는 붕천신창崩天神槍!"

두 번째 천막이 터지면서 흑의 경장인이 은빛이 찬란한 창 한 자루를 공중에서 돌리는 모습이 나타났다. 그는 창을 회오리처럼 돌리더니 군웅을 향해 겨누는 자세로 몸을 고정했다.

"다음, 대지를 뒤흔드는 곤왕륜坤王輪!"

세 번째 천막이 터지면서 두 손으로 검붉은 륜을 방패처럼 몸 주위로 회전시키는 흑의 경장인이 나타났다. 주자신의 목소리가 계속 거침없이 터져 나왔다.

"바람을 이끄는 인풍월引風鉞과 산을 부수는 파산갑破山胛!"

네 번째와 다섯 번째 천막이 연달아 터져나가며 장난감처럼 귀엽게 생긴 도끼를 든 흑의인과 어깨까지 오는 긴 장갑을 양팔에 낀 흑의인이 드러났다. 두 흑의인도 간단히 자신들의 병기를 휘두르고 자세를 잡았다.

짝짝짝.

군웅들은 손뼉을 치며, 등장한 다섯 개의 병기에 눈을 모았다. 푸른 비늘이 덮인 창룡편, 은빛 찬란한 붕천신창, 수십 개의 칼날을 주위에 두른 채 검붉은 빛을 띠는 곤왕륜, 경교輕巧하면서 휘황한 빛을 내는 인풍월, 그리고 마치 교룡의 힘줄을 이어붙인 듯한 기다란 장갑 파산갑. 모든 병기가 기이한 빛을 머금고 날카로운 예기와 섬뜩한 살기를 내뿜는 것이 과연 평범한 것들이 아니었다.

"멋지게 보이려고 연출에 신경을 좀 썼군."

언고흔이 팔짱을 끼면서 재미없다는 말투로 투덜대니 담비비가 다섯 개의 병기를 유심히 보다가 불쑥 입을 열었다.

"저런 게 신병이에요? 괴이한 살기가 넘실대는 것이 신령한 기운은 하나도 없고……."

담비비가 얼핏 어떻게 표현해야 할지 몰라 망설이는데 이심호가 고개를 끄덕이며 뒤를 이었다.

"사악한 기운이 담긴 마병魔兵이다."

사람들이 이심호를 쳐다보니 이심호의 굳어진 얼굴 위 두 눈에서는 신광이 흐르고 있었다. 이심호의 신안이 마기를 감지하자 저절로 발동하기 시작한 것이었다. 이심호는 사람들이 자기를 쳐다보는 것도 의식하지 못한 채 다섯 개의 병기에 시선을 고정하고 혼잣말처럼 중얼거렸다.

"이렇게나 끔찍한 원념怨念과 악의惡意가 뭉친 무기가 있다니…… 오직 살육과 파괴만을 목적으로 만들어진 지독한 마병이다."

담연령이 눈살을 깊게 찌푸리며 말했다.

"과연 다섯 개의 병기가 나타난 이후로 광장 전체에 괴이한 냉기가 흐르고 있구나. 이 사악하고 요사스런 냉기는 확실히 그 쇳덩어리에서 느꼈던 것과 유사하군."

담연령의 말이 떨어지기 무섭게 언고흔과 사도운, 그리고 담운경은 불쾌한 냉기가 목덜미를 훑는 듯한 감각에 몸을 가볍게 떨었다. 그들도 절정고수라 병기에서 흐르는 괴이한 기운을 감지해낸 것이다. 사도운이 몸을 추스르고 빠르게 주위를 살펴보더니 가볍게 냉소를 터뜨렸다.

"흥, 무림의 고수라는 작자들이 탐욕에 눈이 멀어 마병의 기운도 느끼지 못하는 것 같군요."

사도운의 말대로 등자에 앉아 있는 무림인들은 병기가 등장한 순간부터 이미 탐심이 가득한 눈으로 다섯 개의 마병을 홀린 듯이 바라보고 있을 뿐이었다. 그때 등자의 중앙에 앉아 있던 한 사람이 벌떡 일어났다.

"내가 붕천신창을 사겠소."

키가 상당히 큰 백의의 중년인이었다. 주자신이 자기 손바닥을 마주쳐 짝, 소리를 내고는 천천히 단 아래로 걸어 내려왔다.

"성함이……?"

"장張이라고 부르면 되오."

주자신이 장이라고 밝힌 키 큰 백의인 앞에 서더니 미소를 띤 얼굴로 양손을 펼쳤다.

"장대협, 붕천신창의 가치를 무엇으로 치르시겠습니까?"

장이라는 백의인이 품속에서 주머니 하나를 꺼내더니 주자신에게 넘겨주었다.

"야명주 서른 개요."

군웅들이 술렁이기 시작했다. 스스로 빛을 낸다는 야명주도 보통 귀한 것이 아닌데, 서른 개면 그 가치가 웬만한 성城을 사고도 남음이 있는 것이기 때문이다.

주자신이 눈을 가늘게 뜨고 장이라는 백의인을 훑어보더니 주머니를 들고 탁자로 돌아갔다. 주자신이 주머니를 연고재의 오노야에게 건네주고, 오노야가 주머니 안을 자세히 들여다보더니 다시 주자신에게 돌려주며 뭔가 귓속말을 하는 것이었다. 주자신이 가볍게 고개를 끄덕이고는 주머니를 들어 그대로 장이라는 백의인에게 던졌다. 얼떨결에 주머니를 받은 장이라는 백의인이 눈을 치켜뜨며 주자신을 보자 주자신이 안되었다는 얼굴로 입을 열었다.

"오노야 말씀이 야명주 자체는 아주 질이 좋은 상품上品이지만, 드물다 해도 세상에서 구할 수 없는 것은 아니라고 하셨소. 그 정도의 물건으로는 신병의 가치가 될 수 없죠."

장씨 백의인이 잠시 명청하게 있다가 갑자기 대소를 터뜨렸다.

"푸하하하, 이 야명주 서른 개를 구하려고 별짓을 다 했는데 뭐, 신병의 가치가 어쩌고?"

장씨 백의인이 웃음을 멈추고 주자신을 노려보는데 그 눈에는 분노의 불꽃이 이글거리고 있었다.

"도대체 얼마나 대단한 물건이라고 이걸로 그 창 한 자루를 못 산다는 것이냐? 내가 직접 한 번 봐야겠다!"

말소리와 함께 장씨 백의인의 신형이 번뜩하더니 바로 붕천신창을 향해 손을 뻗는 것이었다. 빠른 신법과 손속이 무림의 하류배가 아님이 분명하였다.

그 순간, 석상처럼 자세를 취하고 있던 흑의 경장인이 갑자기 창을 잡은 두 손을 가볍게 흔들었다. 그러자 장씨 백의인의 손에 잡힐 듯하던 창 자루가 부르르 떨더니 갑자기 세 개의 창날로 변해 장씨 백의인의 목과 양쪽 어깨를 찔러가는 것이었다.

"허엇!"

장씨 백의인이 놀란 듯 소리를 내더니 급히 양발을 교차하면서 팔뚝으로 창 자루를 거푸 때렸다.

타닥.

짧은 충돌음이 일더니 장씨 백의인이 반탄력을 이용해 몸을 뒤집으며 원래의 자리로 날아 내렸다. 순간적으로 대응하는 장씨 백의인의 신수도 보통이 아니었지만, 그저 만병보의 하인이라고 생각했던 흑의 경장인이 창을 다루는 솜씨에 군웅들은 매우 놀랐다. 장씨 백의인은 신형을 바로 잡은 후 놀란 눈으로 주자신을 바라보며 양 팔뚝을 연방 주무르는 것이 창에 실린 역도가 대단한 것 같았다.

주자신이 웃음을 터뜨렸다.

"하하하, 강호에서 신병이기라는 것은 정해진 주인이 따로 있다고 하지 않습니까? 그걸 힘으로 취하려 하시다가는 큰 창피를 당하실 것입니다. 본 만병보는 무력으로 대전을 혼란스럽게 하는 것을 절대 용납하지 않습니다."

말과 함께 장중을 돌아보는데 가느다란 눈에서 날카로운 빛을 띠는 것이 자못 위협적인 모습이었다.

　무림인이란 힘을 우선하고 자존심으로 먹고사는 인종. 이런 위협은 오히려 그들의 자존심을 건드리는 효과를 낳았다. 당장 자리를 박차고 일어서는 사람들이 스무 명 남짓이나 되었고, 그중 한 사람이 크게 호통을 치는 것이었다.

　"네 이놈! 야방冶坊(대장간)의 총관 주제에 누구를 가르치려는 것이냐?"

　일어선 사람들뿐 아니라 대부분의 무림인이 노한 눈으로 주자신을 노려보고 있었다. 좌측 구석에 서 있던 흑의인이 음충맞은 웃음을 흘리며 주위를 둘러보았다.

　"흐흐흐, 만병보가 무슨 와호장룡臥虎藏龍의 장소라도 되는가 보군. 기껏 다섯 개의 병기를 하인 놈들에게 들려 놓고 무림의 영웅들을 기만하자는 수작인가? 일단 어느 정도 가치가 있는 건지 손에 들고 좀 살펴봐야 하는 것 아닌가? 그래야 야명주든 여의주든 내줄 생각이 날 텐데……."

　흑의인의 목소리는 그렇게 크지 않았지만, 광장 구석까지 잘 들렸고 금방 여기저기에서 호응하는 소리가 터져 나왔다.

　"옳소! 이렇게 멀리서 바라보고 무슨 신병인 줄 알겠소?"

　"자기들이 정하는 대로 따라야 한다는 것은 너무 일방적이지 않은가?"

　흑의인의 선동적인 말에 광장의 분위기가 묘하게 변하고 있는 것이었다. 여기저기서 손짓이 올라오고 불만이 터져 나오는 것이 불온한 상태인데, 그 모습을 바라보는 주자신의 표정은 전혀 변화가 없었다. 주자신이 오히려 흥미롭다는 표정을 지으며 말했다.

　"호, 그래서 어쩌시겠다고? 설마 과거에 스무 명의 무림인이 본 보에 도둑질하러 왔다가 모조리 제압당한 일을 잊으셨나?"

　광장의 무림인들이 잠깐 움찔하는 것 같았지만, 이것은 오히려 타는 불에 기름을 끼얹은 격이었다.

　"무례한 놈!"

　"건방진……."

여기저기서 꾸짖는 소리가 들리더니 십여 개의 인영이 그대로 공중을 가로지르며 주자신을 덮쳐갔다. 돌연한 변화에 언고흔 등이 눈살을 찌푸리는데 담연령의 낮은 목소리가 울려 나왔다.

"일단 상황이 어떻게 될지 지켜보세."

담연령의 말에 대답하기도 전에 장중의 상황이 급격히 변했다. 날아드는 십여 개의 인영은 신쾌하여 고수의 신수가 엿보이는데, 주자신은 전혀 방비도 하지 않고 웃기만 하는 것이었다. 그러나 그들의 신형이 단상에 가까워지자 병기를 쥐고 서 있던 다섯 명의 흑의 경장인이 갑자기 병기를 휘둘러 출수했다. 십여 개의 인영 중 한 명이 냉랭한 코웃음을 터뜨렸다.

"흥, 그럴 줄 알았다!"

이들은 이미 좀 전의 격돌을 염두에 두었던지 대번에 방향을 틀더니 다섯 명의 흑의 경장인에게 공격을 퍼붓기 시작했다. 손속이 정교하고 힘이 넘치는 공격이 다섯 흑의 경장인에게 집중되었다. 강력한 장풍과 날카로운 경기가 몰려들자 다섯 흑의 경장인이 손에 들은 병기를 휘둘러대었다. 거대한 편영과 불꽃이 튀는 듯한 창날, 그 사이로 회오리바람 같은 수레바퀴가 돌고 시커먼 권력이 바위처럼 떨어지며 작은 도끼가 섬광처럼 날았다.

퍼펑!

"크악!"

"억!"

커다란 폭음과 비명이 엉키더니 십여 개의 인영이 퉁겨져 날아가고 개중의 태반은 공중에 길게 핏줄기를 그려내고 있었다. 광장에 모인 무림인들이 놀라 눈을 크게 뜨고 쳐다보니 주자신을 덮쳐갔던 십여 명은 모조리 심한 상처를 입고 물러났는데, 그 중 다섯 명은 팔이 부러지거나 옆구리에 큰 구멍이 뚫렸고 두 명은 팔과 다리가 잘려 피를 뿜으며 바닥을 구르고 있는 것이었다. 그 중 흰옷을 입은 청년이 망연자실한 표정으로 머리를 크게 흔들었다.

"어떻게, 어떻게 이, 이런……."

청년은 별다른 상처를 입지는 않았지만, 옷이 갈기갈기 찢어진 것이 역시 크게 낭패를 본 모습이었다. 그 청년을 보던 담비비의 눈이 반짝 빛났다.

"언숙부, 저 사람은 아까 언숙부가 꼬맹이라고 하던 사람인데?"

침중한 눈빛으로 장내의 변화를 바라보던 언고흔이 고개를 끄덕였다.

"음, 꼬맹이가 까불기는 해도 산동악가山東岳家의 삼공자三公子인데 한 수에 저런 꼴이 되다니……."

"덮쳐갔던 인물들이 다 고수라고 할 만한 자들인데 저런 결과를 낳다니 마병의 위력이 대단하군요."

사도운의 말에 담운경이 다섯 흑의인을 주시하며 입을 열었다.

"마병들도 대단한데, 저 다섯 흑의 경장인의 무공도 보통이 아닌 듯해요. 자리를 안내하던 하인들과 같은 옷차림을 하고 있지만, 저들은 일반 고수들이 아니에요."

말없이 얘기를 듣고 있는 이심호의 눈이 신광을 띤 채로 계속해서 다섯 개의 병기에 머물러 있었다. 십여 명의 무림고수가 작정하고 뛰어들었는데도 다섯 명의 흑의 경장인에게 처참한 모습으로 격파당한 것은 상당한 충격을 주었다. 광장 안의 군웅들이 뜻밖의 결과에 침묵으로 빠져들자 주자신이 다시 웃음을 터뜨렸다.

"하하하하, 직접 보고자 하시더니 겪어보니 어떻습니까? 본 보가 만든 신병이기의 위력을 실감하셨겠지요? 규정대로라면 무력으로 신병을 탐냈으니 본 보에서 나가주셔야 하겠습니다만, 오늘 신병대전이 이제 막 시작되었으니 화기를 상하지 않도록 그냥 진행하라는 보주님의 명이 있었습니다. 아, 물론 상처가 심한 분은 저희가 치료해 드리도록 하죠."

주자신이 턱짓을 하자 자리를 안내했던 흑의인들이 부상이 심한 무림인들을 부축하여 병풍 뒤로 사라졌다. 주자신이 정리되는 장내에서 멍하니 서 있는 백의청년을 보더니 슬며시 웃음을 지었다.

"악씨세가의 악준岳俊 공자께서 오신 줄은 미처 몰랐습니다. 실례했습니다."

악준이라는 백의청년이 멍하니 있다가 정신을 차리는데 창피함으로 얼굴이 시뻘겋게 변했다. 악준이 우물쭈물 어떻게 할지 모르는 모습에는 눈도 두지 않고 주자신이 다시 군웅을 향해 웃는 얼굴을 들었다.

"자, 그럼 다시 진행하도록 하죠. 이 신병들의 주인이 되실 분?"

단 한 번의 격돌로 십여 명의 고수들을 격파시켰으니, 저절로 위세가 당당해진 모습이었다. 더구나 이 격돌로 만병보가 제작한 병기의 우수성을 과시한 셈이라 주자신은 아주 만족스러운 웃음을 머금고 있었다. 군웅은 조금 전의 격돌을 목격한 후에 상당히 조용해진 모습이라 주자신의 장난스러운 말투에도 별 반응이 없었다.

이심호 등이 자리 잡은 우측의 구석에서 한 인물이 슬며시 일어났다.

"나, 나는 저 인풍월을 사려고 하오."

말한 사람은 왜소한 체구에 빛이 바랜 황의를 걸친 인물이었는데 누렇게 병색이 뜬 얼굴에 듬성듬성 수염이 자라서 볼품없는 몰골의 중년인이었다. 황의 중년인은 자신 없는 발걸음으로 주자신에게 다가가더니 품에서 조심스럽게 작은 나무상자를 꺼내어 주었다.

"우리 집안의 가보인데 이, 이걸로 될지……?"

황의 중년인은 몸이 안 좋은지 목소리까지 메마르고 힘이 없었다. 주자신이 황의 중년인을 훑어보더니 작은 나무상자를 석탁 위에 놓고 열었다. 석탁 앞에 앉은 오노야, 고창덕, 종리선생의 시선이 동시에 나무상자 안으로 향하더니 가벼운 탄성이 흘러나왔다.

"호오, 이것은……!"

오노야가 나무상자에서 꺼낸 것은 푸른빛이 은은하게 흐르는 투명한 조각상이었다.

통천관을 쓰고 옥 홀을 든 채 자리에 앉은 신선의 모양이 새겨진 작은 조각상은 옥인지 비취인지 모를 재료로 만들어졌는데 오노야가 꺼내 들자 보기寶氣가 사방으로 흐르고 있었다.

"적어도 백 년은 족히 되어 보이는데, 귀한 유리녹옥琉璃綠玉으로 만든 원시천존상元始天尊像은 나도 처음 보는군."

오노야가 말하면서 조각상을 종리선생에게 건네자 종리선생이 눈을 가늘게 뜨면서 한참을 요리조리 보고는 탄성을 질렀다.

"히야! 이건 아무래도 오래전에 사라진 태평도太平道의 방계인 부주파符呪
派에서 꼭꼭 숨겨놓고 받들던 신상 같구먼. 이런 게 가보라고?"

종리선생이 조각상을 내려놓으며 황의중년인을 의심스러운 눈초리로 바
라보자, 주자신이 얼른 말을 자르며 끼어들었다.

"두 분의 감정에 감사드립니다, 보주님?"

무표정한 얼굴로 가운데 앉아 있던 고창덕이 가볍게 고개를 끄덕였다. 주
자신이 얼른 조각상을 나무상자에 넣으며 등자 주위에 있던 흑의인을 한 명
불렀다.

"대단히 희귀한 물건을 가져오셔서 신병의 가치에 어울린다고 여겨집니다.
인풍월이 주인을 만났군요."

주자신이 다가온 흑의인에게 나무상자를 건네면서 황의중년인에게 미소
를 건넸다.

"인풍월의 주인께서는 저 사람을 따라가셔서 인풍월을 건네받으시면 되겠
습니다."

"왜 지금 주지 않고……?"

황의중년인이 의아한 표정을 짓자 주자신이 주위를 가리키며 말을 이었다.

"조금 전에도 보셨듯이 불미스러운 일이 생길 수도 있는지라, 본 보에서는
이를 방지하기 위해서 신병의 주인께 보내保內에서 신병을 건네 드리고 암도
를 통해 배웅해 드리고 있습니다. 물론 상관없으시다면 여기에서 드릴 수도
있습니다만."

주자신이 빤히 쳐다보자 황의 중년인이 급히 머리를 저었다.

"아, 아니오. 나, 나는 귀 보의 배려대로 따르겠소."

주자신이 만족한 표정으로 고개를 끄덕이자 나무상자를 든 흑의인과 인
풍월을 들고 있던 흑의 경장인이 황의 중년인을 이끌고 병풍 뒤로 사라졌다.
주자신이 다시 자신의 손뼉을 부딪쳐 짝, 소리를 내었다.

"자, 얼마나 좋습니까? 그냥 편안하게 가져오신 물건을 감정하시고 어울리

는 신병이기의 주인이 되시는 겁니다. 그러면 계속해서……."

바로 그때였다.

"흐흐흐흐, 언제까지 이런 꼴을 보고 있을 셈입니까?"

"저까짓 피 냄새나 풍기는 요사스런 물건을 보러 온 것이 아니잖습니까?"

돌연히 광장을 울리는 두 목소리에 주자신의 말이 끊어졌다. 말소리는 어디서 나오는지 그리 크지 않은데도 광장을 웅웅 울리면서 메아리까지 치고 있었다. 군웅들은 어리둥절해서 주위를 둘러보며 웅성거리고 주자신의 눈은 더욱 가늘어지고 있었다.

그때 얼음조각이 날리는 듯 차가운 목소리가 울려 퍼졌다.

"거궐과 담로는 어디 있느냐?"

제13장   진퇴양난進退兩難

그 목소리가 얼마나 차가운지 광장이 순식간에 얼음에 덮인 듯 으스스한 기운이 돌았다. 가늘게 눈을 뜬 주자신이 얼굴을 살짝 굳히며 입을 열었다.

"어느 분이 말씀하시는지……?"

장중이 조용해지며 군웅들이 주위를 둘러보는데, 아까 십여 명을 선동하던 흑의인이 천천히 자리에서 일어나며 한숨을 내쉬는 모습이 들어왔다.

"휴우. 조금만 더 기다리시라니까, 그걸 못 참으시고……."

사람들의 시선이 그 흑의인에게 쏠리는 순간, 음침한 웃음소리가 다시 울려왔다.

"흐흐흐, 풍기륭馮起隆! 이따위 허접한 물건들에 낭비할 시간은 없다."

음침한 목소리와 함께 군웅들이 놀라 경호성을 내고, 흑의인 주위에 있던 사람들은 못 볼 것이라도 본 것처럼 슬금슬금 자리를 피하고 있었다.

귀계만단鬼計萬端 풍기륭.

지혜가 출중하고 간계에 능하며 일신 무공조차 만만치 않아서 무림에서 가장 상대하기 어려운 인물 중의 하나가 그였다. 특별히 일정한 방파에 몸을 담고 있지 않으면서 자신만의 능력으로 무림의 각종 이권이나 분쟁에 개입하

243

여 상황을 조정하고 이득을 챙기는데, 그 재주가 얼마나 교묘한지 양패구상 兩敗俱傷의 국면을 만들어 놓고 유유히 빠져나가 또 다른 일을 꾸미는 데에 당한 사람이 한둘이 아니었다. 그와 원한을 맺으면 상상도 못할 사건에 휘말려 큰 곤욕을 치르기 일쑤라 무림에서 그를 두렵게 여기고 멀리하지 않는 사람이 없었으며, 그 계략이 워낙 뛰어나 혼자서 제갈세가와 겨룰 정도라고 일컬어지는 인물이었으니 군웅들이 놀란 것도 무리가 아니었다.

풍기륭이 어디서 울려 나오는지 모를 말소리에 고개를 설레설레 젓고 있었다.

"제가 말씀드렸잖습니까. 이번 신병대전 막판에 거궐과 담로의 양대신검이 출현할 것이란 소문은 아무래도 의심스럽다고요. 별안간 그런 소문을 퍼뜨려 무림인들을 끌어모은 것은 둘째치고라도, 그 소문으로 절정고수나 전대의 고수들까지 불러 모으게 될 터인데, 그렇게까지 해서 뛰어난 인물들이 몰려들면 시끄러운 일을 피하기 어려울 것이고 만병보의 장사에 결코 도움이 되지 못할 것이니 이건 뭔가 다른 의도가 있는 것이 분명하거든요."

평범한 얼굴의 풍기륭이 슬쩍 주자신을 쳐다보더니 계속 말을 이어갔다.

"만병보라는 곳이 그동안 뛰어난 병기를 만들어낸 것으로 이름을 알렸는데, 갑자기 전설에나 나올 양대신검을 내놓는다는 것도 이상하지요. 이 양대신검이 진짜라면 만병보는 병기를 만들어 파는 곳이 아니라 골동품상이라고 해야 맞을 것이고, 양대신검이 가짜라면 저 앞에 앉아 있는 눈 좋은 두 양반이 못 알아볼 리가 없고…… 허어, 참 이상하다 이상하다 하니까 더욱 이상하네. 지금까지 내놓은 저 신병이라는 것들은 암만 봐도 그저 귀기鬼氣 서린 흉측스런 마병들인데 저기에 양대신검이 떡하니 나타나면 우리 만병보는 고대의 신검에는 발끝에도 못 미치는 실력입니다, 하고 말하는 꼬락서니가 될 것이니 앞으로의 장사에도 막대한 지장이 있을 것인데?"

풍기륭이 턱밑에 볼품없이 자란 몇 가닥 수염을 배배 꼬면서 고개를 갸웃거렸다.

"도통 모를 일이니, 우선은 양대신검이 나올 때까지 상황을 좀 살펴보면서 이 신병대전의 속내를 알아보려 했던 건데…… 어찌 그리 성급하시냐고요."

그의 혼잣말 같은 말에는 상황에 대한 분석과 통찰력이 담겨 있어, 광장에 모인 무림인들의 가슴이 서늘해지면서 저절로 경각심이 들게 하는 소리였다. 과연 장중의 무림인들은 모두 의심스러운 눈빛으로 주자신을 쳐다보게 되었다. 주자신이 가만히 풍기룡의 얼굴을 들여다보듯이 바라보다가 가벼운 웃음을 지으며 두 손을 올렸다.

"과연 귀계만단! 말솜씨가 정말 대단하시군요. 풍대협의 말을 들으면 본 보가 마치 무슨 큰 음모라도 꾸미는 것 같습니다."

풍기룡이 연방 수염을 꼬면서 주자신을 쳐다보았다.

"뭐, 조금 전에 내가 말한 것만 해도 충분히 음모라고 의심할 만한 얘기지요. 사실 과거의 첫 번째 신병대전도 어떻게 진행되었는지 아는 사람이 없는데도 대단한 거래가 이루어진 것처럼 소문만 무성하고, 그전에 담을 넘은 무식한 도둑떼에 대한 소식도 전혀 없고…… 이렇게 보면 이 신병대전에 의문을 품은 사람은 나 혼자가 아닐 것 같은데, 안 그래요? 주총관."

힘을 주어 부르는 주총관이란 소리에 주자신이 문득 웃음을 흘리며 두 손을 내저었다.

"하하, 이것 참 소문대로 상대하기 어려운 분이시네. 풍대협, 본 보의 거래는 언제나 비밀을 지켜야 고객을 만족하게 할 수 있다는 점은 잘 아실 텐데요. 강호에 소문이 어떻게 나든 본 보가 만든 신병이기가 그만큼 훌륭한 가치가 있으니까 이 신병대전이 유지되는 것 아니겠습니까? 저희야 그저 좋은 물건을 만들어서 적정한 가격에 고객들에게 넘겨 드리면 그만인데, 무슨 다른 의도를 가지겠습니까? 그것도 무림의 고수들이 모인 자리에서……."

주자신의 말이 채 끝나기도 전에 풍기룡이 친근한 웃음을 지으며 말을 잘랐다.

"글쎄 말이요. 나도 그게 궁금해서 잠자코 지켜보려 했던 것 아니겠소? 첫 번째 신병대전과 달리 이번에는 정말 강호에서 알아주는 진짜 고수들이 많이 모였으니 말이요."

"흥!"

또 그 얼음조각 같은 인물이 코웃음을 치는 소리가 광장을 울렸다. 풍기류이 얼른 머리를 조아리며 두 손을 비벼대었다.

"아이고, 이런. 함부로 진짜 고수라는 말을 내뱉었네. 용서하십시오, 그냥 얘기하다 보니까 나온 소립니다."

주자신의 눈에 혼란스러운 빛이 떠올랐다. 풍기류과 얘기하는 도중에 자꾸 울려오는 목소리의 정체나 위치를 도저히 파악할 수 없었기 때문이었다.

"풍대협은 대단한 고인들을 모시고 온 모양이군요. 그러나 아무리 절세의 고수가 오셨다고 해도 본 보의 행사에는 전혀 다른 뜻이 없음을 밝힐 수 있소이다. 그 양대신검은 우연히 습득하게 된 것으로, 이번 신병대전에 내놓아 본 보의 병기들과 비교를 함으로써 본 보의 우수한 기술을 알리려는 목적으로 최근에 보주님이 출세를 결정하신 사항일 뿐이오."

풍기류이 비비던 손을 풀더니 활짝 웃는 모습으로 주자신을 향했다.

"아아, 그렇다면 이건 정말 실례를 범한 셈이로군요. 그렇다면 주총관, 아예 양대신검을 포함한 나머지 신병도 내오는 것이 어떻겠소? 내가 보아하니 이 다섯 개의 마병들보다는 양대신검과 함께 나오는 세 가지 병기가 아마 비교가 안 될 만큼 우수한 신병일 것 같은데, 보여주는 김에 한꺼번에 보고 고르게 하는 것이 더 좋지 않겠소이까? 그리되면 나같이 쓸데없이 의심만 많은 인간의 오해도 풀 수 있고 말이요."

풍기류은 말하는 중에도 표정과 말투가 급격히 변해서 듣는 사람을 어리 둥절하며 빠져들게 하는 힘이 있었다. 장내에 있던 군웅들이 두 사람의 얘기를 듣다가 양대신검을 가져오라는 풍기류의 말에 크게 호응을 표하면서 주자신에게 손을 내흔들기 시작했다.

"그래, 이왕이면 다 내놓고 하자고."

"양대신검 구경이나 해보자."

주자신의 눈썹이 가늘게 흔들리며 말없이 풍기류을 노려보는 것이 대답하기가 어려운 것 같았다. 그 광경을 지켜보던 이심호가 풍기류의 평범한 얼굴을 보면서 감탄하듯 말했다.

"대단한 심기心機를 갖춘 인물이로군요. 말 몇 마디로 군중에게 경각심을 주어 자기편에 서게 하고, 그 세력으로 저 주자신을 압박하여 양대신검을 내놓도록 종용하면서 끝까지 배후의 인물에 대한 어떤 단서도 밝히질 않아 상대에게 더 큰 부담을 주고 있으니……."

담운경이 고개를 끄덕이더니 문득 살짝 미소를 지었다.

"그 별호대로 모략에 뛰어난 사람이지요. 어떤 사람들은 감당하기 어려운 언가주, 거칠 것이 없는 사도대협과 더불어 상대하기 어려운 풍기륭이라고 따로 진퇴양난進退兩難이라고도 한답니다."

나아가고 물러남進退을 뜻대로 하니 거칠 것이 없다는 것이고, 감당하기 어렵고難堪當 상대하기 어려우니難對付 양난이 된 것이다. 담비비가 잠깐 생각하다 그 뜻을 깨닫고 히죽 웃으면서 언고흔과 사도운을 바라보니 두 사람은 그저 쓴웃음만 짓고 있을 뿐이었다.

"정말 잘 지은 말인데요? 언숙부, 사도숙부랑 저 사람이 같이 있으면 진짜 골 아프겠네요."

"저 풍가 놈처럼 못돼먹은 인간이랑 같이 있을 생각은 추호도 없다."

사도운이 냉정하게 답하는데 언고흔은 오히려 담비비를 향해 웃으며 고개를 흔들고 있었다.

"비비야, 내 생각에는 저 풍가 놈보다 비비가 훨씬 상대하기 어려울 것 같다. 흐흐."

"그럼 앞으로 두 분 숙부랑 저랑 해서 진퇴양난 할까요? 호호."

세 사람이 장난치는 모습에 이심호와 담운경이 따라서 웃음을 짓는데, 담연령의 표정이 묘하게 굳어지는 것 같았다.

사람들이 점차 소란스러워지고 있었다. 풍기륭은 말없이 주자신을 쳐다보고 있었고, 광장을 울리던 몇 개의 목소리도 더는 울려오지 않고 있었다. 그때 무표정하게 앉아 있던 만병보주 고창덕이 입을 열었다.

"주총관, 나머지 신병도 내오도록 하게."

주자신이 고개를 돌려 고창덕을 보더니 곧 가볍게 고개를 숙이고 두 번 박수를 쳤다.

둥, 둥, 둥.

북소리가 다시 울리며 돌 병풍 뒤에서 또 다른 다섯 명의 흑의 경장인이 긴 목갑을 하나씩 품에 안고 광장으로 나오기 시작했다. 인풍월을 제외한 네 명이 두 명씩 양편으로 갈라서고 새로 나온 다섯 명이 일렬로 늘어서자 광장 안이 순식간에 조용해졌다. 저 다섯 개의 목갑 중 어디에 담로와 거궐의 양 대신검이 있을 것인가. 중인들의 눈이 빠르게 굴러가고 있었다.

중인들이 침을 삼키며 목갑을 바라보는데, 고창덕이 앉은 자리에서 천천히 일어섰다.

"본 보의 신병이기를 만드는 수준이 어느 정도인지 널리 알리는 것이 이 신병대전의 목적이오. 헌데 여기 계신 분들이 이상한 오해를 하신 듯하니 이 고창덕이 감히 한 말씀 올리겠소."

키 작고 통통한 고창덕이 여태 말없이 있다가 하는 말인데, 외모와 달리 위엄이 있는 목소리였다.

"이제 나온 다섯 개의 신병은 모두 검劍이오. 내 지금 이 다섯 개의 목갑을 한 번에 열도록 할 터이니, 여기 오신 분들이 스스로 담로와 거궐을 맞춰보도록 하시오. 내 자신하건대 본인의 양옆에 앉아 계신 두 분도 쉽지 않으리다."

군웅들이 잠시 멈칫하더니 크게 환호성을 내질렀다.

와.

고창덕의 말은 만병보의 기술에 자신을 가진 호언장담이었으니 과연 보주다운 풍모가 있었던 것이다. 모두 그 호기에 환호성을 지르는데, 풍기룡만은 고개를 갸웃거리며 깊은 눈빛으로 고창덕을 쳐다보고 있었다.

"대단하군. 그 정도로 자신이 있다는 뜻인가?"

언고흔의 말에 이심호가 조용히 대답했다.

"아니면, 처음부터 담로와 거궐이 없을 수도 있지요."

생각지도 못한 말에 다섯 사람의 눈이 이심호를 향했다.

고창덕이 자리에 앉으며 가벼운 손짓을 하자 주자신이 어쩔 수 없다는 듯이 입맛을 다시더니 손을 치켜들며 크게 소리쳤다.

"오신검五神劍, 출세!"

주자신의 호령에 다섯 명의 흑의 경장인이 동시에 목갑의 뚜껑을 열었다.

둥둥둥둥둥.

마치 군웅들의 심장 소리처럼 북소리가 빠르게 다섯 번 울려 퍼졌다.

파앗.

마치 소리라도 나는 것처럼 눈부신 보광寶光이 폭출하더니 천천히 가라앉았다.

꿀꺽.

누군가가 침을 삼키는 소리가 들릴 정도로 광장 안은 정적에 휩싸였다. 만병보주 고창덕의 좌우에 앉아 있던 오노야와 종리선생도 자리에서 일어나 앞으로 걸어 나와 다섯 자루의 검을 주의 깊게 살펴보고 있었다.

첫 번째 검은 검신 전체가 휘황한 금빛이 감도는 금검金劍이었는데, 검병에 용이 휘감은 모양을 조각하였고 검신에도 은은히 용의 형상이 비치는 것이 신비롭게 보였다.

두 번째 검은 온통 하얀색으로 칠이라도 해놓은 것처럼 전혀 빛이 나지 않으면서도 좁고 긴 검봉이 미려한 자태를 가진 것이었다.

세 번째 검은 검병에 비해서 검신의 폭이 대단히 넓어서 얼핏 참마도斬馬刀라고 착각할 만한 거대한 것이었는데 푸르스름한 양날에 마치 물방울이 맺힌 것처럼 보이는 신기한 모습이었다.

네 번째 검은 두 번째와는 정반대로 온통 시커먼 것이 흑탄이라도 먹인 것 같았지만 검신 전체에 구름무늬가 언뜻언뜻 비치는 기묘한 모습을 가지고 있었다.

마지막 다섯 번째 검은 보통 것보다 사촌四寸 정도 길면서 기다란 주홍색

날받이에 찬란한 노을빛 예기를 뿜어대는 것이 한눈에도 보물로 보이는 것이었다.

다섯 자루의 검은 모두 그 형태가 안정되고 신기한 기운이 흐르는 것이 좀 전의 다섯 마병과는 아주 다른 모습이었다. 광장의 모든 군웅은 정신없이 다섯 자루의 검을 쳐다보다가 각자 검에 대해 평가를 하고 서로 의논을 나누는 등 웅성거리는 소리가 점차 커지기 시작했다.

"보통 검들이 아니로군. 좀 전의 마병들과는 확실히 다른 수준의 무기야. 자네들은 검을 다루니 어떻게 보는가?"

언고흔이 사도운과 담운경을 보며 말했다. 사도운과 담운경은 검객답게 다섯 자루의 검이 모습을 드러낸 그 순간부터 눈빛을 날카롭게 하며 신중하게 훑어보고 있었다.

사도운이 먼저 입을 열었다.

"각각 다른 형태와 크기를 가지고 있으니 일괄해서 평가하기는 그렇습니다만, 저 다섯 자루의 검은 검객이라면 누구나 탐을 낼만한 명검名劍이 틀림없습니다. 다만……"

사도운이 말을 끌면서 담운경을 힐끗 보고는 고개를 가볍게 흔들었다.

"뭔지 모르게 한 가지에 너무 뛰어나 전체적인 조화가 깨진 듯한 느낌이 드는데, 아마 담여협도 같은 느낌을 받았을 것으로 생각합니다."

담운경이 서늘한 눈으로 검들을 바라보면서 작게 고개를 끄덕였다.

"저도 사도대협과 같은 생각이에요. 나름 제대로 그린 문인화文人畵를 장사꾼이 비싸게 팔겠다고 덧칠을 하고 화려한 비단으로 표구한 듯한 그런 느낌이 드네요. 하지만, 전부 다 신검神劍이라고 불리기에 손색이 없다는 것은 확실해요."

두 사람의 의견은 거의 완벽하게 일치하고 있었다. 담연령이 묵묵히 두 사람의 말을 듣고는 이심호에게 고개를 돌렸다.

"검객의 보는 눈이란 대동소이하구먼. 그럼 우리 이소협의 의견을 들어봐야지."

사람들의 눈이 저절로 이심호를 향했다. 신광이 번쩍이던 이심호의 눈은 이미 많이 가라앉아 있어서 본래의 깊고 그윽한 눈빛을 회복하고 있었다.

"담여협과 둘째 형님이 보신 대로입니다. 화려함과 자신이 지나쳐 겸손과 자성自省의 덕이 부족하지만, 그럴 만큼 능력과 기세를 갖춘 검들입니다. 비유하자면 패왕이나 장군의 검이지, 성군聖君이나 현상賢相의 검은 아니라고 할 수 있겠군요. 그러나 당세에 저런 검을 제작할 수 있다는 것만으로도 만병보의 기예가 결코 전설상의 명인名人에게 뒤지지 않는다고 말할 수 있습니다."

담연령의 얼굴에 만족한 웃음이 흐르며 여유 있게 수염을 쓰다듬었다.

"허허, 내가 듣고 싶은 것이 바로 그 말이었네. 우리 이소협의 표현은 언제나 노부의 마음에 딱 들어맞거든."

담운경이 약간 놀란 표정으로 옆에서 담연령을 쳐다보았다.

'호호, 아버지는 여간해서는 남에게 마음을 안 주시고, 말이 너무 매끈한 것을 아주 싫어하시는데 저 이소협에 대해서는 말끝마다 칭찬하시니 참으로 드문 일이야.'

아버지의 보기 어려운 모습에 담운경의 시선이 또 자연스럽게 이심호를 바라보게 되었다. 준수한 미남자라고 할 수는 없지만, 단정하고 선이 굵은 이목구비에 다부지게 보이는 인상, 스무 살이라고 보기 어려운 침착한 모습에 항상 깊은 밤하늘의 별처럼 은은히 빛나는 눈빛. 마른 듯한 몸매에 헐렁한 장포를 걸치고 등에 커다란 책상자를 짊어져 얼핏 공부 길을 떠나는 유생같아 보이지만 신비한 기운이 전신에 감돌아 묘한 매력을 가진 사람이었다.

담비비가 담연령의 말에 샐쭉한 표정을 짓다가 다시 히죽 웃는 얼굴이 되었다.

"할아버지는 어떻게 이숙부가 말만 꺼내면 그렇게 좋아하시는지…… 에구, 딴 사람이면 이 비비가 심통이라도 부릴 텐데 이숙부니까 참아야지. 비비도 이숙부를 제일 좋아하니까. 헤헤."

옆에 있던 언고흔의 눈이 화등잔만 하게 커졌다.

"어? 비비가 제일 좋아하는 사람은 이 언숙부가 아녔느냐?"

"흥! 언숙부는 사도숙부 다음이라 꼴찌에요, 꼴찌!"

담비비가 입을 내밀며 하는 소리에 언고흔의 얼굴이 또다시 왕창 구겨지고 있었다.

광장 안은 다섯 자루 검에 대한 열띤 토론으로 마치 시장통처럼 시끄럽게 변하고 있었는데 갑자기 큰 목소리가 장중을 꿰뚫고 나왔다.

"종리선배! 찾아내셨소?"

광장 안의 소음이 끊기며 사람들의 시선이 종리선생에게 향했다. 무림의 모든 일에 해박하여 소위 무림의 사전이라고 자부하는 종리선생. 그가 과연 담로와 거궐의 양대신검을 가려낼 수 있을까 하는 호기심이 충만한 시선들이었다. 연고재의 오노야가 고개를 젓고 있는 모습이 눈에 들어왔다.

"노부는 기껏해야 골동품이나 감정하는 상인이라, 이런 신검에 대해서는 그저 대단하다고 감탄만 할 수밖에 없으니 담로와 거궐의 양대신검을 구별할 능력이 없군요. 굳이 노부에게 두 개를 고르라면 세 번째와 다섯 번째로 하겠소만."

오노야가 자신 없는 소리를 하고 힘없이 자리로 돌아가는 동안에도 종리선생은 다섯 자루의 검을 요리조리 훑어보고 이리저리 왔다 갔다 하면서 바쁘게 움직이고 있었다. 종리선생이 자신을 부르는 소리에 대꾸도 안 하고 다섯 자루의 검을 한 번 훑어보더니 갑자기 몸을 풍기륭 쪽으로 홱 돌렸다.

"어이, 풍귀신, 자네가 보기에는 어떤가?"

종리선생의 돌연한 질문에 풍기륭의 눈이 반짝하고 빛나더니 가볍게 포권을 하며 입을 열었다.

"종리선배, 이 풍기륭의 안목이 어찌 종리선배를 따르겠습니까? 저로서는 뭐가 뭔지 구분이 안 되는군요."

종리선생이 얼굴을 우그리더니 음흉한 웃음을 흘렸다.

"흐흐흐흐, 다른 사람은 몰라도 내 눈은 못 속이지. 내가 무림에서 모든 일에 정통한 종리황임을 잊었는가? 사람들은 자네 풍귀신이 모략에 뛰어난 것만 알지, 안목이 나 못지않은 것은 잘 모르지. 이 다섯 자루의 검에 대해서도 어느 정도 판단이 섰을 텐데?"

종리선생이 광장 안을 휙 둘러보면서 풍기룡의 대답은 기다리지도 않고 말을 이어갔다.

"나 종리황은 이 다섯 자루의 검에 대한 감정이 끝났다. 그러나 노부에 대해서 칠실삼허니 뭐니 하면서 비방을 하는 것들이 있는 모양이라, 오늘 확실히 가르쳐 주려고 하는데 자네 풍귀신이 나를 좀 도와주면 좋겠군."

말을 마친 종리선생의 눈에 희미하게 짓궂은 빛이 흐르고 있었다. 말이야 도와준다는 것이지만, 풍기룡을 가르치면서 자신의 지식을 자랑하겠다는 뜻이었으니 종리선생의 성격을 익히 아는 무림인들의 입에 저절로 웃음이 맺혀 갔다. 언고흔이 그 광경을 보다가 작은 웃음을 터뜨렸다.

"하하, 저 노인네가 또 남을 면박 주면서 자기 자랑하는 버릇이 도졌구먼. 그런데 오늘은 상대가 나빠. 저 풍기룡이라면 노인네가 큰코다칠걸?"

풍기룡의 명성을 익히 아는 사도운과 담운경도 쓴웃음을 지으며 고개를 젓고 있었다. 풍기룡이 종리선생의 눈을 가만히 들여다보더니 묘한 웃음을 지었다.

"좋습니다. 종리선배의 부탁인데 제가 안 들을 수 있겠습니까? 다만……."

풍기룡이 고개를 옆으로 까딱하더니 말을 이었다.

"기다리는 어른들이 계시니 좀 서둘러 주시면 고맙겠는데요."

종리선생의 눈살이 찌푸려지다가 다시 웃음을 흘렸다.

"흐흐흐, 고인들의 심기를 건드려 망신을 당할 담량은 이 종리황도 없다네. 어서 이리 오게."

음침하고 얼음장 같던 목소리의 주인공들도 다섯 자루의 검이 나온 이후로는 침묵을 지키고 있는 것이, 다른 무림인들처럼 담로와 거궐이 구분되기를 기다리는 것 같았다. 풍기룡이 가까이 오자 종리선생이 광장을 바라보며 입을 열었다.

"자네는 신검이라고 부르는 기준이 뭐라고 생각하나?"

풍기륭이 다섯 자루의 검을 한 번 쳐다보고는 신중한 표정으로 대답했다.

"대개 검이란 찌르고 베는 병기라 그 용도에 적합하고 능력이 뛰어나면 좋은 검이라고 합니다. 그중에서도 능력이 세상에서 보기 드물게 탁월하여 귀한 가치를 인정받으면 명검이나 보검이라고 부르게 되는 것입니다. 그러나 신검이라고 한다면, 이미 그 가치의 판단이 세상을 뛰어넘는 신의 경지에 이른 물건이라고 하겠지요. 신이라는 말 자체가 사람의 상상을 초월한다는 뜻이니 검의 용도를 극한까지, 아니 극한을 돌파한 능력을 보여줄 수 있어야 신검이라고 불릴 수 있을 겁니다."

풍기륭이 대답하는 동안 신경도 쓰지 않고 염소수염을 만지며 광장 안을 둘러보던 종리선생이 헛기침을 하며 점잖게 고개를 끄덕였다.

"어험, 귀계만단은 좀 다를 줄 알았더니 남들과 별반 차이가 없군. 자네의 말은 비록 일반적인 견해에 불과하지만 그래도 꽤 정리를 잘해서 말한 편이야."

광장 안 여기저기서 낮은 웃음소리가 흘러나왔다. 저렇게 남을 찍어 누르며 오만한 자태로 잘난 척하며 말을 꺼내는 것이 종리선생의 버릇인 것이다. 풍기륭도 그 사실을 잘 아는지 아무 말 없이 묘한 웃음만 짓고 있었다.

종리선생이 풍기륭은 아예 쳐다보지도 않으면서 말을 이어갔다.

"내가 이런 무지몽매한 일반적인 견해에 제대로 된 가르침을 내려주도록 하지. 어험. 신검의 신神을 신령하다고만 이해하는 것은 아주 천박한 견해야, 암. 그렇다면 신이 깃든 검이라고 그 검을 받들어 모시는 종교도 생겨나야 정상이 아니겠는가? 신검을 모셔놓고 제물을 갖춘 다음에 온갖 치성을 다 바치는 거지. 그러면 신검이 병도 낫게 해주고, 아들도 낳게 해주고, 게다가 신검을 껴안고 자면 검신劍神을 낳을 수도 있겠구먼. 오! 이거 괜찮은데? 뭐 하러 수십 년 검도를 수련할 필요가 있겠어? 이건 내가 생각해도 대단한 발견이야, 그저 신검이랑 뒹굴기만 하면……."

"종리선배!"

정신없이 떠들어대는 종리선생의 말이 엉뚱한 곳으로 흐르자 풍기륭이 얼른 힘주어 불렀다. 종리선생이 언뜻 정신을 차리고 풍기륭을 보니 풍기륭이 또 고개를 까딱하는 것이었다. 종리선생이 무슨 뜻인지 알아차리고 계면쩍은 웃음을 지었다.

"허허, 이거 말이 헛나갔군. 하여간 검에서 불이 쏟아져 나오고 번개가 뛰쳐나온다고 신검이라고 한다면, 차라리 도사들이 귀신을 쫓을 때 쓰는 복숭아나무로 만든 법검法劍이 훨씬 나을 걸세. 물론 법검 중에도 신검이라고 하는 것들이 있어서 오래전에 실전된 전진全眞의 태을청령太乙淸靈 같은 것은······ 아, 이런 또 이상한 데로 흐르네. 얘기할 게 많은데 간단히 하려니 더 힘들구먼. 좋아, 한마디로 말해서 신검에서 신이라는 글자는 정신精神이라는 뜻이야!"

종리선생이 득의한 표정으로 주위를 둘러보는 것이 '나 대단하지?'라고 소리라도 칠 기세였다. 광장의 무림인들은 무슨 뜻인지 몰라 어리둥절해져 버렸다. 풍기륭이 가볍게 고개를 저었다.

"종리선배, 종리선배의 고매한 인품과 심오한 학식으로야 그렇게 간단하게 단정 지어 말할 수 있겠지만, 우리 같은 범인들이야 알아먹겠소? 좀 자세히 설명해주시구려."

종리선생이 힐끗 풍기륭을 보더니 인상을 찌푸렸다.

"이런 간단한 것도 설명을 해줘야 알아먹나? 귀계만단이라더니 영 머리가 나쁘구먼. 할 수 없지. 내가 또 열기 싫은 입을 놀려야겠군."

귀계만단이라는 머리 나쁜 풍기륭이 얼른 말하기 싫어하는 종리선생을 향해 공손한 자세를 취했다.

"잘 들어봐. 정신이나 의지라고 해서 검이 무슨 생각을 한다는 뜻이 아니야. 검이 만들어질 때 그것을 제작하는 사람의 마음이나 혹은 천지자연의 조화에 따라 검에 어떤 변치 않을 '뜻'이 생기는 거지. 생명이라고 해도 좋아. 검 자체에 깃들어 이 세상과 함께 존재하는 거야. 검이라는 병기도 원래는 사람이 쓰는 도구로 만들어진 것이 아닌가? 그 검이 사람과 함께 하면서 사람을 위해 그 '뜻'을 발현하는 것, 그것이 바로 신神이라는 거야. 석가세존의 진신사리眞身舍利가 뭐 대단한 건가? 기껏해야 죽어버린 사람의 뼛조각이라고 해도 과언이 아닌데, 세상의 모든 사악한 기운을 물리치는 '뜻'이 있잖아. 그 게 다 사람을 위한 거지, 지나가는 똥개를 위한 것이 아니니까 신물神物이라 고 불리는 거고. 그러니까 신검이라고 불리려면 적어도 검에 깃든 '뜻'이 느껴 져야만 하는 거라고. 알아먹겠나?"

풍기륭이 공손한 자세로 듣다가 고개를 갸웃거렸다.

"아, 네. 일단은 대충은 알아먹겠습니다. 그렇다면 사람을 죽이거나 사물 을 파괴하는 힘을 가진 검이라는 물건은 본래 흉기인데, 좀 전에 나온 마병들 과 다를 것이 없지 않습니까? 어차피 마병도 파괴와 살육이라는 '뜻'을 선명 하게 가지고 있으니까요."

풍기륭의 말투는 그대로였지만 아까 주자신을 가지고 놀던 자세는 어디로 갔는지 그저 공손한 모습으로 질문하고 있었다. 종리선생이 콧방귀를 뀌면 서 히죽 웃었다.

"흥! 내 이런 소리가 나올 줄 알았지. 그러니까 남의 말을 들을 때는 생각 을 하면서 들어야 하는 거야. 닿는 것은 닥치는 대로 부숴버리고 모조리 죽 여 버리는 것이 '뜻'이라고 할 수 있겠는가? 사람의 정신이라면 그건 광기요, 살인마니 이미 미친놈이라고 할 수밖에. 좀 전에 나온 다섯 개의 무기가 마 병이라고 할 수밖에 없는 이유는 그런 미친 기운을 품고 있기 때문이고, 그것 이 주인의 의지에 따르기는 하지만 때로는 주인을 휘두르기도 하는 등 사람 사는 세상을 위해 존재하는 것은 아니잖아. 물론 검이라는 것이 본래 흉기라 는 것은 분명하지. 하지만, 세상에는 생성사멸生成死滅의 도리가 고루 존재하 고, 아름다운 꽃과 좋은 열매를 맺는 나무들도 가을이 되면 숙살지기肅殺之氣 에 죽임을 당하는 것이 당연하게 이루어지는 진리라, 살생과 파괴가 도리에 맞게 이루어지면 그 '뜻'은 신이라고 해야 한다고. 즉 파괴와 살생을 목적으로 하는 검이라도 천지자연, 춘하추동, 원형이정元亨利貞의 이치에 맞게 바른 뜻 이 깃들어야만 신검이라고 할 수 있다는 것이지."

종리선생이 숨이 차는지 입맛을 몇 번 다시더니 또 지껄이기 시작했다.

"구야자의 오대신검이라고만 하지, 그 다섯 자루의 검이 무슨 '뜻'을 가진 것인지 신경 쓰는 사람은 하나도 없더라고. 역사에 의하면 구야자는 월越나라 사람인데 초왕楚王을 위해서 검을 제작했다고 하지. 무슨 이유로 다른 나라 왕을 위해 만들었을까? 그건 바로 당시 남방의 패왕이었던 초나라가 월나라를 보호해주는 맹주였기 때문이었고, 더 중요한 것은 초왕의 검을 만들려는 목적이 옳은 것이었기 때문이야. 어떻게 아느냐고? 내가 직접 보지는 못했어도 알 수가 있지.

승사勝邪는 초왕이 나라에 떠도는 사악한 기운을 진압하기 위해 만든 것이야. 초나라는 남방이라 당시에 삿된 귀신 나부랭이들이 많았으니까. 순균純均은 나라 안의 경제가 바르고 고르게 이루어지기를 바라는 마음이지. 옛날에는 검이 척도의 기준으로 쓰였으니까. 어장魚腸은 원래 검이 아니라 비수匕首인데, 제왕을 지키는 호신용 무기야. 그것이 거꾸로 제왕을 암살하는 데 쓰이는 바람에 본래의 뜻에 거슬리게 되어 결국 제왕들이 꺼리기 때문에 세상에 나오지를 못하고 있잖아. 담로湛盧는 초나라에 자주 수해를 일으키는 노수盧水를 안정시키려는 마음으로 만든 건데, 노한 수신을 진압하려는 뜻이라고 할 수 있지. 거궐巨闕은 나라를 온전히 하여 백성을 안정시키려는 뜻으로 제작된 것이라 주국검柱國劍이라고 해서 나라를 지탱하는 기둥이라고까지 불렸어. 이 거궐만은 궁중에 자리하여 천하를 지향하는 뜻이라 다른 네 자루의 검을 뛰어넘는 신력을 지니고 있어서 제일신검이라고 한 것이고.

자, 이렇게 보면 오대신검이 어째서 신검이라고 불리는지 그 이유를 짐작하겠지? 나라를 지키고, 백성을 편하게 하며, 군주를 보호하여 천하를 안정시킨다는 뜻이 깃들어 있단 말이다. 그래서 이 숭고한 뜻에 어긋나는, 다시 말해 세상의 도리를 거스르는 모든 것들을 배제하기 위해서 검으로 만들어진 것이라고. 그런 것도 모르면서 그저 뭐든지 베고 뚫으며 호신강기도 찢어낸다고 신검이라고 부르니 한심할 노릇이지."

정말 대단한 입심이었다. 쉬지 않고 떠들어대는 종리선생은 과연 그 일문만언이라는 별호에 어울리는 능력을 과시하고 있었다. 풍기룡이 크게 감탄한 표정으로 정중하게 포권의 예를 취하였다.

"역시 종리선배는 대단하시군요. 이 풍기룡이 정말 많은 것을 배웠습니다."

종리선생이 어깨를 으쓱하면서 아무렇지도 않다는 듯이 염소수염을 쓰다듬는데 아주 뻐기는 모습이 역력하였다. 풍기룡이 포권을 한 채로 고개를 살짝 내밀었다.

"하면, 종리선배, 지금 이 앞에 나와 있는 다섯 자루의 검 중에 어느 것이 거궐이고, 어느 것이 담로인지요?"

종리선생이 어깨를 움찔하더니 천천히 풍기룡에게 시선을 돌렸다.

"내가 이렇게 대단한 이치를 가르쳐 주었는데, 뭘 그리 서두르나? 단번에 그 두 개의 신검을 밝혀내면 나머지 세 개의 검이 너무 무시당하지 않을까? 이 다섯 자루의 검은 실제로 보통 검들이 아니란 말일세."

풍기룡이 묘한 웃음을 흘리며 고개를 가로저었다.

"종리선배, 지금 상황이 어떤지 잘 아시면서 그러십니까? 만들어졌다는 전설만 있을 뿐 여태까지 세상에 한 번도 나타나지 않은 거궐과 담로를 확인하기 위해 오신 분들이 이렇게 많은데 더 시간을 지체하게 되면 무슨 일이 벌어질지 모른다고요."

종리선생이 코를 찡긋하더니 염소수염을 신경질적으로 쥐어뜯었다.

"이런……."

뭔가 말을 할 듯하더니 문득 옆에 서서 눈빛만 반짝이고 있는 주자신을 한 번 쳐다보고는 입맛을 쩝 하니 다시는 것이었다.

"그게 그렇게 쉬운 일이 아니라서 말이지……."

풍기룡의 눈이 약간 흔들렸다. 종리선생이란 인물의 성격상 이렇게 눈치를 보면서 말을 흐리는 일은 극히 드물었기 때문이다.

문득 위엄 있는 목소리가 흘러나왔다.

"아무리 종리선생이라 해도 쉽지 않을게요."

무표정한 얼굴의 고창덕이 자리에서 천천히 일어서고 있었다. 통통한 몸매에 상인 같은 용모의 고창덕에게서는 언제부터인지 그 목소리에 어울리는 위엄이 자리 잡고 있는 것이었다. 광장의 시선이 자신에게 집중된 것을 확인하자, 고창덕이 다시 입을 열었다.

"좀 전에 당금 세상에서 최고 수준의 감정안을 가졌다는 연고재의 오노야도 세 번째와 다섯 번째가 혹시 아닐까 하는 정도의 추측 밖에는 하지 못했소. 종리선생이 이미 거궐과 담로를 구별해 내었는지는 내가 잘 모르겠소만, 나는 이 다섯 자루의 신검이 거의 같은 수준을 가졌다고 자부하고 있소. 그런데 종리선생 말대로 지금 거궐과 담로를 밝힌다면 나머지 세 자루의 검이 어떤 것인지 설명할 기회조차 잃어버릴 것이니, 그렇게 되면 본 만병보의 영업에 막대한 타격을 주어 굳이 이런 신병대전을 연 이유조차 상실될 것이 아니겠소? 거궐과 담로를 구별해내기 전에, 내 우선 자리에 계신 무림의 영웅호걸들에게 한 번 물어보겠소. 여러분이 보시기에 이 다섯 자루의 신검이 서로 격차가 있어 보이시오?"

광장 안의 인물들이 다시 다섯 자루의 검을 살펴보는데 다시 그 음흉한 목소리가 울려 퍼졌다.

"흐, 그것참 징그럽게 뜸을 들이는군. 아예 여기 나온 마병이나 신병을 모조리 가져가서 네놈의 만병보를 망하게 해야 좋겠냐?"

또 다른 목소리가 바로 뒤를 이었다.

"우리가 여기에 도둑질을 하러 온 것은 아니잖소? 저놈들이 몸소 진상한다면야 거절하기 어렵겠지만. 으헤헤헤."

광장을 다시 울리는 괴이한 목소리에 군웅들이 다시 주위를 두리번거리는데 고창덕이 침착한 표정으로 말했다.

"제가 비록 일개 대장간의 주인이라 무림의 일은 모른다지만, 진정한 영웅호걸은 그 모습을 감추지 않는다고 들었습니다. 어느 고인이 왕림하셨는지 모르지만, 이왕 오셨다면 이리 오셔서 말씀을 나누시지요."

고창덕의 위엄 있는 모습에는 전혀 당황한 빛이 없었다. 잠시 사방이 조용하더니 얼음장 같은 목소리가 울려 나왔다.

"흥! 본색을 드러내는가? 그렇다면 더 지켜볼 필요가 없지."

말소리와 함께 사람들의 눈앞에 그림자가 얼핏 어른거리는 것 같더니 광장 중앙에 어느새 세 개의 인영이 늘어나 있었다. 중인들은 놀라운 경공에 입을 딱 벌렸다. 세 명이 나타나자 풍기륭이 가볍게 고개를 조아리고 있었다.

"결국, 나오셨군요. 조금만 시간을 더 주시면 되었을 텐데."

나타난 세 사람은 모두 검붉은 장포를 걸치고 백발을 길게 풀어헤친 노인들이었는데, 하나같이 얼굴빛이 밀랍처럼 창백한 것이 음산한 느낌을 절로 불러일으켰고 나타나자마자 주위를 뭉개버릴 듯한 엄청난 기도와 한기를 뿌리고 있었다.

가운데의 백발노인이 풍기륭에게는 눈도 주지 않고 만병보주 고창덕을 보면서 입을 열었다.

"풍기륭, 듣던 만큼 대단하지는 않구나. 너는 이제 빠져라."

얼음조각이 부서지는 듯한 목소리였다. 소름이 끼칠 만큼 차가운 목소리에 풍기륭이 아무 소리도 없이 세 백발 괴인의 뒤로 물러섰다. 세 백발 괴인의 무서운 기세는 단번에 장중을 압도할 정도였다. 나타난 백발 괴인들을 살펴보던 종리선생의 눈이 점점 커지더니 저절로 입에서 말소리가 흘러나왔다.

"서, 설마…… 현음삼존玄陰三尊?"

오른쪽에 서 있던 백발 괴인이 종리선생을 힐끗 보더니 음침한 웃음소리를 내었다.

"크크크, 종리황, 아직 눈은 제대로 박혀 있구나."

세 백발 괴인의 신분이 밝혀지자 광장 안에 큰 소요가 일어났다.

현음삼존.

오십 년 전에 강호를 뒤흔들었던 절대고수.

현음존玄陰尊 사운봉史雲峰

냉심존冷心尊 사고봉史皐峰

냉혈존冷血尊 사진봉史振峰

삼 형제로 이루어진 현음삼존은 잔혹한 심성과 잔인한 수단, 엄청난 무공으로 한때 중원 무림을 혈풍으로 몰아넣었다. 특히 그중에 대형인 현음존 사운봉은 동생들과는 현격한 차이가 있는 절대고수로 십대고수와 비견될 정도였다. 삼십 년 전에 은거해서 이미 죽었을 것이라는 소문이 나돌던 공포의 마인들이 나타난 것이었다.

얼음같이 차가운 목소리를 지닌 가운데 백발 괴인이 고창덕을 바라보던 시선을 천천히 종리선생에게 돌렸다.

"종리황, 어느 것이 거궐과 담로냐?"

그는 양옆의 백발괴인과 달리 검은색이어야 할 눈동자까지 하얀색이라 마치 유리로 만든 눈을 끼운 것 같아서 더욱 괴이하고 무서운 모습이었다. 종리선생이 이 괴인을 잠시 쳐다보더니 침을 꼴깍 삼켰다.

"삼십 년이나 강호에서 보이지 않더니…… 도대체 무슨 바람이 불어 이 자리에 온 것이오?"

백발 괴인이 대답도 하지 않고 그 유리알 같은 눈으로 묵묵히 종리선생을 바라보는데 은은한 살기가 넘실대는 것 같았다. 종리선생이 자신을 향해 넘실대는 살기에 살짝 진저리를 치며 생각했다.

'뜻대로 안 되면 바로 손을 쓰는 포악한 성질은 여전하구먼. 젠장, 어쩌다가 이 종리황이 이런 난감한 처지에 몰리게 되었지…….'

왼쪽의 백발 괴인이 목을 꺾으면서 음산한 목소리로 입을 열었다.

"대형, 저 말 많은 종리황이 대답을 못하는 걸 보니 잘 모르는 거 같은데요."

종리선생이 그 소리에 순간 울컥해버렸다.

"아니, 이 종리황을 어떻게 보고…… 내가 모르는 걸 안다고 할 사람이오?"

가운데 백발 괴인, 현음존 사운봉이 미동도 없이 종리황을 쳐다보다가 그 자세 그대로 입술만 움직였다.

"말은 많아도 모르는 걸 안다고 하는 놈은 아니지. 좀 전에 감정이 끝났다고 나불거렸으니 그대로 얘기만 하면 돼."

마치 얼음으로 만든 사람처럼 가만히 서서 말소리만 흘려대고 있는데도 주위의 공기를 싸늘하게 만들고 있었다. 종리선생의 눈이 이리저리 굴러가는데 눈썹을 잔뜩 찌푸린 모습이 뭔가를 심각하게 고민하는 모습이었다.

'허, 이거 사실대로 그대로 얘기했다가는 무슨 사단이 일어날지 모르겠고, 그렇다고 천하의 종리황이 모른다고 거짓 발뺌을 할 수도 없고, 정말 진퇴양난이네…….'

종리선생이 고민하는 동안에 한쪽 구석으로 밀려나 있던 주자신이 슬그머니 앞으로 나서며 현음삼존에게 인사를 올리는 것이었다.

"이런 고인들께서 납신 줄 모르고 접대에 소홀했습니다. 용서하십시오."

오른쪽에 서 있던 백발 괴인, 현음삼존의 둘째인 냉심존 사고봉이 슬쩍 고개를 돌리며 말했다.

"이건 뭐야? 네가 지금 나설 자리냐?"

음침한 목소리와 함께 금방이라도 손을 쓸 것 같은 기세가 일어났다. 주자신이 고개를 들며 웃음을 지으며 두 손을 흔들었다.

"아, 어르신, 이왕 오셨으니 일단 저희 보주님의 말씀을 좀 들어 보시는 게……."

사고봉이 눈을 가볍게 찡그리며 그대로 일장을 내뻗었다.

슈우우.

뼛골이 시릴 듯한 냉기가 퍼지며 서리같이 허연 기운이 무섭게 주자신의 전신을 덮어갔다. 말하는 중에 공격을 당한 주자신이 깜짝 놀라면서 내밀었던 두 손을 연달아 뒤집어 삼장三掌을 쳐내었다.

펑.

파열음과 함께 주자신이 뒤로 주르르 밀려나더니 견디지 못하고 땅바닥을 한 번 굴렀다.

"크윽."

주자신이 고개를 들며 피를 울컥 토하는데 하얗게 질린 얼굴에는 얇은 서리가 끼었고 온몸을 벌벌 떨고 있었다. 일장에 주자신을 날려 보낸 사고봉이 고개를 갸웃거렸다.

"엉? 뭐야, 안 죽었네?"

옆에 있던 냉혈존 사진봉이 눈을 가늘게 뜨더니 음침한 목소리로 말했다.

"일개 만병보의 총관이라고는 믿기 어려운 무공을 지녔군."

광장의 군웅들이 경악으로 몸이 굳어졌다. 과연 전대 마인의 공력은 무서운 위력을 가지고 있었고, 또 비록 한 수에 크게 패하긴 하였지만, 그 무서운 위력을 견뎌낸 주자신의 무공도 예상치 못했던 것이었다.

"본 보의 총관을 이 지경으로 만들다니 집주인의 체면은 봐줘야 하는 것 아닌가?"

문득 고창덕의 목소리가 울려 나왔다. 고창덕은 자리에서 일어선 채로 그 무표정한 얼굴로 현음삼존을 바라보고 있었는데, 두 눈에서 날카로운 빛이 번쩍이는 것이 몸에서 풍기는 위엄과 함께 묘한 기세를 형성하고 있었다. 사운봉의 시선이 천천히 종리선생에게서 고창덕으로 옮겨졌다.

"네가 말해라, 어느 것이 거궐과 담로냐?"

사운봉의 얼음이 덮인 듯한 얼굴은 전혀 표정의 변화가 없었고, 말소리조차 똑같은 어조여서 더욱 섬뜩한 느낌이 드는 것이었다. 고창덕의 얼굴에 가는 선이 하나 그어졌다. 철갑을 씌운 것 같은 얼굴에 무엇인가 표정이 하나 지나갔지만 웃음인지 찡그림인지는 구별할 수 없었다.

"과연 소문대로 광오하군. 그렇게나 거궐과 담로가 가지고 싶은가?"

어느새 그의 말투는 변하여 현음삼존에게 평어로 대하고 있었지만, 그의 몸에서 풍기는 위세와 어울려 이상해 보이지 않았다. 사고봉이 이상하다는 표정을 지으며 고개를 까딱했다.

"이건 또 무슨 경우지? 겨우 대장간 주인 놈이……."

말과 함께 사고봉이 그대로 또 손을 휘둘러 서리 같은 장력을 쏟아내었다.

휘르르.

묘한 바람 소리를 동반한 허연 기운이 고창덕을 휩쓸어 갔지만, 고창덕이 침착한 모습으로 두 손으로 가슴 앞에서 크게 원을 그렸다.

펑.

짧은 충돌음과 함께 서리 같이 허연 기운이 고창덕의 앞에서 좌우로 갈라지며 소멸하였다. 그러나 그 작은 여파로도 고창덕의 옆에 있던 오노야는 의자에 앉은 채로 뒤로 나뒹굴어 온몸이 마치 서리에 덮인 듯 하얗게 변하여 전신을 부들부들 떨고 있었다.

광장 안에 있는 모든 사람이 입을 딱 벌리며 경악에 빠져들었다. 전혀 무림에 알려지지 않은 만병보주 고창덕이란 인물이 전대의 고수인 냉심존 사고봉의 일장을 아무렇지도 않게 막아낸 것이다. 사고봉도 생각지 못한 일이 발생하자 의아한 표정으로 자신의 손을 잠시 지켜보다가 시체처럼 창백한 얼굴에 붉은 기가 올라왔다.

"이런 개 같은 경우……."

그러나 그의 노한 목소리는 얼음 같은 사운봉의 말에 의해 중단되었다.

"믿는 것이 있을 줄은 알았지."

사운봉이 여전히 표정 하나 없는 얼굴에 유리알 같은 눈으로 고창덕을 보더니 시선을 다시 종리선생으로 향하는 것이었다.

"둘째, 일에는 순서란 것이 있다. 일단 거궐과 담로를 손에 넣고 나서 네 마음대로 놀게 해주마."

사운봉의 말에 사고봉이 억지로 분기를 참으며 손을 내리면서 고창덕을 노려보았다. 사운봉이 뒤도 돌아보지 않고 종리선생에게 다시 물었다.

"마지막으로 묻지. 어느 것이냐?"

사운봉은 등장할 때부터 지금까지 전혀 미동도 않으면서 오직 고개만 돌려 말을 하는데 그 기도가 점점 강해지고 있어서 광장 전체를 제압하는 기세가 풍기고 있었다. 그 강한 기세를 정면으로 받고 있는 종리선생은 거의 몸이 우그러드는 느낌까지 들고 있었다.

'젠장, 이러다간 내가 큰일을 치르겠는데…… 젠장, 젠장.'

종리선생은 이마에 진땀이 맺혀가며 속으로 욕을 해대고 있었다. 그 광경을 지켜보던 언고흔이 미간을 찌푸리며 몸을 일으키려 했다.

"안 되겠군. 저러다가 종리선생이 경을 치겠어."

사도운도 언고흔을 보며 머리를 끄덕이고는 허리에 찬 검을 잡으며 따라 일어서려 했다. 그 순간 두 사람의 어깨를 가볍게 짚어오는 손이 있었다.

"잠깐만 참게. 아직 더 나올 사람이 있으니."

언고흔과 사도운이 뒤를 돌아보니 담연령이 기묘한 표정으로 위쪽을 쳐다보고 있었다. 두 사람이 담연령의 말에 눈을 둥그렇게 뜨는데, 광장 지붕에서 커다란 웃음소리가 터져 나왔다.

"푸하하하하. 현음삼존이 그렇게 대단한가? 호랑이가 없다고 여우가 위세를 부리는 격이군. 하하하."

굉량한 웃음소리와 함께 광장의 격자 천정으로부터 한 인영이 천천히 광장으로 내려오고 있었다.

제14장   마음영종魔音靈鍾

공중에서 낙하하는 속도를 늦추어 구름처럼 가볍게 내려오는 것은 대단한 신법과 내공을 가져야 가능한 것이다. 막 장중에 출현한 인영은 그런 높은 경지를 보이면서 종리선생의 옆으로 내려서고 있었다. 후리후리한 키에 반백의 머리칼, 나이를 짐작하기 어려운 구릿빛 얼굴에는 세 가닥으로 짧은 수염을 단정히 길렀는데, 짙은 황삼을 걸치고 허리에는 커다란 장도長刀를 차고 있었다.

황삼인은 바닥에 내려서자 종리선생의 어깨를 두드리며 다시 웃음을 터뜨렸다.

"하하하, 종리황, 한 십 년 만에 보는 것 같구나."

종리선생이 나타나자마자 친근한 인사를 건네는 황삼인을 멍하니 보다가 눈을 크게 뜨며 반가운 표정을 지었다.

"가, 감♯선배? 어떻게 여기를……?"

겉으로 보기에는 종리선생이 더 나이 들어 보이는데도 황삼인을 향해 선배라고 부르고 있었다. 감선배라 불린 황삼인의 특이하게 가늘고 긴 눈썹이 꿈틀하더니 현음삼존을 향하였다.

"저 대단하신 분들이 워낙 위세를 부리기에 눈꼴이 시어서 볼 수가 없어서 말이야."

황삼인은 나이가 그리 많아 보이지 않았는데도 종리선생에게 반말로 얘기를 건네는데, 그것이 당당하고 위맹한 기세와 어울려 무척 자연스러워 보였다. 황삼인에게는 남을 많이 부려 본 자들이 가지는 위엄과 자신감이 흐르고 있었다. 맞은편에 얼음 기둥처럼 서 있던 사운봉의 무표정한 얼굴에 처음으로 표정이라고 할 만한 것이 떠올랐다.

"개벽도開闢刀 감, 천, 곡甘川谷!"

경악인지 분노인지 모를 표정으로 사운봉이 얼음 조각을 토해내듯 황삼인의 명호를 하나하나 뱉어내었다. 황삼인의 명호가 밝혀지자 광장 안의 무림인들이 매우 놀라며 개중에는 자리에서 벌떡 일어나는 사람도 있었다.

개벽도 감천곡. 칼 한 자루면 세상을 다시 만들어낸다는 전설의 절대고수. 그는 특이하게도 무과장원武科壯元으로 출발하여 무림에까지 명성을 떨친 인물로 강호에서는 쉽게 보기 어려운 사람이었고, 병부兵部와 친군지휘사親軍指揮司의 요직을 두루 거친 이후에 특별한 직위가 없는 일품관一品官으로 임명되어 황실의 수호신으로까지 일컬어지게 된 인물이었다. 바로 우내십존 중 제일도객第一刀客이며 황궁제일고수皇宮第一高手가 나타난 것이다.

비수같이 날카로운 눈으로 노려보며 침묵을 지키는 사운봉과 달리 성질이 급한 사고봉이 대뜸 소리를 질렀다.

"감천곡! 무슨 뜻이냐? 누가 호랑이고 누가 여우란 거지?"

감천곡의 기다란 눈썹 밑의 눈이 냉전같이 번쩍였다.

"사고봉, 간담이 많이 커졌구나. 몰라서 묻는 것이냐?"

감천곡이 말과 함께 사고봉을 노려보자 순간적으로 패도적인 기세가 불길처럼 피어올랐다. 그 패도적인 기세에 장중을 압도하던 얼음 같은 냉기가 대번에 흩어져 버리는 것이었다. 좀 전까지 제멋대로 손을 휘두르던 사고봉도 그 패도적인 기세에 얼른 입을 열지 못하고 얼굴을 흉악하게 일그러뜨렸다.

감천곡이 사고봉을 노려보던 눈을 그대로 사운봉에게 옮기며 말을 이어갔다.

"사운봉, 듣자하니 보패선에게 크게 당해서 강호에서 물러났다고 하던데. 그래서 거궐과 담로를 탐내는 것이냐?"

사운봉의 유리알 같은 눈이 슬쩍 흔들렸다.

"감천곡, 황궁에만 있다더니 별걸 다 알고 있군."

사운봉의 광오하던 기세도 감천곡 앞에서는 많이 위축된 모습이었다.

"후후, 관官이란 나라의 안정을 지키는 것이니 여러 소식에 정통해야 한다. 강호에선 소문이 나지 않았던 모양이다만, 너희 삼 형제가 함부로 설치다가 왕보명에게 크게 혼이 나서 죽기 전에 간신히 도망친 일을 나는 알고 있지. 그래서 전설의 신검이라도 구해 왕보명에게 대적할 생각인가 본데, 그렇다고 신병대전에 와서 신검을 훔치려 한다면 그건 도둑질이니, 본관이 상관을 안 할 수가 없는걸."

감천곡이 패도적인 기세를 흘리며 위압적인 말투로 대답했다.

사운봉의 얼음 같던 무표정에 금이 가기 시작하더니 얼음조각이 쪼개지는 것처럼 주름이 잡히면서 웃음소리가 흘러나왔다.

"흐흐흐흐, 우물물과 강물은 서로 범하지 않는 법인데 관부대인官府大人의 권세로 억누를 셈이냐? 만병보가 관부와도 손을 잡았던가?"

사운봉의 유리알 같은 눈동자가 힐끗 고창덕의 얼굴을 훑고 지나갔다. 고창덕은 여전히 무표정한 얼굴로 묵묵히 감천곡을 보고 있었는데, 그 눈에 알수 없는 빛이 번뜩이고 있어서 사운봉은 얼핏 의혹을 느끼지 않을 수 없었다.

감천곡이 사운봉의 말에는 대답하지 않고 광장을 두루 훑어보더니, 문득 엄숙한 표정으로 입을 열었다.

"보천지하普天之下에 황법皇法이 미치지 않는 곳이 어디 있으랴. 다만, 본관도 따지고 보면 무도를 닦는 무림 중의 사람. 무림의 일에 굳이 관여하고 싶지도 않고, 관이 무림에 간섭하고자 하는 것도 아니다. 그러나 황실의 장보藏寶가 이곳에 있다는 소문에 와보지 않을 수 없었던 바, 만약 추호라도 이 공무公務에 방해된다면 본관이 용서치 않으리라."

감천곡이 관청의 공식 용어를 섞어서 말을 하니 광장의 군웅들은 생경하면서도 대단히 위압적인 분위기를 느낄 수 있었다. 감천곡의 옆에 있던 종리대인이 눈을 휘둥그레 떴다.

"감선배, 황실의 장보라니오? 이 만병보에 어찌 황실의 장보가 있단 말이오?"

감천곡이 위엄이 가득한 낯빛으로 종리대인을 보더니 다시 고창덕에게 시선을 돌렸다.

"일 년쯤 전에 황궁에서 신검 한 자루가 사라졌다. 대부분의 신기神器들은 황궁비고에 간직하였지만, 이 신검만은 황상의 특별한 허락으로 동궁東宮에 보관시키어 병약하신 태자마마의 심신을 보호하고자 했던 것이지. 이 신검이 없어진 후에 내사를 진행해 본 결과 강호로 흘러들어 갔다는 증거를 찾았고, 그곳이 이 만병보라는 심증을 가지고 있다. 본관이 오늘 이곳에 온 것은 바로 그 신검을 찾고자 하는 것이다."

종리대인의 호기심 많은 입이 참지 못하고 바로 열렸다.

"그 신검의 이름이 뭔데요?"

감천곡의 위엄이 가득한 눈에서 날카로운 신광이 고창덕에게 꽂혔다.

"승사勝邪!"

쾅!

마치 바로 옆에서 화산이 터지는 소리를 들었을 때처럼 광장 내에 있는 모든 사람이 충격을 받았다. 거궐과 담로가 어느 것인가에 온 신경이 집중된 판이었는데, 지금 감천곡의 입에서 나온 것은 또 다른 구야자의 오대신검 중 하나가 아닌가.

감천곡의 등장으로 졸지에 주도권을 빼앗겼던 사운봉의 얼음덩어리 같은 얼굴에도 의혹이 물결을 치면서 고창덕을 돌아보고 있었다. 감천곡과 사운봉, 두 절대고수의 눈길뿐만 아니라 모든 사람의 시선이 고창덕에게 모여지는 데도 나무토막 같은 그의 표정에는 일체의 변화도 없이 그저 묵묵히 정면을 바라보고 있을 뿐이었다.

장중의 변화를 주시하던 담연령의 미간이 크게 찌푸려졌다.

"도대체 무슨 일이지? 오대신검의 세 자루나 이곳에 있단 말인가?"

이심호의 눈빛이 깊게 가라앉으며 알지 못할 불안감이 가슴 속에서 크게 치솟고 있었다.

'이상하다. 이 신병대전에는 엄청난 음모가 깔린 것 같은 느낌인데…… 내가 좀처럼 느끼지 못하는 감각인 이 불안감은 도대체 어디에서 오는 것일까?'

이심호의 인상이 미미하게 어두워지는데 담운경이 조그맣게 담연령에게 말하였다.

"아버지, 오 숙부는……?"

담연령이 인상을 쓴 채로 가볍게 고개를 저었다.

"글쎄다. 내가 오는 줄 알 테니 여기에 있다면 분명히 연락이 왔을 텐데……?"

그러고 보니 만병보의 마병과 관계된 쇳덩어리의 문제를 알아보러 온다는 천지일괴는 전혀 보이지도 않고 있는 것이었다. 견정심법에도 가라앉지 않는 불안감에 이심호의 손이 등에 멘 책상자를 가볍게 어루만지고 있었다.

감천곡이 고창덕을 향해 다시 위엄을 갖춘 목소리로 물었다.

"만병보주 고창덕은 대답해라. 승사검이 어디에 있는가? 종실초래從實招來(이실직고)할 것이지, 불연不然이면 황법의 지엄한 벌을 받을 것이로다."

감천곡이 관부어로 힐문하는데, 무표정하던 고창덕이 서서히 고개를 돌리고 있었다. 그의 입에서 작지만 선명한 말소리가 흘러나왔다.

"이십 년 넘게 들인 공功의 결과가 이제 나오는가?"

무슨 뜻인지 알 수 없는 말을 중얼거리며 고개를 돌리던 고창덕의 눈길이 한 곳에 멈추었다.

"영주슈主, 시작할까요?"

고창덕의 시선이 멈춘 곳은 바로 사고봉에 의해 피를 토하고 한쪽 구석에 쓰러져 있던 주자신의 몸 위였다. 사람들의 의혹 어린 눈길이 향하니 놀랍게도 주자신이 몸을 천천히 일으키는 것이었다. 옷자락을 털면서 일어선 주자신은 입가에 묻은 피를 닦아내며 미소를 짓는데, 눈에는 정광이 빛나고 얼굴에는 혈색이 멀쩡한 것이 전혀 중상을 입고 쓰러졌던 사람으로 보이지 않았다.

"계획도 여러 번 뒤틀고 소문도 많이 냈고 이렇게 시간도 끌었는데 결국 걸린 것은 우내십존 중 겨우 한 사람과 현음삼존이라니. 좀 실망스럽지만, 이 정도 인원이면 충분히 시험해볼 만하군요. 고보주, 시작하시오."

예상치도 못한 기괴한 변화에 중인들이 정신을 차리기도 전에 고창덕이 크게 손뼉을 치며 고함을 지르는 것이었다.

"병주현신兵主現身!"

그의 고함과 함께 군웅이 들어온 만병보의 석문이 닫히고, 격자 모양의 채광 역할을 하던 천장 지붕이 무엇인가로 덮여버렸다.

쿠쿵!

석문과 지붕이 닫히는 소리가 크게 울리면서 광장 안이 순간적으로 캄캄한 어둠으로 변했다.

"헛!"

"어엇!"

광장의 여기저기에서 당황한 소리가 흘러나오는데 가벼운 마찰음이 들리더니 팟! 하는 소리와 함께 눈앞이 갑자기 밝아졌다. 광장의 벽에는 어느새 수없이 많은 횃불이 달려서 동시에 불이 붙은 것이었다. 아무리 고수라도 이렇게 갑작스러운 어둠과 밝음이 연속되면 시야가 차단되게 마련이다. 모두 어릿해진 두 눈을 비비면서 주위를 살펴보니 감천곡과 종리선생은 왼쪽으로, 현음삼존은 오른쪽으로 물러나 있었고, 고창덕의 곁에는 주자신이 종리선생이 앉았던 자리에 떡하니 앉아 있는 모습이 눈에 들어왔다. 동시에 그 짧은 순간에 자리를 안내하고 병기를 들고 있던 흑의 경장인들은 모조리 사라지고, 고창덕의 앞에는 어느새 열 명의 복면인이 신병과 마병을 나누어 들고 도열해 있는 것이었다. 그 중의 한 명은 아까 팔렸다고 가지고 나갔던 인풍월까지 들고 있었다.

고창덕의 나무토막 같던 얼굴에는 기괴한 미소가 흐르고 있었다.

"흐흐, 장내에 계시는 모든 분을 다시 한 번 환영하오. 진정한 신병대전을 시작하겠소."

돌연하고 괴이한 변화에 군웅들이 어찌할 줄 모르고 있는데 중앙에 있던 한 사람이 자리에서 벌떡 일어나더니 큰 소리로 고창덕을 꾸짖었다.

"고창덕! 이게 무슨 짓이냐? 도대체 무슨 꿍꿍이로 이런 짓을 벌이는 게야?"

고창덕의 옆에 한가로운 표정으로 앉아 있는 주자신이 그쪽에는 얼굴도 돌리지 않은 체 항상 하고 있던 미소를 지으면서 입을 열었다.

"고보주, 오늘 온 사람 중에 정파의 괜찮다는 고수들은 구파 중에서 화산, 청성, 종남, 공동에서 온 일대제자一代弟子 여덟 명, 오대세가에서 온 장로급 세 명과 언가의 가주, 십대검객 중 두 명과 몇몇 인물들이고⋯⋯."

주자신이 다시 광장을 훑어보며 말을 이어갔다.

"마도에서는 꽤 많은 사람이 왔지만 쓸 만한 인물은 십칠사十七邪 중 다섯 명, 십대검객 중 한 명, 육합마문六合魔門에서 온 호법 급 열 명뿐이오. 그밖에 파악이 안 되는 인물이 십여 명 있지만 현음삼존이나 우내십존 중의 일인에게 미치겠소? 하하."

광장 안에 있던 군웅 속에서 나직한 신음을 내거나 움찔하는 모습을 보이는 자들이 나타나더니 모두 자리에서 일어나 모자를 벗고 가짜 수염을 떼거나 얼굴을 문질러 역용을 회복했다. 일어선 자들이야말로 바로 주자신의 입에서 거명되었던 정파와 마도의 고수들이었던 것이다. 군웅들이 알지 못할 불안한 심정에 저절로 따라 일어서며 광장 안에는 자리에 앉아 있는 사람들이 거의 없게 되었다.

오른쪽 구석에서 감탄성과 함께 낮으면서도 선명한 목소리가 흘러나왔다.

"과연, 추측대로 신병대전이란 결국 만든 병기의 성과를 시험하기 위한 시험장이었단 거로군."

불현듯 들려오는 말소리는 광장의 어둠 속에서 오른쪽 구석까지 물러나 있던 풍기륭의 입에서 나온 것이었다. 사고봉이 험악한 얼굴로 몸을 돌렸다.

"풍기륭, 네놈의 말뜻은 무엇이냐? 신병대전이 함정인 줄 알면서도 우리 삼 형제에게 알리지 않았단 말이냐?"

풍기륭이 그 평범한 얼굴에 매달린 볼품없는 수염을 손등으로 문지르며 가볍게 고개를 저었다.

"아니 뭐, 꼭 그렇게 확신한 건 아니었으니까요. 더구나 세 분이 원하시는 것은 거궐과 담로였고, 저한테는 그걸 확인하라는 명밖에 내리신 게 없잖습니까?"

사고봉의 옆에 있던 사진봉도 살기를 띤 얼굴을 풍기륭에게 돌리고 있었다.

"거궐과 담로를 찾아내지도 못한 놈이 너무 까부는군."

사진봉의 손이 들리며 풍기륭에게 일장을 치려는데 풍기륭이 두 손을 흔들며 급히 말을 내뱉었다.

"아이고, 잠깐만요. 없는 걸 어찌 찾아냅니까? 안 그래요? 종리선배."

경박스러운 말투였지만 사진봉의 동작을 멈추게 할 수 있는 내용이었다.

사고봉과 사진봉이 의심스러운 눈길을 풍기륭에게서 떼지 못하는데 사운봉의 얼음 같은 목소리가 흘러나왔다.

"종리황, 네가 말해봐라. 풍기륭의 말이 사실인지."

사운봉도 예상치 못한 풍기륭의 말에 유리알 같은 두 눈을 가늘게 뜨고 종리선생을 바라보고 있었다. 종리선생이 옆에서 주위를 번쩍이는 눈으로 살피는 감천곡을 슬쩍 올려보더니 침을 꿀꺽 삼키고 고개를 끄덕였다.

"나도 거궐과 담로를 볼 수 있다는 희망으로 만병보의 요청에 응해서 여길 온 건데, 아직 보지 못했소."

"푸핫하하하."

고창덕이 고개를 젖히며 큰 웃음을 터뜨려 종리선생의 말을 잘랐다.

"아직 보지 못했다니? 좀 전에 연고재의 오노야가 다섯 자루의 신검 중에서 두 자루를 지목하지 않았던가?"

아까 사고봉의 장력에 휩쓸렸던 오노야는 석탁 뒤에 의자와 함께 뒹굴고 있는데 미동도 없는 것이 이미 목숨이 끊어진 것 같았다. 종리선생이 고개를 거푸 내저으며 고함을 질렀다.

"고창덕! 이 종리황을 속여도 유분수지. 네가 꺼내놓은 다섯 자루 신검이 훌륭한 검인 것은 맞다만, 그 정도로는 거궐은 물론이고 담로에도 비교되지 않는다. 도대체 있지도 않은 양대신검을 가지고 이런 사기극을 꾸미면서 나를 끌고 온 이유가 무엇이냐?"

고창덕이 음침한 미소를 지으며 주자신을 쳐다보는데 대답은 엉뚱한 곳에서 흘러나왔다.

"그야 종리선배를 모셔 와야 고수들의 신뢰를 얻어 신병대전의 가치가 올라갈 것이고, 종리선배를 속일 수 있다면 앞으로 걱정 없이 거궐과 담로라고 우길 수 있을 테니까요. 결국 종리선배도 시험 대상이었을 뿐이죠."

풍기륭이 히죽 웃는 얼굴로 종리선생의 질문에 답한 것이었다. 종리선생의 얼굴이 잠시 멍청해졌다가 풍기륭의 말뜻을 깨닫고 얼굴이 붉으락푸르락해지는데, 옆에 있던 감천곡이 문득 풍기륭을 바라보며 입을 열었다.

"풍책사馮策士, 승사는 찾았소?"

감천곡의 갑자기 변한 호칭과 말투에 또 한 번 사람들의 눈이 휘둥그레졌다. 풍기륭이 장난스러운 표정을 지우더니 정중하게 감천곡에게 고개를 숙였다.

"네, 감대인. 일이 급하게 변하는 바람에 정확한 위치는 모르지만, 이 만병보 안에 있는 것은 확실합니다."

풍기륭의 돌변한 모습에 사람들은 물론 현음삼존의 대형인 사운봉의 얼굴까지 멍청해지는데, 자리에 앉아 있던 주자신이 박장대소를 터뜨리는 것이었다.

"하하하하, 과연 귀계만단 풍기륭! 이 신병대전의 내막을 알기 위해 저 멍청한 현음삼존을 이용했단 말이지?"

주자신의 말이 끝나기도 전에 현음삼존의 얼굴빛이 파랗게 변하며 살기가 크게 일어났다.

"죽일 놈!"

한 소리 욕설과 함께 사고봉과 사진봉이 동시에 손을 뻗어내었다.

휘링.

묘한 바람 소리와 함께 두 줄기 얼음 같은 장력이 풍기룡의 얼굴 앞으로 쏟아져 나갔다. 풍기룡으로서는 원래 현음삼존의 한 사람에게도 상대가 안 되는데 마침 감천곡에게 보고를 하느라 고개를 숙였다 드는 순간이라 꼼짝없이 당할 지경이었다.

"하압!"

그 순간, 웅장한 기합소리가 터지면서 권풍과 검광이 풍기룡의 앞을 가로막으며 얼음 같은 장력과 충돌했다.

퍼 펑!

커다란 폭음이 터지면서 사고봉과 사진봉은 두 손에 강한 반탄력을 느끼면서 깜짝 놀라 앞을 바라보았다. 어느새 두 사람이 풍기룡의 앞에 서서 자신들의 장력을 막아낸 것이었다. 거친 턱수염에 호랑이 같은 풍모를 지닌 호한과 준수한 용모에 냉막한 얼굴로 검을 비스듬히 비껴든 검수. 바로 언고흔과 사도운이었다.

언고흔과 사도운 덕에 목숨을 건진 풍기룡이 놀라지도 않았는지 빙긋 웃으며 두 사람의 뒤통수에 포권을 하는 것이었다.

"하, 이거 정말 감사하오. 물론 두 분이 여기 계신 것을 알고 이쪽으로 와서 입을 놀린 것이었지만 그래도 이 풍기룡을 위해서 출수를 할 것인가에 대해서는 내심 조금 불안했다오. 과연 두 분은 강호에 소문난 대로 협객이시군."

사도운이 어이가 없는지 힐끗 풍기룡을 보더니 가볍게 냉소를 치고는 다시 앞을 향하였고, 언고흔은 사고봉에게 향하던 시선을 풍기룡에게 돌리며 히죽 웃었다.

"과연 풍형은 대단하군. 어쩐지 이쪽으로 슬금슬금 올 때부터 불길한 예감이 들더라니……."

풍기륭이 마주 웃으며 두 손바닥을 벌렸다.

"아, 그럼 어찌합니까? 강호에는 이 풍기륭을 미워하시는 분들이 꽤 있어서 암만 둘러봐도 언가주 밖에는 기댈 데가 없더라고요."

"아, 그러면 기대실 만큼 기대시오. 나중에 좋은 술이나 한 병 사면 되니까."

언고흔이 냉큼 머리를 끄덕이더니 다시 사고봉 쪽으로 몸을 돌리니 풍기륭도 살짝 의외라는 표정을 지으며 고개를 흔들었다.

"역시…… 이 풍기륭도 언가주의 호기는 감당이 안 되는군요."

그 광경을 보던 사고봉이 살기 어린 눈을 찡그리더니 좀 전에 주자신이 한 말을 기억하는지 음산한 목소리로 입을 열었다.

"네놈이 언가의 가주라는 놈이냐?"

언고흔이 넉살 좋은 웃음을 지으며 입을 여는데 대답은 또다시 엉뚱한 곳에서 나왔다.

"서로 소개하고 인사하는 건 나중으로 미루시지. 어차피 알아도 그만, 몰라도 그만인데."

주자신이 앉았던 자리에서 일어나 고창덕과 나란히 서면서 말을 이었다.

"우내십존 중 일인, 전대의 고수 현음삼존, 당세의 절정고수라고 할 수 있는 삼십여 명, 그리고 일반 무림인이 백여 명이 넘으니 그 힘으로 만병보의 십대신마병十大神魔兵을 막을 준비나 하는 게 좋을 거요. 아, 물론 막을 수도 없겠지만, 설사 막는다 해도……."

주자신의 눈에서 잔인한 살광이 이글거렸다.

"살아서는 못 나갈걸."

기이한 병기를 들고 있는 단 열 명의 복면인을 가지고 백여 명의 무림인 앞에서 너무나 자신만만한 모습이었다.

그의 말이 끝나자마자 고창덕이 무표정한 얼굴에 흉악한 웃음을 지으며 두 손을 번쩍 치켜들었다.

"크하하하, 이십 년, 이십 년의 결과다. 모든 것을 부수고 베어버리는 무기, 누구도 대적할 수 없는 병기, 신이라도 죽일 수 있는 검을 만들었다. 오늘 너희를 이 십대신마병의 첫 제물로 삼아주마. 자, 깨어나라, 병주들아!"

고창덕의 말이 신호라도 되듯이 광장 안에 악기 소리가 울리기 시작했다.

둥, 둥, 둥.

동, 동, 동.

쟁쟁쟁쟁쟁.

삐익, 삐이익.

큰 북소리, 작은 북소리, 주발을 두드리는 소리, 그리고 무엇인가를 불어 대는 괴음이 한꺼번에 일정한 가락으로 연주되기 시작한 것이다. 무슨 음악인지 듣는 사람의 가슴을 쿵쾅거리게 하고 온몸이 나른한 것 같은 기분이 드는데, 광장 안이 흐릿하게 보이면서 머리를 혼란스럽게 하는 것이었다. 마치 커다란 검은 너울이 펄럭이며 광장을 덮어 내리는 것 같고, 천장과 땅이 흔들리며 빙글빙글 도는 것 같아서 광장 안의 인물 중에는 중심을 잃고 비틀거리는 자도 있었다.

그러나 이 광장 안에 모인 사람 중에는 강호에서 절정고수라 불리는 사람들도 있는 것이다. 사운봉의 얼음 같은 얼굴에 약간 어이없어하는 기색이 떠올랐다.

"이게 무슨 잡스러운 짓?"

그러지 않아도 성질을 억지로 눌러 참고 있던 사고봉이 두 손을 들어 고창덕을 향했지만, 그 앞에 서 있던 열 명의 복면인이 풍기는 이상한 기색에 멈칫할 수밖에 없었다. 괴이한 곡이 연주되면서 복면인들의 멍한 눈에 푸르스름한 불꽃이 피어오르더니 천천히 각자의 병기를 가볍게 움직이기 시작하는데, 병기의 기이한 기운과 어울리는 괴이한 사기邪氣가 그들의 몸에서 충천하는 것이었다.

둥둥둥.

동동동.

음악 소리가 점차 빨라지면서 광장을 밝히던 횃불까지 음악에 맞추어 흔들리고 열 명의 복면인에게서 솟구치는 사기도 더욱 짙어져 광장 전체에 퍼져가고 있었다. 나른하고 어지러운 환상이 더욱 기승을 부리고, 횃불에서 떨어져 나온 불똥들이 공중에서 흔들거리며 춤을 추자 마치 명계에 온 것처럼 음악한 사기가 크게 일어났다.

상황을 눈여겨보던 감천곡의 눈살이 찌푸려졌다.

"엄청난 사기로군. 무슨 짓을 벌이는 거지?"

감천곡의 말에 대답이라도 하듯이 광장 오른쪽에서 두 사람이 매우 놀란 목소리로 소리치고 있었다.

"마음주악魔音呪樂!"

"사령마인邪靈魔人!"

거의 동시에 소리친 두 사람은 놀란 눈으로 마주 바라보고 있었는데, 그들은 바로 풍기륭과 이심호였다.

마음주악이라고 소리친 풍기륭이 경악을 금치 못하는 얼굴로 이심호를 보더니 급하게 말을 건넸다.

"누구신지 모르겠지만…… 저 열 명의 복면인이 사령마인이 확실하오?"

이심호도 보기 드물게 긴장한 얼굴로 고개를 끄덕이더니 언고흔과 사도운에게 빠른 말투로 얘기했다.

"형님들, 호법을! 저 음악을 중지시켜야 합니다."

언고흔과 사도운은 이심호를 만난 이후로 이심호가 이렇게 급하게 얘기하는 것을 처음 들었다.

두 사람이 놀라 급히 몸을 돌리려는데 담연령이 자리에서 벌떡 일어났다.

"자네들은 비비를 지켜주게, 호법은 나에게 맡기고!"

담연령도 이심호의 평소와 다른 기색에 사태의 심각함을 직감하고 장포자락을 펄럭이며 단숨에 이심호의 전면을 가로막았다. 우내십존의 절세무왕이 호법을 서는 것이다.

그러고 보니 담비비는 어느새 몽롱한 눈빛으로 조는 것처럼 목을 한쪽으로 꼬고 있었다. 언고흔과 사도운, 담운경이 비비를 가운데 두고 삼각형을 이루는데 풍기룡이 힐끗 이심호를 보고는 번개같이 감천곡 쪽으로 몸을 날리며 소리를 질렀다.

"감대인! 어서 출수를!"

감천곡이 풍기룡의 갑작스럽게 서두르는 모습에 얼떨떨한 표정을 짓는 동안 사고봉이 기다렸다는 듯이 두 손을 휘둘러 열 명의 복면인을 공격했다.

휘르릉.

사고봉이 마음먹고 공력을 발휘했는지 엄청난 냉기가 몰아치며 강력한 장력이 쏟아져 나갔다.

퍼엉.

"별 볼 일 없는……."

사고봉이 열 명의 복면인이 방어도 못 하고 온몸으로 장력을 맞는 모습에 비릿한 웃음을 흘리다가 멍청해져 버렸다. 그 강력한 음한 장력을 맞은 열 명의 복면인이 아무렇지도 않은 듯이 그대로 서서 천천히 걸음을 옮기고 있는 것이 아닌가. 그 모습을 본 풍기룡의 얼굴에 더욱 다급한 빛이 떠올랐다.

"정말 사령마인…… 현음장玄陰掌류의 음한마공은 사령마인에게 통하지 않는다더니!"

괴이한 음악 소리가 더욱 빨라지고 높아지면서 열 명의 복면인, 사령마인의 움직임이 갈수록 자연스럽고 민첩해지며 광장을 중심으로 넓게 포위하는 형세를 취하고 있었다. 풍기룡이 눈을 빠르게 움직이며 감천곡의 옆에서 광장을 향해 소리쳤다.

"모두 조심하시오. 지금 저 십대신마병을 들고 있는 복면인들은 실전된 사도대법으로 제련된 사령마인으로 도검불침에 내가장력으로도 해할 수 없고, 특히 마공에는 아예 영향을 받지 않는 괴물이란 말이오!"

사령마인은 과거 유명궁의 역천사령술로 제조된 괴물 중에서도 세 손가락 안에 들던 무서운 괴물이다. 풍기륭의 말이 떨어지자 광장 안은 크게 혼란에 빠졌다. 정신을 차리고 분분히 무기를 꺼내어 들고 방비하는 사람들도 있었으나 태반은 닫힌 석문 쪽으로 달아나느라 정신이 없었다.

　소란스러운 장중에서 이심호는 얼른 등에 짊어진 책상자를 풀어 앞에 내려놓았다.

　'서둘러야 해. 사령마인이 완전히 깨어나기 전에 마음주악을 중단시켜야 한다. 마음주악은 고등高等의 사도대법을 발동시킬 뿐 아니라 마력과 사기를 증진하는 공효가 있다. 자칫 마음주악을 잘못 건드리면 오히려 사기가 광기로 발전하니 조심해야 한다. 가장 쉽게 깨뜨리는 방법은 불문의 항마법력으로 범음선창梵音禪唱하는 것이지만, 이는 내공과 불력이 모두 경지에 이른 고승만이 가능한 것. 불문무공을 전혀 배우지 않은 나는 불가능하다. 그렇다면 내가 지금 할 수 있는 것은……'

　이심호의 머릿속이 복잡하게 움직이며 책상자를 세로로 세우면서 오른쪽 아랫부분을 가볍게 두드렸다. 그러자 책상자의 위쪽 부분이 작은 뚜껑처럼 열리며 구멍이 생기는 것이었다. 이심호가 얼른 책상자 앞에 앉으며 눈을 감았다. 마음속에 진사결鎭邪訣이 떠오르며 몸에 내재한 신기가 발동하기 시작했다. 이심호가 오른손을 책상자에 붙이며 눈을 번쩍 뜨는데 두 눈에서 신광이 번쩍였다.

　"영종출현靈鍾出現!"

　파앗.

　이심호의 나직한 호통소리에 책상자에서 보광寶光이 위로 치솟았다. 보광은 이심호의 머리 석 자쯤에서 멈추더니 그 형상을 드러내는데 사발을 엎어놓은 듯한 모양의 오래된 작은 종이었다. 군데군데 색도 변하고 녹이 여기저기 슬어 있는 그 낡은 종은 공중에서 고정이라도 된 것처럼 가만히 떠 있어서 얼핏 눈에 잘 띄지도 않았다. 이심호의 왼손이 슬며시 올라오며 손가락이 묘하게 구부러져 연꽃 모양을 만들었다.

"각사보정却邪保正 경세명警世鳴!"

이심호의 커다란 호통소리와 함께 공중에 떠 있는 작은 종이 크게 울렸다.

데엥!

도저히 작은 종에서 나는 소리라고 할 수 없는 크고 맑은 종소리가 광장에 울려 퍼졌다. 그러자 괴이하던 마음주악이 곡조가 흐트러지며 광장 안을 덮어가던 사기가 눈에 띄게 줄어들었다. 담비비를 비롯하여 사기에 침해를 받았던 사람들이 잠에서 깨어난 것처럼 눈을 뜨며 정신을 차렸다.

석탁 앞에 서서 흉측하게 웃고 있던 고창덕의 얼굴이 순식간에 굳어졌다.

"이게 무슨 일이야? 왜 곡조가 흐트러지느냐?"

고창덕의 고함 소리에 흐트러지던 마음주악이 다시 곡조를 찾으며 더욱 빠르고 높게 연주되기 시작했다.

둥둥둥둥둥.

창창창창창.

다시 사기가 몰려들며 광장 안의 횃불들까지 껌뻑였다. 신령한 종소리에 기가 죽었던 마음주악이 다시 사기를 고양하며 대드는 모양이었다. 이심호의 눈빛이 더욱 강해졌다.

"성세음醒世音!"

데에엥!

작은 종이 더욱 큰 소리를 내며 울렸다. 횃불이 불꽃을 크게 올리고 사기가 깨져나가며 마음주악의 괴상한 소리가 반 이상 줄어들며 음조가 헝클어졌다.

'마음주악은 한꺼번에 깨뜨려야 한다. 모든 악기를 한 번에 눌러야……'

이심호가 틈을 놓치지 않고 그대로 신기를 모아 작은 종에 쏟아 부었다.

"항세향恒世響!"

두우우우우우우우웅!

공중에 뜬 작은 종이 깨져나갈 듯 전신을 진동하며 상상도 할 수 없는 소리를 올려내었다. 광장 안의 모든 사기가 먼지처럼 날아가고 열 명의 사령마인도 충격을 받았는지 전부 비틀거리며 한 걸음씩 물러나고 있었다. 거대한 종소리와 함께 괴상망측한 마음주악이 그대로 침묵해버렸다.

"커억."

어디선가 나지막한 신음이 흘러나왔다. 이심호의 앞에서 호법을 서고 있던 담연령이 몸에 전해지는 진동에 놀란 빛을 떠올렸다.

'사기를 진압하는 대단한 음공音功이군.'

담연령이 뒤를 돌아보니 이심호가 약간 창백해진 얼굴로 공중에서 떨어지는 종을 책상자 안으로 수납하며 일어서고 있었다.

"괜찮은가?"

이심호가 담연령의 걱정스러운 말투에 가볍게 고개를 저으며 책상자를 다시 등에 메었다.

"괜찮습니다. 배우긴 했지만 처음 써보는 거라서 좀 힘이 들었을 뿐입니다."

실제로 마음주악을 작은 종 하나로 파괴하는 것은 대단히 힘든 일이라 이심호는 상당히 기운이 빠진 상태였다. 담연령이 고개를 끄덕이고 담비비를 바라보니 담비비는 본래의 총명한 눈빛을 회복한 채 긴장된 모습으로 담운경의 품에 안겨 있었다. 멀리서 쳐다보고 있던 풍기륭이 오른손을 흔들며 소리를 질렀다.

"마음주악은 깨졌지만, 사령마인은 이미 깨어났소."

과연 광장 중앙을 포위하던 사령마인은 이미 종소리의 충격에서 벗어나 병기를 치켜든 채로 파르스름한 눈빛을 빛내고 있었다. 주자신이 이심호 쪽을 바라보며 이를 부드득 갈았다.

"도대체 저놈은 누구기에 이십 년이나 걸려 길러 낸 마음악사魔音樂士들을 파괴한단 말인가?"

고창덕이 쳐다보지도 않고 음침한 웃음을 흘렸다.

"영주, 걱정하지 마시오. 이미 사령마인은 완전히 깨어났으니 마음주악이 없더라도 충분히 계획대로 진행할 수 있소이다. 흐흐흐."

고창덕이 말을 마치자마자 열 명의 사령마인들을 향해서 크게 고함을 질렀다.

"오대마병은 저 뒤의 무림인들을 공격하고, 오대신병은 감천곡과 현음삼존을 상대해라!"

말이 끝나자 오대마병을 든 사령마인들이 몸을 날려 등자에 몰려 있는 무림인을 향해 마병을 휘두르기 시작했다.

"으아악!"

"커헉!"

비명이 터지고 피가 튀면서 단숨에 십여 명의 무림인이 쓰러졌다. 사령마인이 휘두르는 마병은 정말 무서웠다. 무림인들이 내뻗는 장력과 병기를 무시하고 닥치는 대로 베고 자르는 것이었다. 언고흔의 눈에 다급한 빛이 떠올랐다.

"저러다 다 죽겠다. 어서……."

언고흔의 말이 끝나기도 전에 곤왕륜과 파산갑을 지닌 두 명의 사령마인이 언고흔 등이 있는 오른쪽으로 덮쳐오고 있었다.

"비비, 이숙부와 할아버지 곁을 떠나지 마라."

언고흔이 담비비에게 얼른 한 마디를 던지고 몸을 날려 파산갑을 어깨까지 걸친 사령마인을 막아나갔고, 사도운도 곤왕륜을 가진 사령마인을 상대해갔다. 담연령이 담비비를 옆으로 끌어당기면서 위엄 있는 목소리로 담운경한테 말했다.

"경아, 너는 우선 이소협을 보호해라. 이소협은 지금 사기를 파괴하느라 기운을 많이 썼다."

담운경이 침착한 표정으로 고개를 끄덕이고는 허리의 검을 뽑아 이심호의 곁으로 몸을 움직였다. 담연령은 담비비를 등 뒤에 두고 한 걸음 나서면서 광장 중앙으로 시선을 보냈다. 장중은 순식간에 병기와 장풍이 난무하는 소용돌이 속으로 빠져들고 있었다.

저자 후기

《유협전기》의 작가 직하인입니다. 태어나서 처음으로 쓴 소설이 출판된다니 놀랍고 신기한데, 후기를 써야 한다니 무슨 말을 써야 할지 모르겠습니다.

제가 쓰고자 했던 것은 대략 7, 80년대에 유행했던 과거의 무협소설입니다. 어두컴컴한 만화가게 안에서 정신없이 보던, 와룡생으로 대표되는 일련의 중국무협소설들이지요. 저는 지금도 무협소설을 즐겨 읽습니다. 많은 작품 중에서도 용대운, 좌백, 풍종호님의 무협소설을 좋아합니다.

우연한 기회에 나도 한번 무협소설을 써보자 하는 마음을 먹게 되어 문피아 사이트에서 연재하게 되었습니다. '재미있는 무협소설을 하나 써보자!' 하는 단순한 생각으로 대강의 줄거리를 구상하고 글을 쓰기 시작한 것이기에 연재하면서도 큰 기대는 하지 않았습니다. 요즘 유행하는 참신하고 속도감 있는 글이 아니었으니까요. 그저 제가 쓴 소설이 세상에 나가 누군가를 즐겁게 할 수 있다면 그만이라는 생각뿐이었지요.

그런데 뜻밖에 좋아해 주시는 분들이 있더군요. 이렇게 낡은 투의 글을 좋아하고 옛 향수를 느끼는 분들을 알게 되면서 저도 가슴이 뿌듯하고 더 잘 써야겠다는 생각이 들었습니다.

하지만, 출판은 엄두를 내지 못했습니다. 대여점 위주로 영업하는 모 출판사에서 제 원고를 검토했습니다만 아무런 연락이 없었습니다. '그렇지, 내

글이 팔릴 리가 없지. 이런 낡고 고리타분한 옛날식 무협소설을 누가 보겠어?' 이런 생각이 들었습니다.

그래도 연재는 참 재미있었습니다. 정신없이 써서 올리면 댓글이 달리고, 그 댓글은 칭찬, 비판, 감탄, 짜증 등 사람들의 다양한 감정을 전달합니다. 전 그것을 통해서 독자들의 애정을 느낄 수 있었습니다.

신선놀음에 도낏자루 썩는 줄 모른다 했나요? 엉덩이에 피부병이 생기는 줄도 모르고 그저 정신없이 앉아서 글을 쓰게 되더군요. 그러다가 보니 어느 순간, 제 글이 순위도 꽤 오르고 열혈독자도 많이 생겼습니다.

그 순간에 정신이 번쩍 나면서 새로운 고민이 시작되었습니다. 그저 스스로 즐기려고 썼던 글이 남이 읽어주는 글이 되었기 때문입니다. 무거운 책임감도 생기고, 새로운 투지도 일어났습니다.

'그래. 직하인만의 무협소설을 써보자.'

제 소설은 비록 과거 번역 무협에 향수를 가지고 쓴 글이지만, 단순한 모작은 아닙니다. 재미와 흥미를 추구하는 통속소설이지만 동시에 문학작품이기도 합니다.

유협의 '유儒'는 유가, 유생이라는 뜻입니다. 무협소설에 유가 출신이나 유생의 복장을 한 인물이 적지 않게 등장하지만, 유생이 주인공인 소설은 거의 없는 것 같습니다. 제가 유생이 주인공인 무협을 구상한 것은 안동에 내려와 살게 된 것이 계기가 됐습니다. 안동은 우리나라 유가의 본고장이고 제 전공은 중국의 고대문학이니 궁합이 잘 맞았나 봅니다.

고리타분하게 느껴지는 유생과 호쾌한 무협소설과는 어울리지 않을 것 같지만 이것을 잘 버무려보면 의외로 재미있겠다고 생각했던 것입니다. 그런데 글을 쓰면서 무척 후회하고 있습니다. 하하하. 매일 창작의 고통을 느끼면서 과거에 좀 더 열심히 공부했어야 했다는 반성을 하고 있습니다.

하여간 《유협전기》는 유생이 무림의 협객이 되어 활약하는 소설입니다. 문과 무, 유와 협을 어떻게 조화시켜야 하는지, 왜 상반되어 보이는 두 가지가 서로 어긋나지 않고 결국은 하나로 귀결되는지 고민하는 내용입니다. 물론 모든 문학작품과 마찬가지로 사람 사는 이야기가 가장 중점이 되는 소설이지요. 시대가 다르고 배경이 다르고 환경이 다르다 해도 결국은 사람이 겪는 이야기를 쓴 것이니까요.

소설의 가장 대표적인 공능은 현실의 반영과 오락성이라고 합니다. 무협은 통속소설이니 당연히 두 가지 특성 중에 오락성이 훨씬 강하지만, 그렇다고 현실과 유리될 수는 없지요. 사람 사는 얘기, 따뜻하고 정겨운 얘기, 감동적이면서 생각에 잠기게 하는 얘기. 그런 글을 쓰고 싶습니다.

《유협전기》의 출판은 기연이라고 할만 합니다. 출판사 사장님이 문피아에서 제 글을 즐겨 읽는 독자였으니까요. 음, 내부거래라고 지탄받을 일일까요? 하하하.

《유협전기》를 통해 좋은 분들도 만났습니다. 안동에 아무런 연고가 없는 제가 안동의 독자 두 분과 술을 같이 하며 좋은 얘기를 나누는 자리도 가졌고, 멀리 외국에 거주하는 교포분이 장문의 글을 보내주신 적도 있지요. 일일이 성함을 밝히지는 못하지만 좋은 댓글과 추천 글, 격려 쪽지를 보내주신 분들이 정말 많습니다.

제 글은 이제 기승전결에서 기 부분이 끝나고 승으로 넘어가고 있습니다. 주인공은 아직 더 성장해야 하고, 상대해야 할 막강한 적들이 슬슬 모습을 드러내기 시작합니다. 감추어진 신비와 숨겨진 비밀이 모두 드러나고 주인공이 진정한 유협이 되려면 아직 시간이 필요합니다.

이 후기를 쓰는 지금도 아직 출판에 대한 실감이 나지 않습니다. 제가 좀더 재미있고 유익한 소설을 써서 많은 분이 즐겁고 행복한 시간을 보낼 수 있다면 좋겠군요. 소설의 주인공처럼 목숨을 걸지는 못하지만, 정성껏 잘 쓰도록 하겠습니다.

감사합니다.

서늘한 새벽바람이 불어오는 안동의 관지헌觀止軒에서
직하인 공배